美学的直觉

夏 汉 ／ 著

南方出版社·海口

图书在版编目（CIP）数据

美学的直觉 / 夏汉著 . — 海口：南方出版社，
2022.9

　　ISBN 978-7-5501-7684-3

　Ⅰ．①美… Ⅱ．①夏… Ⅲ．①诗歌评论－中国－当代
－文集 Ⅳ．① I207.22-53

中国版本图书馆 CIP 数据核字 (2022) 第 119499 号

美学的直觉

MEIXUE DE ZHIJUE

夏汉　著

责任编辑：王伟
装帧设计：烟涛书坊
出版发行：南方出版社
邮政编码：570208
社　　址：海南省海口市和平大道70号
电　　话：（0898）66160822
传　　真：（0898）66160830
经　　销：全国新华书店
印　　刷：廊坊市靓彩印刷有限公司
开　　本：780mm×1080mm　1/16
印　　张：21.5
字　　数：320千字
版　　次：2022年9月第1版
印　　次：2022年9月第1次印刷
定　　价：59.00元

序言

"智性"诗学与"复合"型诗歌批评
——夏汉诗学文论集《美学的直觉》

钱文亮

近些年来，"共同体"成为一个热词，从政界、商界到传媒界、学术界，人们纷纷以此表达天下一家的美好愿景；另一方面，它也非常适合于心志高迈者用来界定自己不同于庸常之辈的身份归属、文化认同和价值取向、精神标准等。与之相对照，具体到当代诗歌领域，实际上早在1980年代，有"修远"之志的诗人骆一禾便独具慧眼地发明了一个意义非常重大的诗学概念——"诗歌共时体"，以提醒年轻诗人对于不同世代、不同创造力形态诗歌的借鉴吸收和对话，破除一直流行的"古典——现代——后现代"的线性文学史观。骆一禾的"诗歌共时体"观念问世多年几乎无人问津，直到2015年诗人西渡始在其博士论文中重点发掘，今日看来，对于鱼龙混杂、众声喧哗的当下诗坛而言，这一观念实在兼具正本清源，帮助当代有抱负的诗人与批评家走出种种思维误区与观念迷思的积极而重大的作用。

当然，讨论骆一禾的这个美学观念并非本文目的。本文只是想由此延伸，提出一个与之相关的"诗人共同体"概念，并以此把握诗歌评论家夏汉的最新文论集《美学的直觉》。因为我注意到，夏汉在书中其实已经不止一次地赞赏过张曙光的观点："诗是少数优秀人的事情"。那么，在夏汉的心目中，也应该有一个"优秀诗人共同体"吧。

实际上，热爱诗歌批评的夏汉同时还是一位沉潜而优秀的诗人，具有一般诗人、批评家所匮乏的特殊阅历和"复合"的诗学追求。在接受年轻诗人王向威的访谈中，夏汉曾经坦诚地表达过自己在诗歌写作和诗学研究上所经历的三十多年的"准备和思考"。在此期间，夏汉不仅"遍游了国内各个诗歌写作的重镇，结交了很多在国内诗歌写作上有一定成就的诗人"，而且除了跟诗学有关的学科以外，还对社会学、政治学、美学、伦理学、植物学、生物学等知识感兴趣，所有这些知识让有志于诗歌批评的诗人夏汉"对于生命的和非生命肌体的秘密有所窥探，从而拥有了完整而准确的判断力"，为其走一条"博杂""复合"的诗路奠定了知识基础。与此同时，这种长期的历练也使得夏汉"对一个诗人在情感体验和认知判断上的要求"确实需要"更复杂些"。

不过，迥别于当今文坛学界众多以诗歌的名义"混圈子""赶场子"的庸碌之辈，夏汉其实并不屑于在所谓的"诗坛"做晃来晃去的"空头文学家"，求学问道的心态反而使得他的游历收获了"本真"的自我和诗思，正如他自剖心迹时所言：

> "蛰居"和"游离"是我长期以来的诗写状态。游离于诗坛其实是一种"蛰伏"的写作心态。我觉得做一位诗人，"蛰伏"的状态很好。不出入诗坛，则不累于声名，可免于浮躁；亦不受很多纷乱事务的干扰，不受人为的摆布。如此便可以平静地阅读，可以从容地感受生存，可以愉悦地写作——这就是我的"凭蛰伏赢得诗"的初衷。另外，不思发表，则淡去功利，诗歌方可进入纯粹、幽远，最终抵达诗的本真；同时，葆有这种状态或许可以从容地施行一个诗人米沃什意义上的伟大抱负——那就是"诗的见证"。

从这一段表述不难看出，夏汉所躬行的正是朴素而充满经验智慧的古人的良训："夫君子之行，静以修身，俭以养德。非淡泊无以明志，非宁静无以致远。夫学须静也，才须学也。非学无以广才，非志无以成学。……"的确，对照阅读夏汉的诗歌批评，更知此言不虚。具体到夏汉的这本诗学文论集《美学的直觉》，里面处处闪耀深远的思考、丰富的才情、睿智的判断，新世纪以来中国诗歌的种种动态走向、创造贡献，均在宽广而宏阔的诗学历史脉络中得到清晰的呈现，诗性体验与浪漫哲思的融合更是结晶出启人心智的真知灼见，无论是对年轻的诗歌后来者的探索，还是对意欲突破旧我的成熟诗人，它所提供的助益都是切实而大大有力的。

正所谓"豪华落尽见真淳"，应该是数十年行走诗歌江湖的经验与阅历，使见惯了诗坛繁华色相的夏汉有着一双识人鉴诗的慧眼。于是，对于优秀诗人的选择与批评就成为《美学的直觉》的一大特色。在该书中，几乎每一位被单篇评论的诗人都是同代人中的出类拔萃之辈，其中美国的杰克·吉尔伯特被认为是一位"罕见地将智力、技艺、明晰和情感融为一体"的具有独创性的诗人，博纳富瓦的诗歌在整个20世纪法国诗坛上独树一帜，昌耀、多多则是中国新诗史上卓尔不群的罕见的"强力诗人"，至于比较年轻的臧棣、海因、窦凤晓、衣米一、王东东等，也都是活跃于当下国内诗坛的佼佼者。如果将该书的诗人名单与夏汉2017年出版的诗论集《语象的狂欢》中所专论过的孙文波、沈苇、池凌云、哑石、津渡、蒋浩、草树、余怒、魔头贝贝等相加，几乎就是学界公认的半部当代中国诗坛优秀诗人"英雄谱"。很显然，夏汉选择诗人的标准是很高的，同时，这也足以证明夏汉对于当代活跃的现代诗歌实践现场是深入而具行家眼光的。

夏汉这本文论集的第二个特点，是对女性诗歌和青年诗歌的格外关注和具体研读。夏汉的这一类诗歌评论延续了他在此前出版的《河南先锋诗歌论》和《语象的狂欢》这两本诗论集中的习惯——永远对走在创造前沿的诗歌力量充满好奇与深情，其中不乏作为当代诗歌运动"过来人"的善意呵护与提醒。而且更为难能可贵的是，即使是对这些诗歌群体的宏观性考察与概括，夏汉也不像许多批评家所擅长的那样将鲜活的诗歌文本当作自己理论或观点的演绎与印证，单纯地搞"六经注我"那一套，更不会作真理在握的优越状对年轻的诗人疾言厉色、耳提面命，而是始终坚持以平等对话的姿态在"历史的同情"和文本细读的基础上指陈利弊、分析得失。这一点表现在行文中，读者会很容易感觉到夏汉的语调的温和、亲切，即使是批评意见，他也很少使用独断的句式和语气。实际上，夏汉兄和我的结缘，正是因为我们都曾关注、评论过90后诗人的成长与探索，只不过，相比于夏汉对90后诗人持续和系统的研读、比较，我的工作仅仅是个浅尝辄止的开头，观察的范围局限于这代人2010年以前的"童声"情状，而夏汉的研究则扩展到他们"变声期"以后的创作成就，是这代人已经成长为一个个独立的诗人个体的时期。不言而喻，夏汉对于他们的研究具有更重要的诗学价值。不仅如此，夏汉对于90后诗人的认识与理解更是兼具作为父辈的洞察力和作为诗学行家的判断力，对这一代十多位代表性诗人的创作风格及其文本既能够入乎其中，条分缕析，细致呈现其特点与成就，又能够出乎其外，联系历史变迁、时代风尚、社会语境和家庭生活等外在因素予以考察与说明，同时还结合精神分析学、语言学、哲学等跨学科知识拓展思考的空间，从而表现出"复合"的诗歌批评品质。故而，其对90后一代诗人的评价就特别具有说服力：

> 在这个范畴里，我们在对于青春经验的观察中，方才得出莅临、疏离与剥夺三种诗学转化形态。对于经验的莅临概指童年的记忆与当下日常体验在诗文本中的呈现，当属于经验的直接转化；而对于经验的疏离则有着复杂的情形，分别体现为远离日常生活经验中的逃逸、以知识与文化为素材的和背离本土经验的漂移性为标识的诗性转化；而作为经验剥夺这样一个最彻底的转化形式，则体现为对日常生活经验的颠覆、捣碎，代之以词语为主体的诗性显现。由此实现了诗的多种形态转换与并存，也标示着年轻诗人的心智渐趋成熟与技艺的臻于完备。

不过，正如前面我已经指出过的，夏汉对于诗人、诗歌作品的取舍和判断标准其实是很严格，同时也是很前卫的。在《美学的直觉》这本文论集中，夏汉强调最多的，除了想象力、感受力这些基本的诗性禀赋，诗歌的"知性"与"智性"构成了其诗歌价值的核心点。正如他在评论河南诗人海因时曾经辨析过的，知性在康德的哲学里，是指一种主体对感性对象进行综合处理并联结为有规律的自然科学知识的先天认识能力。这一概念影响到诗歌领域，便导致了以艾略特、庞德、里尔克为代表的知性诗歌的写作，知性诗学也一直推动着汉语诗歌的发展与成熟，至 20 世纪 90 年代而蔚为大观。以此为据，在某种程度上可以说，是否具有"知性"，成为夏汉衡量诗歌价值与诗人成熟度的主要标尺，年轻的诗人只有超越浅显的抒情，进入知性的深处，或正往那里走去，才能享受苏珊·桑塔格所说的那种艺术最终目的的"快感"。举例来说，夏汉就认为海因是"已与那种能够支撑人类的镇定和自信的决心相遇"的人，其在较早的时期领略并进入知性写作这个领域便成为他一个深思熟虑的明确选择——并且还能够看到，他在语言的深度认知中，让成熟的心智呈现出诗的多重性；夏汉也指出了"臧棣的疫情诗貌似始于意念与词语的契合后的即兴，但最终总会归于知性的沉思，这既显示出其思想的力量，又昭示了诗艺的功力——这在其他诗人那里几乎是难以实现的"。不仅如此，夏汉甚至把 60 后诗人进入中年以后的写作危机归因于"知性"的不足："但就知性写作而言，中年写作群体的文本并未尽如人意地实现，或者说，在知性写作的向度还有待进一步开拓，让文本进入一种源自开阔的精神架构的整体性体现，从而抵达诗性智慧。"然而，也许是担忧"知性"的提倡可能会导致过分的冷静与教条，也许是有感于"新世纪中年写作群体，大多有累于沉重的经验——批判的偏执与现场的描摹，或沉浸于无个性的'客观对应物'的寻找，诗篇里超验性的东西越来越少，造成了写作形态上的未老先衰"，还有一种可能就是受诗化哲学的浪漫诗观的浸润，近两年来，夏汉的诗学理想越来越转向对美国思想家、诗人爱默生的超验主义的推崇。而作为确立美国文化精神的代表人物、"美国文明之父"，爱默生对"无限的个人"抱有坚定的信念，并且提倡靠直觉认识真理。正如夏汉所指出的：在爱默生的视野里，超验主义并不以为感官是终极的，强调思想与意志的力量。精神的深度等同于思想的深度；同时，强化人的灵魂的自主与创造——那种心灵本身的直觉和以直觉压倒经验的倾向性，突出个人的灵感与奇迹催生的狂喜。在这样的观念支配下，诗人是"拥有美的人"，身处不完整的人中间，却代表着完整的人，有着"全人类的财富"，超越整个经验范围，而拥有"最大的力量来接受与传达"，诗的发生是早于时代和超越时代的……。夏汉认为超验主义无疑为想象力打开了宽阔的通道，从而产生了惠特曼、狄金森诗歌中澎湃的激情与张扬的艺术个性，让诗歌趋近于形而上的不及物的诗性形态：

> 由此，我们有必要强化在中年诗人的写作中，自觉内化于超验性精神，"毫不动摇地坚持直观力的权力""在意识的领域内继续进行自然的无意识的创作"，或效仿歌德对于经验的感受中的某种超验主义"直观思维"的做法。如此，于新世纪的写作中，才会获得一个有效的拯救。

作为一个富有历史意识的60后诗歌批评家，我以为夏汉对于爱默生的援引与推崇是基于现实语境有感而发的。换句话说，爱默生的诗学对于当下精神状况是非常值得伸张的。而正是沿着爱默生的思想，夏汉接着又找到了日本思想家西田几多郎从德国大哲学家康德那里发扬起来的"智性直观"概念，并以之作为新世纪中国诗学的理想范畴和诗人们努力的最高目标。事实上，在康德那里，本来"智性直观"在纯粹理性的作用圈内是作为一个"语词矛盾"而被提出来的，但是由于康德时而也把这种"本原直观"意义上的"智性直观"解释为处在感性与知性之间的"创造性的想象力"（不同于经验的"再造性的想象力"），由于"想象力"被康德纳入到"智性直观"范畴中，意味着一种将知性概念与感性直观联系在一起的"人类灵魂的基本能力"（倪梁康语），以后的西田几多郎就把"智性直观"理解为"美术家和宗教家等所具有的那种直觉"，是对"生命的深刻把握"。大概是这个原因，夏汉最新的诗歌批评已经明确地将"智识直觉"的观点作为了自己的诗学基石。他认为：

> 智性的写作则意味着内心专注于事物的具体性时所具有的欢乐的力量，对于崇高事物（自然、人以及劳动、心灵与爱）的赞颂的能力及其语言的游戏。在这个背景里，臧棣可以被认定为一个拥有智性的诗人，

而且他在那种世间万物之中发现诗意，从而进入肯定性述说。如此，就进入了巴塔耶的视野：人对于存在的事实可以成为一次抵达可能性尽头的旅行，迷失在人的认知的边界，一种没有出路的至高无上的极限体验中。乃至于不通过认知、智力，而是通过非知或迷狂的方式达到身临此刻的最高存在，并构成那种沉思的激情的本源经验的"纯粹"与"无羁"，即便陷入迷途与无意义之境也要保障经验的无限制的自由通行。在这份神秘经验里恰恰契合着诗的发始与抵达，或者说，这是一个来自经验甚或是超验的极致体验后的"诗意的闪现"。

在这里，我要说，夏汉的诗思已经为当下略显沉闷、倦怠的诗歌实践打开了另外的视野。在夏汉的文论集中，引文很多，诗哲的论著随手拈来，常有画龙点睛之笔。但是这些引用并非浅薄地炫耀博学，而是针对诗歌实践中存在的弊端及其相关的核心问题而引为镜鉴，夏汉将爱默生的超验主义作为当下诗歌的救赎之道，进而强调了"智性直觉"的重大意义，实在是求索诗歌本体的拳拳之心。

通读夏汉的诗学文论集，读者将不难发现，其行文走笔、评诗论人，既有诗人的感性体验与顿悟，又有批评家的理论思辨与洞见，视野开阔，论说体贴到位，常有出自行家里手的精彩的论断，例如："海因在具体的写作中，对于叙述的使用还有很多细化的技术，比如在一首诗里面，可以让叙述贯穿始终，让它拥有小说的效果，但处理不好就会失之于琐碎，最好的办法还是依据诗的需要，设置一个人物形象，让他富有意义。海因在《少女们在询问鲜花的名字》里有'我们转过脸去／像市长那样指指点点／妄发议论'，这一句里的市长显然是一个喻体，意在讽刺虚假空洞的谈论，让诗拥有了实在性，如此就有效抵御了诗的空洞。这里还有另外一重意义，让他的叙述干练而冷峻，这在那个普遍抒情的潮湿季节，显得尤为可贵。"再比如："归根结底，诗的抽象力是感受力的更为重要的一面。有人太过实落，多因于此端的不足。在丰富的感受之后，是抽象，而后进入语言。在去实物化的路上走得愈远，其精神的超越就越发强盛。"……类似深入浅出的精彩解读还有不少，值得对诗歌以诚相待的读者倾心阅读、揣摩。

是为序。

2021 年 12 月 15 日于上海闵行

（钱文亮：上海大学文学院教授、博导，中国当代诗歌研究中心主任）

目录

文论：域内、域外

生活与爱：想象与词语的妙境

——杰克·吉尔伯特诗的发生及其诗艺构成[1]

人类作为存在于这个星球上最高级的生命体，其可贵之处就在于能动的生活，而且对于生活有所感受与感悟，又可能记载于文字中。而作为诗人，在生活中能够体会出诗意，然后写下来；或者在生活中，诗自己显现，走到诗人面前，只需记录下来。诗有时候就是如此简单。而一旦涌现了诗，俗常的生活便拥有了一份神秘与神奇。更多的时候，诗成为对生活的描述——概缘于这生活里有了痛苦、哭泣，有了爱这样的存在与失去——从而变得不再俗常。在现实中，或许黑暗、岛屿，乃至于一棵树等等平凡之物也能构成一个喻体，给诗带来某种提升的意味。如此看来，诗人既可以在复杂里挖掘诗意，也可以在简单里让诗现身，呈现为一种返璞归真或删繁就简的美学期待，但同样拥有一份深沉与深刻。至此，我们在这样的语境中谈论杰克·吉尔伯特诗的发生及其诗艺构成，便成为一种可能。

——

有论者说，吉尔伯特诗的发生均来自他对日常生活的洞察，至少是他所耳闻目睹的情境，就像他本人在一个访谈中所强调的："写作不是

取自书本，而是取自生活"（"我诗即我"：关于诗集《无与伦比的舞蹈》的对话，加里·梅特拉 vs 杰克·吉尔伯特，柳向阳译）。而他心目中的生活是一种原生态的，不妨说他是抵制工业化文明的那样一类诗人，他说过："它那么原始，那么不同于现代社会的寻常的地方。匹兹堡不是一个文明化的地方，它比那样的要好。"[1] 而在我们这里，这种类似于文学常识的说法，一经提出来，似乎就让人觉得太过平常，会以为是一个不需要去考究的肤浅的问题。那么，果真如此吗？我们审视一下当下的写作情状就不会如此轻易地下结论了。纵观当下国内诗坛，其写作往往并非源于自己的生活，而是一种煞费心思的伪构——那种远离生活体验的心理假想，或是一种偏于内心的语言漂移与情感假设。尤其此起彼伏的同题诗热潮，徒增一种为赋新辞强作愁般的青春之殇，这样便导致某种诗学意义上的谎言性，正所谓"诗歌说谎，语言失真"（吉尔伯特）。你随便找个诗歌网站或诗歌出版物浏览一下，都会看到这样的文本。如此的写作，尽管样态各异，但会有一个共性，不会感染你的心灵，更不会产生一种情感的共鸣，也与诗的本然与初衷相去甚远。而吉尔伯特的诗，不仅源于一个清醒的生命对自己独有的生活经历的洞察，而且还是忠于自己内心的语言表达，或者说是一种在悖论意义上的抵达被遗忘的内心方言的旅程。当然，他的诗并非平等于生活，正如他在《带来众神》这首诗里所写道的："我站在我自己上头，我听见 / 自己的回答。我站在我自己上头像站在山顶，我的生活 / 在我面前展开。"诗人以此给凡俗的生活带来诗意或赋予意义，这一行动无异于带来了众神。读吉尔伯特的诗，不禁想起张曙光曾经说过的，诗就是一种感受，不是别的[2]——不啻说，在一种持续的独特生活感受里进入诗，又在客观世界里寻找着对应，就会在语言中抵达完美的秩序存在。我们看《订婚》，走在雪地上，鸟的缺席，寂静的完美，内心的低语以及孤独，等等，这些都是在日常生活中被感受到的。即便偶尔的议论，也几近于感悟。接下来的

1　《进入冬天的飞行》，柳向阳译；引自柳向阳"一个诗歌译者的读诗吧"。
2　在 2015 年杭州一个诗歌研讨会上，亲耳聆听了张曙光这个说法。

> ……当我敲开
>
> 那根冻结在木堆中的圆木，
>
> 它发出完美的天籁之音，
>
> 纯然地传过整个山谷，
>
> 像一只乌鸦不期然的啼叫
>
> 在黎明前更黑暗的尽头
>
> 将我从人生中途唤醒。

——当我"敲开"作为一种劳作性行为之后，所有的诗句又归于感觉——自然这是融入更多想象的奇幻的感觉，乃至于从"我说"而跃入"语言言说"之中："黑白的我，匹配着这淡漠的／冬日的风景"，显然，这是一匹马的形象，或能指的滑入。总而言之，作为一个读者，我们在诗里仅凭感性——并非太多的知识积淀与背景资料亦能获得一种阅读愉悦与心灵的激赏。

作为诗人的优异之处，他并非只能感受世界与生活，更重要的是他还能够感悟生命和与之有关的一切东西，这份感悟或顿悟往往标示出诗的高度与价值。吉尔伯特总是能够在微妙、精准的感受里抵达体悟的深邃与高妙。看他在《被遗忘的巴黎旅馆》里的开句"上帝馈赠万物，又一一收回。／多么对等的一桩交易。像是／一时间的青春欢畅"就是如此，不妨说诗人在这里实现了"人道合一"的诉求。

在西方当代诗歌界，情爱之诗是一个非常普遍的诗学现象，且常常和性爱的展示相伴而来，以至于让爱浮现于性的表面乃至堕落为肉欲泄露的颓荡中。吉尔伯特诗的发生的另一个节点，自然也跟爱相关。甚至他把爱视为生命与生活的主要内容，他说："我的生活都致力于认真地去爱，不是廉价地，不是心血来潮，而是对我重要的那种，对我的生命真正重要的，是真正地恋爱。"[1]但不同的是，爱发生在他的诗里有着某种高贵的欣喜与回忆，并伴随着或浓郁或恬淡的感伤与伤害，就好像爱

1　《进入冬天的飞行》，柳向阳译，前揭。

是在感伤与伤害中存在着，至少他的诗给我们披显了这一题旨氛围。就像他在诗里写到的："受伤但充满渴望。"读到这样的诗，你会在意于爱情的纯真无邪，而不会坠入某些低级趣味的遐想之中。难怪马西亚·曼托会如此写到：如果能说吉尔伯特实践任何宗教的话，那就是爱与性的宗教，这对他是神圣的。在一首写他的初爱——吉安娜·乔尔美蒂的瑰丽的诗作中，他把自己比作为贝亚特丽齐跳舞的但丁；他后来还有一首诗《莱波雷诺说起唐·乔万尼》，吉尔伯特把自己比作莫扎特的伟大的引诱者和阿西尼的圣·弗朗西斯。他的诗作中有相当数量的爱事，但从没老式直白的性爱——吉尔伯特在一生各个时期的多首诗作中，把自己描写成俄耳甫斯。他关于美智子的悲伤之语模糊了生与死的界线，以语言捕捉他们的婚姻，在纸上栩栩如生。[1]我们同时也看到，当一个女人进入他的心，或消失于他的视野，他都会刻骨铭心地记起——当然，诗是他最好的寄托方式，或者说只有在诗里，他才能把爱的感受或感伤恰切而真实地呈现出来，而且具有了某种高贵的普遍性意义。

诗人去寻找俗常生活里珍贵的东西——爱、体贴与怜悯，这是人性中最可贵的。而爱力会导致一种行动性，可以让其产生行动的欲望，比如携带心爱的女人居于偏远之地，享受爱的海滩。这也是吉尔伯特能够长期居于荒岛的心理铺垫，至少这是他心中储存的能够抵御孤独的珍物之一。另一端，恐怕就是诗还有自然的原始之美了，拥有了这些，一个诗人则乐于享受孤独。如此，我们不必给吉尔伯特这样的孤独者更多额外的神化，勿宁还他一个日常的形态。同时，爱也可以催生诗，并让诗缘于爱而产生，这些都涵括于爱的憧憬、怀念与回忆的想象中——吉尔伯特在他很多诗里都给予了精美的展示。

我们看到吉尔伯特总是在细节里追寻着爱的记忆，或者说他靠着细节勾勒着爱的背影，这表现在诗里就构成一个清晰与具体的样态，诸如此类的例子比比皆是。在《不是幸福而是幸福的结果》里，"我们手牵手进入黑暗的快乐"，"他想起抚摸着她的双脚，当她奄奄一息。/ 最后四

1　马西亚·曼托：《杰克·吉尔伯特对心的渴望》，柳向阳译，《诗探索》（理论卷）2018 年第 4 辑。

个小时，注视着她渐渐平息"，让我们读了犹如在眼前，并受到身临其境般的感染。同时，诗人对于爱的忏悔与反思也常常在诗里展示出来，在同一首诗里，诗人写到："多少奇怪地发现一个人带着心活着／就像一个人伴着妻子活着。甚至许多年后，／没人知道她长得什么样子"，看似不经意间，却又有着某种诗学的刻意，这些忏悔与沉思渗透着思念，也让诗意愈加深厚与沉重。在爱面前，吉尔伯特的态度既让我们敬佩，也让我们感到些微的不可思议，缘于他"对成功或失败没有兴趣，只关注于体验的纯粹。一段爱事结束，一位妻子过世，痛苦之事和快乐之事发生，留心观察的眼睛质朴地看待这些"。事实上，诗人对于所爱的人，是非常专一与诚挚的，比如对于琳达，婚姻走到尽头，他依然念念不忘，萦怀在心，"甚至到现在，吉尔伯特也说琳达·格雷格'是他在这世界上最重要的人'。他们的恋爱仍然给予他营养。现在还在吃它"[1]。这段话告诉我们，诗人的诗是靠爱滋养的，一如他的心。

有论者认为，波德莱尔的《腐尸》里，包含着肯定性的升华，即爱。[2]这种腐烂、蛆虫分解的不在（死亡）里面的美与在的构成，的确有着伟大想象力的远距离转换和深层的哲学意义上的升华，从而也成为肯定性写作的源头与典范。当我们去追寻吉尔伯特诗里面肯定与阳光的成分，也会发现他诗里的某种情感与哲学的内在关联。例如他在爱的欣喜与甜美感觉中注入了一种哲学内涵，这就让他的诗拥有一种哲理的深邃，看《曾几何时》这首诗里出现了两次"偶然"这个词和"自然而然"这个短句，不啻为生命中的爱作了宿命般的认定，似乎这样美妙的感情就一定会发生或不可避免地要发生，这样的心志无异于一个天意的塑造。如此，那种生命中的坎坷（从磕磕绊绊和伤害以及年幼无知这几个词里传达出来）与困惑几乎都被年轻的激情、热烈的情愫所冲淡，以至于快乐像是撞上的："我们是由旋律构成的一段音乐，／没有合弦，只在白色键上／演奏。"

吉尔伯特把诗的发生归于一种发现，不妨说是对于生活的反刍而来

1　马西亚·曼托：《杰克·吉尔伯特对心的渴望》，前揭。
2　胡曼莉：《论波德莱尔的〈腐尸〉风格与翻译》，《法国研究》2010 年 04 期。

的神秘浮现与赐福。他如此说："我觉得，凭借写作，我能看见、我能越来越多地发现我所拥有的东西。……写一首诗，唤醒了那些已经在我身上并为我所知，但我并不知道它就在那儿的东西。"故而，他除了爱以外，还有诗作为心爱的东西守候在身边，即便生活清苦，身居荒岛也心有所依："我不想仅仅是在写诗。我想陪伴着那首就在我身体内、在我身体内出生的诗，但我不想告诉这首诗去做什么。我只想随时恭候，意识清醒，心甘情愿被占用。"[1]

二

吉尔伯特深受中国古典诗歌及其意象主义的影响，因而在表达中有着客观、冷静的诗风，语言质朴无华。正如柳向阳所概括的：他更多的是依靠"具体坚实的细节"或"实实在在的名词"，用笔偏疏偏碎，语言突兀，富于冲击力。他反对修辞化的诗歌。按他自己的说法，他的诗大多是关于洞察和认识，关于知识和理解，甚至他的爱情诗也往往是关于爱情或婚姻的一些洞察。[2]这让他即便是在一种浓郁的情绪状态下，也力主于展示某种客观情境——其实这是一个诗学姿态，如此方可抵御滑入趣味的窠臼，不妨说，吉尔伯特在奉行一种去趣味化的写作。相应的是，诗人善以第三人称去叙述，如此的刻意让自我的生活客观地呈现，或者拥有一个客观视野。诗人可以想到更多——主观的内心与外在的生活与场景，或人物、故事乃至于历史，而在这凌乱的想象中，诗就披显出来，不啻说，所有这些就构成了诗。从本质上说，诗就是实话实说，并不需要作伪或拿腔拿调，诗给人以可信比什么都重要。而在对于诗人个人生活中的有意义的审视中，却总是站在生活的对面，以他者的视角去表述。这样就有了某种距离之妙与间离之美。或许还可以说，当生活成为一种回忆性的场景，你会感觉出更细微、更内在，也更本质的

1　访谈：《进入冬天的飞行》，柳向阳译，引自柳向阳"一个诗歌译者的读诗吧"。
2　柳向阳：《杰克·吉尔伯特：他的女人，他的诗，他的漫游和隐居》，《诗歌月刊》2009 年 07 期。

东西。有时候，我们看到吉尔伯特即便是始于梦境，但由于予以客观化的展示，"狐狸轻轻挪动，盲目地穿过我，在夜间，／在肝和胃之间。来到心脏这儿，／犹疑不定"。这样，意蕴与形象皆以硬朗的面貌呈现出来。这其实是在回忆中完成的一首诗，奇怪的是，诗人始于梦而回应于现实，脉络格外清晰。在同一首诗里，能够看得出来，诗人似乎并不在意于宗教，或者说少年的他把象征宗教的教堂视为束缚心灵的地狱，或许这是一个真实的心理揭示，那么，如此客观的描述就给人一种客观化的可资信任的风貌了。同时，返观或反刍自己的生活情境和片段总会带来诗意，或者说会意外地从回忆里获得诗，这也就是何以说诗人乐于在过去的生活里流连忘返了，这几乎可以成为秘密"拥有"的法则。一如在《爱过之后》里

> ……像那个人
> 回忆着，期待着。这是我们自身之一物，
> 却常常被忽略。莫名地有一种快乐
> 在丧失中。在渴望中。痛苦
> 正这样或那样地离去。永不再来。

从而作出了刻骨铭心的判断："永不再次凝聚成形。又一次永不。""那曾经存在的。曾经拥有的／还有那个人／他知道他的一切都即将结束。"在这种退回远处的反观里，那种复杂而犹疑的心绪表达转换得更加曲隐与微妙——甚至可以这样说，但凡经历过的生活，一经回忆，几乎是一场过滤与沉淀，一如想象般美妙，而让一个诗人在回忆中接近诗。吉尔伯特亦如此，在《等待、寻找》里，"可他记得的／是那三角铁的声音。一个完美的／闪光的声音，回响了他的一生"。而仅仅如此尚不足取，或者说还没有抵达诗，只有在进入思辨的向度而走向审美的层面，才算完成，正如诗人在接下来所做的："等待意味着／一无所有。意味着爱有时死去，／有时又被找回。"概而言之，吉尔伯特在貌似持久地对于记忆的追逐中，其实有着更加深远的诗学预设，那便是"努

力让自己在他自己的生活中在场，为了存在，为了见证一个正在消逝的世界。是关于存在的这种难以置信的紧迫感，给他的记忆赋予了这种重量和在场"。诗人深知是拥有，而非保留："吉尔伯特知道我们无法保留任何事物，因为我们的个体记忆辜负了我们，因为我们的集体记忆很快就遗失。他意识清醒地知道诗歌的意义——对他的生命和他的劳作——必须保存关于永久丧失之物的某些脆弱的联系。"[1]

　　我们已经知道的一个诗学事实提醒我们，诗是一种主观感受与想象力的双重作用，或者也可以说是浸透主观汁液的一种生活图景。那么，诗人在写作中就可以给予这种生活情境以一个客体的显在，在这个基点予以审视与想象，从而阐发出诗的意涵，表现在语言上就成为客观而冷静的描述与刻画。在这里，诗人几乎剔除了所有的趣味与激情，而给诗锻造了一个凝聚的语言外壳，不妨说，诗人为想象力作用下的生活情境作出了更接近生活的还原，但不同的或发生本质变化的是，诗人在其间赋予审美的渗透与诗意的提升——就是说，它来自生活，但此刻诗绝非原来的生活了。所谓还原在此间就仅仅表现为验证文学的策略或靠近生活的假象，以至于潜移默化般地诱导读者成为生活的热爱者与有意味的审视者。吉尔伯特在《成年人》这首诗里就为曾经的生活片段倾注了诗的意味，却又以客观的形式呈现出来：

　　　　大海在黑暗中安睡

　　　　潮湿而赤裸。半个月亮在天上隐现

　　　　仿佛有人曾经穿过一扇门

　　　　背着光亮而来。那女人想

　　　　他们怎么就比邻而居了

　　　　许多年，而她属于其他的男人

　　　　他朝她移动，知道他将要毁掉

　　　　他们相互不了解时的情形

1　马西亚·曼托：《杰克·吉尔伯特对心的渴望》，前揭。

从诗里你不难看出来，这是一个男性诗人设计的从女人的角度去回眸他们相爱的情形以及反思与推断，诗里对月亮的想象在审美情形下为男人的进入作了伏笔与照应，而本身又是审美的，其叙述又是如此地平静、质朴无奇。当然，每一个诗人都会拥有自己的想象通道，或称之为秘密，这是不可能雷同的，除非他在模仿，而且是拙劣的低层级的那种，否则就不会雷同。而每一个高级的想象都会给人以意外，比如吉尔伯特在《寻找某物》里，"月亮是马在冲淡的黑暗中""她双脚的弓形像孩子们／在柠檬树丛里呼唤的声音，我的心／在那里无依无助如鸟儿被压碎"。这样的想象是独一无二的，有了这两处想象，这首诗里的日常生活片段就进入了诗的境界，不妨说，因了想象，诗在最后才得以完成。

吉尔伯特有一种深沉的东西埋在心里，而在诗里却以冷静乃至安适的姿态返回现实生活的表面，给人以不经意的假象——事实上，你只有反复阅读，才能体会其深意。有时候，他还从经典诗歌里化用其意，以反哺生活，比如有一首诗题目是《度量老虎》，据亨利·莱曼解释，老虎的意象化自布莱克的《老虎》这首诗，意在聚焦生命的力量，而在诗里，以外部生活的场景和具象的铺展来宣泄其意涵，让"心智的重量"在"客观对应物"的寻求中得以实现。这其实是一种看似朴拙实则有大智慧方能为之的手段。我们常常可以看到，他的诗里总有一种让人熟悉的意外，这大约来自于诗人对生活的日常情境的准确把握，在《想要什么》这首诗里有这样一句："像雨在黑暗中"——谁都有过如此的经验与感受，却没有如此写出来，或者说，只有他写出来了，那么，这句诗便只属于吉尔伯特所独有。

吉尔伯特在《诗歌是一种谎言》的开句作出如此的判断："诗歌是一种谎言"，我想，谎言在此处一定不是汉语意义上的本然之意，或许，他是在说，诗是那种有别于现实的语言形态？这从这首诗最后引述德加而来的解释性诗句中能够体会出来："他并不画／他看到的，他画的东西／要能让他们看到／他拥有的事物。"故而他才会说，"真实只有这样才能说出"，这句话道出他写作的秘密，或者说，这才是他进入诗的秘密通道。吉尔伯特在《一九六五年的诗坛》这篇文章里几乎披露出其全部的诗学主张或偏好，他反对学院派封闭的生活与写作中的不痛不痒，主张在生活中那种开放的世界里的鲜活经验，而欣赏口语诗人的同时，又会责备其随意性写作以及技艺上的不完备。显然，这是一种尊崇大诗人的情结，故而才会把"已经到达何处，为什么／允许他拥有如此之多"奉为榜样。可以说，诗人会在灵活的写作中追求重要意涵的呈现——在最后抵达生活的意义的同时，若上升到生命的感受，则让诗歌显得愈加重要了。由此，我不得不这样说，诗人是语言的孩子——或者可以理解为诗人只有在语言里才能感受生活与生命，才能熔铸想象力，最终在语言里成熟。吉尔伯特的回应又一次让我们确认了这一点，他在《我们该唱什么样的歌曲》这首诗里这样写道："把语言作为我们的心智，但我们／可是那只死去的鲸鱼，气势恢宏地下沉／许多年，才抵达我们的内心深处？"在这里，诗人为了语言——成为心智和抵达内心——作出更伟大而深刻的想象与沉思。

三

我们在汉语口语诗人中，看到了一种极为普遍的乃至于有些程式化的现象，那就是在满篇的不关痛痒的描绘中，只在最后拐个陡弯——显出或曰诗意、或曰灵感的一丝光，在优秀的口语诗人那里，这种灵光能够给读者带来震撼或画龙点睛般的惊喜，而在一些平庸的写作者那里，则成为一种无谓的剩余和弄巧成拙。吉尔伯特在语言气质上显然属于口语派，但他不玩这些小把戏，而把诗意熔铸于整首诗里。在他很多叙述性的句子里，我们看得出诗人仅仅只作一个不可或缺的铺垫，而重心还在于感受的持续显露中，比如：

我们抬头看星星，而它们
并不在那儿。我们看到的回忆
是它们曾经的样子，很久以前。

而那样也已经绰绰有余。

——《被遗忘的巴黎旅馆》

形成一种稳定的诗风是一个漫长的过程，由心性而及，达至诗的发生与超越以及语言形式的渐趋稳定。或许在这些元素构成中，心性是最重要的——不妨说，一切来自内心，缘于内心的独特而形成一个独有的声音，一如加里·梅特拉在访谈中言及的："你有一种独特的诗歌声音，你的意象、隐喻，你的节奏都是独一无二的。甚至你的措词也是你自己的"，他还明确为"宣言式的陈述"——"我诗即我"[1]，诗人自己也期待一种"伟大诗歌的声音的秘密"（《秘密》）。每当阅读吉尔伯特的诗，就会又一次得到验证。比如，在他的诗里，总会有一个日常场景或事由，并以叙述的语调出现：语言的口语化显得亲切与亲近，最终或在某个瞬间就会有精神的超越，以某种方式——顿悟与感叹等呈示出来，当然，在很多情形下都会以平静的语气说出，并不显出煞有其事与格外刻意的企图。在《超越精神》这首诗里，诗人先是给我们铺展了大火后教堂的一片废墟、行政大楼、一些老人、庞大的船只在远方升起，靠岸又消逝，饥饿的男人们蹲在广场无物可卖等等细节，而在最后一节方才显现出诗意，或许是最重要而根本的东西："一个陌生的地方，去寻找 / 重要、有价值的东西。此刻……那儿也许有某物像他一样。/ 去参观那不明自身意义的重要事物。"在一般情况下，吉尔伯特总是给我们以宁静与舒缓，就是说，他总是在具象的呈现中，透出或安详、或寂静的氛围，让你能够读过后，似有一泓溪水在心间荡漾，亦如小夜曲般的奇妙。

在某种诗学意义上，诗的形象思维是一个常识，但很多人会忽略或干脆不会运用，只有在优秀诗人那里——或直接运用，或在不经意间让一个概念转化为形象，吉尔伯特便是如此。比如在《而且》这首诗里，"当两个冬天的大雪让它们挨饿"出现在诗里，我们会惊奇于他的质朴而精确中的诗艺呈现——那一定是一种独有而复杂的感觉。而在特定的

1　加里·梅特拉 VS 杰克·吉尔伯特：《关于诗集〈无与伦比的舞蹈〉的对话》，柳向阳译。

情境下，有一种题材，比如怀人，则在于情感之诚挚，而择其记忆中的细节予以呈现——这里，剪裁很重要，乃至于微妙，看似轻而易举，实则极要功力。比如在《挽歌，给鲍伯（让·麦克利恩）》这首诗里，诗人首先给了一个特写："只有你和我仍然站在高地街的雪中，/ 在匹兹堡，等待跌跌撞撞的铁制街车。/ 它一直没有来。"而诗的最后则是："街车 / 已经跑完最后一班，而我正走路回家。"既是照应亦为凸显，这缘于诗里爱是更重要的显在的主题，如此才让诗显得更为重要、奇妙，以至于珍贵。所以，诗人不惜动用"风暴"与"渴望"，皆因爱而狂喜、而绝望。同时，在更多的诗篇里可以看得出来，吉尔伯特对于细节很在乎，而一旦拥有细节在诗行间，那必定是精确而生动的，故而在"一只船 / 驶出迷雾。或许有个清晨 / 小心地绕过转角 / 在雨中，驶过松林和灌木"就会给我们带来惊喜。也正因此，日常的（有时是让人意外的）生活细节才拥有意味，从而提升为诗的境界。

　　没有哪个优秀诗人不在意于修辞，因为修辞总能给诗带来月光般的神秘。吉尔伯特也是如此，或者说，他愈加讲究修辞的对位给诗造成的制作性效果。"一个芬芳的夜晚到来"会给我们多少遐想，而"像羚羊站立在黎明的薄雾里"竟然如此精准、生动地描述了他心爱女人的优雅——而正源于此，他尽管在表面上看似是一个质朴的诗人，但其实他还是一位"好句子"拥有者——我是说，他在一首诗里往往给你塞进不少精巧绝伦的诗句，比如在《向王维致敬》这首诗里，他就有"她微弱的呼吸像一个秘密 / 活在她体内""冬天正吹落马萨诸塞最后的树叶""夜的呼唤像长号般欣喜"等。自然，这些句子里都因隐喻的参与而获得成功。这样的诗句尽管并不多，而一旦出现，就会让你眼前一亮。

　　一位成熟的诗人，他的诗艺往往是混搅在一起的，或者说，他在诗意的呈现中，一刻也没有脱离技艺。吉尔伯特作为美国当代重要的诗人，肯定也会如此。我在阅读其文本的过程中，常常分不出哪些属于意义的成分，而哪些又是技艺的畛域。《柏拉图壁上的画》就是这样的情形：

走在明亮广场上的人们

他们身后的影子并非只是

阳光里的裂缝。正如善

并非恶的缺席。

善是一场胜利。爱

亦如此。爱并非我们

生来即有的那部分，随着

长大而繁盛少许，

然后凋落。我们拼凑爱

从我们机械的各部分中，

直到突然有一种以前不曾

存在过的幻象。它就在那儿，

无法解释。那个女人和我们的

欲望莫名地变成了白兰地

被雅典娜的小猫头鹰——

它用哀怨的叫声填充了

山上一座旧别墅四周的

黑暗。正如一个男人或许

被变成另外某个人，当

在那儿过着几分快乐的生活

伴着那位女士温柔的奄奄一息。

这首诗的沉思性语言风格非常吸引人，不妨说，诗人以沉思进入过往的生活，犹如壁上的画，是曾经有过的生活凝固在想象中，成为意中之象。诗从善恶之辩引申出爱，进而进入爱的遐想中，镜头由远及近，回到那个病中女人的身边。而在这样的一个情境展示中，却一刻也没有离开技艺——即便这技艺是以朴拙的诗句显现出来，比如对于"影子"的想象，他把影子想象成阳光里的裂缝就颇为传神。还有白兰地的曲隐暗喻，烘托出爱欲的浓烈。整体感觉诗人对于曾经的生活的细腻品味与想象几乎达至神秘之境。另外还运用通感——比如猫头鹰的叫声与黑暗的互通，这是诗人感受至深所赐予的奇妙。有时候，我们甚至看到，吉尔伯特在诗中的释梦本身就带有修辞（比如通感）的原发性，不妨说，通感是梦的基质，《在石上》这首诗里"我梦到女人，我的山谷中的饥渴／它们可造成花岗岩。像太阳／将这土地锤打，变成石榴／和葡萄"又一次给我们提供了佐证。概而言之，杰克·吉尔伯特在俗常生活里发现诗意，以对爱的忠诚，让生活拥有独特的意味，进而以独有的技艺不断提升诗歌的难度，让它变得完美，在不断的自我超越中，"淬炼出了一种既激情又温和，精写细织，抽去文字修饰的诗歌"，[1] 抵达自己期盼的诗歌殿堂，从而获得"对吉尔伯特的着迷，说到底，是对他的诗歌魅力的回应，但也反映出一种完全不考虑其文学命运和名声等惯例的人生的神秘之处"的美誉。[2]

1　引自亨利·莱曼《吉尔伯特诗全集》中文版序言，河南大学出版社 2019 年版。

2　柳向阳：《杰克·吉尔伯特：他的女人，他的诗，他的漫游和隐居》，前揭。

他在你身旁摆上石头的灯

——博纳富瓦诗的阅读札记[1]

博纳富瓦诗的魅力发生是多年前的事情，那几乎是摄魂的。有一年，在一本杂志上看到他的诗，题目早已忘记，但被其深刻、玄妙的意蕴和深度的意象所吸引，便记住了该诗的作者：博纳富瓦。后来读到树才等人的译本，爱不释手，但那是其早期的作品，尚未过瘾。近年，读了一些年轻人的译作。而今被宇舒的翻译深深地打动，多日来，我最清醒的头脑都给了这组诗——且把阅读之际的杂感记于诗页的空白处。可以说，博纳富瓦的诗给了我这个冬季弥足珍贵的安宁与温暖，也让这一年最后的日子过得充实起来。

（一）

一般来讲，在一组诗里，若非作者有意选择是不大会拥有共同的题旨的；又加之译者的偏爱，那么，译者便会在更广泛的文本中作出选择，或在一个时期内的作品中选译。但我在宇舒译的博纳富瓦的这组诗里，居然发现了一个出现过多次的词语：痊愈。难道是巧合，还是体现了诗人的精神寄托——或许，诗人是在寻求生命与精神的契合？

我们知道，博纳富瓦早年受到艾吕雅、布勒东等超现实主义诗人和

1　本文引用的博纳富瓦的诗，皆为宇舒所译。载于《江南诗》2016 年第 5 期。

哲学家巴什拉尔的影响，并师承波德莱尔、瓦雷里、马拉美以来的象征主义传统，同时又融现代艺术的活力于一体。其写作在对于社会层面的审察中，渐趋于虚幻性想象与语言建构，而他更偏执于对生命本体的考量以及精神向度的审视。在阅读中，我发现博纳富瓦总会给精神意指寻找一个物象，并且让它富有生命质感，不妨说它就是一个生命体。这样，就为诗赋予了生命的意味——哪怕那是关乎死亡的主题。在《低低的嗓音和不死鸟》这首诗里，就有一组物象"嗓音和不死鸟"，一个生命与死亡的喻体。而痊愈这个词之于生命体和精神则意味着复苏或救赎，就是说，痊愈成为他诗里面的一个关键词，它分别指向了生命意义上的逆转（"那里的一切都痊愈了"）、精神的复苏（"心的黑暗在痊愈"）和某种情境下的绝望（"这绝不会痊愈的死亡"），从而构成了诗人的精神品格。

　　在博纳富瓦的诗里，灯与火的意象更是频繁地出现，不妨称之为灯与火的燃烧——就是说，一种燃烧的诗绪弥漫在诗行间，以至于我能够从黎明这个词里也体会到一种点燃的意味，比如"黎明的恐惧在窗玻璃上愈演愈烈"（《蝾螈》），"坚硬的黎明，在黑暗中来了／长久地点燃了餐桌上的甜点"（《给一种贫穷》）就披显出诡异的燃烧的明亮。那么，在这样的理解里，燃烧便是诗人对于事物最生动的感受源泉，自然也关乎生命的精髓——生命的存在与失去都可以在灯与火的燃烧中得以呈现，或者说，生命是灯与火的结局，乃至于在《火的衰弱》中，火成为一个礼赞：

　　　　火凝固了，枝条的命运就在那儿

　　　　火将用碎石堆和寒冷碰触枝条的心

　　　　火来到一切天生事物的港口边

　　　　来到它将休息的，物质的岸边

　　　　它将燃烧。但你知道的，燃成纯粹的失去。

　　　　火的下面，一片赤裸土壤的空地将出现

火的下面，一片黑色土壤的星辰将渗开来
死亡的星辰将照亮我们的路

在这组诗里，灯的意象共出现了七次：从"他在你身旁摆上石头的灯""当最后，灯光变成了风和夜晚"（《低低的嗓音和不死鸟》）"只有这盏生硬的灯""和那灯一起，熄灭一片遗忘的土地"（《蝾螈》），"只有灯在低低地燃烧"（《死去的脸》）的诗句里，我们分明体验了死亡的冬天，而"流浪的灯光和不变的天空相似"（《一整夜》）则透出生命的无奈与无着。火的意象共出现二十一次："我开门，在它的雪地里跌倒，抓住那鸟／而住所从我眼前消失，我曾在里边燃着大火"体现出不屈的生命意志；"我如同被弃的火炬般漂泊""他的脸跌进火焰""他走了，火焰勾勒出他头的轮廓""火焰曾在里面枯竭""所有的火焰被驱逐"（《低低的嗓音和不死鸟》）似乎都在暗示着生命的失去与死亡的到来；"杜弗，为了更好地把你交给火焰""火炭般巨大的一天，让我盲目"（《蝾螈》）分明透露出面对死亡的欣喜与迷茫；"一把火炬被带到灰色的白昼／火撕碎了白昼／只有火焰的透明／悲伤地否定着白昼"（《死去的脸》）描述了生命与死亡的多重意涵；"我在最单纯的夜晚保有火焰／依据这火，我使用此后将变得纯洁的字眼""我知道火不会徒劳地燃烧"（《一个嗓音》）则给我们一种生命力的彰显；在"你将确信在最深的时刻，会重生／被放弃的火，没有完全熄灭的火／／但神将从火布满灰烬的手中而来／使那没有尽头的炽热窒息"（《一整夜》）显示出生命与死亡的搏斗。至此，我能够说，博纳富瓦在灯与火的意象里，总是围绕着生命与死亡而展开，或者说"同生命本身是密不可分的"[1]。

（二）

在西方诗歌里，死亡是其表达的基本主题，博纳富瓦亦不例外，甚

---

1 语出马雁《瓦莱里的秘密》，见诸《马雁散文集》，秦晓宇编，新星出版社 2012 年版。

或可以说，他是耽于死亡主题呈现的诗人之一，我们在其很多诗篇里都看到了这一点。在《铁桥》这首诗里也可窥其一斑。在第一节里，诗人为一架铁桥作了"在黑色的天空下，有着沉重死亡的长方形"的注脚。显然，博纳富瓦诗的发生就源于此，这从开始的句子"可能总是在一条长街的尽头"能够体会出来，尤其"尽头"这个词已经暗示了死亡的意含，而诗里面除尽头外，还有黑色、沉重都指向了这个维度。进入第二节，在语义上有了递进。就是说，这条河流与铁桥直接跟诗关联起来。我初读颇为诧异，继而推测：可能是有诗人为这条河流与铁桥写过诗篇，而且跟死亡主题相关连。那么，也意味着这里很可能有诗人从铁桥上跳下去而结束生命——莫非是对阿波利奈尔著名的诗篇《米拉波桥》和保罗·策兰在二十世纪七十年代从塞纳河的这座桥上投河事件的回应？我想应该是的，故而才有"把它的流水与其他的流水分开"，不再有美丽和颜色，以至于"它为铁和夜晚而不安"。及至最后一节，我读出诗意的延展与惯性，这是"它用死亡的河岸／喂养长长的忧伤"所披露出来的。而让人惊异的是最后的句子："扔向更深夜的／另一条河岸的铁桥／是它唯一的记忆，和唯一真实的爱"，这里是暗示宗教层面上的彼岸？或许是——缘于爱的旨意的引领，让我想到了这一点，因为信仰的终极目标是抵达爱，或者实践了"诗人赋予事物的与其说是神性，不如说是人性，诗人用人性来包容万物，以清澈的爱去拥抱万物"（姚风《埃乌热尼奥·德·安德拉德："我用诗歌去爱"》）的神话。一首九行诗从冷色物象进入，却让死亡导入了诗与爱的结缘——这里回应着一首著名的诗篇和一桩著名的诗人传奇故事，而最终有了宗教意义上的超越与抵达，让小诗裹挟了丰厚的意蕴从而臻于伟大的完成——这首诗也考验了诗人的卓越的掌控力与结构功力，非一般诗人所能为。

　　在生活中，每一个人都会遇到很多的事物与具象——记忆，或被忘却，而唯有诗人能够从中窥见其意义并以诗性的语言表达出来。我把这种情形称为意义的榨取。博纳富瓦是此间高手。他在《给一种贫穷》这首诗里展现得淋漓尽致，可以说，诗人从日常生活里获得了一个诗的榨取物——自然，也跟死亡相关：

　　你将知道，它把你拉进完结了的壁炉

　　你将知道，他对你说话，将你身体里的灰烬

　　与黎明的寒冷摇在一起

　　你将知道它是孤单的，不会平息

　　它破坏了如此之多；它不再能区分

　　它的虚无与它的沉默

　　它看到你，坚硬的黎明，在黑暗中来了

　　长久地点燃了餐桌上的甜点

　　贫穷？初读之下，颇为费解。而反复阅读之后，渐渐觉悟出来，这是一个生命失去之后的贫穷，即一个食物的生命消失于炉火里，最终只剩下一个躯壳：甜点。诗是从一种肯定中开始的，“你将知道”，从壁炉开始，“对你说话”，那是火对于食物的燃烧。在诗里，诗人予以一种同情与悲悯：“你将知道它是孤单的，不会平息”，而它又是虚无与沉默的，最后的结局是“坚硬的黎明，在黑暗中来了”，自己成为“餐桌上的甜点”——无疑，这是对于壁炉与火的诅咒，最终诗却获得了意蕴的丰满与富足，或者说，诗人在一个事物的失败中获取了感受力与想象力的胜利。

（三）

　　诗的基本单位是意象，也几乎可称之为诗的基石，这在古今中外的诗学理念中似乎并不被人颠覆，即便被质疑过，也未曾动摇，它依然是一首诗的诗意支撑，这也是被诗歌实践证明了的。我们在博纳富瓦的诗里，更坚信了这一观念。就是说，博纳富瓦诗的发生往往缘于一个意象，并经由这个意象展开，推及更多的形象或物象，它们一同在想象的感受中让诗意趋于饱满，这样的观察至少在语言构成中是如此。在《夜晚》这首诗里，诗人首先写到："蓝色的，黑色的划痕"，划痕的确在双重的修饰中成为一个实在。继而看到"耕地"并想象为"床，很宽"，还有河流的幻象都为诗预设了恰切的意象。在最终的想象中，火焰成为一个永恒的物象，并在"说着"的形象、灵动的态势里臻于诗意的完整。在另外的诗里，我们看到了诗人刻意于意象的雕琢，比如他会说："火凝固了，枝条的命运就在那儿"(《火的衰弱》)，一个凝固将火这个意象凸显出来。还有"你心的黑暗在痊愈"(《树，灯》)，以痊愈修饰黑暗，则让虚象变成一个实在物。我们似乎能够说，博纳富瓦是一位倚重于意象经营的诗人，就是说，在诗意的铺展中，诗中的意象在各类形象与具象及其修饰中，实现了诗人的诗学抱负。而正缘于此，博纳富瓦的诗才显得实在、大气、硬朗而丰富。

在诗人那里，修辞之于诗几乎是一种宿命，就是说，诗一定或者说有赖于修辞之妙才得以精彩与成功。在很多优秀诗人的诗篇里，修辞有时候是伟大的形象再现——不妨说，缘于修辞，一个形象会凸显出来，且这个凸显颇具意味，乃至于尽显神秘。比如博纳富瓦在《死去的脸》这首诗里，"黎明为它在白昼的墙上挖了一个洞"，黎明尽管是一个显像，却是平常的，往往让人熟视无睹，而接下来的"在白昼的墙上"就有了具象的彰显，"挖了一个洞"则无异于一个奇迹——这虽然是感受的，但它最终归功于修辞。在这首诗里，"一把火炬被带到灰色的白昼"几乎与之异曲同工，火炬的具象给白昼带来惊奇的形象冲击。我们可以说博纳富瓦的修辞根植于具象的显现，它让一个朦胧的虚无的现象有了形象的现身。在这里，还发现一个诗学秘密，那就是动词的妙用。比如"挖"，还有"它朝你倾斜过来它灰色的脸""它在树的间隔中颤抖"中的倾斜与颤抖，这些动词让一首诗灵动。说到底，诗的修辞冲动归之于感受力的极致，就是说，但凡修辞精到之处，一定是感的精微之处，诗人在此情形下一定拥有了形象与语言的双重收获。

我们知道，诗是语言的最高表达，是词语之间的扭打、搏斗与相互修正的聚合体现，优秀的诗篇总会体现出一种词语的意外——说到底，诗是一种语言现实的结晶体。我们从博纳富瓦的诗里更能深刻地体察到这一点。博纳富瓦极善于在事物的给定后又通过词语之间的修正而改变其意蕴，比如在《一整夜》里，有这样的句子："这绝不会痊愈的死亡"，作为死亡这个名词，其含义尽管可以阐释到很多，但都与生命的失去这个根本相关或与其引申相近。而有了"绝不会痊愈"的修饰，死亡就变得曲隐而吊诡。还有"流浪的灯光"，灯光原本是一种常见的现象，但冠以"流浪的"修饰，就颇为费解了，那是一种什么样的灯光？这是否是对于街灯的一种独异的观察与感受？或许是——那么这样的表达自然是非常地传神。同样，时刻作为一个专有名词，其含义是确定的，而在其前置以"最深的"，意味着什么？联系下文，我们能体会到这一时刻的深沉与严峻，这种程度的指代给人一种神秘感与凛然之气。而在另外一个句子里，炽热在"没有尽头"的修饰中，则给人以惊悚与恐惧感。总之，博纳富瓦在常见与确定的事物名词中，给以前置性修定与改变，让词语的原意发生扭曲与更改，诗的意涵才显得独异而新颖。这既来自对于事物本质的感受，也得益于词语之间修饰的语言形式的刻意为之。

在很多情形下，我们的写作者喜好在大词中周旋，让高蹈的情思在一片空无中滑向空洞。而我在博纳富瓦的诗里看到，词汇总是在他的身边，总是游历于日常生活——或者说，总是在生命体验里遇到的词语，让词语成为生命的肉身。这样，才会让他的诗走向生命的具体，或在日常感悟中提炼出诗意——哪怕他的诗居于超现实的快意之中。在诗里，博纳富瓦大多都是择取能够贴近生活与生命体验的词汇，即便有些词看似宽泛，但也是一个喻指的变形或作为修辞物存在着。比如在《低低的嗓音和不死鸟》这首诗里，"他在你身旁摆上石头的灯"，石头就是作为一个夸大的喻体存在着——这里有冰冷、僵硬或死亡的多重意义——最后被"灯"这个具象统御着；还有"她从一盏失落的灯变成了猎物"，猎物有大词之嫌，但因为有"她"的修正，就可以避免，或者说在"她"这个具体的指认下又还原为一个具体的女人；在"用一个手势，他向我竖起寒冷的教堂"里，教堂最易被误认为大词，但在这里被"手势"修定为俗常的象征物。总之，博纳富瓦在这些看似空泛的大词里，因为注入自己的体温和俗常的情景而变得温暖又具体，从而形成生活与生命的有机部分，这也意外地成为诗人无诗艺追求性质的语言的技艺。

　　现代诗发生以来，借助于语言的灵动和想象力的僭越，诗的形态总是处于不断的形变之中。而我们在博纳富瓦的诗里，发现其形变更加奇特与独异。或者说，他变形的艺术愈加高超——他会让现实事物在词语之间的相互修正与制约中形成一种超现实的语言的空无形态。在《爱神木的叶片》这首诗里，就有着诸如此类的例证。比如："你唇上痛苦的泉水"，显然，这个句子的重心在"痛苦"上，而置以泉水的想象与设定，则让我们意会到了痛苦的深沉。还有"贞女之光中短暂的大火"，"光"是一个平常的物象，可耀眼，可暗淡，却以"大火"予以修正，可以想象贞女之圣洁与高贵。在诗里，还以"床"联想到"海洋最高处的，自由的船"，这种极度夸张的联想，正好吻合了某种伟大的神义——不啻说，让一个隐而不见的诗意在形变之中显现出了语言的真相。概言之，在博纳富瓦极善于形变的诗里，我们能够体会出来其自身的把捉与想象的畛域，正因为如此，才能让诗的变形成为一个可能的契合被读者领会后欣然接纳并予以称赏。

凝重、梦幻与狂喜，或轻逸之诗

——论昌耀诗的发生及其艺术脉络

引论

或许可以这样说，人的命运与其说是来自自我的遴选，不如说是来自于时代的选择，或如王尔德所言的来自"他人"："某个他人的意志""模仿他人的生活"，这两双无形的手，强行帮助完成一个人生的宿命——即便抗争，但"时代却并不认为我们有能力摆脱它"（加缪）。昌耀便是如此，而且尤为典型。他原本出生于世人皆醉心的世外桃源之地，家族兴旺而富庶，又是掌上明珠。却因了世事变迁，一种"新的力量萌动"，导致时代的新旧交替，而家族中父辈们崇尚红色，纷纷投向革命洪流，也致使幼年的昌耀瞒着家人参加了队伍，旋即投入国际战事。随后，戏剧般的受伤、回国、入学读书，以至于受到神秘召唤而奔赴西北高原，沸腾的新生活满足着其"放纵的内心"（燎原）。如此，昌耀仿佛当年艾青、田间们举着"火把"，踏着战斗的鼓点奔向"太阳"那样，热烈地追逐着新意识，这在其早期的组诗《哈拉库图人与钢铁》中展示得淋漓尽致，而在《寄语三章》《鼓与鼓手》等短诗中亦能够看出某些迹象。

然而悖异的是，昌耀不幸地被旁落为社会生活的旁观者，却让诗人得以回返了内心，现在看来岂不是幸运——尽管这代价如此之大。正如布罗茨基所说的"一个个体的美学经验愈丰富，他的趣味愈坚定，他的道德选择就愈准确，他也就愈自由，尽管他有可能愈是不幸"。我们看到，优秀的诗人惟有依靠醒悟才能摆脱人云亦云的写作，从而实现自我的旁逸与审美的真实，那么，淘洗自己以往的文本就成为一个明智的选择。昌耀复出后的不断筛选与修改甚至重写即一种修正与弥补，故而诗人这些"青年理想主义者"的文本经过严格的过滤，最终所留不多。[1]这在某种意义上也是诗人的一种无奈的自我保护与拯救。

因而，正像扎加耶夫斯基在《诗歌与怀疑》（王东东译）里论及齐奥兰时所说的："怀疑正好相反是雄辩的"，昌耀在一种犹疑与醒悟中，拥有了深刻的雄辩与反思的意味，继而对曾经的"歌唱"有了某种意义上的折转——他开始对于涉及政治蛊惑的警惕。当然，昌耀与米沃什的怀疑并不相同，米沃什怀疑的同时，又以其他力量参与了游戏。比如非凡的对幽默的感知，它标志着对宇宙缺陷和人类（包括作者自己）不完美的宽容忍耐。昌耀则选择了自己喜欢的诗歌路径——那就是思辨与凝视，通过思辨，诗歌才能消除修辞的不诚实、无意义的喋喋不休、谎言、青春期的饶舌、情感空泛。有了如此严厉的凝视，诗歌——尤其在我们黑暗的日子里才不至于退化为多愁善感的歌谣小曲，或没有思想只知拔高的称颂，对世界的形形色色毫无意义的赞美（扎加耶夫斯基）。这类思辨与凝视是在其因《林中试笛》的批判性诘难中，"给打懵了""有口难辩"（燎原）后被错划为右派之初就已经开始了。譬如《海翅》，尽管诗人依旧拥有发自年轻的讴歌的情怀和不疲的想象力，一团火依然没有被政治风暴熄灭而保持一副歌唱的声调，但从诗里出现的"残破的海帆""风干的皮肉""漂白的血""不死的灰"等等意象之中已经透出浓郁的凄迷与哀愁，而在不久后写的《水鸟》里，也借水鸟的比兴，抒发了"离群之马"的心灵寂寞与归依的无着心绪。这种诗风一直到晚年都延续下来，构成了昌耀诗歌的一个写作向度——这也恰恰成为本文的肇始，从而催生更多的思索与阐释。

1　参见燎原《昌耀评传》有关章节，人民文学出版社 2008 年版。

一

依据凯波尔的观点，人在本质上都是有宗教性的，所以即便否认神的存在的人也不可避免地拥有偶像崇拜的情结，譬如物神崇拜（拜木、石、日、月、虫类者）就是其中的一种情形。我们看到，昌耀面对西域高原的诸多风物，就有一种万物皆神的宗教般的虔诚——不妨说，在祛除了早期的个性失缺之外，其实昌耀骨子里拥有着一种追逐灵魂自由的固执心性，同时，还有一种值得肯定的本真意义上的赞颂与讴歌的激情。比如，"对待山，他则采取了一种倾心聆听和仰视的姿态"，且在山的面前"以感恩的姿态说话"[1]；也能够说昌耀有一种像米沃什那样的"对神圣之物的洞察"。我们还可以在昌耀那些貌似写实的文本里验证某种实质上的象征意味，就是说，在诗人表达的辖域里其实已经不是那些物自身，已经被意识与思想穿透而产生了额外的意义："一个掌控的形象，经由这一形象的中介，主体的欲望及其达成便可以象征性地获得实现。"[2]

事实上，赞美与歌颂是一门古老的诗学，我们既可以追溯至远古那种鼓动与赞美的劳动号子，《诗经》中也不乏对于自然的赞颂性诗篇，及至唐诗、宋词，其份额愈加丰厚。同时，古希腊的朗吉努斯的论述亦让人信服，他认为是人的崇高感催生了赞美的冲动，而且强调"自然才是唯一可以产生崇高的艺术"[3]，显然，常年居于高原与山川之中的昌耀，缘于崇高意义上的神秘触动，在心中就会涌现一种崇拜之情。加之以往的阅读也会被那些描述与赞颂山川、河流与大地的古今诗篇无可抗拒的力量所熏染与征服，其内心就沉淀了某种对于崇高的认同与期许，从而萌生着根植于自然本原的赞叹与歌咏。在昌耀最早选入诗文全集的两首诗——《船，或工程脚手架》《鹰，雪，牧人》里，诗人就怀着对高原风物的惊叹与尊崇，咏述了船房、水手、青山、鹰、冰峰与牧人等诸多的人物与物象——空灵而旷达，在情真意切里，一种圣洁感溢出诗行。而《高

1　敬文东：《对一个口吃者的精神分析》，《南方文坛》2000 年 04 期。

2　雅克·拉康：《象征、想象与实在》，李新雨译，引自本人博客。

3　朗吉努斯：《论崇高》，马文婷译，光明日报出版社 2009 年版，第 4 页。

车》这首诗则证明了西域自然风物之于诗人无异于一次神秘的天启，是一次由衷的和情不自禁的咏唱，是自由心灵的敞开，面对高车，不妨说那是不可忘情于遗忘的"巨人之轶诗"。

当我们追溯惟有大自然可以让诗人放歌的机理，尼采为我们作了恰切的解答，他如此写到："一切诗人都相信：谁静卧草地或幽谷，侧耳倾听，必能领悟天地间万物的奥秘。倘有柔情袭来，诗人必以为自然在与他们恋爱。她悄悄俯身他们耳畔，秘授天机，软语温存，于是他们炫耀自夸于众生之前！哦，天地间如许大千世界，惟有诗人与之梦魂相连！"[1] 同时，缘于诗人内在的高贵品格，他观察到赭黄色的土地"有如象牙般的坚实、致密和华贵"，并归因于"经受得了最沉重的爱情的磨砺"（《这是赭黄色的土地》）——这土地因爱情的浸淫而愈加让人敬重与崇拜，与之相应的"象牙"的隐喻也为土地平添几分高贵的意味。

随之而来的，当某种崇高感涌自内心，可以让诗拥有一种神秘的力量，征服卑微的灵魂，给人以奋发的蛮力。昌耀这个属类的短诗几近于做到了这一点。例如在《峨日朵雪峰之侧》这首诗里，诗人惊异于峨日朵雪峰崇高的神力，在征服与被征服之间："惊异于薄壁那边／朝向峨日朵之雪彷徨许久的太阳／正决然跃入一片引力无穷的山海。／石砾不时滑坡引动棕色深渊自上而下一派嚣鸣，／像军旅远去的喊杀声。我的指关节铆钉一般／楔入巨石罅隙。血滴，从脚下撕裂的鞋底渗出。／啊，此刻真渴望有一只雄鹰或雪豹与我为伍。"在这里，"无穷""深渊""嚣鸣""军旅"等易被猜忌的大词居然为整首诗结构起原本的大气象而显得恰如其分，而"一只小得可怜的蜘蛛"与"我"的存在，让微小为巨大与雄伟作了有力的衬托而并不显得多余。

假若认同爱默生的观点，我们就会为"诗人就是说话的人，命名的人，他代表美。他是一位君主，站在中央。因为世界不是画出来的，也不是装扮成功的，而是一开始就是美的；上帝没有创造出一些美的东西来，而美才是宇宙的创造者。因此使诗人不是一个被赋予了权力的人，

1　尼采:《悲剧的诞生:尼采美学文选》，周国平编译，作家出版社2012年版，第257页。

他自有权力，使自己成为君王，因为诗在世界存在之前就被写好了，只要我们被赋予敏锐的感官，能深入那个满是音乐气氛的领域里，我们就可以听到那些原始的歌声，想把它们写下来"的说法表示赞赏。如此，我们可以认定昌耀就是那个天生拥有美的"神力"的人，就是说，他可以让一颗心感应于万物之中，与万物之美融通，从而成为赞美诗的内核。我们在《水色朦胧的黄河晨渡》里体会到了那种诗人不被权威话语侵蚀的本性——面对黄河，欣赏与赞美的述说，就足以显示自由灵魂的喜悦与诗的力量。那一刻，橹声和呼号就是最本真的大河元素，水手和礁石就是大河的代言，而少女的"肩窝"与情歌无疑披露着大河的风情，诗人在这里的歌唱几乎是情不自禁的，仿如爱默生面对星空而置身于天堂般的幸福——昌耀身临黄河则同样感受着大自然"永恒的崇高与壮美"[1]，是爱默生不可企及的超验性与昌耀此刻的亲临构成了如此地贴近生命和心灵的神秘的共振。

与其壮美的感受不同的是，我们在昌耀的诗里，看得出他还善于在日常物象里挖掘出高贵的蕴涵——这也是其赞美之心的另一个表现维度，比如在《烟囱》这极其平常的"屋顶圆锥体"竟感受出"是山民监听风霜的钟鼓。／牧羊人的妻女，每日／要从这里为太阳三次升起祷香"，其心中溢满酽浓的爱和对于山村质朴的感情转而成为诗意的升华。同时，还能够感受到诗人纯洁的灵魂施与劳动者的由衷而激情的赞美。比如他可以从"夜牧者"的一只"火光熏蒸的烟斗"想到"英雄时代的""一个个彤红的夕照／听到旋风在淤血的盆地／悲声嘶鸣……"(《草原》)，其想象的触角已经伸展到遥远的历史深处。

可以说，昌耀正是源自心灵震撼的伟大激情，才有了对于高原风物不懈的赞颂，而这些诗篇正好验证了朗吉努斯关于写作的律条："没有什么能像高尚的情感一般，施与伟大的作品以如此重要的作用。高尚的情感澎湃而来，给予作者息息神圣的灵感，从而感法他的语言。"他还谓之"崇高是高尚心灵的回音"，而"只有思想深邃者才能说出高尚的言

1　爱默生：《论自然·美国学者》《论自然》篇，赵一凡译，生活·读书·新知三联书店 2015年版。

词，庄严的表达自然来自思想境界最为崇高的人"。我们在已经论及的短诗，包括《踏着蚀洞斑驳的岩原》这些早期作品里就一再领略了物与诗人的双重高贵的境界，乃至于其语言，或者在"词语的选择，意象的使用和风格的精巧"[1]中都显得那般地圣洁与高雅。

　　但朗吉努斯同时告诫我们：虽然"自然是一切活动的首要源泉"，但"缺失了深厚的知识带来的羁绊，对崇高的欲望就会带来危险。对崇高的追求需要刺激，但同时也需要约束"；"自然就是好运气，艺术技巧则相对于忠告"，他让我们记住，由自然萌生的一切语言效果只有通过艺术技巧才能融会贯通[2]。昌耀深谙其道——提防了荒诞与夸张、浮夸与激情澎湃——在诸多赞美高原风物的诗里都显现出睿智的运思，并让崇高的赞美受控于内敛的表达之中，而语言的古拙、庄严而冷峻的气质源自诚实与谦卑，洗尽铅华的质朴诗句与近乎于实写的描述正契合了这种诗性呈现，其篇章风格亦给人以自豪、尊严与凝重，从而拥有着西域高地独有的见证的力量。正像福柯在词与物的辩证分析那样，给物一个词汇的描述，使其具体化，才便于揭示这个世界的表征。昌耀从对于高原的风物中获得言语之精灵：诗，完成了一次精神蜕变与灵魂的攀升。或许，诗人在追求着那种"物质化的现在的诗"的崇高和像惠特曼那样"出于对瞬时的欣赏，对生命在头脑最清醒时需要的理解"（劳伦斯《诗的实质》，姚暨荣译），在对于自然风物的叩拜之际，实现了一个作为诗人的天职。

二

　　依默逊的说法颇有见地："一个人能顺应自己的天性，这就是杰出的信念。"[3]这为考察昌耀诗的写作的另一个向度提供了某种方便。我们

1　朗吉努斯：《论崇高》，第 14—15 页。前揭。
2　朗吉努斯：《论崇高》，第 5 页。前揭。
3　加缪：《艺术家和他的时代》，王殿忠译。

从其诗文与大量的传记资料里获知，昌耀早年就信奉惠特曼的思想与写作，同时，对于郭沫若的诗歌大加褒扬：愿以他为榜样[1]。这种天性里所固有的浪漫主义情怀必然对于写作发生作用，那或许就靠近了尼采所标示的日神与酒神的特质。

尼采将审美价值视为人世间的唯一价值："完全的，否认思辨、否认道德的艺术家之神"是天地间唯一之神。他直言不讳地断言，人生的审美评价终将与宗教、道德评价及科学评价背道而驰，美丽就是一切。真实的审美人生，终将代替虚伪的伦理人生。尼采以梦境和醉境分别形容日神精神和酒神精神。"我们用日神的名字统称美的外观的无数幻觉"，是形式美、节制和对称，是分析和分辨，是外在形式的和古典传统的，是沉溺的梦境，虚幻而不可信的。日神是理性的象征。与日神精神不同，酒神精神来源于希腊的酒神祭。在酒神祭的狂欢中，禁忌被打破，欲望被放纵，束缚被解除，一切复归于原始的赤裸。痛苦与狂喜交织，肉感的疯癫像潮水冲破了堤岸，纵欲的快乐像狂风越过了山顶[2]。我们从昌耀的诗文里可以看出来他很早就接触了尼采，那么，在诗的运思里，源自丰盈的生命力所导致的"醉"的审美转换——暗通日神与酒神就易于理解了，可以说，昌耀的诗拥有着日神的梦幻与酒神的狂欢两种不同的审美情境——而日神精神与酒神精神的转换，皆因了对现实的梦幻游离与癫狂至极而获得转化，它们在昌耀这里获得了内在的统一。自然，它们既根植于诗人的审美心理，又依托于其诗艺的把捉与偏好。

昌耀最早的梦幻之作是写于1957年7月25日的《边城》，整首诗笼罩在朦胧、含混的氛围之中，这也从"跳将""踟蹰"两个词的叠加运用中显示出来。而时隔五天，诗人写了《高车》，全诗在恣肆旷达的恢宏气势里，有着庄严、凝重与"铿锵有力的节奏"和"坚决而节制的话语"（张光昕），但即便在这样的诗篇里也离析出"从北斗星官之侧悄然轧过"和"从岁月间摇撼着远去"的迷幻之境，有一种"夺取非现实"（穆齐尔）的审美

1　燎原：《昌耀评传》，第34页。前揭。
2　《尼采读本》，周国平编译，新世界出版社2007年版，第2—4页。引言未标注者皆出于此，不另标注。

冲动。如此看来，诗人在写作之初，就已具备了日神的"在梦中向他显相"（汉斯·萨克斯）的独特技艺。同时，因了"梦是一个字谜"（弗洛伊德）的认定，我们在其梦幻之诗里也看到了一种有别于写实的诗歌样貌。譬如《荒甸》尽管看似一个客观的铺叙，却可以看作是一首日神之诗，"我在这里躺下，伸开疲惫了的双腿"之后，诗人其实已经是入眠后的想象了：

> 等待着大熊星座像一株张灯结彩的藤萝，
> 从北方的地平线伸展出它的繁枝茂叶。

这是梦幻给予诗人"壮丽的神圣形象"，或跌入"美的外观的无数幻觉"，诗人就是如此的在非理性状态下走向了诗的完成。而在昌耀的诗里，这样的转化很多。在《雪乡》里，起初的两句显然是实指或现实性判断，很可能就是诗人的即刻所在之地，即便"冰花"与"桃红"都在孕育之中。而接下来，"深山／有一个自古不曾撒网的湖。／湖面以银光镀满鱼的图形"就进入对于幻觉的捕捉了。有时候，梦幻推至悠远，就会构成诗的穿越，仿佛"是背弓的东方人，是背弓的射手。／是背弓的夷。／从神的时代远征而下"（《夷》），这里直抵人类的远景，或者说，从"驱向幻觉之迫力"后，而转化为"梦中向人类的心灵显现"。说到底，想象力原本是一个诗人的天赋，但在持续的想象中，势必会跌入梦幻的深处，最终在物象与语象的交错中延展诗意。这样的例证在昌耀的诗里不胜枚举，比如"獠牙守备于茂林。兽角／交错在每一个窥伺的日午。／一切在早熟。在跃起。在呼叫。／作亡命之拼搏。"（《天籁》）作为读者，我们亦于五里云雾里享受宛如远古的审美回望。

事实上，日神的特质表现为一个诗人面向梦的现实及其深刻的领悟，沉溺于梦境里寻觅生活的真意，并依据梦幻而为诗歌塑形，从而披显出作为诗人预言的力量。而日神精神是根植于苦难"回避"与"遮掩"的美学逆转，是大自然赋予悲剧性人生的"梦的能力"，是人的一种选择性追求："在日神阶段，'意志'如此热切地要求这种生存""感觉到自己和生存是如此难解难分，以至悲叹本身化作了生存颂歌"[1]。从昌耀很多的诗里可以看出来，其一生都在坚持对于所经历的苦难的咀嚼，而最终却在想象力催生的梦幻里实现着对美的呼唤，并转入对于自我的颂扬。自然，行文至此，我不得不信服博尔赫斯的说法："梦中所经验到的东西由你产生，由你创造，由你推演而来。梦中的一切都来自你自己，而说到醒时的经验，则许多与你有关的东西并非由你而产生。"而按照拉康的观点，"主体幻觉化了他的世界。相比于那些在纯粹的实在中找到其对象的满足""它是以各种形象在梦中被建构起来的那种方式而建构起来的。一切都发生在好几个层面上，而这些层面都属于语言的秩序和辖域"[2]。昌耀正是缘于这种想象的满足心理，而为想象在诗里建构了一个显在的语言秩序。

而美是"精神"，是最炫目的壮丽之美，以至于迷醉——酒神精神便是一种接近痴狂的"非理性"。酒神状态的迷狂，冲溃日常界线和规则，晃动着恍惚，将经历的一切淹没其中。而生命个体则带着他全部的界限和适度，湮没在酒神的忘我之中，忘记了日神的章法。只有过度的妄为才能消弭忧伤，只有痛苦的极乐才能处决焦虑。从自然的心底诉说自我，让酒神所及的地方，日神溃败，遭遇彻底的抵消和全盘的灭亡。[3]我们就是从这里切入对于昌耀富有酒神气象的文本解读。

一般而言，"美仅仅是对快乐的承诺"（司汤达），诗人进入写作的快乐时刻，可能就是进入迷幻的酒神境界了。《享受鹰翔时的快感》即这样的诗，"一个烤焦的影子／从自己的衣饰脱身翱翔空际""巧妙地沿着林海穿梭飞行"便是一个绝妙的描述，并且看到了奇景："每一株树冠顶端必置放一只花盆。／我感觉自己是一只蹲伏在花盆的鹰"。这里与其说是"逃亡"，不如说是"梦游"或"醉游"般的欢快，一旦清醒过来，便是进入一个自我审视的畛域，这也正巧合了超现实主义诗人们借助大麻等致幻物所造成的幻觉书写，当然在昌耀这里是一种幸福的"沉醉"。而

1　《尼采读本》，第 8 页。前揭。
2　雅克·拉康：《象征、想象与实在》，前揭。
3　盛邦和：《尼采："酒神"精神与人世间的"美"》。

惟其如此，诗人看到的一切都是变形的，乃至于"人行道上看去都是耸肩的鱼"（《谐谑曲：雪景下的变形》）。当酒神降临，诗人于狂喜之中看到大自然与之和解，毒蛇猛兽也会与之亲近，这在昌耀的诗里不乏例证，比如在《唐·吉诃德军团还在前进》里，他就给我们展现了酒神催眠中的集体游乐的狂欢："架子鼓、筚篥和军号齐奏"，而且消除了与大自然的疏远、隔膜与敌对，并在此刻加入与人类的节日庆贺，并驱赶动物前来："瘦马、矮驴同骆驼排在一个队列齐头并进"，它们深信人的友善，待到"野马与蛟龙嬉戏遗精入地而生的鳞茎植群相交"，已经是大地与动植物种的天意交合的神话，人们

> 是这样唱着：啊，我们收割，我们打碾，我们锄禾。
> ……啊，我们飞呀飞呀，我们衔来香木，我们自焚，
> 我们凤凰再生。……

则完全沉入了"冥冥天地间有过无尽的与风车的搏斗。／有过无尽的向酒罍的挑战"的醉狂，诗最终的走向姑且不予过问，至少诗人在某一瞬间跌入了酒神的神意里且乐此不疲的精神迷恋之中。相同的情境还表现在一只青蛙的拾级而上"随我沿着陡直的通向天堂的木梯攀登"（《近在天堂的入口处》）的神奇描述之中。而在《与蟒蛇对吻的小男孩》里，"那孩子噏起嘴唇与之对吻作无限之亲昵。他微微启开圆唇让对方头颈逐渐进入自己身体"便让我们看到一幕物我合一的沉醉与浑然忘我的至乐，显然这是一个超越恐惧后的亲密融合与和平相处所赐予的永恒喜悦本身的神采。

　　尼采有言：源自性冲动的"醉"是最古老的最原始的形式[1]，这种醉最易于靠近酒神的形态，就是说，在那种酒神降临的迷醉之中，拥有一种莫名的狂喜，其途径在酒或麻醉药及其饮料之外，还有一个特异的事由，那就是"自慰"让人欲醉欲仙。那种器具的快感能够激发对于异性

1　尼采：《悲剧的诞生：尼采美学文选》，第312页，前揭。

的联想，以至于导致"个体化"的崩溃。据燎原考证，昌耀的《淘空》就属此例。而在《划过欲海的夜鸟》这首诗里，似也可以把诗人的描述归类于性事的情境：或许那是在隔壁，或就是诗人自己——而把这"鸟兽的歌吟"视为"纯然的天籁"与"天趣的音响""霍尔——，霍尔——"与犬吠皆构成了诡异的借喻，尤其诗人在其后的描述里更是渲染着酒神的异类欢愉。

　　按照尼采晚年的观点，日神和酒神是"醉"的两种不同的形态[1]，我们在昌耀的诗里，有时候也发现日神与酒神是浑然不可分的，就是说，他的诗思既深陷于日神的梦幻——在这里，"他清楚地经验到的，决非只有愉快亲切的景象，还有严肃、忧愁、悲怆、阴暗的景象，突然的压抑，命运的捉弄，焦虑的期待，简言之，生活的全部'神曲'连同'地狱篇'一起，都被招来从他身上通过""并一同塑形于内心幻想世界的美丽外观""保持着美丽光辉的尊严"[2]，又沉醉于酒神的充满幸福的狂喜之中。比如在《边城》里最早窥见了其梦幻的飘忽的同时，也有着酒神附身的语言狂喜。同时，在其后期的《梦非梦》里还有"将会有愉悦的鲜血从对方的大伤口淌出。将会有鲜血蹦跳着，好似一群自长久羞闭中一旦逃逸而出的幼兽，初始喜悦，继而惊讶，而后是对于失去了屏蔽保护的悔恨：血的死亡"——此处就始于梦幻而以喜悦之后的沉重悲剧性结束，二者终不能自己而混淆于截然不可区分，从而归于一种非理性的审美状态。在延伸的意义上，这里也孕育着巴赫金狂欢化中的死亡与新生的意味。

三

　　从对于昌耀诗文本的观察中，可以看出来其主要形态在于凝重、大气与内敛，主要体现在那些对于西域文化、历史与风物的钩沉与赞颂之中。其轻逸之作并不算多，却不可忽略——因为这是他的一个独特的写作向度，不妨说，这种文体风格恰与他的凝重之作形成鲜明的比照。假如我们

1　《尼采读本》，第 7 页。前揭。
2　《尼采读本》，第 3 页。前揭。

同意加缪的观点：生命的奥秘同艺术的奥秘是一致的，那么，便可以理解昌耀的轻逸的缘起。了解昌耀的诞生及其环境，便可大胆揣测其作为世外桃源的一位南方写作者，少年之身浸淫于灵秀烟雨中，骨子里有着天真与温润的情怀——在潜意识里，他其实未必想成为一个复杂、厚重的"艺术厨师"，而在意于其生命能量催生下的灵动而轻巧的艺术创造。或者说，假若要在美和苦难之间作出自由的写作选择，他一定会选择前者，而让苦难退隐于历史的深处——无疑，这里拥有了已从噩梦中醒来的意义。我们不妨再以《边城》为例，燎原认为这是一个"旁逸"或"斜逸"，是从曾经采风编纂的《花儿》吸取了营养——其中间的三节尤为明显地带有青海民谣的韵味，同时借鉴了西班牙诗人洛尔迦的民谣的元素，是一种写生小品式的抒情。[1] 据此，可以作出判断，昌耀在作了一系列写作铺垫之后[2]，真正的轻逸之作亦成于此诗，这从开句与最后两个诗句可以体会出来那种月夜与情人间朦胧的轻逸韵味。这对于一位年仅 21 岁的年轻诗人无疑是一个诗学类型意义上的开启，或者说，在那个政治狂热的年代，能够于主流歌颂的主旨之外选择如此的诗歌表达绝非偶然，这种"飘忽的自然意象的捕捉和深度处理的兴致"与"直觉性的醒悟"（燎原）必将构成一种写作的"底力"，在以后的轻逸性文本里显现出来，并体现出卡尔维诺"从其内在审美的灵巧之中派生出来"的意味。

　　当然，假若卡尔维诺的观点值得信赖，昌耀的轻逸之作则构成一个诗学验证——尽管那时候或许诗人还没有读过这类文章——我们不妨认同"轻是一种价值"这个说法；同样，蒙塔莱在那看上去似乎注定消亡的事物，那仅在细弱、微小而依稀可见的踪迹中所包含着的道德价值也值得认同。而在卢克莱修《物性论》关于诗歌的第一部伟大著作中，"有关世界的知识倾向于消解世界的实在性，诱导到对一切无限细小、轻微和机动的因素的感受"，意在消解世界的实体性实践才真正地与诗契合。这一切皆源自"整个世界都正在变成石头"的洞察与启发，意在摆脱现

1　燎原：《昌耀评传》，第 68 页。前揭。
2　据燎原《昌耀评传》第 68 页同节介绍，在《边城》之前，写有一批类同的写生小品式的抒情短诗。

实生活或时代感不可回避的沉重赋予与那种身不由己的担当所带来的苦涩与威迫。[1]无疑，这是一个理智的选择，更是对于诸多写作可能性的偏爱。昌耀一生沉浮于世事的胁迫，我们便不难解释昌耀对于轻逸这种价值的认同，曾几何时，在时代的裹挟之中，诗人既耽于沉重的写作，也有累于这个向度的负重。所以在不同的价值属类中腾挪，也为写作添加了某种趣味。这也是卡尔维诺所称许的视欢愉为一条线索：文学是一种存在的功能，追求轻松是对生活沉重感的反应——那是在生活中因其轻快而选取、而珍重的一切，于须臾之间都要显示出其令人无法忍受的沉重的本来面目。这种凭借智慧的灵活和机动性的品质正是写作的依据，这种品质属于与我们生活其中的世界截然不同的世界。我们在公认的经典小诗——《斯人》那里

静极——谁的叹嘘？

密西西比河此刻风雨，在那边攀缘而走。
地球这壁，一人无语独坐。

可以看到，在貌似冷凝、矜持的词语里能够体会出来的某种轻，那种保尔·瓦莱里所说的"像一只鸟儿那样轻，而不是像一根羽毛"——那是一种拥有质量的轻，而这种轻似乎来自斯人恬淡的忧伤和心的寂寥之中的茫然。另外，这首诗的形体之小巧和语调之柔弱与安宁也恰好地附和了其轻逸的内质——或许，这也是诗人将这种小诗的表达纳入了自己的美学判断之中。

一个有意思的话题是，日神统御下的梦幻和酒神激发的迷狂，都在内在意义上为轻逸铺就了一条道路，或者说，梦幻与迷狂本身就拥有轻逸的内质。故而，昌耀在这样两种特有的状态下生发的诗里，都具有了"人的沉重感"减少的自发动机和一种文体价值，而本质上是对于社会

1　参见卡尔维诺《美国讲稿》之《论轻逸》，萧天佑译，译林出版社 2012 年版。本节引用而没有标明出处的皆出自本文。

沉重现实的疏远与游离之后个性的彰显，这种轻逸性的追逐几乎也是一个写作者的艺术"和谐性"诉求，亦契合了愉悦的艺术本性。同时，也是诗人对于其凝重风格的一个逆反，或者说，这时候诗人已经从对于诗的"他命定生活于其中的现实"的关注中折回到自我审视的界域——无疑，这是昌耀从外在世界的拘谨表达返回内在的自主抒发，如果不能就此界定其艺术的成熟，那也可以认定为一种艺术的规避——在某种意义上说，是走出现实的"石化"与"惰性"之后诗意与语言的飞翔，或许这一刻，诗人才真正地领略到书写的幸福。

比如《淘空》，客观地说，或许这首诗的发生缘自苦难岁月的极度孤独之中的异样赠与，不妨说，是对于那个荒诞时日的荒诞之举的回眸，其诗意无异于沉沦意义上的写照，也是对生命意志的逆笃与顺从的悖异表达——其本事是羞于启唇的，而这里，能指游离于所指的远处，给人扑朔迷离的误导，会让你丈二和尚摸不着头脑。那么，"以亲善的名义"去猜度、体验诗之妙境，而事象本身已经无足轻重了，因为在诗里，旁逸已经升华为一种高妙而轻逸的修辞文体。而在《享受鹰翔时的快感》这首诗里，弥漫着一种"坏孩子"的恶作剧或淫乐——那或许也是一次不可抑制的自慰？诗人似乎不回避这一点，我们从"把戏""狡辩""佯装"等词语里感受出那种戏黠的诡秘，其文字也显得格外地逸乐。可以说，以不可言说而言说，让事象遁隐于词语的深处，在昌耀的"旁逸"类诗里做得尤为到位。

缘自写作风格畛域上的哲学借鉴，在此基础上给出了极度轻微、轻逸的特质，而让语言的轻松感"致力于把语言变为一种像云朵一样""像纤细的尘埃一样""磁场中磁力线一样盘旋于物外的某种毫无重量的因素"则构成一种形象的表述。可以说，昌耀的这种诗学追求的轻逸，来自合乎心性的精确与确定的而不是模糊与偶然性的轻微感所转化而成的文体风格——当然，在具体的写作中则偏于想象力之于比喻所获得的神话、寓言般神秘的效果，"使意义通过看上去似乎毫无重量的语言机质表达出来，致使意义本身也具有同样淡化的浓度"。缘于此，昌耀从苦难深重的阴影里挺身而出，进入生命的快乐，继而写出轻逸之诗，这样的诗尽管在写作谱系里份额并不很多，却最能看得出生命情怀的真实与诗艺的精湛，因而才显得弥足珍贵。

结语

我们自然明白，每一个真正的诗人，都在召唤生命中最深切的经验。然而，诗歌又是指向我们不能够知道的"一个未知的目标"（扎加耶夫斯基）。纵观昌耀多舛的一生，颇具戏剧的荒诞，而恰恰由于如此吊诡的命运，让昌耀从某种意识幻觉里走出，看清了人生与社会，从而回归内心，其写作也步入真正的艺术之途，或者说让其最初的诗学纯真得到持久的挖掘与锤炼——我们看到，昌耀在其后的不断反思与诗学修炼中，归从于自己的精神气质，迷途知返般地进入对西域高原的风物与人的真正的赞颂，迈入凝重的书写。同时，源自悲哀、怜悯、同情、共鸣、爱怜、赞赏、感动等复杂情绪，幸运地踏入感受的艺术之醉：日神与酒神的迷幻与狂欢，从而形成轻逸的精神与语言风格，说到底，凝重与轻逸的书写是一个诗人的不同表达维度，也展示出诗的本真发生与内在的艺术脉络——是在外部世界与事物和自我觉知的想象中，获得了深层审美的统一。正如耿占春所言："昌耀是我心中最信赖的诗人，因为他毫不掩饰自己的脆弱和痛苦，他的充满自我嘲讽的社会理念与个人的爱欲，以及他必然会折寿的敏锐的感受力。他不企图在诗歌中解决生命的任何矛盾，他听任自身挣扎在痛苦中，如果有与二十世纪俄罗斯诗歌史上相似的殉道者，那就是昌耀：因为他的痛苦的辐射区是整整半个世纪的历史与社会。"[1]

---

1 耿占春：《作为自传的昌耀诗歌——抒情作品的社会学分析》，载《西部（新文学）》2010年05期。

死亡赋格之后：我们依然的挽回
——多多诗歌中死亡主题的辨识

引言

　　人类步入文明社会以来，生命的珍贵与珍惜是毋庸置疑的，在哲学上被叔本华作为无可争议的两项"权利"中就有生命这一项选择[1]。这固然缘于人的生命只有一次的本然性。那么，死亡作为生命的戛然而止，就不能不引起人的意识中复杂而强烈的感受——恐惧、悲伤、同情、慨叹等，而与之同步的是对于死亡的展示与表达的多样性——哲学的、伦理学的、社会学的、政治学的以及医学的，等等。而在诗的层面，对于死亡的表达尤为丰富而深刻，概源于诗人在对于死亡的呈现中，除上述知性的把捉之外，还融入了情感与想象等主观的因素，故而，但凡呈现死亡主题的诗篇都让我们震撼而难以忘怀。

　　在现代诗里，我们发现死亡的想象与表达已成为一个显在的主题，波德莱尔就把自己的诗称为"病态的鲜花"，那里充斥着死亡的气息，可以说，他开启了现代死亡诗学的先河——让死亡溢满邪恶、丑陋与日常性，这远比浪漫主义时代诗人的死亡颂歌来得真实与深刻，从而"在躯体里呼唤死亡，在死亡的威胁下生存——以便在自己的诗中更好地斟酌在话语极限处瞥见的虚幻事物"[2]。可以说，死亡情结自波德莱尔以

1　叔本华：《叔本华论生存与痛苦》，齐格飞译，上海人民出版社 2015 年版，第 66 页。
2　伊夫·博纳富瓦：《论诗的行动和场所》，刘楠祺译，《诗刊》2013 年 6 期。

来，已成为一条现代诗学传统。乐于表达死亡主题幻觉的恐怕要数狄金森了，研究资料表明，她一生写了一千多首诗，而关乎死亡的就有四分之一。可以说，在狄金森充满张力的精神构成里，死亡情结充溢于诗行间，从而构成了她独有的诗歌样貌。而在拥有超验主义与现实主义文风，被誉为美国自由诗之父的惠特曼那里，我们也发现诗人对于死亡有着特别深邃的领悟，他说过生活是死亡留下的一点点残羹剩饭。源于此，诗人才拥有了大量歌颂自然与人类的诗篇，因为他深知生命的弥足珍贵。说到底，所谓死亡在诗人那里，都是身体以外的或心灵感觉与心智的幻觉，它们都在语言之中。因此可以说，探索死亡是对未知的探索与想象。我们知道，西方诗歌拥有着深厚的哲学背景，而西方哲学中"死亡"这个概念从哲学的肇始就发挥着"关键作用"，尤其在黑格尔那里，死亡被确立为核心概念与最高表达；海德格尔则把人描绘成向死而生的存在，从而在黑格尔哲学基础上对死亡做了有意义的"挽回"[1]。那么，西方诗歌中死亡主题的经久不衰就具有了其内在的诗学合理性。当然，在哲学家那里，对于存在或直观形象的意识有一个"难题"，那就是"意识只有通过对某个事物有所经验才会显现出来，它从来无法通过直接地把捉到它自身而存在"[2]，而在诗人那里却并非如此，诗人可以通过想象与联想经由语言作出形象的展示。唯此，诗人在死亡主题的处理上也不需要像哲学家那样依赖于推理而陷入某种概念的虚妄之中——就是说，诗人可以依靠语言想象而把捉死亡的存在。

　　多多无疑是20世纪50年代出生的汉语诗人中最早接触西方文学艺术的人之一。早在1970年代初，他就阅读了西方"黄皮书"，其中有贝克特的《椅子》和萨特的《厌恶及其他》等。[3]尽管还不够多，但毕竟接受了西方文学的启蒙，为其后倾慕的西方诗学作了荐引，这从他公开发表的诗篇里可以得到佐证。比如写于1973年的《少女波尔卡》显然是受到某篇西方文学的触动，而写于同一年的《手艺——和玛琳娜·茨维塔耶娃》更确证了诗人在那个时期就已经阅读了俄罗斯白银时代的诗

1、2　乌尔里希·哈泽、威廉·拉奇：《导读布朗肖》第48、53页，前揭。
3　《北京地下诗歌》，载《多多诗选》，花城出版社2005年版，第242页。

歌资料或传记性文字，面对玛琳娜·茨维塔耶娃："她，就是我荒废的时日……"接着，诗人玛格丽也成为了多多青年时代的美丽想象。直到 14 年之后写出《1988 年 2 月 11 日——纪念普拉斯》，可以说，诗人在心中早已锁定了西方诗学的记忆，以至于在一个特定的年份，有了去国的抉择。

事实上，在西方诗人中，多多最为推崇的五位诗人是保罗·策兰、勒内·夏尔、伊夫·博纳富瓦、巴列霍和里索斯。对于策兰，"我认为集中营（他的父母双双死于集中营）和苦难是他诗歌里根源性的东西"[1]。就是说，死亡是策兰展示的根本主题。那么，多多在死亡主题这个向度上不会不受策兰的影响与诗意的触发，进而在诗篇里展示死亡的独异意蕴。

多多在飞地所作的一次讲演中[2]如是说：创造力不受理论限定，也不受其指导，但这并不等于说，它是不可能被启发的。它经常通过阅读，阅读经典诗歌形成共鸣与激发。理论自有其价值，但诗歌的文本更能把我们带入写作。他还说：如果心智的干预和组织过早，或者过多，便会固化，文字成型了，而诗性消失了。我们从这些话里，似乎可以悟出这样的意思，即一个诗人是趋近于诗歌文本而排斥理论的，其实这里披显了诗人的内在合理性。那么，多多在死亡主题的展示中，是"体现为一种现实与幻觉影子间的游动"和"从影像、声音捕捉转变为诗行"，还是更多地依赖于死亡的哲学性启发？我们更倾向于前者，而把后者视为写作的底蕴与支撑，正如他在这次演讲中说过的："如果心智能够合并，才能把这种游弋的游动固定下来。"这样，我们对多多死亡主题的辨识，唯有从其诗歌文本里寻找依据才能够贴近诗人的本意与诗的本体，顺从其写作的踪迹从而进入阐释的界域——或者说，在此背景下，对于多多诗篇中死亡主题进行思辨，才能得出合乎诗学规约的结论。

1　引自 2015 年 12 月 04 日《凤凰文化》，作者：魏冰心。
2　多多：《诗歌的创造力》，录音记录：张蕴觉，2016 年 7 月 16 日"飞地"现场。

一. 诗篇中的死亡主题：生命本体的多重呈现

相对于生命个体，死亡作为生命的结束——仅从这一点来看，人对于死亡的恐惧感是正常的，所以，尽管叔本华作过长文去阐释死亡的非恐惧性和排他性，但他依然说："死亡就是一桩极大的不幸。在大自然的语言里，死亡意味着毁灭……所有生物一旦诞生在这一世上，就已具备了对死亡的恐惧。这种对死亡的先验恐惧正是生存意欲的另一面，而我们及所有生物都的确就是这一生存意欲。"[1] 而更多的时候，死亡不仅只是涉及生命个体的终止，还包括绝望、孤独、苦难、困境、危机、劫数、厄运等等因素催生的死亡想象[2]，从而给诗提供了宽泛的死亡转喻。

多多很多的诗篇都弥漫着死亡的气息，有来自生命个体的感悟，还有来自时代的心理烙印与情怀，从而成为诗人的基本精神底蕴，也构成其诗歌的意涵特征。比如在《走向冬天》这首诗的前三节里，诗人动用了腐烂、尸首和棺木等词语，描绘了一幅肃杀与死亡的镜像，接下来的"犁，已烂在地里""结伴送葬的人醉得东摇西晃"表达得更加明白无误，不啻说，诗人的内心拥有着一个令人恐惧的死亡记忆，而"死鱼眼中存留的大海的假象……/ 六月地里的棉花一定是药棉"（《看海》）则让诗人深陷其中而不能自拔，或者说，时代让一个书写者宿命般的成为一位批判现实主义的诗人，以至于在日常物象里也会显现出来。尽管这是一种死亡幻象，但披显着诗人此刻的精神姿态——就是说，诗人在自然万物中看出了死亡的多种必然可能，并揭示出其心理映像，而诗人就是在这死亡的必然性里体验着生命的虚无。故而在多多的诗里，出现较多的是"绝望""孤独""血"这些词汇。从这些词汇里可以显现出诗人触动灵魂的、让人心痛的生命体验。或者说，这些晦暗而阴冷的词汇频繁出现，披露出生命深处悲伤、寂寞、无聊的感受，相伴而来的是人生的无着、自由的丧失以及生命遭受摧残与迫害的愤懑和对命运不测的恐惧感，以

1　叔本华：《叔本华美学随笔》，韦启昌译，上海人民出版社2004年版，第204-205页。
2　参阅陈仲义：《生命诗学的分支与半自动书写的语词暴力》，《中国南方艺术》，2013年2月22日。

至于有了死亡降临的幻象和语言呈示。

　　绝望作为一个心理元素，有时候是如影相随的，它甚至像血液在血管里流淌着不被人察觉，但恰恰如此才会朝另一个向度转化，乃至于成为死亡的化身。诗人尤其如此。他会在诗行间不经意地披露出来，比如多多在《没有》里——还是在早晨开始时，就有了"没有人向死人告别"的决绝叹谓，接下来的一系列并置的"没有"短句"一次次否决了在诗句里努力保持的微弱的、残剩的希望"，"用戏剧性的突转展露了内心的冲突，好像是一次次向绝望深渊的俯冲"[1]，直至跌入语言的晦暗之中，这里绝望就已经转化为死亡的内涵。

　　在远离祖国与母语的异国他乡的日日夜夜，多多似乎有着排遣不尽的孤独心绪，而诗人对远方的故土是绝望的，因而便在诗里化作死亡的喻指——或者说，孤独是可怕的犹如死亡一般的情形，诗人把孤独视为另一种意义上的死亡，在《依旧是》里，诗人看到了"冬日的麦地和墓地已经接在一起"，这显然是一种极度失望之后的心理判断，继而才有"四棵凄凉的树就种在这里 / 昔日的光涌进了诉说，在话语以外崩裂"的诗的诉说冲动和"你父亲用你母亲的死做他的天空 / 用他的死做你母亲的墓碑 / 你父亲的骨头从高高的山岗上走下"的凄楚的死亡怀念。在另外的诗篇里，"死人才有灵魂"(《锁住的方向》)和"死人也不再有灵魂"(《锁不住的方向》)的呐喊才显得振聋发聩——因为诗人是面对那个曾经的时代发出的，一如西默斯·希尼所说的那样："诗歌也许真的是一项失落的事业……但是每个诗人都必须把他的声音像篡权者的旗帜一样高高举起。无论这个世界是否落到了安全机构和脑满肠肥的投机分子手中，他必须加入到他的词语方阵之中，开始抵抗。"[2]在《那些岛屿》里有"它们的孤独来自海底 / 来自被鱼吃剩的水手的脸""我 / 望到我投向海底的影子 / 一张挂满珍珠的犁 / 犁开了存留于脑子中的墓地"，可以体会出来，诗人对心中的孤独是异常的恐怖，这里袒露出诗人远离祖国，

1　杨小滨：《多多：抒情的灾难》，《诗品微刊》第 231 期。
2　西默斯·希尼：《信念、希望和诗歌：论奥希普·曼德尔斯塔姆》，胡续冬译，北京文艺网
　　2013 年 9 月 6 日。

尤其母语时，他处于语言可怕的黑暗地带。同样在《这是被谁遗忘的天气》里，诗人也显示了一种极度的孤独情绪，在诗里，尽管呈现的是海以及与之相关的船、云朵、沙滩，但这空旷、荒凉里分明立着一个人——或许就是诗人？这里被"遗忘"的不是天气，而是生存的无着，是人生的被遗忘和心灵深处的孤独感。这是诗人与这个时代的不妥协所导致的一种情怀。在他面前，世界已经没有"被记起"的了，甚至也不会有"一再消失"的东西。这里还似乎暗含着衰老的岁月，回首看，"天气"也是日子的代名词与延伸——那种天气的普通性其实就暗示了日子与岁月的平淡无奇的无意义性。多多在诗里展示了诸多的绝望、孤独、无聊与虚无，或许他并无意向哲学家靠近，但在对于生命本体的语言想象中，却与哲学家不谋而合。就是说，多多在这个向度的展示已到达哲学的高度，正如海德格尔所以为的"将自我自由地投射到我未来的种种可能性之中去，向'我的虚无'——也即我的死亡——探出身去"[1]的那种境况。

在多多的诗里，我们还看到死亡的悲哀性，比如《博尔赫斯》这首诗，这是诗人在博尔赫斯墓前观看到的情景。一群又一群的人前来参观，只有热闹，而他们却聆听不到智者的声音，众人乃无梦之人。而实际上，在其他先人、智者的墓前也莫不如此，故而诗的开句"每个先知的墓前围着一堆聋子"才让人震撼。"而他，是我们的症候 / 对着拥挤的空白，谜 / 和它强烈的四壁"，诗人在墓前，或者说在前辈诗人那里寻找着知音与共鸣，那便是博尔赫斯的诗成为我们时代诗歌的引领与认同的声音，这里有一代诗人对于前一代诗人的敬仰，也是一个诗人对于一位大师的呼应。同时，在这盲目的拥挤里，看到一种或许也会与自身有关的悲哀——那种知音难觅的悲哀。所以才有下一节的慨叹："他的死，早已通过更细的缝隙：/ 海，不是大量的水 / 是人群吞吃人。"这里，多多又回到眼前，他看到诗人之死的本相与本意传达给参观者，扩散开去，以其伟大的力量扩散着，但竟然不被大量的聋人聆听，如同大海吞没和被人群吞吃，这里的表达不能不让我们感到悲哀。故此，"他无眼，

1　乌尔里希·哈泽、威廉·拉奇：《导读布朗肖》第59页，前揭。

而他是我们的视力"这个结句的高昂呼喊与高度的赞叹将诗提升到一个高度，达到了全诗张力与势能的最大化，也是"而他，是我们的症候"的一个蕴含的跨越，从而构成诗的语言之场的完整性，或者有效地呈现了死亡的另类形态。

当然，在诗里未必就一定要展露对死亡的恐惧——就是说，诗可以在缘于死亡的转化中趋于复杂乃至于抵达高贵的境界，比如在《它们》这首诗里，"在你的死亡里存留着／是雪花，盲文，一些数字"就是如此。在这里，死亡是真实的，但不再是悲伤与惊恐，而是拥有了一种怀念与平静的记忆或美好的想象，说白了，诗人给死亡以诗与美学的高度。《致情敌》这首诗无疑是跟爱情有关的，那个时段，诗人正值豆蔻年华，爱是一个绕不开的话题，可是，他在诗里却写出了"射死父亲""末日""复活的路上横着你用旧的尸体"和"有我，默默赶开墓地上空的乌鸦"等词句，这里，显示出复杂的情思，拓展了死亡主题的疆域，那便是让死亡成为爱的殉葬的转喻。同样，在真正幸福的时刻，诗人也会想到死亡。在《致太阳》的感恩中，想到了死亡："我们在你的祝福下，出生然后死亡"，但那是一种幸福。在《同居》里，他写到"因而能够带着动人的笑容睡去／像故去一样／竟然连再温柔的事情／也懒得回忆"是享受幸福。而在感叹命运与时代，诗人也想到了死亡："呵，死亡、哲学／黑色花丛中萎谢的诗／还有土地、命运／白色栅栏中思想的葬礼""让我们最后干一杯／——死前相遇的伙伴"（《日瓦格医生》），那则是一个不幸。在哀伤之中，诗人也会说："是我死去的时候了"（《诗人之死》），这一刻，诗人拥有了叶赛宁抒情诗般的高贵。

从哲学的层面上，认同叔本华关于死亡的阐释是有其依据的，这源于他从本然意义上去看待死亡，意味着生命个体在时间面前的一种自然结果，他甚至谈出死亡的释然："虽然生命程序的维持有其某一形而上的基础，但这维持工作却并非不受阻碍，因而可以不费力气地进行。正是为了维持这一生命程序，这一机体每天夜晚都要做一番配给、补足的功夫。所以，机体要中断脑髓的运作，分泌、呼吸、脉动和热量都部分减少了。由此可以得出这样的结论：生命程序的全部停止对那驱动这一生命程序的生命力来说，必然是如释重负。大部分死人脸上流露出来的安详表情或许就有这方面的原因。总的来说，死亡的瞬间就类似于从一沉重梦魇中醒来。"[1]我们在多多《节日》这首诗里寻找到一种同样的死亡意涵层面上的参照："老女人／死去的屋里，有一股秋天的皮革味／我听到尘埃离开她时的叹息，一阵冬天的／乡下的低音音符，就停在琴弦的末端／／'把我像空气一样地放走吧'"，在这一节描述死亡的诗里，我们看不到恐惧与悲恸欲绝，有的只是一种平常的气息（秋天的皮革味）和一种微观视域的情感内现（尘埃的叹息）以及带有某种唯美性质的联想与展现（音符在琴弦的末端），不妨说，这里彰显了死亡的安详与安静，一种向生命"敞开的退路，返回到大自然的怀抱"[2]——那种时间老人赐予的生命释然的节日。

从生命主体的立场去看待死亡，其实它是外在于生命的，或者说，当生命存在之际，死亡尚未到来，而当死亡降临，生命已不复存在——这很像是一条跑道上的接力赛，那跑道就是肉体——生命与死亡交接的一瞬间，它们已经各自分离，永不相见，唯有时间注视着这一切。"伊壁鸠鲁就是从这一角度思考死亡，并因此说出这一正确的见解，'死亡与我们无关'——他对这一说法的解释就是：我们存在的话，就没有死亡；死亡出现的话，我们就已不存在了。"[3]那么，在这个世界，人对于死亡所有的表达都只能是一种猜测、推理与想象，即便那些宗教教义也莫过于此。这样，在古今中外经久不衰的诗篇中死亡主题的表达则是一种美学意义上的语言想象，犹如帕斯在《鸟儿》（赵振江译）这首诗里写到的"我顿时感到死神就是一支雕翎，／却无人知道谁在拉弓"那样的茫然。多多则是这无数个死亡想象的独有的诗学表达者之一，而他的根植于生命个体的多向度死亡主题的呈现则丰富了语言想象的畛域——说到底，死亡主题并非只是哲学与宗教的垄断，诗人们依然在这个领域为诗歌寻找更深远的出路。可以肯定的是，正是像多多这样在将生命意识融汇于

1、2、3　叔本华：《叔本华美学随笔》，第212、212、210页。前揭。

诗歌的过程中，也将伴随而来的死亡主题上升至美学高度，从而构成与哲学、宗教的死亡之境平行的人类文化传统。

二. 在群体与时间中，生命个体死亡意涵的超越

在多多更多的诗篇里，我们看到诗人并非只对生命个体的死亡予以追怀与思考，他还对群体乃至社会与时代发声，并将死亡置于时间的维度之中，通过想象赋予死亡多重语言形象。我们从多多最初的诗里，已窥见其死亡的主题。从最早的几首诗里，可以看出诗人并非只将死亡置于个体生命的转喻之中，不妨说，他一开始就给予死亡主题以宽远的预设，从而获得了"一种意义之音乐的乌托邦"（罗兰·巴特）。《从一本书走出来》这首诗同样触及了一个特殊群体的灾难性事件，或许是诗人读了一本关于矿难的书之后，才有了诗的触动与发生——自然，那是死亡的触动。显然，这是一首控诉之诗。在诗人看到的书里，那些描写矿难者的情景深深刺痛了诗人的心。我们能够想象一群矿工掩埋在矿下，没有人明白真相，而只有他们自己明白："没有另外的深处"，而那些装腔作势的哀悼更加可恶。矿难者无法瞑目，像灯盏照亮一切。他们绝望地呼喊：深处，是我们的！最后诗人吁叹道：只要"枕着他们，你就能重写"，悲愤之情溢于言表。

当诗人面对一个人物或一件事物，拥有了对死亡复杂的思忖与想象，随之而来的必然是复合的死亡意象的展现。在多多这里尤其如此——不妨说，作为一个强力诗人，多多拥有更多的死亡想象和对于死亡意象经营的能力。在《一个故事中有他全部的过去》这首诗里，诗人给予死亡多个侧面的展示——显然，这里在影射一个过往的人物，那么死亡就从他这里生发，不仅关乎他自己，还涉及他周围的人群，尤其是那些青春无邪的女人；还有对他邪恶的揭示以及死亡之于他的必然；而最后的死亡成为一种纪念与微不足道，"死亡，已碎成一堆纯粹的玻璃 / 太阳已变成一个滚动在送葬人回家路上的雷"，这里，死亡与罪恶以及历史背景下的审判相关，或者说一个人——无论他曾经多么显赫，都避

免不了死亡，而他在人生历程中所导致的他人的不幸，让他的死亡成为一个多余，成为一粒沙子般的渺小与无足轻重。同样，在《北方闲置的田野有一张犁让我疼痛》这首诗里，诗人为北方的田野赋予死亡的多重形象，为这北方的田野赋予了威严。从"像一匹马倒下"的春天里，从"一个石头做的头／聚集着死亡的风暴"里我们看到了死亡的震慄。显然，这里暗示着那块土地上悲壮的历史，自然，还有来自土地的伤害与杀戮，故而才会有"孩子的头沉到井底的声音／类似滚开的火上煮着一个孩子"的可怖的喻体，如此，我们才有一份对于土地的形而上的尊崇与敬重。

我们发现，在一种超现实的想象文本里，有时候可以通过分割的肢体来展示死亡，在某种意义上这种死亡的精神意涵更显得突兀与强悍，这是一种溢出身体或个体生命之外的精神意指。多多在《过海》里，作了如是的设计：在海的开阔、自由的背景下，诗人联想到"那条该死的河"，"我们回头，而我们身后／没有任何后来的生命／／没有任何生命／值得一再地复活？"这是可怖的世界末日镜像。尤其"我们身后——一个墓碑／／插进了中学的操场"的特写镜头既催人泪下又让人绝望，故而才有"在海边哭孩子的妇人／懂得这个冬天有多么的漫长"，从而做出"没有死人，河便不会有它的尽头"的预言。这里诗人在诗行间直指一种政治实体或时代，力透纸背而发人深省。

《在秋天》这首诗里，多多则揭示了一个死亡叠加的情节，让一个人为的死亡为一个人的自然死亡陪葬，这种"一起，死去"给死亡本体平添了一份荒诞性，也向我们彰显了一份来自异域死亡的非人性的罪恶。同时，多多对于罪恶欲望这样的心理现象也在诗里作出拟指。比如在《他们》这首诗里："死亡模拟它们，死亡的理由也是"，还说："使死亡保持完整／他们套用了我们的经历。"在另一首诗里，诗人还梦到了梦的死亡（《早晨》），那么，这梦也一定根源于一个时代的溃败所导致的人生的无聊与绝望，以至于梦境都已经毫无意义。

在《死了。死了十头》里，死亡尽管发生在动物身上，但依然让人惊诧与同情。诗人在这里对死亡做了分割术，让其以器官的特写镜头震撼人心。这很像一部幻灯片，把死亡展现得淋漓尽致，尤其在活了、死了的饶舌的诗句里，引发读者去思索生命的尊重与保护是何等重要。而我们在《战争》这首诗里也同样看到了死亡的另一面，那便是一种无尽的遗恨被亲情所包围、容纳与谅解，这里注满生者对死亡的理解而不再是某种惯常的心绪。

　　不可否认，生命个体的死亡在某种程度上体现着一种现实性与社会性——就是说，一个人的死亡成为一个事件后，就一定会在现实中体现出来，会与其他人发生关联，引起人们的思索与行动，进而最终体现为一种社会性。在多多《从死亡的方向看》里，我们看到了这一点。本来，人死后安葬是一个正常的事件，而缘于"总会随便地埋到一个地点／随便嗅嗅，就把自己埋在那里"，因而"埋在让他们恨的地点"，这里埋葬的或许是一位达官贵人，他们费尽心机地选择，却并非平民百姓看着的舒心之处，故而"他们把铲中的土倒在你脸上"。当然，"就会从死亡的方向传来／他们陷入敌意时的叫喊"是诡异的，只是一种死亡推测，不啻说这样的死亡引领人们的现实性评判，也给死亡带来社会性色彩。同样，《十月的天空》没有给我们秋高气爽的感觉，而是"十月的天空浮现在奶牛痴呆的脸上／新生的草坪偏向五月的大地哭诉／……黑暗的地层中有人用指甲走路"的恐怖。通读全诗，可以看得出诗里展现出季节的灾难——或许跟时势有关，或者说，诗人在诗里昭示的是一个绝望的沉默，直至死亡，在死亡里有一个早年的美好怀念——当然，那是早已不存在的情景。

　　审察人类的世界，生命个体总是短暂的，而在生命的长河里，逝者远远超过了活着的人，一如叔本华的一个说法：在我们的生命到来以前与失去以后，那些时间比我们的生命长得多得多。[1]故而在那个世界才有更多的居民——他们是"我们"的邻居，这是多多在《居民》这首诗里对于群体的死亡展示的又一个维度。在这里，诗人歌诵了逝者的永恒与自由，而生命个体是短暂的，仅在接吻与睡眠之间，就走完了生命的

1　叔本华：《叔本华美学随笔》，第208页。前揭。

历程。因而那些居民"向我们招手，我们向孩子招手"，待新的生命诞生后，"一切会痛苦的都醒来了"，以至于"用偷偷流出的眼泪，我们组成了河流"成为我们的宿命——而在这看似悲观主义的视域里去审视生命的虚无，或许能够让人自身愈加地清醒。

倘若一般意义上的诗人面对一片墓地，最常见的就是缅怀、追思，让诗拥有悼词的脸谱。而多多在《沉默的山谷里埋着行动者》这首诗里，尽管也看见有人流泪，"但不是哭"，那是什么？这里其实敞显着一种巨大的悲恸背后的沉默——那这"死人的重量"可想而知，我们可以猜想那是一位民族英雄或一位正义的殉难者，他让这些活着的人在"希望之间的高原"里"被修复为无言"。这已经不是痛定思痛层面上的反思，而或许是一种极度绝望背景下的"无言"与愤慨，是策兰意义上的"移向词语的无声的沉默之中，这沉默使人屏息、静止，这些词语也变得十分隐晦"[1]。而接着，诗人在"沉默的岁月里没有羔羊／鸽子就此飞出血巢"的突兀的转折与崭新的具象里引向另一个维度，那便是"悼文中的世界／从人的痕迹中隐去"后，"接生者的徘徊仍在投影／让脐带内的谈话继续"——这里则透露出一次生命的诞生与延续，这才是死者最伟大的意义体现，也让诗篇成为一次经典的重塑。同时，我们看得出这种来自于生存的洞察与彻悟给予我们内蕴精湛的诗句，而在这诗行间所涌现的语言的力量则给读者以宗教般的温暖与魅力，从而让人们因为有了这些诗篇而拥有了寄托和希望。是的，作为诗人，纵然可以为一个时代投去死亡的一瞥，但人类拥有自身的伟大，那么，诗人也就没有理由不给人类的未来以希望。我们在《五年》这首诗里，看到了多多的语言想象中——尽管是声嘶力竭，却有着坚定的不可置疑的对于死亡的翻转。在诗里，毒蘑菇、风景、舌头、脾气、精液与胎儿，都意味着生命的原动力及其力量的场域所指代的世界未来，诗人在这种讴歌式的诗行里彰显出人性的觉悟与文学的勇气，唯有此，方可以启迪人类的良知，让这个世界"不死"——不啻说，这里体现出诗的伟大功力，正如迦达默尔说

---

[1]　《陈缝之玫瑰：迦达默尔论策兰》，王家新等译，《新诗评论》2009 年第 2 辑。

的"在诗人和人类存在之间没有什么区分，人类存在，是一种要以每一阵最后的力气把握住希望的存在"[1]。

三．语言，诗人的信念；或死亡主题的词语考量

希尼如此说过："语言是诗人的信念同时也是他的父辈们的信念，为了走他自己的路并在一个不可知的时刻展开他特有的工作，他不得不把这种信念引到狂妄、好胜的极点。"[2]在当代汉语诗人中，多多即是拥有这种信念的人。他既注重诗的创造力，又在意于诗的技艺，这在他死亡主题的诗篇里依然如此——从诗意的营造到意象的选择，从词语到形式，多年以来，他都刻意为之。诗人曾大量阅读策兰的诗歌，被他不可解释的神秘所吸引，也深深震撼于其诗歌所到达的陌生处，一个不可言说的领域。他还从勒内·夏尔的诗里体验玄妙、直观与穿透性，以及词句的欣喜；在博纳富瓦的诗里体验其"超理性"奥妙；同时也在巴列霍的诗歌中领略断裂、破碎、超现实主义的意象和那种在现实的背景中突然提升出爱、悲痛和撕裂的力量。[3]多多如此深沉地在西方诗人那里汲取诗学营养，以熔铸出自己的诗歌质地与形态，也为我们考察其以语言为核心的诗学技艺铺展了一条路径。

我们看到，多多写于1974年的早期诗篇里，那将死亡升华为诗的美学高度也是当代诗人中最具标识意义的，比如诗人最早在汉语诗里给乌鸦以死亡的美学想象，让他的诗在那个年代抵达了几乎无人能超越的高度："像火葬场上空／慢慢飘散的灰烬／它们，黑色的殡葬的天使／在死亡降临人间的时候／好像一群逃离黄昏的／音乐标点……"(《乌鸦》)。而在《父亲》这首最具死亡"现实"的诗里，我们依然看到了那个来自远方的情境，不妨说，诗人在现实场景里——尽管那是梦——依然荡开去而走向更远的想象，从而为我们呈现了一幅超现实的图景。多多能够把

1　《陈缝之玫瑰：迦达默尔论策兰》。前揭。

2　西默斯·希尼：《信念、希望和诗歌——论奥希普·曼德尔斯塔姆》，胡续冬译，载于2013年9月6日《北京文艺网》。

3　西默斯·希尼：《信念、希望和诗歌——论奥希普·曼德尔斯塔姆》，前揭。

现实落在一个梦里，是梦就会离奇，它跟超现实主义有时候并不矛盾，但也不是一回事——就是说多多并非在运用超现实主义的技法而是缘于梦。"我却总是望到那个大坡／像被马拖走的一个下颚那么平静／用小声的说话声／赶开死人脸上的苍蝇"，这里有"大坡""说话声""脸上的苍蝇"等日常细节情景，但"下颚"被马拖走显然又让真实跌入幻觉，从而淡化了现实。而接下来的一番慨叹则真实地拉远了梦的"真实"，让梦愈加抽象而淡漠，进而成为语言的远景。说到底，这是一首从现实图像走向遥远幻象的语言之诗。

在死亡想象中，一任其诗思走向超现实的情景，死亡就会变得扑朔迷离，成为一种实像的分解或稀释，而意蕴则在词语和意象的扭打中趋向主观意图。比如在《笨女儿》中，多多在去世的母亲这个死亡事实面前的多向度想象便是如此。在诗里，有夜、马蹄声、鞋以及风的超然想象，让死亡的实像淡化或支离破碎，或者说，母亲故亡的事实最终只在想象与语言编织的梦幻一般的意境中。我们有时候还可以看到多多在诗里只为死亡作着纯粹的想象，比如在《麦子的光芒》里，"父亲的灵魂／移过国王的荒冢，挤进麦田上空的漩涡"，在这里，国王、荒冢似乎不必深究其有无，麦田上空的漩涡更是一种超验的幻像；及至"那早死的，已死的，死定的一年，还在／被流血的指甲抓着，抓住，抓紧"已经是一种恐怖记忆的词语垒砌了，而在"马死前，马鬃已经朝天飞卷"也已经沉淀为一个拥有具象感的死亡预言——诗人就是如此在死亡的远处，为死亡作出超出本体意义上的想象的拓展，从而筑造与死亡若即若离的语言风景。

将死亡的主题置入虚幻的形而上世界，是多多的又一个诗学特征。比如在《冬日》这首诗里为时日所作的追思："黄昏最后的光辉温暖着教堂的尖顶／教堂内的炉火，已经熄灭／呵，时日，时日／／我寻找我失落的／并把得到的，放走／用完了墓碑上的字"——在这里，诗人把失去的与失落的都归类于死亡的范畴，无疑拓宽了死亡主题的疆域，或者说让死亡这种形而下的具体发生上升为一种虚无的境界，从而摆脱了死亡的具体性所致的恐惧，也给予死亡哲学上的普遍性，兑现了叔本华所描绘的从死亡就是一桩极大的不幸，到失去了某样本人再不会惦念的东西显而易见不是什么不幸[1]的认知转换。故此，便让这种普遍性升华为审美的意涵与语言层面的终极高度。

当然，一个人的想象往往会发生偏离与翻转，概缘于社会潜意识的内窥，在多多这里也是如此。比如"五粒冰凉的子弹／上面涂满红指甲油"（《你好，你好》），这样一个表达友谊的举动居然披示了死亡的旨意，的确让人惊悚。在《墓碑》里，除了在"这夜，人们同情死亡而嘲弄哭声"里披示了死亡的字汇，其余的诗句一概不再涉及。而细读中我们发现，诗人又是在围绕死亡展开想象："漆黑的白昼""巨冰打扫茫茫大海／心中装满冬天的风景""倾听大雪在屋顶庄严的漫步"等等，不妨说，墓碑就是死亡显的标志，是"一个村庄里的国王／独自向郁闷索要话语"。从这首诗里，我们体会出诗人在死亡这个有着形而上意味的题旨里，又作着形而下展示的努力，就是说，多多力求在诸多具象里捕获死亡的喻体。

在多多的诗里，曲隐的死亡展示同样让人惊悚。比如在《噢怕，我怕》这首诗里，"我更怕——被／一个简单的护士／缝着，在一张移植他人／眼睛的手术单下／会露出两个孩子的头"，这里两个孩子的头必定会有一个死者——眼睛捐赠者。而"从打碎的窗子里拔出／我只有／一颗插满玻璃碴的头／还有两只可憎的手／会卡在棺盖外"同样也隐含着一个亡者。这里很难看作修辞的结果，毋宁说是一个独异的感受与想象，你能够说"从一棵树的上半截／锯下我／的下半截"是出于一种修辞的需要，还是那种根深蒂固的潜意识？故而，在这里，我不愿把多多归类于修辞型诗人，而只感佩其所拥有的来自死亡深层的感受力，是这种感受力成就了他的诗，而不是其他。

说到底，诗"是一种抵抗绝望的阻挠因素。它是一种抵抗死亡的坚定的论证"（阿米亥）。绝望往往跟死亡相联系。故此，我们看绝望成为多多诗歌中常常展示的一个主题，一定拥有其更多诗学的深意，这让他

1　叔本华：《叔本华美学随笔》，第 206 页、210 页。前揭。

在展示独异的精神之际，也给诗以冷峻而孤绝的风貌。比如："人的无疆期待／便如排列起来的墓碑／可以穿行整整一个国家"（《在它以内》），诗句渲染了一种死亡般绝望的情绪，但它并非个人的，它是生活在这个时代的人们所共有的"负资产"。同样，在一首诗里，诗人可以预设复杂的意蕴，以求得表达的丰满。比如多多《北方的夜》，诗人在复杂的蕴涵里，透出一股死亡的气息，或者说，整首诗都笼罩在死亡的氛围里，而正是缘于蕴涵的复杂，你很难归纳出死亡所指的向度，或许诗人正是在生命、死亡与语言中展开复杂的诗思。

我们能够看出来多多在其死亡主题的表达中，不断筛选新的物象及其转换的诗学努力，在《从一本书走出来》这首诗里呈现的一个物象——"樱桃地"引起我的注意，也让我审视、猜测着它们是实指还是喻象。那里果真有一片樱桃地，还是从"已被一一码齐"的矿难者那里看见的不愿抿上的眼睛？还有诗里的"灯"，很显然，那就是矿工眼睛的代指。这样的物象给死亡更添加了诡异与恐怖的氛围。我联想到《在它以内》这首诗里有一句："微小到不再是种子"，这看似平常的物象，其实颇费思量，往深处想，它似在指人类生命的原点，是构成大千世界的根本元素。而这个物象的前面竟是"埋你的词，把你的死／也增加进来"，后面则有"活在碗里"，很显然，这是暗示着作为"人的无疆期待"的——粮食——的命运：死亡的到来。诗就是在如此曲隐的物象转换中向我们传达着独特的意指。

在多多的诗里，词是第一位的，毋宁说，只有词才是诗人的立足点与出发点。在阅读中，我们发现这个字眼出现的频率最高，可以看出，诗人在诗里对词给予更多的预设。在《还在那里》这首诗里，词就是它自身；词是文化的基因，也是人类生命意识的基本元素，在《存于词里》，"词拒绝无词／弃词，量出回声"，这里，词又似乎代表着文化与历史。词跟生命有关，就跟死亡有关，它也可以说是生命逝去后的证据，故而，"为绝尘，因埋骨处"才有了诗"存于词里"——这在多多那里几乎是一个宿命。在《从一本书走出来》里，"深渊里的词向外照亮"，词在这里就是矿工，就是灾难与死亡，它像一盏灯照亮深处，也让那些制造矿难的罪恶之人无处藏身。而《在无词地带喝血》里，"说的是词，词/之残骸，说的是一切"，词则代表被历史遮蔽的一切真相。在另外的诗里，还有"词拒绝无词""埋你的词"等，都分别代表了不同的意蕴。就像希尼在评论布罗茨基时所说的："词语对他而言是一种高能燃料，他喜欢在词语抓住他时让自己被驱动。"[1]多多大抵也是如此。

语言修辞是诗人的基本功力，多多在诗里有着更多的展示。我们在《北方的海》里看到了这样的句子："大地有着被狼吃掉最后一个孩子后的寂静"，这是一种嵌入的死亡表达，或者说它是一个外在的死亡——在这里，死亡并不存在，只是一个假设与想象，用以烘托"寂静"，故而尽管这里有着跟死亡相关的词句，却不能归入死亡的主题，虽然它的确是关乎死亡的修辞。在《马》这首诗里也有着纯粹的修辞，但这种死亡修辞却最终落脚于死亡的意涵上，就是说，整首诗围绕着死亡的意指展开："灰暗的云朵好像送葬的人群"是如此，而"孤寂的星星全都搂在一起/好像暴风雪"是一个面对死亡恐惧的心理呈现，"黑暗原野上咳血疾驰的野王子/旧世界的最后一名骑士"则透出死亡即将到来的征兆，"一匹无头的马，在奔驰"犹如死亡自身的形象，在这里，所有的意象都成为死亡的象征。在汉语诗歌中，我们常常可以看到一种美好的想象总会最终跟死亡相关连，这不是一种生命意识的必然，却能够从一个人的心理层面获得解释，就是说，那种极度的情形唯有与死亡意象相联系，才能尽兴或尽意。在《我记得》这首诗里，多多如此写道："天是殷红殷红的/像死前炽热的吻""花的世界躺满尸体"，就是一种内心里极致的感应所导致的一种修辞效果。

一般而言，经营意象是一门手艺，尤其写诗的人是如此。而要经营死亡的意象却非同一般，就是说，在对于死亡的想象中，怎样寻找意象考验着一位诗人的技艺。多多在死亡意象的经营上无疑是一位强手，他可以在超验的想象里让死亡抵达经验的层面，从而给读者以基本的诺许——当然，这也必须在读者自己找到了一把入门的钥匙之后。在《我

1　谢默斯·希尼：《约瑟夫·布罗茨基1940-1996》，维达译，《诗品微刊》第218期。

读着》这首诗里，有这样的诗句："种麦季节的犁下托着四条死马的腿 /
马皮像撑开的伞，还有散于四处的马牙"，显然，在日常生活里，死马、
马腿、马皮和马牙都是一个经验认知，而在诗里则是一个超验的形象，
表现为一种生活的不可能，但诗人在"十一月的麦地里我读着我父亲"
的主旨下，又成为让人能够接受的语言现实。不啻说，对于一个已故父
亲所归属的大地，他所历经的死亡的多种情形都是可能的必然，一如
"我读到我父亲的历史在地下静静腐烂 / 我父亲身上的蝗虫，正独自存
在下去"那样。故此，我们体验出多多是多么强悍地为死亡主题寻觅着
无限的诗学可能。而多多对死亡意象的经营几乎无处不在，哪怕面对风
也是如此。诗人在《我始终欣喜有一道光在黑夜里》里如此写道："风的
阴影从死人手上长出了新叶"，这个想象是惊人的，他为风赋予了生命
力，这也是对大自然力量的最为精到的体悟。这里的"死人"也是一个
喻指，似乎在隐喻一切丧失了生命力的事物，这样就揭示了一个道理：
人在大自然面前是微不足道的，是风"驱散了死人脸上最后那道光"。
而且，诗人在对于死亡意象的展示中力主显现一种过程，就是说，这种
死亡意象拥有了自身的运动——那种生命体一样的运动。故而，在"长
出"与"驱散"的背后，死亡最后凝聚为诗，这才是诗人最终的期许与伟
大的劳作："写在脸上的死亡进入了字 / 被习惯于死亡的星辰所照耀 /
死亡，射进了光。"

结语

从 20 世纪 70 年代初期，直至新世纪以来，多多笔耕不辍，立足于
生命个体的独有感悟，拓展至生命群体、社会、时代与时间多个维度之
中，写下大量的关乎死亡主题的诗篇。多多在死亡主题的表达中，根
植于现实感受，展示阔远的想象，构筑丰富、硬朗的意象，完成了精准
而生动的语言形式的编织，从而向我们提供了"生动的人类智识的例

证"[1]，从诗篇的数量到精神意涵的强度，在当代汉语诗里都非常少见，这意味着诗人内心始终在意于死亡主题的表达，或者说，他一直没有间断对于死亡主题的语言想象。而这种热忱与执着的背后，必定是生活与时代的赋予以及生命个体的知性省察，从而创造了完美的直觉和完美的智识，"为世界建构一种客观之美，添加于世界的原初之美之上"（费尔南多·佩索阿）。不妨说，死亡已经成为多多诗歌中一个核心的主题，抓住这个主题就可以把他诗歌中很多重要的方面都串联起来给予一个完整的观照——唯此，将多多视为当下诗坛一位重要的汉语诗人也就成为一个无需置疑的结论。

1　谢默斯·希尼：《约瑟夫·布罗茨基 1940-1996》。前揭。

知性莅临的写作，或语言策略

——海因 1990 年代初诗歌[1]探源

1

在当代汉语诗歌界域，对于短诗尽管予以充分的肯定，但潜意识里总觉得善为大诗——长诗或组诗才是重要诗人或大诗人的标识——这里颇有几分悖论，比如说起海子，尽管其短诗一再被推崇，而往往却在长诗比如《弥赛亚》等大篇章里谋取诗人最终的可能。资料显示，能够摘取诺奖的诗人必有长诗作为其中的基本条件。因而，长诗便成为一个诗学期待，以至于相当时期以来，长诗的面世连篇累牍，也就有了 20 世纪 80 年代文化大诗的应运而生——事实上，这些大制作充斥着对于文化愿景的虚妄性描绘与浪漫乃至狂热的抒发。而在写作实践上，从大入手往往导致艺术上的失败，反而不如短诗的内敛、精湛以及诗意的饱满更能够直抵事物的精髓与本相，所以有诸多的诗人在这些短诗或小诗里，寻求着哑石所说的"小小的无穷"（见哑石台北演讲《小小的无穷》）。或许我们能够这样说，惟其小而韵致丰满之作方可以传诵久远，古今中外的诗歌史证明了并将继续证明着。

诚然，从诗歌形态学的层面观察，短诗对于一个诗人来讲是有局限的，特别是对于海因这样一位专注于长诗或组诗的写作者而言，况且埃

1　本文所引用皆出自海因《在身体中流浪》，河南文艺出版社 2010 年版。

德加·爱伦·坡还说过：一首诗显然也有可能简短得失当。过分简短的诗往往会蜕变为格言警句。虽说不时也有很短的诗给人留下鲜明或生动的印象，但它们绝对产生不出一种深远或持久的影响。（爱伦·坡《诗歌原理》，曹明伦译）笔者却依旧固执地以为，短诗最能体现一个诗人的天赋与后天修炼之间博弈的轨迹。在这个背景下，观察海因的写作：既善于构思鸿篇巨制，也拥有着短诗与小诗的情结——其在短诗中的诗学拓展不容忽视，或者说在其短诗里可以观察到更多的语言景致。故而，有必要对其短诗写作脉络予以厘清。同时，我也知道，考察一个诗人早年的写作，其价值便是能够窥见诗人天赋中的多种书写可能。当然，一个诗人的艺术实力和偏好与诗及其形态有着天然的联系。也可以这样说，每一位诗人的写作都会有自己天命般的路数，其最终的走向有时候并不以诗人的意志为转移，或者说，源于个性和阅读继承以及诗学的偏爱，总会有一条诗径已经为之开辟，当诗人回头看时，就会发现其既有的写作或许已非最初的设计了。海因可否也是如此？这其实也构成我刻意于在其早期诗歌文本里——尤其短诗里——寻找源头的动力与初衷。

2

知性这个概念原本属于哲学的范畴，康德把知性理解为主体对感性对象进行思维，把特殊的没有联系的感性对象加以综合处理，并且联结成为有规律的自然科学知识的一种先天认识能力。黑格尔则在对知性诸多特征的辨析中，为其开启了"具有某种主动品格"的观点。[1] 在这个哲学背景下，以艾略特、庞德、里尔克为代表的英美现代派和后期象征主义开始知性诗歌的写作，并由艾略特与瑞恰兹确立了这一理论概念。知性诗学在汉语诗歌中也由来已久，在卞之琳、废名的时代，就得以兴起与发展（参见汪云霞《知性诗学与中国现代诗歌》），直到20世纪90年代诗歌达至高峰。

1　史小玲：《论声乐教学的几个问题》，《当代教育与文化》2010年9月第二卷第5期。

在对海因 1990 年代初期一系列短诗的阅读中，我能够明显地感觉到，他是一位心智成熟而内心强大的诗人，在某种意义上，我甚至愿意相信策兰于《在希伯莱作家协会的演讲》（王家新译）中的话，并认定海因是那种"已与那种能够支撑人类的镇定和自信的决心相遇"的人，这样就会让其写作始终在某个轨道上执着地前行而不至于有意外的颠覆——那么，就不妨说，在较早的时期领略并进入知性写作这个领域便成为他一个深思熟虑的明确选择——并且还能够看到，他在语言的深度认知中，让成熟的心智呈现出诗的多重性。而源于此，其诗歌中的叙事性、戏剧元素以及内敛的情感抒发都可以看作其诗学策略的派生。这些策略无疑是一种建立在洞察力基础上的看似平常实则富有历练的生命感悟，从而，则杜绝了在那个时期诗坛常见的虚浮的病态想象与无谓的情绪倾吐。

按照通常的说法，叙述始于 20 世纪 90 年代，而很多文章每每论及都会圈定那些著名的诗人。但据敬文东观察，海因却是很早以前就进入这个诗学领域了。从海因的早期写作中，我们的确也可以认定，他在叙事的诗学考量之中，已经很大程度地融入知性写作的背景之中。这在当下诗歌界也是一个特例。而同时，在 90 年代汉语诗歌界风起云涌的叙事浪潮中，一种相伴而生的宏大叙事与空泛叙述的弊病也蔓延开来，因而给这个兴起的诗歌风潮带来不可信与指诟。那么，利奥塔意义上的"小叙事"[1]的概念引入这个向度的写作审视中，似乎可以与之相区分或参与甄别——这就成为一种旨在实现差异和复杂性的种种诗学可能的写作。而海因在其早期诗歌里实践了这个策略，尤其在他的短诗里发挥得尤为到位——他在很多短诗里（比如《看到女儿吹出的彩泡》等），往往注目于一个极小的日常事件，却能够由此展开思考与描述，让一首诗显现出其独异性。

海因在具体的写作中，对于叙述的使用还有很多细化的技术，比如在一首诗里面，可以让叙述贯穿始终，让它拥有小说的效果——但处理

1　泰勒：《后现代主义百科全书》，章燕等译，吉林人民出版社 2007 年版，第 287 页。

不好就会失之于琐碎，最好的办法还是依据诗的需要，设置一个人物形象，让他富有意义，海因在《少女们在询问鲜花的名字》里有"我们转过脸去／像市长那样指指点点／妄发议论"，这一句里的市长显然是一个喻体，意在讽刺虚假空洞的谈论，让诗拥有了实在性，如此就有效抵御了诗的空洞。这里还有另外一重意义，让他的叙述干练而冷峻，这在那个普遍抒情的潮湿季节，显得尤为可贵。

　　缘于叙事成为一个普遍的诗歌风气，那种平铺直叙的拖沓也就蔓延开来，如此，诗性的凝聚与表达就散淡了许多。在海因的短诗里，他或许也察觉到这一点，并在写作中予以警惕，其诗歌神性的凸显与介入便成为一种清醒的选择，这在很多诗篇里都体现出来。比如《信念》这首诗里，"他说：这里我们肯定也来过，／要不周围的景色就不会如此明亮，／暮色中暗含的忧伤／就不会成为美在林梢／或山涧摇晃"。在两个"就不会"的并列句式的背后是一种惟有诗人的神秘发现才可能构成的神性成为一个亮点，"于是，我们俩就成了这里的／黑夜"，无疑，这是诗的最重要的元素，不妨说神性的彰显聚集了诗性的力量，也构成对于叙事性的纠偏与补救。

3

　　在 20 世纪 90 年代初期的诗坛，我们可以看到这样一个情景：诗人们一方面耽于叙事的漫无边际，一方面又是抒情的潮水般泛滥。而在海因这里，由于知性的统御，其抒情总是被控制的，或呈现为一种低调与内敛——就是说，他即便胸中怀有汪洋的情愫，也会在知性的过滤下趋于平缓与平淡，这或许也构成其一项诗学策略。在《无名湖上的天鹅》面前，也许诸多诗人都会激情澎湃，意欲欢呼了，而海因仅仅以"湖水多么平、多么宽阔"作为潜在的感叹，到第二句"甚至我们的家都搬了进去"，即已进入平静的幻觉，紧接着的叙述就融入了思考，最后，竟归于死亡的凝重："在鱼群一代代死亡的时候，／总得让人有理由回头啊——'看，那里光芒一片，／一群群天鹅将要飞翔。'"

《对遥远的一所房屋致敬》这首诗尤其让我惊异，开句"在我忧伤的时候"的出现标示着一种特殊的心绪，那么在这一刻，一般的诗人都会沉湎于哀怨的心绪抒发与絮叨以至于不可自拔，最终导致一首诗泡在泪水里。但海因没有那样处理，而是在心智的掌控之下展开想象。这时候，诗人想到一所房屋：色彩减退，砖瓦零落，惟有一个骨架，这是一个人忧伤之际对于肉体的不再留恋的错觉或幻象。而重要的是诗人并未如此沉沦下去，"每当风吹来的时候（也可以是下雨）""都要调整它的坐向：最好让身体对着一条路"——这里或许是在暗示一条出路？但如此就会看到一个"完整的世界"，因而转向"要学着向它致敬"，题旨发生了根本性转化，以至于看见生命"在遥远的山坡上／周围开满鲜花，下面是大海"。最终导向生命的礼赞。可以说，若没有内心的强大，诗就不会有如此完美的收官，从而让一首短诗拥有了凝重的人性力量。

利奥塔在"小叙事"概念里融入了维特根斯坦"语言游戏"的合理成分，直接取自异教策略的对于特定事物的指认，他在另一个代指——谬误推理——中，"暗示了一种出乎意料的有悖直觉的举动"，旨在派生一种既成观念的分歧与个性的表达。[1]当我在此背景下审视海因的早期诗歌，发现是有效的，就是说，他在诗行间并非秉承业已形成的叙事规范，而更多地渗透了语言游戏的成分，分泌出异样的诗歌趣味，不啻说，诗人最终总会归于一个近乎知性又有悖常理的审美视野下的述说，可以说这形成了海因独有的表达方式——那种词语的反复修正后的悖意，我意欲把这样的语言想象成一个富有诗性智慧的结晶，事实上，海因在语言策略上，已经模糊了叙述与抒情的界限，或者诗人怀有一种对于既定语言范式的抵制而施与的诡计，并因此拥有了某种神奇的语言形态。

在《三枚硬币中的大海》这首诗里，诗人写道："那些吉利的名词／一个个向我们靠近。／其中就包含有无数的镍质黄昏；／潮水一再后退，露出了沙滩，／乡民们曾居住在闪光之处。"在这貌似叙述的诗句里，其实已经是一个异样的语言呈现——因为它已不具备细节真实，而只是一

1　泰勒：《后现代主义百科全书》，第288页。前揭。

个语言想象体，我们就是在"三枚硬币中的大海""吉利的名词""镍质黄昏"和"在闪光之处"赐予的迷离到诡异的峡谷里领略诗的神秘。在另外的诗里，我看到诗人又在貌似叙述的诗句里抵制着叙述，就是说，他其实宁愿让幻觉的事象划过，或者在语言中涌现一系列并非真实的事实，比如在《童年》的记忆里，可以让一只鸟拍打着翅膀"唱歌"，可以感叹"土地供洪水奔走"，诗人就是在这种事实上的不可能中，实现梦想的可能，继而实现诗的可能。

4

在写作中，有人很早就完成了语言训练，而有些人是渐次趋于完成的。在海因这里，可以认为他很早就完成了，而且在有人依然沉醉于狭隘诗句的修辞与外在形式的刻意追逐之际，他便走向了一种叙述的散淡——或者说，在貌似叙述中寻求着内在诗意的抵达与诗本体的完成。而反过来，这一特征又为我们考察其诗的发生以及语言形式提供了方便。

进入知性写作这个向度，有时候一个顿悟或瞬间的感悟就可以促成一首诗，勾勒出来便可以达至语言的自足——如此，诗其实是可以简单的，短短几句足可以呈现诗意，但诗里依然可以有足够强大、超拔的想象力，令一首诗从容而饱满。《风一旦停息》只有短短五行，还包括两个断句，竟然如此震撼心魄，概缘于此。这首短诗表达了一个很大的主题：死亡，却天然地融于风、落叶、母亲、光芒、雪和火等诸多意象中，这不由不让人想起马克斯·特兰德，他也常常在一首诗里刻画了一个感悟，比如《保持事物的完整》《一首有关暴风雪的诗》等，海因的写作与之有同工异曲之妙。

我们会经常看到这样一种情形，那就是年轻的写作者，初涉诗坛，对于语言的可能认知太过肤浅，在写作中，总怕所写不成其为诗，于是，借助于抒情与修辞，总是有过之而无不及，为赋新词强作愁，以至于装神弄鬼而堕落为滥情与玩弄词语者。海因并非如此，他早年的诗大多从童年的记忆入手，质朴而平淡，而诗句却能给人留下深刻印象，比如《倒下的石榴树》里，"世间的石榴树倒下了，/ 没有人教导我们哭泣"，在倒下与哭泣的相向叙述中给人以震撼，可以说，这样的写作是睿智而难能可贵的。

我们知道，根植于语言游戏这一语言的内在特质，诗人就拥有了词语间的变换而抵达诗的佳境，从而享受着语言的奥妙——当然，这是诗人对于语言的癫狂追逐下的异样展现，记得希尼说过：语言是诗人的信念同时也是他的父辈们的信念，为了走他自己的路并在一个不可知的时刻展开他特有的工作，他不得不把这种信念引到狂妄、好胜的极点（《信念、希望和诗歌——论奥希普·曼德尔斯塔姆》，胡续冬译）。海因在其早期的短诗里就有绝佳的语言"癫狂"展示，比如在《虎》这首诗里，"一只老虎蹲在床头"足以让人惊喜，它来自语言极致想象的给予，还有"身体 / 悬挂在虚无中"（《看到女儿吹出的彩泡》）。这样的句子惟有在诗里可以实现，或者说这些词语的诸多可能只有诗人能够有幸捕捉到，而领略词语的风光。

概言之，源自海因丰富的生活历练与早熟的心智，从其 1990 年代初期的写作中，明智而顺理成章地选择知性诗学的向度，并由此在叙事与反叙事两个方面腾挪探求，将抒情置于内敛与低沉的深心，同时以神性的感受点燃诗的晦暗，从而显现出驳杂、复合的写作风貌。在对于海因早期短诗的考察中，还可以感受到其理趣的底蕴，这也是演化出其艺术个性的基础。当然，他也会谨记苏珊·桑塔格的劝诫：我对"理"怀着一种心底所能发出的最深的敬意，但我却要在一定程度上限制其说教的方式。为了使理生效，我宁愿限制它们。我不愿因滥用它们而削弱其效力。"理"需要的是严谨。它不会对娇花嫩草动恻隐之心（《一种文化与新感受力》，程巍译）。而这种关乎理的双刃剑指向诗歌之际，便是知性把捉中的收敛与内向的审美性谨慎书写，我觉得海因做到了。依据此背景，我们有理由判定，海因在后来的诗学探索中，开拓出愈加宽远的诗歌路途，以昭示其精神与写作的智慧是理所当然的，正如艾略特所言："智慧是作诗的一个基本因素"，而"智慧是在比逻辑陈述更深的层次上传递的；所有语言都不能完全胜任，但或许诗的语言就是最能传达智慧的语言"（《哲人歌德》，樊心民译）。

写作手记：在当下，诗人多不胜数，面对这如许诗人，作为一个评论者，有乐于为之作评者，亦有并非出于本意而不得不为之者，海因显然属于前者。不妨说，他是一位让人信赖与尊重的诗人，这缘于2013年《河南先锋诗歌论》付梓前夕，能够作评的大都列入，个人觉得海因不可或缺，于是，拨通他的电话阐明己意，哪晓得他回话说，就不写了，不值得一写。故而，海因的不事张扬令我暗自起敬，那么，今日之解读亦是一个迟来的弥补与致意。

现实的诗意设入，或真相敞开

——胡弦诗歌的微观透析

　　以波德莱尔为标识的现代主义诗歌，其中一个显在的诗学现象，几乎都是围绕现实展开的——就是说，与现实的关联几近于是一个不可规避的事实，现实主义自不待言，象征主义也是"通过把我们所知道的现实加以精确变形，为读者创造一个理想世界的外在真实"[1]。即便超现实主义这种追逐梦幻的诡异写作，也是对于现实的一个反动，正如理查德·沃林所表述的，梦幻代表了可能的、非同一性领域，它的作用就是挑战占统治地位的现实原则的"自在存在"的自负。[2]那么，因现实而派生的一个初衷源自事实与真相，以至逼迫语言的凝结物抵达真理便构成最终的诉求。正是在这个背景下，对胡弦诗歌的微观透析才拥有了某种诗学上的便利。

（一）

　　在拙文《诗人，大地之上的漫游者》里，笔者写道："就现实而言，大地上的存在：自然界与人类是基本的现实，自然界或可细化为大地、动物与植物，以及天空所涵括的一切物象。在现代科技视野里，显微镜

1　查尔斯·查德威克：《象征主义》，肖聿译，北岳文艺出版社 1989 年版，第 6 页。
2　理查德·沃林：《瓦尔特·本雅明：救赎美学》，吴勇立、张亮译，江苏人民出版社 2008 年版，第 129 页。

下的微小物体似也是一种自然物质。而人类及其发展产生了社会——这里既有现实社会及其物化的一切，也有作为文明的历史；同时，人的劳作产生了各种工具、机械、建筑物与书籍——那些包括宗教与艺术的文化。所有这一切，皆为我们面临的现实——甚至由此而来的幻觉征象、记忆与梦境也可视为诗人所面对的'现实'，如此，则诗的写作行为及其文本自身也构成一个现实——这源于现代诗的写作可以反观写作自身，或可以经此在的行为作为现实显现于诗行间。"[1]

当我们说——现实孕育了艺术，诗亦如此——应该是一个通识。而在诗人那里，对于现实的理解和诗与现实发生的关系就会各不相同。乌纳穆诺就说"在日常生活的雾境中创造出了真实"，现实乃是一种内在的、创造性的、具有意志力的现实。[2]安娜·斯沃尔则说诗歌借助于表达现实，掌握并克服了现实（得一忘二译）。在米沃什那里，诗的见证尽管有着特殊的涵义，但那也是对于曾经的经验的有力回应，而最终转化为曼德尔施塔姆在《阿克梅派之晨》中所说的"唯一的现实是那艺术作品本身。……在诗歌中这现实恰恰正是词语"（杨青译）。当我们观察胡弦的写作，就发现他的诗中的现实是多个向度的，但首要的仍然还是注目于身边驳杂的日常生活，并从那里提取诗意——我们看到了他的"从一条小路经过，走到路灯下，影子出现"（《路灯》）。在《夜雨》中窥视"雨越下越大"；而在《初夏》："我们爱过的女孩不见了，街上的男子步履匆匆。"还有故乡的房屋、煤渣铺就的乡间小路，似乎可以说，一切生存经历都可以进入他的诗篇。

在阅读中，我发现，随着生活带来的便利，他的诗里有了更多的游历带来的物象与场景："那天，我们在岛上谈诗。／我看到脚下有种黑色的岩石，／像流质，滑入海水深处，虽早已凝固，／仍保留着流动的姿态和感觉。／海水清澈，几十米深处的石头仍然可见，／在粼粼波光下，像仍在流动。"（《在一座火山岛上谈诗》）"我曾望着群鸟从远方归来，／又

<hr />

1　全文载《草堂》2021年第9卷。
2　乌纳穆诺：《现实不是现实主义的那种现实》，沈根发译，载《欧美古典作家论现实主义和浪漫主义》（一），中国社会科学出版社1980年版，第189—191页。

在清晨消失于天际。"(《水边书》)当我读到"海，就在脚下，有微弱的反光，仍难以看清。／浪潮一波波涌过来，／带着波尖上闪烁的一痕细亮，然后，／哗地一声，撞到堤岸，把自己／摔碎在那里"(《夜间的海》)，就知道诗人已经移步到海边了。而他《在丰子恺故居》就体会出"镇子老旧。河水也灰灰的，适合／手绘的庭院，和日常沉醉的趣味"。这游历中的现实也体现了现代社会给予的权利和人的生活理念的转变所赐予诗人的意外惊喜与收获。

在诗人所历经的现实中，其梦幻——那种来自波德莱尔意义上的对现实进行的转化[1]更给我带来欣喜。譬如在《他者》里："悬铃木的铃声近似沉默，／邮筒的虚空恒定。／光，能听见词语内窸窸窣窣的阴影。／有个人的手，因皱纹过多，／抓住什么，什么就在瞬间老去。"这一定是诗人沉浸已久，所产生的幻觉而导致语言的接济——或者就构成语言物体自身，这是平躺于现实生活中的懒汉所不可获取的异象。或许，你还会在"甲虫／一身黑衣，可以随时出席葬礼"(《林中》)里，领略出幻化的神奇。当万籁俱寂，诗人进入回忆的瞬间，这时候，一切都是美好的："鸟鸣不是声音，是礼物。／／风也是礼物，把自己重新递给万物。"(《礼物》)诗人就这样在抚摸熟悉的事物中领悟神秘，以至于其诗思趋向于对世间万物的顶礼膜拜："把风暴给神，把蔚蓝给神，把关于／这个世界的新感觉，／给神。"而《语调》的产生，全然依赖于想象力所带来的词语的塑成："果壳沉默，回声抽象，／避难所的墙上，有只新画的耳朵。／／有时他人是第二自我，有时，／他人是种隐秘的听觉。／对于喘息，肺是潜意识。／对于名词，形容词迟早是种羞辱。／／已是春天，有人在用火焰编织视网膜。"诗人在这虚实相间的语象里找到了诗隐秘的结构，以及能反锁住旧闻的修辞，实现了源自词语翻转所赋予的虚幻的意义。而在《小巷记》这首诗里，尽管并非梦幻之语，但在记忆深处打捞的诸多虚象的集结，同样透着着真相，这是那种直接的描写所不能实现的。

将叙述的笔触置入历史，在"太多已死去的事物"中还原真相，是

1　胡戈·弗里德里希：《现代诗歌的结构：19 世纪中期至 20 世纪中期的抒情诗》，李双志译，译林出版社 2010 年版，第 40 页。

诗人以现实的目光展示曾经存在的又一个维度。如此，则让《高州古荔枝园记》别具一番深邃。在这里，自然有诗人面对当下事物的描述，但更多的是引入过往已久的记忆和对于本事"古老秘密"的想象以及那些看不见的东西——诸多掌故亦融入其中而并非多余："能在肥美果肉里／遇见另外的红唇"让你想到贪婪的贵妃。"被驿站、重峦、千门／暗中传送"的真切记述则有几分沉重，在"玉盘""笙歌"里透出几多荒淫无耻，以至于"只在晶莹果肉被吃掉以后／你才能发现，那沉默的／用于内部观察和遗传学眼珠"给一段传说赋予真实的凝视，也平添了写作的力量。同样，在传说中寻求历史的真实也不妨是一个入口——那里尽管不排除以讹传讹的成分，但穿云拨雾之后，真相总会曲隐显现，尤其在诗里，经由暗示、隐喻，一段传说或许也会构成一个传奇。而在"书籍、唱词、曲调与卷轴"(《沉香》)间，也可以或曲折或直接地呈现历史风貌，还原过往的真相，在失踪里寻找踪迹，找回岁月的嬗变和美的绽放。

伊利亚·卡明斯基在《去利沃夫：一位人类灵魂诗人》(劳夫译)这篇文章里，谈论亚当·扎加耶夫斯基的写作时，说过这样的话：一首诗既可以是逝去事物的挽歌，也可以是生活的赞歌。他给予我们的，如果不是一种治愈，那也是一条继续向前的方式，给每个人互相赦免、音乐和温柔。这同样可以用来描述胡弦的写作。事实上，胡弦在两个维度都有极佳的诗篇。说到底，一切事物都具有其意义，哪怕是那些看似弃置之物，诗人的天职就是在事物中发现并表达出来。胡弦在《空楼梯》里做到了，而且尤为出色。诗人置入的角度颇有利于意义的找寻——首先，诗人让物自身出场："静置太久，它迷失在／对自己的研究中。"接下来"在某个／台阶，遇到遗忘中未被理解的东西，以及／潜伏的冲动……""隐蔽的空隙产生语言，但不／解释什么""把自己重新丢回过去""消失，但仍拒绝作出改变"诸般意涵次第扩充、缠绕，构成一个开放的自我阐释。而后的旁白性话语仿佛一种揭穿与警示，对空楼梯的自我审察予以评判——这是一个旁观者清的否定性言辞对物自语的补充，以至整体性意蕴在互为佐证与冲突中趋于完善的统一。

在现实生活面前，一个诗人总是会在贴近与逃逸之中实现人生的旨趣，贴近有时候竟然是不得已的，那是一种宿命般围困活着的必然——而且有些无聊与多余，故而才徒生诸多的不情愿。就像胡弦在《慢跑者》中遇到的"进行曲突然响起，像恶作剧，/那些热情恒定的声音，/从不管倾听者是否需要"。到头来激情已经不在，成为一个"多年不鼓掌的人"，但这一切居然悖异地构成生命的真实。而在《夜行车的窗口》这首诗里，意外地出现"收藏太多黑暗""对抗谎言"这样让人感到些许惊悚的意象，当然，诗人并不打算滞留于此，转而进入往昔"你也曾挥手向我告别"的时刻，给我们呈现了"岁月深处的失踪者"，当审视的自我"世界/比你想象的还要静。/仿佛所有恐慌都被处理掉了"，在渐趋淡化的语义中，"所有拒绝探询的事物，从它内部/逃得一干二净"。如此看来，胡弦决意于"晨光浮现"的祈许早已笃定，或者说他并不耽溺于"黑暗诗学"的枷锁之中——这里，映照了印度古典文学理论家毗首那他所说的话：愿那位有着秋月的美丽光辉的，主宰语言的女神，在我心中消除黑暗，永远照明一切事物（意义）。[1]

　　概言之，诗正如布罗茨基所说的是一个"诗人爱的举动"，是语言对现实的爱，是伟大对弱小、永恒对短暂的爱。言外之意，相对于现实与个人，诗是永恒而伟大的，而现实却是短暂，乃至于微不足道的。当然，他认为，写作不是对于现实逃避的尝试，而是对现实赋予以生气的尝试。[2] 显然，这里就特指诗人个人所经验到的独有的现实审美感受，意味着现实的愈加缩小。故而，诗要归入与世界的关系并非哲学家面对的整个世界的现实。据胡戈·弗里德里希的考察，在诗人那里，其关系必定是会带来一个结果，那就是现实世界的贬值。[3] 诗其实一直有对现实进行移植、调整、充满暗示地缩略、扩展性的魔魅化，使其成为一种内心表达之媒介，成为生命状态之象征的自由——这其实在本质上也预示着诗学的胜利。胡弦对于如此这般的诗与现实的变换关系自然并不陌

1　《古典文艺理论译丛》（卷四），中国社会科学院文学研究所编，知识产权出版社 2010 年版，第 1818 页。

2　布罗茨基：《文明的孩子》，刘文飞译，中央编译出版社 1999 年版，第 85–93 页。

3　胡戈·弗里德里希：《现代诗歌的结构：19 世纪中期至 20 世纪中期的抒情诗》，李双志译，译林出版社 2010 年版，第 184 页。

生，不妨说，这些理论辨识已经构成其诗学的支撑或已经在不断加深的体悟中付诸写作的实践。因而，我们看到胡弦在持续的写作中，从不同的侧面进入，成就了朝向现实存在的百科全书式的诗篇，洞照着事物的意义，完成语言的旅行，从而提供了"生动的人类智识的例证"（谢默斯·希尼）。

（二）

聂鲁达曾经表达过这样的诗学偏爱，他说不相信符号。而海洋、鱼或者鸟则有一种物质的存在。想到了它们，就好像想到了日光。因而有一些主题在他诗歌当中比较突出——总是在出现——但那只不过是某种物质的存在。[1]显然，诗人关注的依然是现实存在之物。在这个意义上，我看到胡弦对于现实存在的指认尽管有着诸多的途径，但他运用最多的是对于事物的直接显示，这表现在具体的写实与描述，如此，则可以披示生活现实的本相，给人以直观的物的感受——他似乎更愿意相信那些夸张与矫饰无法触及真相，以至于诗人在某个阶段，沉入对身边生活场景的白描与铺叙之中。譬如在《树》这首诗里，诗人"树下来过恋人，坐过／陷入回忆的老者。／没人的时候，树冠孤悬，／树干，像遗忘在某个事件中的柱子"就带有实写的意味——当然，这写实里总会融入诗人的独特感受，才会让存在自身拥有意义。在一篇随笔中诗人坦诚：自然也需要被深度注视，以便它来告诉你它一直忠实的另外的核心。那里有另外的构造，藏着它情感的地理学。在情感投放的深度与广度上力求有别于他人，做一个知情者。由此可以看出，在"山向西倾，河道向东。／流水，带着风的节奏和呼吸。／当它掉头向北，断崖和冷杉一路追随""看念经人安详地从街上走过，河水／在他袈裟的晃动中放慢了速度"（《过洮水》）这些句子里，诗人就有别于他人的观察，不啻说在诗里总有物我相随的意义嵌入。在持续的阅读中发现，在诗的开始，诗人总会从实写进入，接着就会把自我的觉知带入后面的诗句。譬如《鸟在叫》的第

1　《巴黎评论：巴勃罗·聂鲁达访谈》，原载《巴黎评论》第五十一期，一九七一年春季号。

一句:"鸟在叫,在树丛中"就是真实感受,而"北风的喘息,已有人把它 / 从窗玻璃上擦去"的喘息就属于旁逸了,"石栏、水、书橱…… / 都是被声音处理过的事物"就愈加显得曲隐。

诗人在揭晓事物的真相时,还有一个显的的路子:那就是由细小的物象和语象构成一个意象链,经由细致的词语表达,并在轻微的语调中吟咏而至,这一切自然而然地形成胡弦的着眼于轻柔细小的偏好,这也就决定了其刻意于细节的写作。当然,作为一个常识,细节之于诗的成败是无可置疑的,但细节的选用却是对诗人功力的考验。细节的频繁与恰到好处的运用,确保了事物真实地再现,这其实也是表达的根基——构成了文学基本原则。只有细节的遴选和描摹到位了,才能够让"存在"在诗里赢得真相的实现。胡弦深得其要,或者说,他尤其看重细节在诗里面的效用,故而在几个不同的场合,他都以《从小处开始》的题旨谈论细节与诗的天然关系。[1] 当你阅读他的诗篇时也会发现,他几乎在每一首诗里都有一个独属于诗人抓获的细节——湖水、树林、山川河流。而重要的是诗人并不以选用的细节为目的——不妨说,他总是让自己的感悟渗入到细节中,或者激活其蕴涵的意义,一如海德格尔所谈论的,诗意让自在之物在敞开发生中显现。[2]

看《下游》:"江水平静,宽阔, / 不愿跟随我们一起回忆,也不愿 / 激发任何想象。// 它在落日下远去, / 像另有一个需要奔赴的故乡。"在这里,诗人貌似只注目江水的平静与宽阔,但已经在否定性措辞中进入回忆与想象,并在另有一个需要奔赴的故乡的悖异中转化为审美主体的一厢情愿,诗意也就此显露出来。有时候,胡弦会在细节里转换为另外的细节,这样的转换往往会给你带来意外与惊喜:"桌上,玻璃水杯那么轻盈,就像你从前 / 依偎在我怀中时, / 那种不言不语的静。"(《雀舌》)在某一刻,诗人会为一种心绪或不及物的感觉赋予细节的显形,在《小谣曲》这样的题材里,倘若不独辟蹊径或缺少功夫,极容易写得空洞甚

1　叶媛媛:《诗人胡弦:小处入手唤醒细节》,《海南日报》2020 年 08 月 31 日。2021 年度,他亦是以细节展开话题。

2　海德格尔:《诗·语言·思》,彭富春译,文化美术出版社 1991 年版,第 68 页。

或言不及实。胡弦是如此处理的：

> 流水济世，乱石耽于山中。
> 我记得南方之慢，天空
> 蓝得恰如其分；我记得饮酒的夜晚，
> 风卷北斗，丹砂如沸。
>
> ——殷红的斗拱在光阴中下沉，
> 老械如贼。春深时，峡谷像个万花筒。
> 我记得你手指纤长，爱笑，
> 衣服上的碎花孤独于世。

诗中的很多细节——流水、乱石和天空的蓝都依附着"南方之慢"，显然这是在影射小谣曲的安静；待始于饮酒的夜晚句，止于老械如贼无疑是在显像于谣曲的激烈与动荡不已，乃至于"风卷北斗，丹砂如沸"。而至最后，诗人撇开小谣曲的内在韵味的品评，细节落实在"手指"与"衣服上的碎花"——不能不说，如此的匠心独运不是哪一位诗人都能做到的，这是一种面对虚无镜像的逸出生活后的重新回归与洞悉——无疑是对"吁请放弃习以为常的冷漠，放弃日常中对习以为常的东西的熟视无睹，而代之以在至为日常的东西中洞悉它的惊世骇俗，更为要紧的是：保持住洞悉，并在此一洞悉的光芒中沉思地驻留"[1]的有效践行。

依据米沃什的观点，"跟显现打交道"或许就是我们在诗里看到的对于细节的揭示——显现的发生是作为某种微光、某种在瞬间被意外瞥见的东西，恰似闪电或火箭的强光使我们熟悉的风景变得不同。而当一样事物被真正地看见，专心地看见，它便永远与我们同在，使我们惊异，尽管它本身似乎没有什么值得惊异的。自然，被我们观察到的事物，能够最终进入文字的是何其少，那是一个诗人的宿命。但有了这些已经够

1　海德格尔：《思的经验》，陈春文译，人民出版社 2008 年版，第 142 页。

了。[1]同时，我们知道，这种对于事物的显现既是诗的发生的基点，也是诗最终的期许。作为一个诗人，胡弦显然意识到了这一点——而这显得特别重要，不妨说这投入事物的观察，并从中获得意外显现的惊异是幸福而终极的目标：抵达真相。

然而，抵达真相的路径还有很多，但往往并不在现实生活中——书写是其中的一条。譬如在《教堂》这首诗里，诗人要寻找的教堂明明在老城，"它的钟声撒落在街区间"，但却"像走在太遥远的传说中"，一直没有找到，"街道像复杂的迷宫"，最终，惟有教堂的描述："它小，陈旧而宁静，蜡烛 / 在它内部彻夜燃烧"——这是语言的，却已经成为我们心中的真实。当然，要谈论事物，有时候就不可回避虚无性，这也是其本质属性。在《缘由》这个不及物的虚词里，也是表达虚无感的最佳时机，诗人的确如此做了：

风把树枝反复折弯，弯出一张弓
——风要把它改成一件乐器

雪落个不停。树枝同样弯曲下来。雪
几乎为它制造了另一个胸腔。

在这里，诗人思辨于风与雪跟树枝的天然而神秘的关系，它们都可归于虚无的想象，所以，才有了"风不懂得怎样让树枝歌唱，/ 一如雪不懂得树枝需要沉默"的感叹。所不同的是，诗人没有坠入虚无的谷底，而是寻觅一种虚无的填实，至少在诗里获得一个如此的结果，并拥有了一种审美的完成——这正构成"写诗的缘由"。同样，在《准确时刻》这首诗里，时间是生活的虚无的异象，因了钟表的快与慢裂开的"缝隙，像隐秘的痛楚。""整个房间被放进 / 某个失忆已久的世界……"而拨正时针，则有着茫然的意味："像个从远方 / 重新溜回生活的人"而具有陌

1　米沃什：《站在人这边》，黄灿然译，广西师范大学出版社 2019 年版，第 412—416 页。

生感，仿佛生活充满了假象，这就是事物的虚无性导致的悖论。

　　而在很多情况下，现实生活中不少的假象常常在欺骗我们。那么，就不妨在诗里寻求真相——尤其在优秀的文本里可以获得如是的结果。譬如在日常生活里，你面对吊嗓子的人，总会觉得假，而在《古城门》这首诗里，当读到"唱戏的人，一直在吊一副假嗓子"的诗句，反而会觉得其意之真；同样，"那些老故事告诉你，你总是 / 处身于似是而非的人间"也还原了生活的真实，或者会感觉到其真切，乃至于"在所有故事和风景之外，一直有 / 另外的意志在作出决定"是如此地契合我意——说到底，这是语言给予我们的真实。有时候，事物的真相在诗里往往是朦胧地散落着，靠诗人在感受与想象里收入语言的真义之中——或许，它们来自各个不同的侧面的收集，最终在一首诗里获取全息图片的功效和饱满的诗意。而那些想象的虚象恰恰成为某种接近真实的替代物。在人世间，一切都在变化，永不会停滞。在这一点上，唯物论者耽溺于外部现象的观察而获得，而唯心主义者则靠心智判定，当然不排除某种情形下的不谋而合。表现在诗学层面则可以在一种变动不拘中寻求真实的实现——这份真实既会有着微妙的，亦能在审美的视域重现意外的奇迹。胡弦在不少的篇什里就获得如此的意外，譬如在《山行遇雨》这首诗里，"摩崖石刻里的红色笔画，/ 趁着雷声挪动了位置。// 寺庙残破，光阴也许已放过了它。/ 史实早已蜕变为传说：对于 / 那些离开了纸张的叙述，/ 光阴也同样放过了它们"。笔画在雷鸣中挪动显然是因惊悚而来的错觉，观察寺庙的残破、假想光阴不再追究而至史实蜕变，叙述逃离了纸张，这一切都最终给予审美的愉悦。

（三）

　　作为一个常理，所有物理的事物，不管多么遥远，都只是通过它们在我们感官表面上引起的结果而为我们所知。我们日常对物理事物的谈论并不借助于解释，而是以直接的感觉的词语进行的。而且，词语首先便是用之于这些事物的。[1]诗人无疑也常常是面对这些日常物象而生发的审视与想象——故而诗是经由审美的对于"现实"的语言凝聚。那么，诗应该是美的一项完成物，从而照应了黑格尔的美学概念中，把美绝对化，并赋予美真理的光芒。而美感构成理论与实践之间的桥梁，这就形成了艺术中的兴趣对象的自由独立存在。[2]而在通常情况下，诗的内蕴与其形式元素都是统一于诗自身，断然不可分割——若要刻意拿出来去辨析，只是勉强为之。而惟有此，我们才可以拥有进入胡弦的诗学层面诸端论述的便利。

　　长期以来，人们认同诗人靠形象思维的说法，但可否晓得这种思维是某种刻意的自然？或者说诗人可以在不露斧痕中，让形象穿行于诗里，就像燕子穿行于光里，在人退往人间的低处，在春夜里，"陪一根老椽子一起醒着"（《燕子》），从而体会出一个"地名"和它的漂泊？胡弦做到了而且几乎抵达极致——说到底，这里关乎诗人对于事物的感受力，最终与想象力以及修辞力结合而体现为一种技艺的力量。同时，当我们认同伽达默尔的"思，常常会出现在诗中——或者在这首诗中是一个瞬间"[3]，那么，就会意识到诗人的写作已经跟形而上有了关联——而事实上，在成熟的诗人那里，这几乎是必然的结果——是通向智慧的写作，从而抵达事物的真理。考察胡弦的诗，在这个维度不可或缺，我们可以看到他的很多诗篇，都最终进入思的"瞬间"，表达了穿透事物的顿悟与省思或对万物深邃内涵的挖掘。

　　同时，我们在优秀诗人的身上，可以发现一种能力——从事物表面跌入潜思的能力，而这种潜思会引向诗意的神奇乃至神秘之处，胡弦的《湘妃祠》即如此。诗人先从祠前几个小女孩在玩游戏开句，接下来"被神看见"后，便潜入跟湘妃祠相关的联想：此刻、银针、月牙、被竹子用旧的泪痕，亦实亦虚，颇让人费思量，又觉得诡异；而大湖与小动物的远喻是清晰的神似，直到"有人／正从壁画上走下来，／提着裙裾过门

1　W.V.O. 蒯因：《语词和对象》，陈启伟等译，中国人民大学出版社2005年版，第1-2页。
2　参阅韩炳哲：《美的救赎》，关玉红译，中信出版集团2019年版，第69-73页。
3　伽达默尔：《美学与诗学：诠释学的实施》，北京大学出版社2013年版，第334页。

槛，要去风中 / 重新试一试春天的深浅"，这就从实像踏入虚幻之境，已经让一首小诗美轮美奂了。再来看《半岛记》：

> 光阴如幻。海岸线的知觉，
> 散失在自身的漫长中。
>
> 整个下午，三座港口有三种孤独。
> 大海携带着窗帘奔跑，
> 卷来暮晚，卷来小星，卷起的漩涡
> 冰冷，中空。

　　这是始于对事物潜思的幻觉而完成的一首奇异之诗——故而，被诗人确立为诗集《空楼梯》的开卷之作，一定是经过再三斟酌的。诗篇无疑体现出一种小的可能的挖掘与轻浅中的重量。开句的一个短语最易滑入俚语之俗，将一首诗置于窠臼的危机之中，但因幻觉的新统领了全诗而获救。接着的海岸线的异样感悟让诗生辉，必定成为一个神来之笔；下节的孤独是独有的，一种静在里面；接下来的窗帘是一个妙喻——相对于地球，这个感受是独一的，而奔跑与卷来两个动词相对于孤独之境，又是一个对照与延宕，以至于整首诗在内敛、沉静的语调中趋于完成。

　　布莱克信奉具体化才显现真本领。而在诗人心目中一切形体皆尽善尽美；但它们不是从自然中抽出来或配合出来的，它们来自想象——精神上的感应。并把这种想象的世界视为"永恒的世界"——确认那里存在着一切事物的永恒的真实。[1] 自然，在日常事物中，我们也往往被其庸俗与粗陋的表象所遮蔽，未必能够获得事物美妙与惬意的感受，一些神秘也只可意会不可言传。这时候，审美的修辞转换反而做到了，就是说，在想象力的驱使下，修辞给我们带来生动、微妙的一切，从而获取更有意味的真实。胡弦自然谙熟此道："乌柏有旧怀抱 / 波浪像一排磨

1　布莱克：《想象的世界就是永恒的世界》，袁可嘉译，载《欧美古典作家论现实主义和浪漫主义》（一），中国社会科学出版社 1980 年版，第 253–256 页。

损的齿轮"(《湖上，怀大鸢》)，旧怀抱的喻象让乌柏超出其自身的蕴涵，而磨损的齿轮原本是一个常见的机械形象，用来修饰波浪则带来精彩与生动。可以说，如果缺少修辞的功力，"古堡不解世情，/ 猛虎面具是移动的废墟。/ 缘峡谷行，峭壁上的树斜着身子，/ 朝山顶逃去"(《尼洋河·之一》)就不会拥有如此揭示现实物象的神奇效果。而如此的例证在其文本里比比皆是。

当然，在汉语诗的写作中，修辞是检验一个诗人的游标，通常的情形是要么不善此道，语言显得粗劣无味，而有的则修饰过度，有矫饰做作之嫌。在胡弦的诗里，总看得出那种恰到好处的拿捏。而这一切都是借助修辞的力量，最终抵达事物的真相。在《树》这首诗里，"……我梦见它的根，/ 像一群苦修者——他们 / 在黑暗中待得太久了，/ 对我梦中的光亮感兴趣"。这种树根与苦修者的角色转换看似来得十分自然，却因了想象力而导致一个喻象获得成功，不啻说，诗人在这里为树根这个普通的物象赋予了特别的意义。

在对于诗的形式的谈论中，我认同布罗茨基的一个观点，他说：诗总是先于散文而存在。在现代汉语诗歌里，也有类同的应和，记得何其芳就在一篇文章里说过类似的话。由此，我们可否这样变通——诗人能够在散漫的语调里呈现诗的内蕴，从而昭示诗的真义。自然，这里有着一种细腻的肌理和细致的词语的回声，但重要的是诗意的延展，或者说更多情况下的关乎物事的神秘性揭晓，"当你散步，犹如身后也有个人在散步，用的 / 不是脚，是曳地的长服"。或者"你继续散步，在难懂的 / 方言深处，溪流、路径，都是隐秘的"。故而当你"见过捕鱼者，掘墓者 / 捉雨点的人"，发现"石头只沉默，风 / 会毫无预兆地突然失控，越过你，/ 飞快地朝远方赶去"。(《望玉岛》)诗已于密籍中回归事物的本相——显然是有赖于秘密生发的同步与诗的契合。这一刻，我们几乎难以辨认文体的差别乃至于认可了散体正是它最恰切的形式。有时候，一个自信的诗人会放松自己的想象——在事物面前，或游离于它们，游刃有余地指点、俯瞰或远望，乃至于追溯至远处。落实到诗里则构成散点透视或投射，譬如《海滩》，诗人首先借人说"大海的那边，是另一个大陆"，又拉回跟前，品味"礁石在慢慢失去它的一生，/ 细沙闪烁却没有言辞"。在散步中，体验完成的海滩："那从 / 纯粹的悲伤中派生出的 / 松软平面。"不经意间："从高空俯瞰大海，/ 它不动，像一块固体。恒定的蓝，/ 是种已经老去的知觉。"待回过神来，顿悟出"过于庞大的事物 / 都不会关心自己的边缘，也不知道 / 在那些远离它的中心的地方 / 究竟发生了什么事"。最终，在看似散乱的诗行里完成诗意的焊接，居然能结构成一个完整的诗篇。

考察语词与事物的关系，既有其清晰性，但更多的是模糊性与歧义性，[1] 而后者恰恰是诗的青睐——不啻说，它们一同在富有魅惑的表达中，曲隐地接近事物的真相。胡弦的诗自然也不会舍弃这种有意味的表述捷径——诗人或许原本就对于事物的清晰性不易把捉，惟有在想象中对其不确定性予以描述，那么所用的物象及阐释可以看作确切的，而从整体去审视却又是捉摸不定的模糊状态，它们不断地触及本相却又游离其外，但这一切却都在真相的范围和氛围之中。胡弦的表达常常如此。譬如在《白云赋》这首诗里，云作为一个中心物象，它是变化不拘的，诗人给予描述看似有很大的空间，其实也是一个考验。而诗人从容道来，将云想象成鸿毛、梦和孩童，还从无名事物、线条、道具、回声、善与沉默等有形或无形与意涵中展开联想。而后，返回动与静这种常态里则又是一番景象。而最为可贵的是整首诗一直在与人的观照中揭示本体与意义，二者互为验证，方使其孕育丰富而深厚，给白云这最不易呈现的物象作了一次完美而全息的体察与认知。

而在对于其文本的考察中，我发现艰涩却不是胡弦要刻意为之的，不妨说，他宁愿在明晰中寻觅事物的真相，也不愿陷入某种故弄玄虚之中——他可以在某个本事的睃视与想象中，索取极其深远的意涵，但他惟有探索密籍的精微与独有，可以从此处引发顾虑和忧伤，却不在绝望处滞留，故此，我可以说诗人愿意给人一种明亮的导引而不让人沉入渊薮。同时，也可以看到，诗人有着一种毒素过滤的审美自觉——或许这也是其诗学维度的一个预设，或者也是作为一个公务者的底线把持——

1　W.V.O. 蒯因在《语词和对象》中谈论得颇为清楚、全面。

这一点也许只有诗人问心自知。然而，正如安德蕾娅·罗特魏恩在《怎样阅读保罗·策兰？》（孟明译）这篇文章里所说的：晦涩，作为"重新回忆起的间歇"，在诗中乃是一个真理时刻——无疑，胡弦是在其明晰的诗学追求中依旧在向真理靠近。

　　陈超在一篇文章里，曾经谈及诗的真相及其显露这个话题，说有些日常情景的描述，未必能够抵达语言之真——终于，在米沃什那里获得一个呼应，他标识为"对存在的神奇性的形而上学感觉"，是指我们在沉思一棵树或一块岩石或一个人的时候，突然明白它如是，尽管它可能并非如是。接着他说，"描写要求强烈的观察，如此强烈，以致日常习惯的面纱脱落，我们觉得过于普通因而未加注意的事物奇迹般显露出来"。这就是在诗中显露现实的真相——仿佛神灵在凡人中显现，"显现中断了日常的时间流，从而如同我们在某个荣幸的时刻本能地抓住隐藏在事物或人物中更深刻、更本质的现实那样进入其中。一首显现诗讲述一个瞬间事件，而这需要借助某种形状"。在泛神论者那里，神灵无所不在，故而可以在任何地方都能发现，比如树木草虫、动物或平凡人那里，这就跟诗性的发现颇为契合，而且从这个意义上说，诗人就是那种"感官对于所能获取的事物的丰富物质性异常敏感的"人[1]——说到底，诗篇是诗人向现实的敞开。而海德格尔有言，真理是真实的本质，或者说是真实的本性。是真理自身的敞开——设入作品而被馈赠给阅读者。诗的本性是真理的建立，或者说是真理的诗意投射。[2]故而，缘于对事物的体察，进入真实的书写，这是写作的真理性所在，正如胡弦《在一座火山岛上谈诗》里说过的："曾在纸上挖出过"的东西——这里蕴含着人类所拥有的社会、生活与心灵的真相。我们的诗人亲历其中并施与极大的共情，以不同的方式写出了既符合人之常情又以"新的感觉为基础的"（塞萨尔·巴列霍）诗的文本。在当代汉语诗人中，胡弦秉持着如此的写作向度，期待以真实的书写接近事物的真相，以谋求在审美的维度给予时代的见证。

1　参见米沃什：《站在人这边》，黄灿然译，广西师范大学出版社2019年版，第412–416页。

2　参见海德格尔：《诗·语言·思》，彭富春译，文化艺术出版社1991年版，第49–70页。

黑马在我们中间寻找驭手

——兼论子非花，和他的诗

　　布罗茨基有一首著名的诗篇——《黑马》，无论从释义还是技艺上看，这首诗都是无可挑剔的经典。而我尤喜欢最后的一句："它在我们中间寻找骑手"，这里披示着诗与诗人的隐秘关联。或者说，诗与诗人的确是互相寻找的，哪怕世事变迁，诗人命运多舛，但在某一个时刻，诗也会不请自来。我在子非花的文学世界里就窥视了这惊喜的一幕——还是2019年的初冬时节，缘于拙著《语象的狂欢》而与子非花相识，继而相知，成为无话不谈的文学知己。那是一个下午，在郑州老城"加农咖啡馆"那个虽显得有些许狭小却十分幽静的房间里，子非花谈及自己人生的磨砺：在大学期间就沉迷于文学，尤其是诗歌，还成立了一个诗社，几个同学互相激励着勤奋阅读，写下不少虽说稚嫩却充满激情的诗篇。毕业后，参加了工作，因不满足于一个公务员的无聊、繁琐的事务而辞职经商。多年来的商海历练，终于成就了其企业家的宏愿。而就在他中断写作二十多年后，诗这匹黑马终于找上门来，且一发而不可收——短短几年，子非花居然写出了百余首诗歌；在写作的同时，还创办了拾壹月论坛、拾壹月沙龙和读书会，陆续邀请国内著名的诗学批评家和实力诗人前来作理论探讨与诗歌交流，已在国内引起良好而广泛的回响；其创办的拾壹月诗社成员也因此获得丰厚的阅读与写作的收益，有了长足的进步——不啻说，子非花在河南诗坛的确已成为了一匹黑马。

1

通常而言，在阅读一个诗人的作品时，我尤为看重他的想象力，因为这是诗的魅惑所在与实现途径，也是有别于其他文体的重要标识。不妨说，没有想象力，诗的可能就成为某种意义上的不可能。萨尔曼·拉什迪在《回忆卡尔维诺》里也这样认定：所有的作家都在修筑道路从他们所居住的世界通往想象的世界。以此判断，子非花的想象力也是我最为关注的潜在因素——当然，想象力虽然属于一种内在于天赋的东西，但也要予以挖掘与培植。我注意到子非花恢复写作的初期，往往从回忆进入诗，比如其最早的一首诗《灯光》："清晨，昏黄的灯光／一路从童年照耀而来"，这个句子给我的启示更多还是偏对生活的反刍而非想象。而"昨夜，冬天最后的一粒雪飘落窗台"（《春天的早晨》）则近乎于在场的描述了。同时也看到诗人诸如"站在早晨和阳光之间"（《五月之歌》）的情感抒发。可以说，在这个阶段，诗人还处于写作的摸索与调试期，其诗篇的展开还维持在浪漫的情怀与刻意的书写欲求之中。直到2019 年，我看到子非花的想象力有了质的变化——或者说，其想象的元素被激发出来。在《归来》中有这样的句子："我身边的人们／菊花般升腾，飞翔并且坠落"；在另外的诗里，还有"你怀抱五月……／秘密远行"（《五月》），"天堂马匹经过这里／这里是唯一的／最后的驿站"（《驿站》），如此伴随而来的则是一种诗意的神秘发现。之后的写作，其想象力拓展愈加丰富。《蓝色幕布》这首诗最早引起我的注意并拥有强烈的阐释欲望，就根源于此：

水流拉长了天空，

并种下小雨点一样的鸟群

……

你皮肤般的流水

沿着五月的秘径

膨胀如一块蓝色幕布

……

你通向你

你是一片被截取的流水

　　看得出来，题旨本身便是一个想象力的产物，并由此意象统领直抵内涵的饱满。诗人是从流水开始的——或许意在河流或溪水，这在巴颜喀拉山脉与庄子起舞和庄子洗脸的断句中得到印证，巴颜喀拉山脉是黄河的发源地，而在传说中有庄子（他也生活在黄河岸边）喜欢用小溪里清凉的水洗脸的典故。这样，就在庄周的似梦非梦的异趣中，完成了对于河流（溪水）的诗意想象。"并停泊于一个正午"正如"你是一片被截取的流水"一样高妙，所指心爱之物或人——虽不可知，但还是给我们一个暧昧的妙觉。接下来，我们在"黄土是沉默的王者"与"我奔向所有事物的中心"中体验一种伟大的普遍性蕴涵的扩展，从而在"梦境终将终结于梦境"里趋于诗性的完备——可以说，子非花始于物象并经由想象力而抵达诗的内部又在体悟着天人合一、道法自然的老庄哲学的深意。

　　在持续的阅读中，我每每震惊于其想象力的超拔，惟此便可以进一步确认，子非花是一位拥有想象天赋的诗人。在《隐秘的时刻》这首诗里亦复如此：

夜晚，挂满酒杯

丛林中举起的

蓝色火苗

爱情脱落，滚了一地

身体里升起

树枝和雨水

缀满白色的纽扣

白色纽扣就是春天之吻

犹如驱车穿过一片树林

幽暗的片段

闪着奇异之光

脱落的一片片羽毛

啊，谁在倾听

我们身体里的流水

阳光不断跳动，花朵轰然鸣响

一个脸庞，又一个脸庞

在这个时刻

被隐秘的时针

拨动

　　当我徜徉于"丛林中举起的／蓝色火苗""身体里升起／树枝和雨水""幽暗的片段／闪着奇异之光"等诗句间，我知道拥有这样句子的诗人会是一个缪斯的恩赏者。尽管并不晓得这首诗的赠与者——S是何许人也，但在揣测中颇觉得秘而不宣——就是说，诗人或许深怀一个晦涩的心结，莫非那是对于其人其事的怀恋与憧憬？而往往有了如此的情结才有了天赐般的想象，从而给诗注入了新奇的趣味。这里恰恰契合了巴什拉的观点，他说："当人们承认了心理情结，似乎就更综合地、更好地理解某些诗篇，事实上，一篇诗作只能从情结中获得自身的一致性。如果没有情结，作品就会枯竭，不再能与无意识相沟通，作品就显得冷漠、做作、虚伪。"[1]由此回眸"阳光不断跳动，花朵轰然跌落／一个脸庞，又一个脸庞／在这个时刻／被隐秘的时针／拨动"就有了令人震撼的言外之意——显然，这里是源自想象力而给爱的情愫赋予一个美好的形象。

　　随着阅读的延伸，我们在子非花新近的文本里，发现了愈加精妙的想象所呈现的诸多诗句——在诸如"雨滴一样坠落的脚印／偶尔有沉默

1　加斯东·巴什拉:《火的精神分析》，杜小真、顾嘉琛译，岳麓书社2005年版，第24页。

者端坐于手掌／一如乌云坐满天空""年代像一条垂死的鱼""这根绳子挂满岁月"(《椅子逃往冬天》)的诗句致幻的背后，一定有着异乎寻常的想象力支撑着，才会有如此美妙的词语效果，而拥有这样的句子结构成一首诗，往往会让我们进入"被创造出来的想象力的慑人境界"[1]。然而，我在《又见璞澜》这首诗里却读出异样的翩翩情思——虽然标出是和我的，但能够窥出诗人想象力似乎有些游离于心思，或者说看似心不在焉，实则一直在陷于某个事由而不可自拔，所以体会得出其思绪的苦涩——

> 一只尾随的虫子
> 在灯火阑珊的街巷
> 以隔岸之力，用于击溃
> 假日里汹涌的人潮
> 和这一刻的我们

　　虫子这个想象物很诡异，而且"尾随"着——是心魔使然？那么便是一个驱不散的心思萦绕于心头，纵在隔岸，依然有击溃之力，因而即便在暗夜里——进餐之际仍然迷蒙中看见它（她）"分解为果粒"，真可谓挥之不去尔又来。如此"谁能够撤离永恒的泪水？／让她在别处飘飞？"就成为不意间而为之的秘密泄露与心灵坦白；由此，"你轻灵的笑意，像消失很久的／某个午后／一道断裂的问候"以及孤独与漂泊的慨叹才显得水到渠成。从这里几乎可以做出判断，一位用情至深之人，哪怕是动用全身的解数——想象力与隐晦之技艺，也难以掩饰两厢情愿裂解后的一腔相思之苦。
　　仔细揣摩这首诗，倏然间有了疑惑——直观上的儿女情长难道只是给我们的一个假象？诗人设入的诗意或许更深层更复杂——这根源于诗里两个情愫，一是不能相伴而行的深切怀念与遗憾，二是孤独感与凄

1　哈罗德·布鲁姆:《怎样读，为什么读》，黄灿然译，译林出版社 2011 年版，第 59 页。

楚。那么，我们何不作多个维度的探释？而最有可能的是写父子之爱，我们知道子非花非常疼爱、牵挂他的自闭症儿子——或许就在家里并未跟来，此刻在"汹涌的人潮"中看见那么多孩子在游走，很容易产生思念之情，极致之中必有诸多复杂的情念——譬如缺失与孤独感一起涌来。联想到在《树屋》里，把儿子喻为"慵懒的小蚂蚁"，那这里的虫子岂不就是一个对可爱孩子的喻指？而假若我们把苏轼表达兄弟之情的《水调歌头·明月几时有》拓展为亲密朋友的友谊，那么子非花这首诗亦可以担当起对挚友不能形影相随的怀念，以至于孤独寂寞，都在诗里表现得淋漓尽致。还有一种可能，缘自子非花善修佛缘，在这万善寺院近处的云台山脚下的夜晚，陡生仁爱之心——在个我与普度众生之间，诸多眷恋意念簇拥而至，在幻觉里则可成此神圣而驳杂之境——这从"音乐唤醒""隔岸""彼岸"等词语里可以获得某种佐证。由此判定，子非花的诗学层面业已荡开，其丰富与歧义性也已不可小觑，而这岂不正是一个优秀诗人的自我期许？

2

勒韦尔迪在《诗人写作时应有现代感》里有这样的说法："形象的力量不在于它的出人意外和荒诞离奇，而在于深邃而符合实际的联想。有力的形象就其本质而言，取决于两个相距很远的真实的自然接近，这两个真实之间的联系只有人的意识才能猜到。"我不晓得子非花经营形象的秘密通道，但能够感觉出来他对于形象的用心——看似信手拈来，却体现出诗人经营形象的功力。在对于诗歌文本的浏览中，看得出其早先的形象大多来自自然界，或一种自然而然的发生，比如春天、花朵、大地、黑夜、梦中，"一只蚂蚁依旧在悄无声息地爬行"(《致芳华》)，"从天空投下凌乱的阴影"(《五月》)，"夜晚是另外的场景"(《夜如斯》)；也伴有情感形态的物象，比如泪水、滴血、凋零、青春、怀念、眺望，之后就有更多的虚词进入诗行，进而沉浸在虚象及其语象的狂欢中，像沉默、卑鄙、狂野，以及"庸常的生活／常常被一根手指戳破"(《爱情故事之四：元宵·灯》），"我们曾一起编织星辰"（《爱情故事之五：元宵·离别》），"岁月嵌入其中／不能自拔"（《驿站》），"我忙着赶路到梦里去"（《梦》），从这里看得出一种诗思的形而上转化与变形的努力。同时，我惊喜地发现，他能够让形象的发生在不经意间形成裂变的力量。看《途中》：

纹路在开始处
碎裂
布满手掌
用于击穿闪电和命运
你瞬间沉落之眼神
翻滚

直到某一时刻
眼神碎裂为群星
一声喟叹来自
微小的沉默

诗人注明，这首小诗写于 2019 年 10 月，这就意味着其经营形象的能力已颇为成熟。将纹路、手掌、闪电和命运组合在一首诗里，其实是冒着风险的，就是说，假若没有凝结于一个有效意蕴结构中，就会不可避免地成为一个语言空壳，或被诟病为有句无章；而"直到某一时刻／眼神碎裂为群星"沉入喟叹与沉默的语境之中，诗方在惊险中构成有效的语言铸件。

随着写作实践的深入，子非花对于形象的经营与捕捉愈加自觉与清醒，更多的智性与超验性思维融入诗的建构之中。比如在《年代》里，"我们在壳中敲击／随意吞吐的舌头"——可以肯定地说，舌头这个形象是源自诗人独有而隐秘意识的刻意寻找，使人惊异。在这首诗里，还有"嘴唇上是茫茫黄昏"的句子，一个黄昏的形象涵括了多么复杂的心思与丰厚的意蕴。在《橘子——写给我的自闭症孩子》这首诗里，你恐怕不需要再怀疑子非花经营形象的能力了，不妨说，橘子这个形象的寻找正验证着其功力不凡——

孩子，你坐在那里
身子前倾
一日的安静，如水静止
思索之流
被分割成一个个小房子
盛满，夏日之心
像一个个柔软的橘子

最柔软的时刻
夜晚归来，小小的房子盛开
"爸爸回来了，爸爸的车"

爱之门
轻盈地敞开

心地泛起潮水
"你就是我呀，我们一起映照于镜中
我们将一起度过漫漫此生"

简单，简洁的生命
你在白纸上涂抹
谁也看不懂的象形文字
如幽闭于另一个空间
神秘的白纸散发
往年的芬芳

简洁像一个

偶然的橘子

秘密地升起

　　面对患有自闭症的孩子，子非花总有千般的柔情与忧伤——据他自己隐约透露，给儿子写一首诗也成为其一个潜在的诉求。但说实在的，越是面对隐痛，越难以下笔。而橘子这个意象的到来正应验了勒韦尔迪所谓"诗人的任务不是去创造形象，形象应当自己展翅飞来"的诗训。"被分割成一个个小房子／盛满，夏日之心／像一个个柔软的橘子"，可以说，这种远距离形象构建的对应性令人震撼，"最柔软的时刻／夜晚归来，小小的房子盛开"，借橘子窥探人的秘密则顺理成章，而"爱之门／轻盈的敞开"也成为一个最高意义上的人性表达。同时，在这首诗里，可以窥见子非花一反形而上的追求，而刻意于形象营造的生活化转向："孩子，你坐在那里／身子前倾／一日的安静，如水静止"——这种日常化的描写，质朴而真切地道出作为父亲的心迹以及如是的大爱无疆的本真，读来让你不得不动容，从而一首诗也顺其自然地完成。

　　无独有偶，子非花写给另一个孩子的诗——《树屋》，同样以形象的经营取胜，而在形象里饱蘸深情："你搭起树屋／握住风中的鸟鸣／松树枝折断，在我们手上释放／清澈的芳香／环绕着一个小小的城堡"，显然，这里溢满童趣。在这一节诗里，我惊异于诗人在树屋、松树、城堡构成的空间里，与鸟鸣、芳香这样的感觉结合得浑然一体，这让我想起古典诗歌里那种结构具象、声音与嗅觉的传统功夫——就是说，子非花的确在对于传统技艺的融通中已经颇有成色。当然，诗人的感受依然是现代的："未来是一颗微小的松针／正躺在一缕光影里／风，像粉末一样幸福地／向我们吹着"，诗里流淌着淡淡的温馨，有着当下的惬意与对于孩子的美好憧憬——可以说，从子非花写给孩子的诗里能够窥见一颗温暖与希冀的心灵，也给他的写作一份珍贵的温度，这对一个久居残酷的商场中人来说尤其不易，故此，我以为诗歌作为一个善与美的结合体，无疑有着对世道人心的救赎伟力。在《升起》这首诗里，诗人无疑给你捧来物象的盛宴，让你眼花缭乱：

> 野兽秘密醒来
> 骨骼瞬间打开
> 蓝色血液涌流
>
> 咣的一声，玫瑰花垂下
> 蝴蝶金属般碎裂于庄周之梦
>
> 翠绿色的牙齿
> 在撒往春天的途中
>
> 遥远的事物在奔突
> 生命里开满缤纷的图景
>
> 一张脸醒来，又一张脸
> 在暗夜里活泼地闪躲
>
> 花朵缀满危途
> 黑暗惊慌地逃遁
> 夜晚，我们从船底捧起落日
> 你在倒影里把自己打开！

在这种颇具神秘的物象轮番登场中，诗人或许自己也没有想到的是他已经在致力于一种形象诗学了——就是说，诗人让物象拥有了梦幻般的力量，制造着阅读的难度，也显现了他的一种隐秘的写作风格，显然这是跟语言形式元素无法分离的。

3

我们不需要相信"诗到语言为止"的说辞，但惟有语言在面向事物与形象的想象中，在审问"意义的颤动"中（罗兰·巴特）可以给诗一个有效的托付，因而，注重诗的语言修炼是诗人的必然却又是艰苦的磨难，乃至于有些人一生都没有完成——从词义、色彩、冷暖等细微差别，到词语之间的组合和修饰以及语法构成，都在一瞬间形成，或者在深思熟虑后的某一刻发生——当然，它符合诗的原则，比如陌生化，比如诗性原则。这一切有时候并非多么张扬与突兀，就是说，它是一种不留痕迹的潜移默化，也可以说是一个诗人终生的修为。或许，在某一个阶段，诗人自己或他人忽然之间就感到了一些变化——在感受力与想象力催化下语言风格的形成，这时候，人们会说，其语言拥有了诗性表达，这个诗人富有诗意了。那么，在子非花的文本里，我们可否窥探其语言的独异处，对读者是一个问题，对诗人则是一次检验。

而事实上，阅读子非花的诗并没有让我们失望，尤其是日常性叙述语言在当下诗歌中被过度消费的背景下，观察这种以形而上的知觉而偏于情感抒发的语言，就显得十分可贵——不妨说，这里体现出"诗是呈现"的本质和对"物文明神话"（让·波德里亚）的摆脱。不需回避的是，子非花在语言锻造上，也经历了一个从外在的自然描摹到内在的述说以及语言的粗疏到精细的渐变过程——让人欣慰的是，这种蜕变的时间段并不长。进入 2019 年，诗人文本里就有了"深夜有人骑鲸而来"（《一个人的漂流》）这样狂放的惊人之语，"天空是另一场阴谋"（《秋日怀想之二》）这样的句子已经贮满深厚的语言能量，而"夕阳是一个垂死者"（《冬日印象》）并非仅仅让你惊悚，而是给你展示诗意刻画的鲜活与生动。看到"膨胀的时刻升起 / 如一个恩典 / 正午张开如一个口袋 / 哦，风！"（《这世界在练习倒立》）如此，我们才能够在诗不需要阐释的提示里获得更开阔的自由度，也让阅读成为一种享受，从而通过"多种多样的声音编织成可感知的模式"（特里·伊格尔顿）而进入诗的纹理之中。

当一个诗人的写作趋于成熟时，其语言感觉与形态首先给予了明示——这时候，他一定在一首诗里运用着具体的手段，譬如拥有经典的箴言般的句子。在《谁将漫长的一生切割完毕》这首诗里就有"你我怀抱一粒种子／进入各自的雪中""等待的雪山崩决／如万马齐喑"，它们的精准、生动与微妙可以让你过目不忘，也就是这些句子构筑着诗意形体，让一首诗完成。而在《夏日断章》里，已经显示出子非花作为一位优秀诗人的诗思的复杂以及语言的褶皱与层面："呀，摇曳的一支光影！／夏日柔软的舞蹈"这些形象给出后，一个"我在倾听"既显得陡峭，又有几分修辞的风险，但诗人把握得恰到好处。"月亮升起／如一个断崖"呈现了异曲同工之妙；同样，"神，每天都在寻找／碎裂之吻"给你的惊喜已经超出技术层面，而让欲望归于宗教的崇高，这里实质上已经靠近乔治·巴塔耶所阐释的哲学畛域了。

　　在新近的文本——尤其进入 2021 年之后，其语感有了并不被轻易发现的变化，语调变得轻逸，语速趋于缓慢："你掉入一个壳中／像一颗未孵化的蛋／峡谷执着于缓慢地漂移／水面以原初的清澈拒绝着／阳光的欲念"（《峡谷》）；在某些诗里，渐次多出了叙述的成分——尽管依然富有陌生化的转化而带来的表现力："一个卖红薯的老人牵着一个往日"（《街景》），"蓝天温润包裹着她""暮色牵引着，一枚白月亮缓缓飞升／时间开始新一轮的切割"（《切割》）。特别是在《秋天的戏剧》系列里，平添了回忆的意味——让人体会出某种眷恋中的意味深长："她人一直在抗拒的镜子里／微笑""你是囚禁于海底的／橙色火苗""风暴之后／阳光白得像午后的一个错觉／直线突兀地站立／舟楫从一个虚址嵌入／一个悬浮的暗影"——很显然，这种回忆既是美妙的，也有着复杂的蕴涵。那是"时间的雪溅起飞沫"，仿佛是在"飞鸟的臆想中泛起／温柔的惊诧"——诗人终于还是承认："这是一首往日之诗"（《秋天的戏剧（之二）》），但这是"心中生长起来的／一颗柔软果粒"，故而是弥足珍贵的。可以说，子非花在这组诗里感情埋得更深沉，语言更沉潜，从而践行着布朗肖"这黄金时代似沐浴在灿烂的光辉中，因为这光辉不曾显露过，它同显露无关，也无可显露，这是纯净的反射，只是某形象光彩的光芒"的哲学阐释，我们似乎也能体会到某种回忆的原由和魅力，而作为一个诗人，他常常缘于陷入回忆里而获得其最得意的诗篇。

　　概而言之，子非花对于诗的专注与热忱让我意外。多年来，于繁忙的商务活动中，一直不忘刻苦阅读，并表现出了丰厚的语言与诗学储备：从海子出发，又出入于张枣的诗篇里，并最终以特朗斯特罗姆的诗作为依托。近期又在开拓新的阅读领域，比如博纳富瓦、策兰等。在已有的对于历史、哲学、社会学等的积淀基础上，对诗学理论也做着广泛涉猎。同时，他对写作也倾注了极大的热忱——决意于在不同的生命历程"挽回一段诗意"。我注意到他恢复写作后的第一首诗写于 2016 年 12 月。当然，由于恢复写作才四年多，还有待于诗学体系的自我完成，需要诗意锤炼与技艺双重意义上的磨练。就技艺层面说，其写作距离精湛而不留瑕疵的时段尚有待到来。有些时候，某种技术的偏颇，比如在诗体的一面耽于某种"瘦金体"——当然这是一个诗人的偏爱，我们也没有必要去勉强。另一种情形是，诗讲究浑然一体，那么，对于短语和诗句的刻意断裂，就不妨保有警惕。或者说，某些情况下，这些短语或断句会伤害诗意的铺展与形式的完备。记得 2019 年第一期拾壹月论坛期间，参加活动的几位诗人与批评家曾经为他的诗品作了善意的解剖，那些建议对于作者会有深远的引导意味。说到底，一个诗人只有自己才能完成自己。在子非花新近的诗里，他就改变了曾经的行文方式，使得诗体饱满，诗句完整、顺畅又不失自足，同时在陌生化处理中葆有了其内在的张力。故而，我们有理由予以祝福：子非花的写作虽然起步稍晚，但缘自写作的禀赋和经验所赋予的情怀练达，其写作已经有了长足的进取，故此可以相信，诗人一定会有一个让人期待和自我期许的"传世之作"的未来。

关于文化想象力的笔记

——以王东东 2015 年以来的诗为例

王东东肇始于中学生时代的诗歌偏好，在大学时期得到了充分的实践，其成果便是一部名为《云》的诗集。这是他的早期写作阶段，其诗歌的发生多来自生活的想象与构思。记得他说过，哪一个阶段诗写得好了，就意味着生活也好（有意义）。在诗学样态上则拥有一种生活的本真与想象力的纯粹之美以及体形的精致，拥有着某种阅读接受的愉悦性。2015 年以来的诗篇，主要结集在《忧郁共和国》[1] 里，随着学识修养的叠加，批评家的职业对于诗潜移默化的影响，其诗歌写作偏于对文化层面的观察与关注，一种文化想象呈现出来。他曾戏谑地说，我的诗或许是写给批评家的。那么，就意味着可阐释的空间在不断扩大，从而进入某种宏阔而幽深的境界——其意义在于由早期的生活想象跨入近年的文化想象，是一个裂变性的跃进和诗学的别开生面，这对于作者本人和当下汉语诗坛则有着不可或缺的意义。

1

但凡诗人的写作，无外乎生活所给予的生命深处的感受，或来自语言自身的考量及其修辞的变形，最终离析出一个拥有意涵或并不拥有的

1　王东东：《忧郁共和国》，台湾秀威资讯科技 2019 年版。

词语形体。而在这两端之外，似乎还有一个向度，那就是对于文化——有形的或无形的，当下的或久远的——或典籍，或实物，或人物，或风物人情的注目、深思与想象，并由此产生的审美冲动，从而导致一次诗的写作事件。无疑，这既是一个新的诗学形态，自然也是源自古老传统的写作记忆——我们显然可以追溯至《离骚》，在那里得到文化想象的源头。

不可否认，诗歌参与文化的想象是基于这样一个事实，或者说，我们可以把文化形态视为一个"文明"的事实客体或一个文化现实——这是一个复杂的整体：知识、信仰、艺术、道德、法律、风俗以及社会成员所具有的一切能力和习惯[1]。依据博厄斯的观点，文化是由各个文化特质构成的整合体，具有社会遗留性，说白了，文化是整个社会的遗产。在"幻觉的奔放"里，可以视作一个拥有生命的整体。惟有如此，方可被纳入想象所喜欢的范畴，不妨说这一切皆缘于美的渗透，正如车尔尼雪夫斯基所阐述的："这个以为观念完全显现在个别事物上的、本身包含着真实的假象。"[2]当然，文化自身却不是仅仅为美而存在，它是一种复合而驳杂的事物。诗歌在文化面前，就像哲学在权力面前一样，拥有一种能力[3]，就是说，诗歌可以与文化"谈判"——通过诗人对于文化的审察与感悟，获得诗的想象，如此就可以渗透文化，构成与文化的对话，以至于成为文化的一部分，从而以审美的功效改善文化的质素。我们还认同这样的说法：诗歌是一种灵魂自由的艺术，这个自由一如想象不受羁绊，如此则可以导向诗歌的正义。依据苏珊·桑塔格的观点，自由的写作正可以体现文学的力量，体现出文化自身进步的精髓[4]，故而，在诗歌对于文化的想象中，正可以此为基点深化其文明的分量，彰显出诗的作为文化应该拥有的效能。同时，从现代文学史的视域，看现代汉语诗歌其实质上是发轫于文化的反叛，从而导致了诗歌的批判现实主义主流的产生，曾几何时，谐隐、讽刺、戏黠与反讽一度成为潮流，好像诗歌惟有

1　泰勒：《原始文化》，蔡江浓编译，浙江人民出版社1988年版，第1页。
2　车尔尼雪夫斯基：《艺术与现实的审美关系》，周扬译，人民文学出版社1979年版，第2页。
3　吉尔·德勒兹：《哲学与权力的谈判》，刘汉全译，译林出版社2012年版。
4　苏珊·桑塔格：《同时》，黄灿然译，上海译文出版社2018年版，第154页。

如此方属正宗——其实这是文学的误会与无知。事实上，诗歌的归宿在于成为一个"宗教"，所谓诗教，那么，诗歌就与文明与文化有天然的同体。作为一个诗人，让这种文化想象力获得更大的效应，即便是为了本族群根深蒂固的文化改造也是值得的，不妨说，文学的创造者所做的，可以无形中提高"个人权力的可信性，即使当文学的创造者把他们的作品用于服务他们所属的群体或社会，他们作为作家所取得的成就也有赖于超越这个目标"[1]。

华莱士·史蒂文斯在《箴言录》里这样说过，诗歌不同于想象的独自发生，任何事物本身都不是独自发生的。事物的存在是由于相互关联或相互作用（马永波译）。这段话似乎在暗示我们，这种相互关联性可以允许在文化与诗之间搭建一个桥梁，而这个桥梁便由想象力责无旁贷地承担了。同时，文化的本质特征是审美的，这一点与诗相通，那么，经由想象的开拓与深化，文化的审美特质便转化为诗的特质，这样，文化想象力方有施展之可能。我们在此背景下，考察王东东2015年以来的诗歌写作便拥有了某种便利——就是说，他的写作有着一种文化想象力的范例。

2

艾略特曾经关照过的二十五岁还要继续写作的诗人，其标识就是要有历史感，而这种取向已经内在于文化之中，甚或干在文化的历史纵深里，让诗人的审视与想象变得愈加复杂。不啻说，青年诗人的迈进与进取必定会有一个跨越鸿壑的选择。那么，由来自生活的想象而进入文化的想象不失为一种诗学方案——即便这样的选择是艰难而充满危险的。王东东近年作出的抉择可以作为一个明证。

一般而言，那些散布于经书、典籍中的人物与故事有时候是可以引人注目与深思的，或者说耽于文史典籍的阅读与深思可以激发文化想

---

[1] 苏珊·桑塔格：《同时》，黄灿然译，上海译文出版社2018年版，第154页。

象力。故而，在古典人物与事件中挖掘诗意就成为一种可能。而追忆与缅怀先人，往往可以略去尘封的功绩，而专注于拜谒者的或当下或即兴的感受，这几乎也让诗人有了一份便利或权利，而这一切皆归于想象与省思。王东东在很多以古物与遗址为题材的写作中大约都有类似的动机——所不同的是，其境域更为开阔，所阐发的诗思更为幽深。我注意到，东东但凡赴某地，其旨趣多在名胜古迹，所到之处，必观典籍与碑刻，加之勤勉于翻阅史料著述，对某个历史人物或事件有着详实的把握，如此进入审美的体察与构思，所获文本便有了史诗的内蕴，或者说，诗人近年来在某种史诗的写作欲念里得到意外的收获，比如《在袁崇焕故居》等诗篇便是其中有意义的文本。而在《南越王》这首诗里，诗人则感受到千年古尸"正在呼吸"，"殉葬了一个礼乐的未来"，乃至"他在上升的电梯中看到雪藏的高僧"，不啻勾回了历史的沉积，而又有了现世的活灵活现。当然，如此的联想不经意间也会沉入穿越的轻浮与滑稽，但缘于诗人凝重的思绪而获得救援，比如他会在"为何革命发生在广东"的自我质言与"南越王翻了翻身，在睡梦中丧失了坦荡权力／只留下印玺作为纪念"的幻觉中，也正照应了俗世中的"让我的火车票在谁的手机上被改签"的经历。这时候，不知悖谬端底是因历史还是现实而发生了，可贵的是，诗人最终在"哦，告诉人们，你也做过南越王／不用羞惭，忧郁时代的错误，拥有一个文明的博物馆"而回归意涵的肃严与正义。在《仓央嘉措》这首诗里，则借助典籍传说与其遗传的诗典展开想象，为自由与禁忌撕破一个诗的口子，在"他始终以焦急的心情去显现，／痴迷于救苦救难，就像背着地狱"的叙述中，构成宗教与俗世不可调和的悖异，诗人无疑是怀着复杂的心思在诗行间加入诗与思的争辩，从而昭显出其驳杂与复合的诗风。

我们似乎可以看到这样一种情形，即当游人如织，忘情于历史名胜的表象，或者在人造园区的附属物昙花一现般的猎艳之际，只有诗人在观察，借用一双"白马的眼睛"审视其背后的深意，并以审美的视角寻找一首诗的入口，那无异于用"一张门票照亮黑暗"，而如此方显出作为诗的价值——或许，王东东走得更远，不妨说他透过古迹遗存力求探寻历史的真相，如此才让诗篇闪耀着史实幽蓝的光辉。同时，诗人写作的另一层动机似乎更重要，那就是"仿佛要对尘世作出一种挽救"。我们在《白马寺》这首诗里，从一只乌龟对于金鱼的残杀的晦涩描写中能够感受出来，而在《圆明园》里，那"从水底却冒出一种烧焦的形象""一个脸部烧伤的人，五官如焦炭""美味的僵尸鱼"显然带有恐怖的具象与贪得无厌的垂钓者的对比中深切感知神的临在。显然，这里还由于引入了游伴"你"的看与听以及垂钓者的欲望及其想象的日常场面的出现，让一种历史沉淀物避免了其内涵的固化，从而拓展了新的阐释空间，令一首诗在对其历史蕴涵有所触及中又格外地灵动起来。

阅读王东东近年的诗，能够明显地感觉出来其对于历史空间的诗学开掘并非游手好闲般地启古人之兴，也非耽于故纸堆之嗜好，他在意或深信于历史的当下性，正所谓"这一切出自典籍"，却"成为了现实"。而在另一首诗里，他认定古人是早熟的，那么，诗人在时间中所追逐的正是悠远的智慧与贤达所给予当代的启蒙。随着不断的游历，诸多文化风物（比如寺庙、坟冢、碑文）进入诗人的审美架构之中，不妨说，这是诗人在让文化空泛的时间特质的精神性凸显于空间与实体化。同时，我们注意到，东东在对于文化遗存的审美想象中，其基点是对于典籍文字与传说的重构性猜想，由此进入诗的营造，这在其以名胜古迹为素材的写作实践中已为常法。比如《谒比干庙》这首诗便始于一次周末游历，我们一起同行，皆动情于"仁人不可作，牧野尚遗词"。或许，东东那一刻已经有了诗的萌动，但更完善的构思可能还是归于其后的碑刻及其资料查阅后的酝酿发酵，这些皆可以从诗句中觅得踪迹。而更重要的是诗最终的完成——对史实、传记与传说的想象性加工达至语言的"七窍玲珑"与蕴涵的扩张而至完美的结合，可以说，这样的写作实践是一场始于历阅而成于词语的胜算。

3

在对于王东东近年诗的阅读中，可以看出来，其对于文化层面的捕获与想象是多方面的。比如在文化名人故居前，诗人会牵动情愫，透出温柔与凝思——或许是故者激发了生者，于是有了诗性的意外与共鸣，在《郁达夫故居》这首诗里便是如此："偶尔闯入别人的生命之谜中／产生的歉意，也会被新绿覆盖：／主人最为得意的日子，和新婚妻子／从二楼的窗户对着富春江凝望。"而"一个人，总比一群人，更适合／拜访一个人；即使你只是他偶尔／从二楼看到的一个人"已经是故我两相交融之境，也正如此可以给诗人以更阔远的推想。

　　作为一件传统乐器，焦尾琴原本有一段美妙的传说，从而平添了几分神秘的文化色彩，王东东在其同题诗里，却拥有更多情色的想象，不妨说，在"那一秒"焦尾琴便像一个女儿身——白皙、柔润，那相互间的火与焦急，既来自声音的转换，也同时引起心理与肉体的感受，直至欢愉，"一种叹息，一种旋律／在我们的陌生溶解时升起"，这份"无人能够阻挡她灵魂的疯狂"足以让一位年轻的诗人燃烧，继而也为一把独一无二的琴——异性的肉体赋予了晦涩的涵义，同时拓宽了琴自身的内涵。在对于文化遗存的观察中，诗人总是将其典籍记载或传说融入诗句，作为榫入，显然强化了诗的客观性与词语的力量，在此基础上的展开与联想便也拥有了来历。《琴台》显然能够归于这个属类，"当他迎面撞上琴台的匾额／找不到笔，只好束竹叶题壁"，随之而来的"遗憾琴曲失落，如自我的漂泊／古稀又遇上了儿时的梦呓""而今熏沐于暖阳，如童真"则道出诗人的感受，且一步一步移向想象的远方，直到最后，成为我与琴台的相互不弃与拥有："我存在，琴台才存在。我到来／认出我，古琴台才成为古琴台。"

　　故乡作为一个独特的生命原点，拥有更亲切的文化意味，值得诗人为之作出更富有亲和力的思索与想象。或许在这更多地体现在回忆的想象中，诗人会获得更加丰富的精神给养，东东就以《故居》为题展开了想象空间："你走来，哦，就像初升的太阳／照耀世界和我们"，开句就饶有意味，走来显然是带有回忆性的，或者就是一个梦境中的形象到来，而在诗人那里居然如初升的太阳那般新鲜——这标示着故居的历久弥新，接下来的"阴凉的庇护"会让我们联想到老房舍的功效；"在你头发的光亮的强烈的爱抚"会与母爱联系在一起;"你的形象在我身边,却又遥不可及"则表示了遥远与心的关系,这是对故居本质性的揭示。"你的面容永远嫁给了怀春的镜子"则把故居想象成恋人,而且寂寞之情油然而生,"正从我的身体里长出",那么,"你吃我的心"就从反向反映出思念之苦堪比噬咬之齿,还有弹奏与琴音以及"十一岁手指"的联想,可以看出诗人为故居倾注的想象复杂而缜密,不妨说,他为我们奉献了不可多得的关乎故乡文化的新奇寓意。

王东东对于人物的文化层面与蕴涵的想象开拓了其诗学剖面,也无疑是对于文化想象力的拓展。比如,他可以将女诗人这一特殊的文化形象想象成美、玫瑰、爱与缪斯,给生命带来了震颤,从而有了"一个羞红脸的高个子青年 / 幻想隐秘的国度,正到厨房洗手 / 请你降落到凡俗的尘世间"(《女诗人》)的想往。在另一首同题诗里,则把女诗人想象成诗——这一高贵的认定几乎是推陈出新般的浪漫主义者的意外,而让人惊喜的是在一本诗集里,他居然收录了三首《女诗人》,可见其主题的偏爱与深思。在对于这一独特形象的考察与想象中,诗人无疑是费了思量的,或者说,他宁愿将女性诗人置于更加复杂的人生与时代背景里,如此,作为旁观者才会有清晰的断言和一份敬重的欣赏:"语言对于女人是诅咒还是赠予: / 拥有语言还能否拥有爱情? / 拥有了语言,你也就拥有了世界。"

诗歌作为一个特殊的文化形体,在东东那里也进入了一种独有的检视与想象中,不妨说,这是诗人更乐于参透的一个向度。他会把诗视为相爱已久的恋人,乃至会招致世界——诗所傍依或平衡的一极的"深深嫉妒",以至比作另一个太阳。与之相映衬的则是诗人所栖居的"地球",也即人的孤独。而从本质上来说,诗人与诗的关系是多维度的,故而,东东会把诗设想为朋友抑或劲敌,"在爱情之上,等待一场战争",其许诺就是"用我的肉身做你的台阶"——无疑,诗人在这里为诗注入了新异的"人性"。

在这个世界,我们无疑生活于文化的包围之中,或者也可以想象为文化就是人类生活的血液,亦如空气之于我们的呼吸。那么,作为一个诗人，徜徉于文化的观察与想象当是一个常态，所不同的是每个诗人的触发点不尽相同，其诗歌的形态与质感也会各异。王东东在其文化取舍中，给我们留下独有的印象——乃至他会在古代服饰中生发幽思。比如《燕行录》中，就从世人异样的目光中给出更多的思考，诗是从一个朝鲜使者的衣冠——那件古代华服——在清朝所引发的曲解进入的，描述生动而形象，蕴涵之意却颇为沉重，可以说这是以诗人的视域对于文化的一种反思与濯涤。而在《对一个自由主义者的哀悼》这首诗里，诗人给以文化反思的同时，对于一个生命个体也给予"利他"意义上的同情与尊重，正体现出苏珊·桑塔格的初衷，她说："任何文化都有一个利他主义的标准，一个关心别人的标准。我倒是相信这样一个固有的价值，也即扩大我们对一个人类生命可以是什么的认识。"[1]

4

作为偏重于精神形态的宗教信仰，是隶属于文化的一个特异的形态。在王东东的诗篇里，我们常常可以看到其来自宗教层面上的省悟与沉思——即便看到乡村教堂，也会萌生一种"意外的福分"，"仿佛它蕴含了风景中全部的快乐"（《乡村教堂》）。如此，便让他的诗平添了来自信仰领域的神秘审美旨趣与救赎的意味。另外，拥有对女人的道德宗教感的确是一个诗人的美德，或者说这份美德落脚于诗行间，会给诗歌带来浓厚的救赎意味——这在当下粗俗乃至恶俗盛行的境况下，尤其显得高贵。王东东的《雨中》在这方面就有着几乎完美的表达，在"旋舞的裸体""如一个神""就像上帝的写作"的诗句里，你可以领略到一种圣洁的教徒情怀。

一般而言，每个人信仰的到来大多是突然的天启般的来临，带着某种预兆。东东大约也如此，在《听琴》这首诗的最后，他便因面对道士说出鲁迅一句话而感受到"仿佛道士 / 隔空对我发出了诅咒，闪电般 / 指向

1　苏珊·桑塔格：《同时》，第151页。前揭。

我的未来，让我找回了信仰"——这时候，诗人信笃的恐怕只有"上帝才能将你宽恕"，或者说，当信仰降临——尤其作为一个诗人，他定会焕然一新，即便是一个忧郁的人也会"学会古国的温柔"。而在诗人的宗教情怀中，有一个意象始终萦绕于胸中，那便是"天堂"，或许这是宗教意识中最美妙的向往与归宿，所以，王东东总是将这一想象跟自己的日常世界勾连在一起，不妨说他更在意于通过美好意念对于俗常世界的观照显露出作为一个人的悲悯之心。比如诗人会如此写道："仿佛幸福的天堂，漂浮在床的上方"，以表达某种亲切的情感。

在荒诞的时代，生命感觉或许再无净洁，哪怕在佛祖之地，也领受不到圣餐，诗人在《佛光山》里，惟有众多的苍蝇带来异样的感受，这多少让人感到怪异。但转念之下，我们判定诗人是在给一个假托，或者说，他在暗示那些苍蝇就是众多庸常生命的化身——"像众僧"。那么，"回望人间佛教那仁慈的米汤／几根菜叶略等于经文的滋味"就不难理解了，就是说，在某些高贵人眼里，这些生命是不受待见甚或是备受歧视的，而在这里，却不会遭受暴力，还能"呈现生命的充沛、温暖和饱满／达到至福"从而拥有"一种古老的陶醉"，至此，诗人给予普通生灵宗教意义上的逆转，无异于拥有创世的意味，诗人因感受到"苍蝇背上"的"光亮"而令一首诗平添了感化的力量。

同时，我们看到东东所以能够忘情于历代宗教场址，在于"我心向佛"，故而在感同身受中了悟于佛之教诲，即便看见一只虫子也会与彼世联系起来，在一列火车的缓慢通行中领受善度众生的奥秘，乃至于为一个掌握权力的女人做出接受景仰的推测，这一切无疑为诗人"在此世我将离佛更近"做出幸福的认定（《在佛前》）。而在一只瓢虫的尸体面前，诗人感到"神已沉默""死亡的光芒瞬间照亮了这个国度"，从而省思于"做一个善人就和做一个恶人一样危险"（《瓢虫之年》）的悖论之中，继而感叹"神只是一个无法企及的远景"（《讲经》）"我永生难以到达"，而这一切似乎又归于信仰的威仪，因而"我坚信自己／不念诵，也能获得心灵的平静"（《隧道中的佛》），并深信"当我睡着时，神也在这里／像风一样走动，看护着我"（《自〈圣经〉的一页》）。

　　海洋可以被视为创世纪意义上的宗教性文化标识，不啻说，海洋神秘性的丰富与浩瀚引来多少诗人为之仰慕与讴歌，王东东同样会在大海面前动一番心思，而不同的是，他给予我们的是看海的故事。我也是该诗所关涉的本事的见证者，不妨说是一同面对共时的一切，而不同的是东东在看海时，其想象之外则多了一份事由的洞察与思索，既来自大海的畅想又受到世事的触发，终归令一首诗拓开了神性的一瞬与俗常顿悟的双重空间——这也构成其宗教主题的又一个独异的写作维度。

　　作为一个专注于哲学的诗人，在诗里谈论神学真理时也会展示其哲学真理的内涵，使一切"有理性的存在物"都有可能毫不勉强地找到通达神学真理的必由之路（语出邓晓芒《真理——在哲学与神学之间》）。就是说，他在诗里谈论的宗教往往拥有关乎人生的哲学层面上的反思与"苏格拉底的温柔"。自然我们不能"像荷尔德林躲进一个遐想的希腊，以一些更为纯粹的陶醉，以非现实的甜畅来改变爱的面貌"（语出齐奥朗《诗人的寄生虫——一场热烈解体的受害者》，宋刚译），那么，我们就可以像王东东那样在卑微之物——比如苍蝇那里寻求宗教的慰藉。自然，信仰纳入诗的想象视野或许是复杂的，在这里，既有一份深信的虔诚，亦有某些疑虑与疑惑，而这一切都因了现实的导入与强植，或因了人的贪欲与恶的充盈而导致了廉耻的混淆与羞涩的丧失，以至于浮现"神甚至只有叫喊才能让人听到。/ 神偶，听任儿童玩弄于股掌之上"（《羞之颂》）的怪诞情境；诗人也会怀揣痴傻地端详菩萨，而有了献诗的举动，但让人意外的是，诗人乞求的是菩萨回到我们的时代，给予急匆匆的一瞥也能宁静安详，而愿饮尽黑夜的泪水犹如甘露，并乐于珍藏菩萨偶尔转身的悲伤，这份悲催令世人深思——故而有了"那信仰之火也不能持久"的诘问，以至于发生"我的信仰并不坚定，我也并不能真的得救"的悲叹。

5

　　在当代汉语诗歌写作中，将文化置入某种想象与反思，倒不是没有先例，比如二十世纪八九十年代的欧阳江河、杨炼等人的文化大诗，还有海子长诗中的文化幻想——诗行间溢满了对于文化愿景虚妄的描绘与浪漫、狂热的抒发。而在对于王东东近年诗的阅读中，我们可以发现，他在对于文化想象的挖掘中，总是面对文化的真实与真相基础上的审视与洞察，而非狂想。当然，可以看得出来，诗人的文化想象触角一旦伸展，一切相关的物象皆可以入诗，哪怕是最不起眼的——比如铁道，东东就在《环形铁道》里给我们不俗的体悟与诗意的荡开，或者说，他在诗的题旨上就颇具匠心，近乎于一个文学的诡计，而恰恰在这个诡计中，把一个亲身经历缠绕在诗的框架上，也把读者诱至"空中的城堡"，而当你某一刻获得一个阐释权，方才醒悟，诗人"突然转身离开，让我们／不得不跟随出去，留下一个神圣的空间"。而有时候，我们有理由怀疑，在一首诗的面前是否有阐释的必要，就是说，诗已经是它自身，就在那里呈现为语言的此在，作为接受者——阅读与品赏便已经自得甘饴，并不需要为一个额外的贪欲再去添置一个"巨兽的胃口"。

　　有时候，执着于文化想象无异于置文化于写作仓储之中，就是说，诗人可以让这些视为独异的材料进入诗，而于庞杂之中榨取诗意，王东东便属于此类写作者。他甚至可以在极窄狭处抠出诗意来，比如他能够从阮籍的《搏赤猿帖》生发的想象中感受到噩梦般悲催的现实境况与复杂的心思、"恶毒词语"背后的拯救社会的赤诚之心与未能实现的不得志，以及惶惑和激愤导致的人生虚无感。而在鲁迅那里，诗人看穿人世与人心的不测以及群魔乱舞的世道，并在这复杂心思里直叩灵魂的深处。显然，从他者诗文中结晶出诗性，不失为强取豪夺后的一次历险书写，或在这文化的虚无省视中触及了诗意的虚无与虚幻，从而让一次语言行动蜕变为一次有意味的诗歌文化构建，或者促成了"从地狱中可以带回什么"的沉思。而在《鲁卡奇》那里，则获得了魔鬼的辩证法，以至于发出"这世界的魔鬼如此之多，上帝不够用了"的慨叹，如此的狂想恐怕汤玛·斯曼也始料未及。自然，诗人总是面对脚下的土地，以至有了另外的"白色鬼"的拷问，这就将诗意引向深远与严峻。

　　在技艺上，面对文化遗存，诗人的想象不需要全方位的或整体的概述，或许支离破碎与若即若离方能构成审美的诗性表达，这才构成内在于文化与诗的转化的驱力与原由。王东东在《南京》里便体现了这一艺术原则。他从长江两岸、贡院、秦淮河、夫子庙、李香君、拱门和玄武湖这些独有的或风景或建筑或人物之中展开，看似散乱，却最终统一于一首诗的架构中，而这些或许正践行了史蒂文斯"想象力愿意被纵容"的诗训。

缘于文化自身所蕴涵的古典性，经由诗人的审美想象，其古典质素依然存在，不妨说是一个古典性的审美转化。那么，诗人的语言形式必然因此而携带某种古典意味。我们在王东东关乎文化想象的诗篇里，就看到了这一点。可以说，他在以书面语为主的语调舒缓而沉稳地叙述、整饬的语言形式和大致整齐的诗句表达中，有一种贴近古典的欲求与动力，这其实也是一个与内容相符的理性设计，让其文化审美意图有了某种完美实现的可能，或如他在评论聂广友的一篇文章里所说的"古典精神已开启一种耀眼的当代美学形式"，[1]同时他谈及了所谓"复古派"诗人，把柏桦、欧阳江河、杨健和陈先发列入其中。那么，从其专注于古典性的想象与写作这个向度，我们把他列入这个序列也未尝不可。

布罗茨基在《钟摆之歌》（黄灿然译）这篇文章里，面对挖掘历史文化题材的卡瓦菲斯曾经如此说，无可避免地，历史写作——尤其是古历史写作——的主要特征之一，是风格化的含糊性，这种风格化的含糊性要么是由互相矛盾的证据之丰富性造成的，要么是由对该证据作出明确而互相矛盾的评估造成的。他还说，含糊是力求客观的一个不可避免的副产品，而力求客观则是自浪漫主义以降每个严肃的诗人或多或少都要参与的。我们在王东东近年的诗歌文本里就感觉出这种含糊中的客观性，就是说，他并非沉溺于古典文化的叙述之中，而是在对于它们的审视中提炼出某种文化沉淀或一种客观而恒远的感受。

舒丹丹在《马克·斯特兰德：向潜意识挖掘灵感》这篇文章里如此写道：斯特兰德的诗歌奇妙地混合了心理冥想和梦魇状态，力求摆脱思

1　王东东：《风物与心情：追忆，或手握方向盘的诗人》，《广西师范学院学报》2016年第3期。

想意识的控制，深入挖掘潜意识领域，意象多诉诸日常又超越日常，语言简洁而肯定，在梦幻与现实、抽象和经验之间取得一种奇妙的平衡。在王东东近年的诗里，我们可以窥见其有一种祛魅的诗学冲动或考量，就是说，在这些诗里从不讨巧于形式或机巧于语言，这就让文本拥有了某种冷凝的诗性和一种来自词语粗粝的力量。

当然，经由诗人的感悟、想象与修辞的变形，一个诗歌文本脱颖而出。这时候，作者已经完成自己的使命。随之而来的是传播与接受的畛域——要么进入阅读者审美、愉悦的视野，要么进入批评家的辨析与阐释。而文本进入的途径皆因作者的诗学预设而偏离、僭越或不可逾越。王东东渐远于日常生活而耽于文化考量、审察与想象之中，其文字趋于艰涩与晦暗，文本留有的缝隙也日渐狭窄，似有一种不屑与日常读者苟合的蛮力。而另一端，诗行间裹挟的历史与文化信息及其独一的阐发，又给批评者或拥有批评能力的读者开拓了阐释空间。这种选择看似刻意，实际上又是诗人的宿命般的不可把捉——就是说，当诗人如此长久浸淫于哲学、社会学以及政治、伦理领域，又在批评文字中秉持一种坚定的信念，这些都会潜移默化地影响、引领或钳制其诗歌的方向，而这种情形已经不能归结于一般性的诗歌伦理与价值判断了。

概而言之，我们从王东东早期的诗里看到了缘于生活想象的纯粹之美，而从其 2015 年以来的写作中，可以看到他一度置身的生活想象偏移或重置于文化想象——更多地游离于各种文化场景、事件与人物之间，运用来自更多世界文化资源光芒的照射与穿透，从而酝酿出来属于自己的文化情绪与想象，凝结成犀利而略显粗犷的诗篇，在保持了原有的生活想象之美的同时，又抵达了更加复合、宽远的来自文化想象力的理趣与诗歌智慧，而这类诗歌或许会开启批评者新的界域，最终成就一种即便呈现某些冷僻的却是独有的诗歌阐释学。基于此，依随奥登在《19 世纪英国次要诗人选集》序言里的说法，就所有诗人而言，我们分得出他们的少年习作和成熟作品，但就大诗人而言，这个成熟过程会一直持续到老。读到大诗人的两首同等品质但不同时期的诗歌时，我们能迅速区分哪一首写得较早——虽然如此谈论王东东的诗歌为时尚早，但我们依然可以从其写作的历程中窥视出显明蜕变与不断成熟之相，那么，作为一个诗人，王东东就值得我们给予更大的期待。

"咳血的鹰，立于思乡之石上"
——广西 80/90 诗人巡札

加缪在《何为荒谬》这篇文章里如此写道：发现一块石头是多么地陌生于我们，并且是多么地不能归结到我们这里，以及自然、一道风景又是多么地能够否认我们。在任何美的深处都包含着某种非人的因素，这些山丘，这宁馨的天空，这些树影就在这一刻失去了我们赋予它的梦幻意义，从此就变得比失去的天堂还要遥远。尽管加缪的谈论有着某种程度上的偏狭，却契合了此时我的心境——说实在的，我在面对广西年轻诗人的作品时，就有了类似的感觉。的确，广西年轻诗人的诗我读得太少，他们崭新的面目在我面前几乎是完全的陌生。这也是我接受了为这本书作序的邀请后感到忐忑的原因。但转念一想，正因为崭新和陌生，或者某种情形下的隔阂，愈加迫使我想到一个问题，那就是创造者的真相——或者说他们的诗歌的发生学是怎样实现的。同时，源于此我也就有一种从容而坦白的谈论。于是，就在对于其文本的悉数阅读中，开始寻求着诗的阐释。

1

诗歌史推演到当下的时代，诗人已经从品达、贺拉斯、德日进、巴塔耶等诸多论者当初所论证的先知返回人间，就是说，诗人业已成为一个食尽人间烟火的平常人——纵使是"孤傲的诗人"。那么，一旦有俗常的人生便也就拥有了俗常的梦，和梦中的一切——它们构成了诗的一个部分。陈前总的《梦中和一个人打架》即如此：

> 是生活导演了梦
> 还是梦诱惑了生活

在这份疑惑里，发出"有些事 / 远没有想象中复杂"才显得真实。故而也会把故乡的河流看作"梦的甬道"——当然，这里就拥有了审美的转换。而苦楝树在"低于观音和山脚下的灯火"这个诗句出现的一刻，就有着从俗常人生依附于宗教的神秘意趣。陈振波在《白色敞篷车》里，"梦见那辆白色敞篷车"则关乎生存："我看见过这一生最为璀璨的星光 / 我突然感觉自己是存在的"。而在《隧道》里，其"梦中总是会走进一条隧道 / 就这么走着，想要走到尽头 / 却一直走不出去"更接近生活的真实，或抵达生命的真相。有时候，他的梦是暴烈的："看见梦中的一座弹药库"，这就隐约彰显出他的生活并非一帆风顺。隆莺舞则在《落日父亲》里依梦而骗梦中的父亲，且"每一天的谎言都让他感觉崭新"，从而误以为"梦里才是他的人生"；而最终的结果让我意外："他一半还在梦里那刻 / 从对方身上感觉到强烈的陪伴的幸福"，这首诗也获得书写的成功。接下来，《梦想达成这一天》愈加验证着这个爱做梦的女孩：草原上空无一人，却有医院，门前，白大褂上印着父亲的头像，"或许该等待一个病人 / 他满脑子想的是带她去荡 / 一个漂亮的，整个下午的秋千"，在梦境的混乱之中透出一股深沉的父爱，尤其对于如此年轻的女孩，几乎也是必然而根深蒂固的——仅凭这一点，就让我们不由自主地感叹而陷入更多的思忖。

在高寒的《分身术》里，我感觉出人与自我以及他者的分裂、分化及其不可分离的宿命感；在一切的敞开之中，"木棉花开在你身上，月光落在你身上"。从我到你是分离的，"我不在这里，我的灵魂也不在这里"，以至于"别人都是我的分身"，但在这个世界，一切都是联系的，你无法挣脱，爱恨情仇都在我们周围发生，并非因个体意志而得以转移。故而，"我们都是彼此的建筑师，我建造你，你完成我"成为诗人为自己也为这个时代寻觅到的一个颇为明媚的救赎。继而才会在《花山欢》里为我们描述了一幅神、人融通与共舞的奇遇，以及"巫师安排刀山火海，送魂上山"的秘境，而人们则在叩拜、诵经中，赢得神灵的佑护，从而获得福祉。不妨说，诗人缘于泛神情怀的想象性描述，揭示着索尔仁尼琴意义上的警醒与鞭策，也赢得写作的深刻意涵。

我惊喜地看到，在一批年轻的文本里所拥有的那种时间意识的难以觅得，这无异于一种成熟写作中的艺术自觉。比如在费城的诗里：

> 黄昏中不动声色的人
> 近似虚无。近似于生铁
> 在缓慢时光中锈损
> ——《边境书》

他着意于"我听见时光扔出石头"的诗意营造——那种刻意于虚境的想象。牛依河"从身上脱落的时光"，到"在那里，种上一个深渊"又不得不让你于惊悚之中，对时间葆有一份敬畏。随之而来的"掉进去的东西／会安详地出现在世界的另一边"则给你带来宗教般的提升。不啻说，这样的写作会给人带来一波三折的阅读欣喜。唐允在《村子的早晨》里，看"村子像一团被甩出的泥巴落在时间的河岸"则是另一种时间的观察，不妨说是一种颇为独到的体验和顿悟。而在《街灯》里："有几盏街灯突然熄灭了。在黑暗里／我是其中一盏"则意味着空间里的时间性转换，体味出一种特异的人生意趣。在"这漫长的时间充满告别"（《加州南部不下雨》）的诗句里，则已经进入一个近于完熟的体悟。而在卢鑫婕的诗里，我意外地发现她拥有着时间、空间与个体生活的融汇与交互感应："当几亿光年时间的虫洞终于逼近／当银河倾泻而下，时光在手心里流淌／我是否可以回到十七年前的某个夜晚"，在这里，似乎是自然发生，没有一点牵强附会，或许这都源自其深刻的生活感受与真切的联想，这对于一位九零后诗人既难得又可贵。对于时间，她还有一种意想不到的转化：能够把一只小猪看作"几千年前他曾是龙的祖宗"，而居然"时间的河流将心变成了石头"(《牧猪记》)，两百年的"老樟树依然张口不言"(《净慈寺》)，读来不能不让人动容乃至于惊叹。

在某些作品里，我们可以看到其全部发生未必是都有效的——但在有的诗人那里，终于发生了而且趋于一种诗意的生长——我的意思是说，一个诗人有幸能够进入一种不同于常人的独有的感觉，就像苦楝树那样在《下榻》这首诗里出现的："总觉得门缝里 / 有一双黑眼睛 / 把我看穿了不说"的感觉，尽管在这个时代，有时候一种荒诞不经的觉知，那也是诗歌所必需的，否则可能就远离诗的旨归了。同样，他在《蝉鸣》里感觉出"风在我的体内形成规则 / 去掉头尾，蝉鸣依旧是 / 这个早上最不遵守规则的声音"——规则成为了诗人的直观理性所转喻的审美，可以说这是难以获得的微妙。当我读到"辣木籽静静地裂开 / 辛辣的心，需要听到 / 一种从天庭降落到尘埃里的声音"(《夜雨》)，"一只黑色蝙蝠从他嘴里飞出来 / 拍打几下之后，飞出了窗外"(《父亲和我》)简直欲要拍案叫绝了，这是无可模仿而独属于诗人苦楝树的妙觉。

覃才则在他的诗里耽溺于一种对秘密的发现："面临人与城市，面临着无数的秘密 / 面临单身，热恋，婚外情 / 和所有的城市事件"(《晚间的水》)；在《走过郊区工厂》这首诗里，竟发现"守着工厂的狗一直在叫 / 夜色里，几栋居民楼围成的工厂 / 还在偷偷摸摸，还在加工产品 / 房子里机器捶打的声音像被围在工厂里的人 / 在很薄的围墙里 / 人和声音都出不来 / 隔绝内外的铁门不好看 / 它不像那些随便长在郊区的芭蕉 / 走过的人可以看见它的果实"，透过这些秘密，诗人给我们一副审视的目光及其对于现代世道的反思，从而作出诸如"没有本质的人 / 走过没有本质的夜晚和没有本质的城市"(《这就是郊区一个夜晚的结束》)"夜晚让所有的人和事物感受 / 一天的奔波，劳累，一天的悲伤和希望"(《共同的悲伤和希望》)的知性而诗意的判断。与之不同的是，李道芝在诗里给发现以多种形态的描述，而这种描述往往是在假定中进行的，譬如："如果把那些栅栏里打鸣的鸡 / 窝棚中尖叫的猪 / 堰塘边漂亮羽毛的鸭去掉 / 连同枝头那只若有若无的鸟也去掉 / 石山下的小镇，会变得更小"(《小镇》)；有时候，描述又在欣赏中展开，在《仿陶种豆》里，

铁锹插在土地上裂开一道口子被看成"半个月亮的弧形镌刻在地上"，
"一张张哈哈大笑的嘴角"，枝叶在笑，种豆的人挂着一副心满意足的样
子——"这是件多么奇妙的事情"！自然，诗人有时候也有某种思辨在
诗里："河水就是河水，永远上不了岸／连同它肚子里的鱼虾蚌壳通通上
不了"（《河之上》）；甚或，他会沉入虚无："时间是不透明的灰／无孔不
入，越久，积灰越厚"（《时间灰》）。无疑，有着如此多变的描述，会给诗
人的文本带来多重的复杂与复合，从而展示出一个诗学的分量。

2

大体说来，作为诗的蕴涵范畴的基本诉求，就是真实，这其实也是
文学的根本——诗的真实自然可以体现在诸多方面，但一定是心灵与存
在的交互作用下的文本表现，或者像诺瓦利斯说的："诗是对感情、对整
个内心世界的表现"，继而抵达米沃什所标榜的在诗中显露现实的"真
相"。我在李富庭的诗里，似乎看到了这些："整个南方都在下雨／天气
很冷"，"第二天醒来／继续面对这个季节／没完没了的雨"（《雨一直下
着》）；自然，他在诗里并非一味地直接，还有一种想象所导致的曲隐：
"当我们谈论'水'这个名词／一条大河就从眼前流过"（《蔚蓝风雨》）；
在有些诗里还拥有着神奇的语境："凌晨的夜色太重，聚成一场大雨／我
伸出手，想接住下沉的夜"（《风雨夜归人》）、"从你眼中游出一尾鱼／蓝
色而忧郁"（《大风》）；而某些思辨的融入让人体验到一种知性的孕育：
"我们被围困在自己的家园／屋顶替代了苍穹"，或者涌现出某种虚无
感："这移动的世界里，装满了／漂泊的生活与故事"（《关于火车》），所
有这些呈现真实的多种样态，都让诗"更加富有审美意味"。而侯珏诗
里的那种真实，不得不让我吃惊，乃至于说，他的写作有一种直逼真相
的欲动——尽管有时候来不及顾及审美的一端——或者，他是在粗粝的
预设中走向审美的另一端："女人也不是我们的／我们只从女人的体内
经过／就像粮食不是我们的／粮食由上而下，从我们的体内经过""火不
是木头的，但是火从木头走过"（《世界不是我们的》）；《把鸟儿放走的

人》看天空像伤口一样愈合，而父亲"怒斥多嘴的人"，这里有着滴血的真相。而"寂寞如遗世独开的杜鹃花／沿途三五簇，遍布群峰／唯有上升，才能接近澄明的天空"（《随吾师雾中登圣堂山》）则可归于佛性的参悟。

而在牛依河的诗里，首先窥见一个诗人爱的姿态："我低下腰身，去爱这个世界"（《低下腰身》）——这是一个诗人应该拥有的姿态。作为一个诗人——我们都是卑微的，但"去向蚂蚁询问／一个微小的问题"并非是卑微而是高贵的，或者说这卑微之中的爱何其高尚。而在身体瘦小的父亲那里，也是因了爱而让"一把锋利的屠刀"获得有效的转化。同样，安乔子的"大地的灯盏如同／母亲一句不变的叮咛／让我紧紧地投入她广阔的体温和怀抱／／如今多少同类已经远飞，而唯有我的瘦小与坚韧／我深深的爱／让我终日在低处留恋"也呈示了如此的姿态——而在不同的场域，爱是不同的，比如《纸上人生》：

> 有几个人我一写再写
> 但命数已尽，他们在纸上的坟墓里安息
> 我还要爱很多人，但还没落在我的纸上
> 我期待他们雪一样落在纸上
> 有几种人生，已经被我写尽，没写出来的在左手边
> 路上的风景已到深秋，落叶铺满雌性的土地
> 总有一天我会死在纸上
> 那些恨我的，把我交付泛黄的季节
> 那些爱我的，把我抚摸之后，让我再活一次

显然，这里有着不同的爱的情境——既是内隐的，也是晦涩的：一写再写的已经进入坟墓，要爱的很多人还没有"落在我的纸上"，而我也是被爱的对象，"那些爱我的，把我抚摸之后，让我再活一次"，可以说，这里有着爱的交响。在卢悦宁的诗里，则有着一种自我辨认的姿态，这让诗的发生拥有几分智性的意味。譬如《体味》："对自己体味的依恋从幼年延续到现在"：

这只是轻微的自恋和对肉身的深切怜悯

来自感官深处，不足为外人道，不易察觉

与一个人对自身的态度有关

使人纠结于过去但异常清醒

尘世嚣嚣，我不想与谁虚度生活，相互消耗

唯独与一堆怪癖纠缠不清

又像哲人般偏爱存的荒谬

差点就要失去客观的，真正的嗅觉

这里更多的是一种生命体悟与自言自语——尽管也有痛苦与惆怅，但这样的诗思可以导向灵魂的深处，从而构成某种有价值的写作。而在这个年龄，爱情是不可或缺的，即便是那种羞涩的不可言说——而恰恰如此，那份神秘才有了一份难得的涌现。我在安乔子的诗里感受到这一点：

亚热带，一场雨林之后，我到了出嫁的年龄

我选择了低低的，湿湿的一朵

爱美的蘑菇，爱雨的蘑菇

却羞涩得像含羞草

天黑了，我就跟这一朵回家吧

在白净的陶瓷碗上，摆下两双碗筷

一夜就转化为了天长地久

没有人知道我们的爱情

可以长久地忍着疼痛，忍着悲伤

以及一切前因后果

——《蘑菇》

诗人选取"亚热带，一场雨林之后"是真实，也是幻觉，这几乎是一场不可回避的爱情序曲。而以蘑菇作为喻象：低低的，湿湿的一朵爱美的蘑菇，爱雨的蘑菇，却羞涩得像含羞草的确是一个美妙的独有感受——爱也由此产生。之后的天长地久与"长久地忍着疼痛，忍着悲伤"才显得真实可信。"爱回到无言"（《回到原来的地方》）是侯珏对于爱的镇定与彻悟——这都缘自"被一个女人熔化前的命运"。在覃东院的诗里，"关于爱我从不吝啬，别人取我都给"（《关于爱我从不吝啬》），而恰恰缘自爱，才有了更多的疼痛：在"鸟儿飞走了"的寒冬，在"山坡上发黄的树叶、秃的枝丫／这些分类来的凄凉，日子干冷干冷地投下来／马儿吞吐着昨天的干草，柿子树上落光的叶片"（《年末了》）里感受季节之痛；在"生路被堵住，死路不能去""你下去的日子太久，美好便所剩无几"（《选择好的一面来使用》）里，甚至在窗口前那棵被砍下的树里感受生死之痛；诗人"在树梢头她轻轻地捧起月亮"，窥见"在流着暗红色的血，那些从血管破裂的东西"（《唯有孤独长存》）更是直面人生。这些略有些悲情的诗，几近于附和了埃德加·爱伦·坡的期待：这种悲伤的情调与美的真正展现有着不可分割的联系。

　　同样，"一只咳血的鹰立于思乡之石上"（《思想的石头》），"黑暗中来回打磨一块骨头"（《火车向晚》）——费城的诗也透出一种生命痛感。而《在你的不在里漫步》则于生命感悟中上升或升华至虚幻之境：

我看着你，在你的不在里漫步

风提着旧衣裳踱到门外

旧花朵吐出干枯、失血的蕊

　　生命最近的邻居就是死亡，我们的诗思很容易停滞在那里——而往往是，死亡会给人悲伤与惊惧，所不同的是，牛依河给了另一番景象："晚安，地底下仍在说话的人们／你们将自己置身野外，和种子种在一起／潮湿的泥土里，春天即将诞生"，这份转换是弥足珍贵的："完成你们魂灵的又一次转身"——不啻说，这里拥有了海德格尔意义上的"向死而生"的终极观照。缘于此，诗人在《种地》里，才有了"父亲母亲／我终于把你们，都种进了土里！／以前，我是你们的种子／现在，你们是大地的种子"的宽阔情怀与达观的宿命体悟。这对于一位八零后诗人实属难得。

　　而在晨田的诗里，死神则是一种孤单的物种："有时候，我感觉到死神／并不骄傲，和蛮横。他是一个沉默寡欢的人，坐在我们中间／缺乏生动的表情"，还有某种情形下的无力感——无疑，这是一种对于死神的有体温的想象，如此才不至于给人恐怖。同时，他还有着一种对于死亡的无奈："我在死亡的现场／我不描述／呼吸／鱼如何变成鱼肉／猪如何变成猪肉"，这样将或许来自医护工作者生活的独特体验转化为一种心智的形态，自然会给读者带来某种深层的触动。陆辉艳笔下的《木匠》，为自己制了一副棺材，"这是惟一的，专为自己打制／并派上用场的"则显现出死亡来临的安详与坦然。而在一坛骨灰的演绎里，最终的感叹"缺席者再次消失"则有着空灵中的禅意。而余洁玉的"已经退回到泥土里的那个人／拒绝了在墓碑上写字"与其说是一个姿态，不如说是一种人生情怀。唐允"在网上我听说一个母亲亲手杀了／她的几个孩子，另一个外婆／敲死了她的外孙"（《仰望夜空》）不啻于提供一幅世间悲剧，更重要的是落脚于人性的忏悔与救赎。

3

　　在年轻诗人那里，可否谈论技艺？说法不一。我一向倾向于以文本而定，说到底，对于一个诗人的审视能够落脚于其技艺，说明其写作已经拥有了几分成熟，在这本书里也不例外——而且随着阅读的深入，其艺术份额越加凸显。譬如，我在余洁玉的诗里，感受到其想象力的丰满，惟此才有写作的根基，或者说想象显示出作为诗人的天赋。在《铁轨》这样最不易拥有诗意的具象里，能够体悟出"小节／贴着大地的身体，冰凉的／呼吸和音乐／有火车经过时，微微的颤栗／无人时：一个人的旁敲侧击"实属难得。她还会为头发寻求森林的喻象，"在眼角／找到月光哭过的痕迹"，让人惊异于这份联想的超拔。同时我也相信"习惯了在深夜还在纸上挖煤的人"的诗句是有过承继关系的——或许她在熟悉了阿米亥（曾经看到她的短论），也一定领教过希尼的《挖掘》，而这种转化其实就体现了一个古老的"化用"的诗艺——当然，这都倚赖于"结出浪花的词语"。

　　作为一个诗人，究其机杼在于感受的到位，或者说感觉到了，诗便可自然天成——这几乎也构成对于诗人能力的检验。我在李双鱼的诗里又一次获得验证，不妨说他的感觉自身已经是入诗的一味药。可以《蛇》为例：

> 它的七寸，恰好是祖母
>
> 每年异常炎热的祭日
>
> 它从来不攻击我
>
> 陷入回忆的手脚，冰凉
>
> 动弹不得。我反复梦见它
>
> 躺在棺木里，蜕皮
>
> 衣冠不整。然后抽身离去
>
> 换一种毒性，到野外生活
>
> 无须牵挂，小桥流水
>
> 疏离的故人和桑麻
>
> 它学会清静无为
>
> 胸怀明目的苦胆，几片薄荷叶

　　你在这首诗里，分辨不清是在写蛇还是在写祖母，但都涉及七寸：陷入的回忆，手脚冰凉动弹不得。而且被反复梦见躺在棺木里蜕皮，这是一个梦幻的写法，可以让人与蛇混为一谈而又不觉得意外。或者说在"衣冠不整。然后抽身离去／换一种毒性，到野外生活"中无须牵挂，这是对于物性的根本性触及与转化，已经进入一种后现代哲思的考古学般的寓言："表明为一种思想具有的异乎寻常魅力的东西"（福柯）。

　　在古典诗里，我们曾经引以自豪的是诗中有画，以王维的诗标定为高峰。在当代似乎淡化了这一说法——不知是否缘于对知性的渗透与语言的抽象性强调导致的现代遮蔽？但我总觉得这是一个诗学误会，不妨说，在诗篇里拥有画面感依然是一个现代诗歌诉求。在徐季冬的诗里，就看到如此的情形，譬如《现在，我想把池塘称作大地的心脏》，题旨里就有画面感，而在诗里，还有着群山的蓝或者大海的、炊烟般的蓝以及白鸭子还没有苏醒的淡淡的蓝，同时"还有鲜红的太阳／收割过半的稻田，一小片远处的树林／和准备过冬的玉米地"——简直就是一幅水墨画，诗人把山村风物描画得逼真而灵动，不啻说，这是对于传统诗学的一个呼应。无独有偶，在卢悦宁的诗《说吧，时光》里，"耳朵停止倾听／鸟群还是那样飞，淡蓝地……"也出现了一幅画面。

　　在祁十木的诗里，有一种阐释性自述："被遮蔽的历史转而遮蔽自我，自由随之卑微，悄然改变／成了机械的性概念"（《蜂巢》）；而当他如此写下"彼岸可以算作抵达"（《早已不是秋天》）之际，就意味着一种知性的认定，而正缘于此，"我们看到自由在空气中滑翔，看到雪花如植物般／生长在我们头顶"（《风雪夜归人》）的喻体才显得十分得体。无疑，这是一种沉思催生的情感转换，正如威廉·华兹华斯所谓的沉思的习惯加强和调整了情感，"因而当我描写那些强烈地激起我的情感的东西的时候，作品本身自然就带有着一个目的"。或许祁十木在这些诗里，也达到了他的写作目的。

　　李路平的诗呈现给我的首先是其格言般的力量，比如《未完成的午后》中，"未完成的午后必将到来"就会给阅读带来冲击。同样，在另外的诗里还有"我知道一切都长久不了"，假若这些诗句之后紧随而来的句子愈加有力，那么，路平必将成为一位强力诗人。果然，"他们如此美好，执着地爱着／恨着，在我触不可及的地方／慢慢变老"无疑为《美好》增加了分量，而"我觉得他们／就像神仙一样在天上生活"也同样为《神仙生活》作了有效提升。由此，我不得不佩服《善良的蜗牛》："你未开口我已知晓／这并非什么动人的秘密／少数的花朵在黑暗中／绽放，并非只有我能看到／快乐总是无从察觉／只有悲伤散发着微光／像一只孤独的害虫／无声地从夜空中爬过／有时候，又慢得像／一只善良的蜗牛"——诗虽然很短，但在接续的诗句里，其意义的势能不断地提升，其意涵也显得丰满并有着最终的完成。

　　我在年轻诗人的作品里体会到某种晦涩的东西。这让我兴奋而由此获得安慰——我们知道，我们的生活有时候原本就是不可理解的，那么我们的诗为什么要去完全地理解，这恐怕就是晦涩的原始理由。但诗作为一种语言物质，有其真实的存在，或者像某种暗物质，即便你尚未察觉也依然自在，徐季冬就有着如此敏锐的发现，他如此写道："有些诗就是这样，它们会突然来到或是一直在那里／让你惊奇……"诗人对于诗有着宿命般的虚无感："大部分的诗一经写出就被时间取消"（《四月是一首赠别诗》），但这份虚无里披露出一股后现代哲思的意味——语言的疏离与不在场。自然，所有的诗意最终都会落脚到词语上，正如费城所言："内心溶解的速度超乎想象／一个词语，又一个词语／它们面目可憎，却爱恨分明／那些坚硬的触角让我满怀恐惧。"（《秋日阅读》）

在陆辉艳《上尧码头》里，发现动词的精准运用，为一首诗增加了格外的灵动："我会像只驯鹿那样跃入曙光"，"几只麻雀的到来／它们衔走清晨的一部分"；"阳光的阴影追逐着我／从天空垂下的巨大花冠"。而在"我不再表述为飞翔，我称之为开阔"（《灰雁》）的诗句里，体悟出空间具象的审美转换。在《壁虎》的最后一节：

> 我喝了一口茶
> ——杯子上的影子消失了
> 包括落地玻璃，那儿空空的
> 壁虎仿佛从未出现
> 它产生于某个念头
> 最后又消失在某行诗中？

你分明能够体会出一种神秘的意绪。而能够把这些捕捉到诗里，需要一个诗人的敏感与转化的功力——甚至在其他的诗里还能够窥见其不动声色的述说："我没有捡到玛瑙／在斑驳的石头中间／一根白骨，突兀地躺在那儿／我没有声张／甚至没有惊动一棵老鹳草"——这些诗尽管是内敛的，但这是靠近诗的述说，由此可以判断陆辉艳是一位有着写作天赋的诗人。同样，陈坤浩的诗引起我的注意，也在于他对动词的妙用："别在大海沉默的时候下水""海上的乌鸦与夜色和解／而美丽的黑夜开始凋零"（《家族或和解》），这里，沉默是一个平常的词语，而用来描述大海就显得妥当、贴切，而和解与凋零让原本并不鲜见的夜神奇起来；"正在凋零的人"（《秩序》）的凋零尽管有些突兀，但一样传神；"有声音包裹的清晨""鱼咬着鱼的尾巴"（《夜不眠手记》）声音包裹的修饰语，让清晨十分灵动而有意味，咬着是一个口语词，但在这里特别形象。按照谢默斯·希尼的说法，词语是一种高能燃料，那么，动词则是一个诗句的驱动器。

　　有一类诗人是这样进入你的阅读视域的：你可以读过其全部文本，而不得要领，或者说寻找不到一个阐释的入口；这样的诗不是不好，而是很好，但你不知道谈论其好在哪里。读六指的诗就会出现如此的情形。他的诗语言质地相当不错，蕴涵丰满、内敛、含混而又浑然一体，形式整饬；整首诗舒缓道来，颇有韵味。现在，我与其在《大雪》里感受生活与生命的疼痛，不如在"她的声音／很轻，像在玻璃上堆积雾气"（《一个陌生女人的来信》），"而我／站在路牌前，看着铁锈像鱼鳞，掉落下来"（《彰武路》），"是的，我们变得越来越疏松而又轻盈／一钱阳光和二两空气的薄凉／刚好能够穿透我们宿醉的身体"（《秋日十四行》）等诗句里体会其修辞所带来的微妙。最后看了介绍才知道他是我的同乡，那么，我惟有在遥远的故土祝福这位年轻的乡亲写出更多如此美妙的诗篇。

　　掩卷而思，这些年轻诗人的文本尽管还存在诸多的瑕疵，譬如有些诗语言散乱、粗糙，或形式感不强，不妨说还没有为一首诗找到一个恰切的形体；有些诗诗性不足或完成度不够，以至于文本尚处于胚胎状态，从而构不成阐释的必要。但诗里，葆有他们的生活与生命感受——甚至是铭心刻骨的，这无疑是践行歌德意义上的"对于现实真理的想象"。故而我也由当初的忐忑与某种劳累的负重心理转而喜欢于如数家珍，不经意间已经被他们的审美与洞悉所吸引，以至写下了如此多的文字。可以说，这种阅读中的融通的缘分是让人意外而又欣慰的。这一刻，我把这篇小文看作是与那个南方幽美而神奇国度的年轻诗者们的一次秘密通灵，而其他都不足为要了。

女性诗歌探寻

意尽而止的词语和修辞的诱惑
——对窦凤晓几首短诗的阅读

与窦凤晓已相识多年，但只局限于在博客或网络的几个论坛上交流写作的体会与感受，见面并不多。去年曾经邀请她参加第一届神农山诗会，才得以谋面。但由于忙于会议事务，反而没有机会更多地交谈。今年八月中旬，日照举行"海洋国际音乐节"，凤晓向我和几位诗人朋友发出邀请。我于是提前去避暑。她是策划人，所以就异常地忙碌——我到了以后，她只匆忙见了一面，给我一本她的诗集。在魏园，我就陆续地翻阅她的诗。这些短札就记在诗的空白处。

清晨：与《一场雨》相遇

八月十五日的早晨，我意外地与《一场雨》相遇，并在那里寻觅诗意。而引起我兴趣的就是诗的第一句，读来颇有意味："一场雨不停地在前方落下"，一场雨，原本平常，我们的生活里经历了不知有多少场。而在凤晓的笔下，却是"不停地在前方落下"——这种新异的视觉感受，就让一首诗拥有了味道——而这是对诗的基本阅读期待。接下来，作者似在交代事相：

取消一件事，磨损一个人
混迹于这未经筹划的交互

渐渐稀薄的道路
树木，车辆，沙和海水，燕子，锅
统统飞走

——写得如此模糊，"稀薄"，尤其是"混迹于这未经筹划的交互"句，让诗最终归于语相了。此举才是诗的归宿，也很掏诗人技艺的功力。而一系列的物象则反衬了上面的模糊，可以让短诗拥有某种坚实感。接下来的一句——"整个世界只剩下一场雨"则犹如神来之笔，又似刻意为之，从而为这首诗添加了空灵感和感悟的意外。仅此一句，就让读者有了惊喜，而不枉一个清晨美妙的阅读时光了。接下来的三个排比句，虽不免落了些微的窠臼，但荡开的意蕴又为全诗作了补救，从而一首诗得以完成。此刻，我记起有个诗人朋友说过，凤晓的诗是坚守了韩东的"诗到语言为止"——而那言外之意，似乎还有一些遗憾在里面。而这首诗应该就没有遗憾了吧。

在汉语新诗的写作中，诗人们往往出于一种对古典诗歌语言形式的叛逆，总力求打破那种整齐划一的趋同性，而在长短错落里寻找美感。这首诗要我去写，最后的三行，我一定不让它们齐整，而会在最后一行"所有"之后加个"的"，并在"人"后面加上逗号。这样，读起来与看起来都会更加舒服。但读者不能也不宜勉强，只有作者自己有权删改。

魏园：《在别人的房子里我们相遇》

看一个诗人的集子，往往有这样一个有趣的情形：当你看到一首没有感觉的诗时，随后的几首也同样没有感觉；而当你读到一首为之眼前一亮的诗，随后一定还有一首或几首诗等着你。此刻，我在《一场雨》之后，又读到了《在别人的房子里我们相遇》，经过核实，这两首诗是同一天写的——这里似乎可以旁证着一位诗人的诗意感受的集中到来。

乍看题目，似乎跟一段情爱有关，而诗里透出的暧昧愈加吸引读者继续阅读的欲望。这其实既是题旨的功劳，又是诗人技艺的不经意间的

披露。这意味是刻意为之,还是自然地不经意间的呈现?或许只有询问诗人自己了。诗人首先给我们一个农家院落的情景:

> 方形的烟囱袅袅上升
> 铁锅端着架子
> 梨花开了半树,另一半是石榴花
> 一窝恋巢的鸽子,一丛紫石竹浓雾般的阴影

语言异常地干净利落,不枝不蔓。而在"袅袅上升"的烟囱的平静里,"铁锅端着架子"则给我们凸显了几分生冷与落荒,或许,这一句就是全诗围氛的基调,与下面的"阴影"一起烘托着某种"冷漠"和不祥;接下来的两句,写得冷静而机巧,"一窝恋巢的鸽子"句里,一定寄托诗人的深心,抑或那还是一份"伤心"?这让我重回头看上句的"半树""另一半"也一定暗示着什么,我们似乎有理由揣测那是分离后的两个人心绪的迥然不同——或者说,这显露出的"破裂",曾经给予两个人刻骨铭心。

而接下来的一节诗,在犹疑里开始,却在淡漠处落定:

> 就在开始追究是谁让烟升起来时
> 我们忽略了自己,以为可以用别的称呼
> 凝固身份的飘忽不定。时间纷纷
> 凉如积雪

欲追究谁在"生炊",竟然"忽略了自己",竟然"可以用别的称呼"了,这"身份的飘忽不定"是再也无法"凝固"了——那一定是经久的往事(大有可能是跟情爱有关的伤心事)烙下的印痕,那透出的无奈其实又一次揭开了伤疤,让血渗了出来。故而,才有了"时间纷纷／凉如积雪"的心寒……接下来,诗开始转弯——人也许都是这样,一番伤感之后平静下来了,才会看见真相,哪怕那是俗常的也是真实的:

因无人而安静的房子，因为植入过多的安静

而显得拥挤的家庭。镜框里，似曾相识的照片

暴露出有限的几个好日子

更多的日子埋在被单下，堆叠出

人的形状、猫的形状

这已经是"别人"的房子，此时，主人不在，所以才有了"因无人而安静"，"因为植入过多的安静／而显得拥挤的家庭"，在这里，既是一个有故事的人的正常感受，也是一个诗人的艺术敏感，而这份敏感是难得而弥足珍贵的。诗里面的照片、被单、猫则组成了一个写真。而即便如此，诗人也不忘"虚象"的植入："似曾相识的"作了照片的限定，"好日子"前有"暴露出有限的几个"的定语，还有"人的形状、猫的形状"这样似是而非的摹写。正如王敖写到的特里林的一句话："诗并不只存在于自身之中，它也存在于各种虚象之中"，尽管特里林的话意里有着更宽泛的指向，但我还是宁愿作狭窄的修辞格的解读，从而窥探出窦凤晓诗的功力所在。

夏秋之交：观看《春天的九分钟险情》

说来也怪，我被这首诗吸引首先因于它的形体取悦于我：它几乎就是她——一位女子，于凸出和凹陷里尽显风姿，而又婷立着，颇有几分的雍容华贵。随后读下来，文句果然也柔和、顺畅。其开题就给人以奇崛之势，欲知这九分钟的"险境"，还真的要接着读下去。"突然起风的下午／轻吹一个人的名字"，风吹一个人，原本平常不过，而不寻常的是"起风的下午"，在"轻吹一个人的名字"，这里就有异趣了。而此刻，我竟有些为诗人担心，怕她后来的诗句托不住这一句，或者说荡不开，那就如同长瘪了的果子一样，让人惋惜了。而接下来：

抽芽让人忧伤，不如下雪。

　　则给予饱满地承接，并且蕴涵深远，直抵心灵的痛楚。此端颇能彰显凤晓作为女性诗人的心性，亦让"险境"初露端倪。而后的"一个静止的 / 旅程，让天空喜悦于春天可以 / 越来越低俗"，似以反讽的技法从"低俗"里衬出"旅程"的高贵；对峙的双方"年龄和美"都体现了作者的顿悟，而且既是各自的，又是双方共有的，在这里不经意间披露出了诗人不常有的心绪——胸怀的开朗和诗风的硬朗来，而这是可贵的，凤晓一反女性诗人的愁苦、哀怨的情调，格外引人关注。"超龄的孩子"句，用喻尤为得当而冷峻，也叠合了"险境"之一分。

　　明星，台风，死火山，
　　赌徒，棒子，斑驳的老虎。

　　琢磨再三，不得其解，不晓得是诗人用意过深，还是技法的突兀，但从这些具象里透出的恐怖让人心冷，这里一定暗示着什么：跟死亡，跟博弈，跟凶险都似有瓜葛。所以，诗人现在看"枝条之上，戴天鹅绒帽子的花苞 / 忍着矍铄的饥饿，低头"。在此，恕我把"感"丢弃，因为没有了它，"饥饿"更明确、形象，发人深省。而最后的两行诗，是最让人诧异乃至于惊悚的：

　　另一端，笑声在玻璃容器里弯曲
　　火苗荡着秋千，反驳人生已成为定局

　　这里的"笑声""火苗"都让人不寒而栗，这是何其瘆人的"欢快"！诗句里透着极度的悲戚、痛楚，尽管这组意象是如此地凄美。而仅此两组意象，几乎让我重新解读这首诗，因为，我们分明看见了一个中年女人在美容院里拔火罐的镜头，那么，以上的所有诗句都是否与之相关呢？这也许就是所谓的诗的歧义性了。而我欲辩已无暇：空调的水滴正滴在头顶上。此刻，我只有庆幸诗人在"反驳"句里显出的关乎人生的坚定了。

概言之，翻阅凤晓的诗集《山中》，发现有不少耐读的诗篇。她新近的诗给我一个鲜明的印象，那就是诗句的硬朗、精粹，而又不失以往的柔韧；意蕴丰富、厚实且拥有了较为大的气象。在《穷乡记》这首诗里，又发现了她拥有的抽象和虚幻能力："她离开以后，／一片白云跟定了她"——白云是实物，却在这里显出了虚幻性，这是想象力的功劳；"是无形的，痛／是错的，天这么蓝"里，由无形而"痛"进入了内在的感受，而"错"的判断之后又进入现实，因而有了"天这么蓝"的句子，腾挪之中，呈现轻松自如。随后，"草树泉林与典雅的口音／互相磨折成烟云"里，物象、事象交融在一起，"口音"尤为可喜，而"互相磨折成烟云"就愈加虚幻。归根结底，诗的抽象力是感受力的更为重要的一面。有人太过实落，多因于此端的不足。在丰富的感受之后，是抽象，而后进入语言。在去实物化的路上走得愈远，其精神的超越就越发强盛。当然，我想说的是，破碎感是诗的现代性，而诗句的破碎就未必，有时候，它只会让一首诗归于失败——这在当下诗人那里，要么源于新奇的实验，要么源于写作的惯习或不自觉。说白了，诗句的破碎化在耽于创新的诗人那里就需要有足够的警觉与适当的把握，我想，凤晓也是如此。

附笔："生活中还有什么可称之为奇迹？"

记得去年十一月份的中旬，我收到一个邮件，拆开看是窦凤晓寄来的诗集：《天边的证词》。对于这位女诗人，除了偶尔在几个诗歌论坛"相遇"，其实一直就未谋面；只知道她是"上世纪70年代生人，现在日照，广告人"。她来信很客气，说是"少作"。所以我就遵循了艾略特的忠告："在读一首诗之前，关于诗人及作品了解得愈少愈好。一句引语、一段评论或者一篇洋洋洒洒的论文很可能是人们开始阅读某一特定作家的起因，但是对我来说，细致地准备历史及生平方面的知识，常常会妨碍阅读。"(《但丁》，王恩衷译)于是，在写作间隙，我开始断续地读这个集子，也希望得到额外的惊喜。果然，她的诗给我带来了意外的触动，特别是她诗中的形式元素。

作为女性诗人，凤晓对于事物的感受是细腻的——哪怕是渺小的事物，比如一棵草，一滴雨，一个无名的小鸟，她都会认做一种知音般的相遇。在《一勒克司的鸟》这首诗里，诗人就体现了如此的奇遇：

一只没有名字的鸟儿

栖在枝头上，养虫子，吃花粉

以溪水的烛照为生

它沉默的乐器是羽毛

暗哑的、深喉

孤注一掷的一盏灯

照着没有过去的、温暖而无用的一隅

在结尾，诗人强调"仅允许被一人所见，所闻"，又强调"仅一人，一人／足够"，可见其微妙的知遇情怀。而在《一只孔雀，两首诗》里，孔雀"低哑了一声"居然也能成为诗人索要的"慰藉"。

一般说来，梦已经是扑朔迷离的了，表现在语言里，朴素地描述出来就已经足够；而凤晓却能再加工雕琢一番，那简直可以称之为神奇了："松鼠骑马送来粮食／空腹者在人间打坐"；"不过是瞬间，往日之光／滑过耽于美丽的羽毛"。而即便在平常的诗句里，她也力求有神秘的微妙："怀揣地图的大鸟／搜寻着它们的空降地"，"曾被看轻的生活／绑着时间的假腿"，这样的诗句需要多么奇妙的玄想啊！我读过国内很多女诗人的作品，有一个大致相同的印象，或许受制于"爱美"的天性与潜意识里依赖"爱"的心性，她们的语言总葆有唯美的气质，因而往往不能迈向关乎生命的大爱与人性的层面。读凤晓的诗，发现她已经远离了唯美而走得更远，诗句朴素而硬朗，乃至于有些刚毅了：

雨在雨里飘，

最小的海聚在一起，

开大会。

落叶沙沙

是季节在唱票

——《浇水记》

"海聚在一起"是新颖的，但也算是俗常的句子，而开会、季节"唱票"就不是平常的了，那是宽远的设喻才能有的新奇效果。她还拥有很多硬朗的诗句，有时候甚至不怕诗美的褪去："我们还是没有动用更准确的词"；"一个灵魂。没有狂喜，也没有 / 过分强调命运的强度"，但她给予我们的阅读期待却远远超出了很多女性诗人。

从诗歌发生学的角度看，有的诗人乐于用浅直的诗句表达诗意，而有的则长于对语言作陌生化处理——修辞上，锤炼词句上——来强化诗的意蕴。凤晓似乎属于后者。她深信"仅就美本身而言，它的圆润矫正了 / 激越的冲动，像慢对于快的悖论式诠释"。

诗人拥有极强的语言赋形能力，或者是她在虚幻的诗句里给人以具象感，看她的"他顿挫的指痕在玻璃上风干了，猎猎作响 / 黎明，太阳开始陈列它 / 日复一日光亮的梵文"，"指痕"风干了，却又猎猎作响，梵文也为阳光做了新颖的描绘。凤晓的语言干净、洗练，没有过多的枝蔓。这些或许得益于她后天的语言训练，恐怕还与诗人对语言的敏感和词语的独有的审美偏好密不可分。考察一个诗人的优劣，其中语言的敏感度是一个重要的取向。凤晓的诗句总是力求精准，这既是技艺的又是源自感受的精细。读她的诗，你总会不时发现这样的句子："最后一滴雨滑过树梢上""滚满五月之末翠绿的水珠 / 一艘船，慢慢地驶过 / 遍开蔷薇花的五月"。

在阅读中，我发现一个有趣的现象，诗人总喜欢标出一个知性的题目，哪怕这首诗是多么地感性。或许，她意图从繁杂混乱的感觉世界里，理出一个头绪来——诗的，或理性的？

诗人在社会上总是一个边缘人，或波德莱尔笔下的"游荡者"。作为女性诗人的窦凤晓也一定有更为独特的感受，所以，她有时候会发出

"余情如此拮据／有时，一句话也太奢侈"的感叹，会"轻唤假寐的肺腑，藉以反驳垂直下降者的虚无主义"，以此，在悖谬的人生里享受"别处的礼物"，也希冀着"与世界的诀别／将成为彻底的完美"。而感悟至深，则让她拥有了箴言般的诗句，比如："缤纷里／多少未知的顿挫，如人性之初探"；"我们都终将隐身于他者／在毫无征兆的时刻"；"一定还有没被淋湿的事物"；"当然一场梦可以是干燥的"；"一切的冷都／不足以安慰我"；"最好的信物就是你"。在感受方式上，有的诗人喜欢事物表层的感觉，而有的则对事物耽于作深层的感悟。窦凤晓就善于把感性的东西往知性里处理，比如她能够看出"孤独中的对应关系""关于生命之甜的伪命题"等等——这既是一种眼光，其实也关乎诗人的技艺。所以，我们有理由期待窦凤晓在诗艺的路上走得更远，给我们带来更多"意外的陌生感"！

我们期待着一场灵魂的生动
——兼谈衣米一诗意的营造

在这个时代，我看到太多的麻木不仁与无动于衷，人们似乎对一切都无所谓了，正可谓哀莫大于心死。在诗坛也不例外，就是说，我在诗里看到了太多的无病呻吟和不痛不痒。缘于此，每当碰到一首触动人心的诗，我都会欣喜乃至于心存感激。看到衣米一的《无题》几乎也是如此。她的性的袒露首先让我吃惊——仅仅一个脱就足以给人以视觉冲击波了，而我却宁愿相信这样的句子：

仍然不能与这样的黑暗

融为一体

我就把身体弯曲成

在母腹时的样子

这种与黑暗的趋同性已经成为现代人的强迫症，诗人尤其如此，不妨说，这个族群因了黑暗给予的黑色眼睛，而拥有了一种黑色情结与心理，从而耽于黑暗的赞歌、反讽以及黑色幽默之中。一时之下，黑色成为一种诗学主调。在衣米一那里似乎尤甚，她因不能与黑暗融合而有了愿意回到人之初的潜意识，并"突然轻轻抽泣起来"——诗里披显的绝望心绪让人不寒而栗。而"在母腹时 ／ 没学会的哭 ／ 现在，已经很熟练了"更递进了这种情绪。至此，诗人完成了一次黑暗诗学的有效期许。

在日常生活里构建诗意，落实到女性诗人那里，性的展现其实是没必要回避的，这恐怕不能用反崇高来简单地归类了——不妨说这是女诗人最贴近生活的感受。或许，我们还可以追溯到创世纪，在那里，上帝缔造了人类和肉体，也赋予肉体的原初之美，诗人对于肉体的礼赞，其实是给予语言的人性，这里体现出一种性的宗教般的纯净与虔真，衣米一的诗里不乏如此的质素，比如她写道：

> 现在可以了
> 除了灯
> 就是我们在发亮
> 我在你的上面晃动
> 很白

在这有着几分舞台剧意味的片段里，诗人似乎已经不屑于思想的彰显，她的用心在于肉体本然的显现。我们再看衣米一的《他们在教堂，我们在床上》，虽然这里有"摸着乳房／像摸着月亮"的直接情感的披显，但诗人并不刻意于此，或者说，她很可能更着意于剔除层层叠叠道德与宗教的说教对真实人生的过分遮蔽——诗人更有权利寻回文化窠臼以外肉体的真实，这里几乎也有诗学的考量。因而才有：

> 与上帝握手言和时
> 他们在教堂，我们在床上

当然，衣米一并不想走一些女性诗人一味性暴露的颓荡路子，她只是在性的局部或朦胧的描述中，在剥离了"崇高"可疑的面目后，结构其"与上帝握手言和"之下的美学意义与本真为诣旨实现的日常的诗意——这可以从她写的很多诗篇中得到证实。

在这个年代，天灾人祸似乎成为一个常态，它会在我们的日常生活中频繁地发生，有时候就是身边的人，作为一个诗人也常常会有如此的遭遇。那么，怎么转换成诗，或者说，怎样进入诗的发生器，每一个诗人恐怕每每有所不同。在衣米一这里，她几乎就是直接呈现——让事件本身的震撼力发生作用：

> 我曾经目睹了一个十六岁少女
> 从滑翔伞上急剧坠落，像一只折断翅膀的鸟，来不及尖叫。
> ——《序》

这种不事雕琢的逼真描述，已经拥有自身巨大的力量，在死亡面前，任何语言都是苍白无力的，而任何语言的雕饰似乎都是对逝者的亵渎。而有时候，我们也可以从那种直接情感的展示中让冷漠的心灵得到一次冲撞与洗涤，比如，我们在《两只蚂蚁》那里，看到它们相互嗅了一下之后，诗人揭示的"它们忙碌的样子／它们来不及爱的样子"无疑就给了我们一种灵魂的震撼。而这样的细节意图却常常是被诗人们忽略掉的，这里也看出来衣米一的诗意敏感。衣米一还有一种能力，那就是从俗常生活细节里发现诗意的能力，而这种俗常性也会让你有意外的触动。在《今生》里，房子、丈夫、受孕、分娩、养孩子以及证件这些一个女人的正常获得的背后却跟有家可归、不孤独、性别没有被篡改以及生存的合法性这些心灵与生存需要形成悖论的关联——这里似乎有某些额外的恩典，不能不说是人性的异化与生活的荒谬。诗人竟是如此顺理成章地给我们述说出来，就有了举重若轻的诗意构建的功力。尤其

> 我需要一些日子
> 来证明我是在世者，而不是离世者。
> 我需要一些痛苦，让我睡去后
> 能够再次醒过来。

给人一种尖锐的快意——既证明了生活的无奈，也旁证着生命的清醒。那么，读了的人就会于美学的欣赏中领教一种人生的悖谬真相。同时，

我们还会在"还有一种爱，在需要之外远远地亮着／只有我知道，它的存在／我并不说出／爱被捂住了嘴巴／爱最后窒息在爱里"体会到了似乎跟性相关的神秘。这样看来，衣米一还有一种在一首诗里孕育复杂诗意的本领。

是的，衣米一的诗喜欢直截了当，就是说她并不靠揉搓语言或通过修辞改变词性取胜，而是靠近乎于直白的语言自身的蕴涵张力赢得读者。比如在《下午》这首诗里，她写道：

> 赶路的雅各
> 他不知道今天的我
> 是没被带走的黑色绵羊和有白斑的山羊
> 生于某地
> 也葬于某地

诗句从表面上看不弯不绕，让人看得明白，但你若读过《圣经》的有关章节，你就会明白绵羊与山羊的命运，那么，诗人的自喻就显得颇为复杂了。在《金色和弦》里，诗人写了夜晚的各种鸟飞向房顶，"从天上飞下来的／从身体内飞上去的"，接着写道：

> 夜晚来得如此之快
> 叫我清洗。叫我上床。叫我不要马上睡着
> 而是竖起耳朵

诗写到这里，其实是要有个转折了，而这时候也最要诗人的功力或者说感受力。衣米一没有让我们失望，她写到"此刻，我想听到什么／就有什么"的确让人诧异但又在情理之中——在优秀的口语诗里，我们常常可以体验到如此微妙的诗意的发生。当然，一个人在这世界上，其自身的遭遇有时候也难以预料与把握，这就是人们常说的世事难料的外在依据，也是抑郁心理的基点。身为诗人，可能更为敏感，难怪衣米一

会有如此的感慨：

> 在冬天到来之前，我先冻伤了自己
> 在一个半山腰上，榆亚路 63 号
> 开始于美好，未必终止于美好
> ——《痼疾》

从衣米一的诗文本里，我们却能够看得出她拥有了一种遮掩激情的能力，这让她的诗于不露声色中完成诗意的展开，这样的诗就易于让人看到成熟的面孔。比如在《被锯断的树》这首诗里，死亡贯穿其中：

> 树最先被锯断的
> 是喉管
> 这一点和杀人相似
> 把人头砍掉
> 声音就发不出来了

而接下来，当读者猜测会一直激昂下去的时候，她却能控制住情绪，演化出一种平稳的述说："发不出声音的树／变成了发不出声音的桌子、椅子、柜子／沉默的大多数／过着下半生"，这是非常难得的控制力与语言的有效对接与融通。

记得茨维塔耶娃有个说法，大意是说她写作不为时代、社会，不为他人，也不为个人，只为作品而作，这似乎有语言形式诗学的偏好。但仔细揣摩也不无道理，因为说到底，诗意最终还是完成于文本之中，或者说文本承载了一切——情感、知性、形象。衣米一深谙此道，她的《在海边》几乎就是一个完成度很好的文本：

> 在海边，爱一个毫不相干的人
> 带他回家，给他幸福。

用他的沙子

为他造一双儿女，用他的海水炼出喂养他们的盐。

他的儿子出生在白天

他的女儿出生在夜晚。

我度过了完美的一天

历经恋爱，生育，和死亡。

　　每一个诗句似乎都毫无来历，或不靠谱，沙子跟儿女，他的海水与盐，一天经历了恋爱、生育和死亡。但整首诗却披显着灵魂的力量和生命的意义，并且显得十分完整。这的确不易。同样，《在地下》几乎异曲同工，对于地下的挖掘，寻找祖先和亲人，抱住以及变成蘑菇的不可能性都寄托了一种缅怀的现实，凝结成为一种完成的情感。

　　在《反着来》这首诗里，衣米一将反意提升到一种怪诞行为学的高度，从而实现其诗意构建的企图。"把夜晚过成白天 / 始终不肯闭上眼 / 就这么看着你"呈示着人类的信任危机——哪怕是面对自己的亲人也如此。而诗人在"你要小心我把婚礼办得像葬礼""你要小心我提前腐朽""我也不再渴望填塞 / 而是不断掏空 / 我每天掏出一点点 / 直到无"这些对立物里，则又给我们提供了一种物极必反的富有哲理意味的人生形态。而读了《我在一年里认识死亡》这首诗，让我坚信诗人的反意竟成为一种诗学固执，而就是这份固执让她的诗呈现了一个新的视域：

让我对逝去的人，学会了劝慰

我说，接受吧，接受你那被带走的命运

接受活着的人的美意，唢呐，花圈

烧成灰的衣物，纸钱……

没有什么能再给你了

想了又想，的确是没有了。

排除作为人的情感因素，对一个诗人而言，这种新的视域给我们页献了诗意和新的生命感觉，对于诗来说，这是弥足珍贵的。而在人们的诗学审视里，口语诗人拥有两个诗学向度值得关注：其一是在他（她）的感受达到绝佳的程度，其灵动一现或可直抵心灵的深渊，让读过的人惊喜之余难以忘怀。另一种情况是，若诗人的语言感受偏移，诗意寡淡，其文本就易于滑向一种口水状态。我看到衣米一的诗偏于口语——当然，我并不武断地把她归类于口语诗人，因为这种划分本身就让人存疑，但衣米一在我读到的文本里，多数诗都能给人以心智的触动与美学的激赏。正是在如此的背景下，我说衣米一是那样一类诗人，她可以剔除那种板结于人的心灵表面的冷漠与麻木的外壳，让人即便流出鲜血，也可以重新获得一种心的生动与敏锐，而这样的时代才是有希望的——也正是在这个意义上，衣米一和她的诗才值得我们去期待。

"我涉过黑暗的河流"

——翩然落梅和她的诗

　　现代汉语诗歌一百年来，从白话诗到当代诗，其语言形态已经变化多端，而这种变化从本质上看几乎具有不可逆转性，也就是说，刘半农及其那个时期的诗歌现在看来几近于简单与粗陋。而西方诗学中的浪漫主义与唯美诗风放在当下就不合时宜了——这也可以归为诗学的进步——尽管诗歌从原理上说并不存在进化论，但在微观层面上看还是存在的。比如翩然落梅，始于新世纪初新诗的习练，颇有唯美意味。2005年以来，诗人不断涉过生存的"黑暗的河流"，渐次从唯美之中退出而步入新诗的前沿，写出了不少有原创性的诗，诗风细腻而轻盈，蕴意自然而宽远。近年来，落梅的诗里又多了些厚重与质朴，让诗拥有了几分语言的力量，从而实现了语言的"意义之音乐的乌托邦"（罗兰·巴特）。

一

　　我们看到，或许是沉浸于旧体诗词与古典文学已久的缘故，翩然落梅骨子里总有一种深闺女子情结与那种闺房思春的情愫，表现在诗歌上则有几分唯美的格调与构思："今晚，我还会做旧时妆扮／白纱衫缀上茉莉／丁香花籽研做香粉，红攻瑰汁／晕上双唇"——显然，这里与《聊斋》有几分似曾相识，那便是描写人鬼／妖相亲相爱的缠绵，也暗含着死亡的凄美，而诗写来细腻、动情，格外地利落而富有韵味。看平日里落梅的装束，也颇有几分古典气度，莫非这也显露其独有的心思？或者说，她宁愿做一位远离世俗的女人？因而，有了下面美轮美奂的诗句营造的奇妙意境就不足为奇了：

> 为春风，为玫瑰，为清晨丰美的女体
> 为梦，为云，为墙外一缕夺人魂魄的箫声

看落梅的诗，尽管多以现代诗的面目出现，但那种古韵依然存在，不妨说，那也是对早期习得的"蓦然回首"的温习。而在这里其实已经算不得倒退，因为她总是做得那么真诚与情不自禁。在这个时候，任何读者似乎都不宜强求诗人回到当下的现实中——毕竟她还在宋词的梦境里，抑或说，当她洗尽铅华后，才会还一个现代意义上的翩然落梅。果然，当诗人萦绕于"我来自何处？是不是那个／久伫岸边，看烟波中孤帆渐远的男子／眼角的泪光？／／还是船头回望的妇人／转身时髻上坠下的，那颗明珠"的梦里，她猛然醒了：

> 而现在，我是坐在车窗下
> 一闪而逝的女人，薄薄的锁骨被风吹透

而在《此际》，"我涉过黑暗的河流，／去找一个人"，诗人却看到了

> 杜丽娘殇于梦境
> 白娘子老死塔内，安娜在铁轨上断作两截
> 而萨宾娜正乘上背叛的车轮

——那么多被背叛的女人与背叛人的女人，诗人的心一定不能平静，而她却只能"沉默"，因为她深知历史的"失落"与女人的悲哀——这样的诗让你读了不能不为之动容。让你惊悚的还在后面。看《杀人》

杀人须备好场景。必得有青山连绵

红叶纷纷。必得有河流，在离海不远处转弯

而水底铺满星星。我们必得美

我如果做执刃者，须与你置换身体

先为你画眉点唇，著红绡

还须画一独木桥，横过陡峭的两岸

我杀你须在桥上，最窄最惊心的方寸间

手中是干将还是莫邪，倒无所谓

这无限绮靡的一幕：

剑刃从体内拔出，而我们堕入流水

堕入血和残阳

剩下空荡的舞台，摇曳的人脸

留给虚无和寂寥收场

　　你看到过如此杀人的吗？看到过杀人到如此唯美境地的吗？这真是落梅独有的。诗人或许是从言情小说里得到了灵感，而这杀人似也是情杀，故而才不让杀人这样的题材太过血腥。而仔细揣摩之下，这首诗的本意独在于爱欲的掳取，一个女人在爱的炙烤下，总欲独揽其身，于是剑刃从"体内"——心中——拔出，杀你"在桥上，最窄最惊心的方寸间"——这是爱极而恨的征服，是爱的极端。诗人写出这样的诗既在情理之中，亦属意外的温柔之举，否则，将现实中的杀人去给落梅作诗，就太过残忍了。而从技艺的角度去看，诗人能够从历史的情事中钩沉，又能契合女性的心绪，且如此曲隐地表现出来，非一般的功夫所能胜任，不妨说，落梅给我们发明了一个独异的表达路径。

　　落梅在日常生活中该是一位安静、娴淑的女子，偶尔也会有几分羞涩，但在诗里却敢于展露她的大胆，这的确让我们感到意外。在《温存》里，她看到"这毛绒绒的阡陌、池塘、柳丝儿 / 草的小嫩芽——春风软和，心头酥痒"，这是一个常态，或者是一个女人的本能反应。而"我突然很想／在阳光下，祖露饱胀的双乳，把万物温存地抱上膝头"就是一个女性诗人心血来潮般慈祥而张扬的壮举了——尽管她依然会感到"好教人羞惭"。

落梅可能并不在意"九十年代诗歌"所给予当下诗坛的冲击，或者说，她宁愿远离生存的现场而直接抵达诗的现场，在那里求得语言的自足或"达到可靠的语言形式的提升"（迦达默尔）。我们看《纸月亮》：

> 一定有个忧伤的人坐在窗前剪纸
> 并把它贴在，神的门楣

从无来历的诗句里似可看出与俗常的接近，而接着就又拉开了与现实的距离而与神接近了。那么，"在云间飞过的旅客"就可以被认定为忙碌的诸神了，所以，在这里，剪纸就居然成为"永远也触摸不到的黄金"——这既是一种想象也是神性化的转喻。"有一刻，我感觉接近了她的居所"——"我"的出现几乎给我一个误导，以为就是诗人自己。可是，"我的大铁翅膀微微颤栗"，我知道那就只有跟天使有关了。那么，"有人在白色的湖面上朝我招手"让我产生无穷的遐想。接下来，

> 此际，狂喜地向她奔去的女孩
> 在半山的深潭边
>
> 突然双膝跪下，把下巴抵在潮湿
> 腥甜的野草丛中

这叩拜既成为唯一的人间现实，却也"被浸软的月亮／像哭过后，扔在湖水中的一团纸巾"给击得粉碎，以至于诗人自己也"无法在这两种纸上写诗。她永不是我的。／在远处，在更远处，她冷薄到不知孤独为何物"。能够看出来，这是一首远离现实的神奇之诗，在这神奇中诗人给我们展示了人神交迭的幻境，让我们在诗句的清晰间体味扑朔迷离的神

性向往与语言形式本体的魅惑。据诗人说，这是她在飞机上写下的一首诗，那么，这首诗就还可以有别的阐释，但就更能看得出诗人将微妙的视觉转化为独有的语言的感觉能力。《养在体内的猫咪》这首诗足可以让落梅成为描写内心世界的高手，她以惯常的细腻与轻盈，给一个称作"内心"的东西寻找喻象——"猫咪"这个物象相对于一个女性来说用得十分恰切与形象："它藏起小小的指爪，和毛绒绒的尾巴尖儿 // 月光下，如果我沉默 / 它会偶尔走出来，如水珠从绸缎上滑下"；它是"拿时光和虚无来喂哺的"，而更切合诗人心性的是最后一节——那几乎就是一个绝妙心思的写照：

> 这一天它终于选择了出走
> 略有不安，但多么决绝：融入了自然
> 寥廓星光下黑沉沉的暮色

区别一个诗人是否远离唯美情调，其根本就在于诗人是否贴近了现实感的俗常性，在《稻草人》里，"那里站满手握镰刀的影子""露珠渐圆，下弦月慢慢弯下去"等句子都是贴近生活的，既朴素又真切。而直接进入现实场景的描写与表达，对落梅来说无疑是一个新领域，也是一个考验。我们看到，诗人拥有很强的语言转换能力，在《大巴过河南某乡村集市》里，我们欣喜于这样的描述：

> 穿钢铁之衣的，我们
> 像水蛭，茫然地钻过这乡村的心脏
> 她会不会感到疼？
>
> 伤口在身后合拢
> 一个农民扛一口袋面粉登上客车
> 他是润滑剂，在尖锐的钉子上涂油
> ……

另一群又回来
这是乡村中最快的部分，让我们陷于
相对论的慢。……

作者已经跳过原始的乃至粗陋的镜像，进入诗的语言重塑，在如此的语言背景下，一些直接的呈现才不致过于突兀与粗疏。同样，落梅也可以从一座模仿的"假园子"那里感受现实的荒诞与冷漠，看《游清明上河园》：

照着一幅画捏一个假园子
并把它放在老汴梁的层层骸骨上面

持门票，逐人流，一个皇帝又一个皇帝
追着你要你留影，并可以搭着宫娥的香肩

宫娥纱衣蝉鬓，你也可以做一会儿
倚着九曲桥头，娇笑倩兮，只是别露出脚下的高跟皮靴

戴假胡子的宋江顿开枷锁
挽着烫头发的李师师，去路边酒旗下
吃一碗粳米粥，饮一杯小酒

喂，那眼镜西装的书生！还怕
脖子上无形的绞索不够沉重吗
居然还要套上那宋代的木枷，留一张影？

弯腰撩一把，汴河的水
有个人，要洗去脸上的油彩，却不小心照见了
额头的两行黥印

他们身后，一个旧天堂的吊桥

正无声地扯紧

剩下的半屏风月，被不远处的汴绣堂招安

天黑了，大队人马从阴影里杀出

皇帝和后妃们匆忙换下龙袍，涌向尘世

在这里，诗人为我们勾勒了一幅逼近当下时风的图景，这是一首蕴涵丰富的诗篇，诗句拥有着讽喻与反讽的语调，文风依然细腻、轻盈，却暗涌着一股凛冽的针砭时弊的力量。

阅读落梅近年的诗，发现她有一个蜕变，那就是在诗里增加了厚重、古朴的东西——这不是说原来的诗没有这些元素，而是说现在这种追求成为她的一个艺术自觉。在《与君别》里有"生离别"的沉重："独坐炉旁，看红枣在粥中熬着，凄美，缓慢／我知道，这清粥淡饭中有最深的离愁／你看，热气中一些恒久的东西，正在起身／／和另一些说着再见，我还需留下"；有一个孤独人的思念，"夜色，欲借他更亮的一点星光／点亮一盏孤灯，灯下面对一张空白信笺的人"；在《无忧寺》前，"这世上唯有时间可销忧"，而感叹人的渺小与短暂，在远去的平原的瞻望里，窥见人世沧桑；在《小镇地理》里有曾经的死亡的主题，但更加肃然与沉重，"不可以再向北了／隔着黄了又绿的苇丛，对岸端坐沉默的火葬厂／日夜练习吐纳"；在《活之死》这首诗里，诗人给我们描写了一个兽医"不沾烟酒，却在五十多岁时／患了肺癌。／他，恨天，恨地／恨九十多岁的老父，恨妻子／恨儿女"，"竟然伸出／骷髅般的手指，掐向老妻的咽喉"，从而展示了一个行将就木的人的厉鬼之恶。这些沉重而古朴的话题让我们看到了一个女性诗人心智的练达与诗意的开阔，从而一个疏离了性别而进入更加普遍意义上的优秀诗人的镜像昭然显现。不妨说，落梅的这些诗学渐变，给了自己更多的艺术诺许，也给了我们更多的惊异与期待。

二

一般说来，国内很多女性诗歌爱好者都是从自己的小情绪抒发起步，爱情、怨恨、愁苦几乎是她们惯常的主题，表现在诗学样态上则是唯美——风花雪月般的浅唱低吟。而能够从这里出发，走出个人情绪，走向人类、人性之爱，走向生命之爱——自然也有绝望，乃至于死亡，那么，她就进入了一个普遍性主题，诗风也将穿越唯美、浪漫的情调，走向朴素、硬朗，这个时候，一个优秀的女诗人则呼之欲出了。我们看翩然落梅就走过了这个路程而成为一位让国内诗坛瞩目的女诗人。

随着阅读的深入，你会发现落梅是一位将心埋得很深的女性诗人，她笔下的痛苦、绝望乃至于死亡的情绪骤然聚焦于一首又一首短诗里，而语调却是那样地平静，几乎不动声色。只有当你领悟了诗意之后，才会有于无声处听惊雷的震撼。人生的磨难与艰辛，带来了哀伤、无奈，也会有一份宿命般的安慰与解脱。所以，诗人写道："我突然对这一切心生感激 / 这厌恶的后半世，衰朽的气息令人迷醉 / 我不需要爱和责任，也能活下去了 / 翻过身，我轻轻搂住了，在淡淡的炊烟中浮起的 / 庸常的一天。"同样，我认定《落日》是一首精妙的佳作，诗里颓废的气息尤其吸引我，这是一位多愁善感的少妇的失望之歌：

在镜子里我看到双眸中的一对落日
最后的瞬间，照亮了我体内的荒草、荆棘、幽深的灌木
和几近颓圮的庙宇

一个女人空坐于镜子前，在双眸里发现了落日，已经够让人感伤的了，而最后的瞬间却又照亮体内更多的颓败之物：荒草、荆棘、灌木和几近颓圮的庙宇，如此的景象真的可以让一个女人万念俱灭，甚至于成为一个人"黑暗的诗学"了。这在古典诗词里，尤其在女性文学作品里屡见不鲜。而可贵的是落梅并没有一味浸淫其中不可自拔，她给了我们欣喜：

我用夜露清洗着羞愧。摸黑

重建我的寺庙，如果血之火，可以焚去荆棘，我愿这样做

并在灰烬上种下一棵乔木的幼苗

　　诗人把心中的颓败感看作"羞愧"，需要"夜露"去清洗，她要重建自己的寺庙，要烧掉一切破败之物，要在灰烬上种下一棵幼苗，而这幼苗则暗喻着人生的重新开始。诗人从失望乃至于绝望转而奋起，让诗自然演化，毫无做作之痕，实在难得。《狱墙上的美人》记述了一个诗人童年的故事，这样的题材入诗极易写得平淡或松散，而落梅却写得洗练又颇有意义。这是一首拥有童话意味的诗篇，整首诗充满胆怯、害怕与惊讶。最后，诗人为她"曾在老监狱的墙上，偷偷画下"的一个美人做了不祥的设想——那种跟死亡相关的凄楚而恐怖的情景：

我想，她或许死了，或许

进去过，又出狱，已经衰老，拖着黑暗的长裙

正在不远处某个小巷中徘徊

　　而在另一首诗里，我读到"二月，连悲伤也是／美好的。埋起的坟头也开出鲜花"——这对于悲伤与死亡的赞美诗，是春天特有的致人迷乱的气息唤起了一个女人的情欲、生命与死亡意识的觉醒，而诗里那种欢欣与迷茫感令人怦然心动。落梅读过很多童话，那时刻，或许她是读给女儿的，但她也从那里得到写作的灵感与媒触。在这样的诗里，她倾注了一个女人的情感与想象，诗是如此地真诚。比如《不来梅城的乐师》这首诗，就是如此。不来梅城是格林童话里的一个虚构。落梅开篇就设定了一个基调：

……如果你

衰老多病，为人世所弃，请和我一起

到不来梅城去。

这是一个令人悲哀的语调，却是属于诗的："用我们最后的智慧搭建帐篷 / 我们不需要高塔，让它消失在云里吧 // 用衰老的身体点燃篝火 / 最后的激情敲响鼓点，吹起音乐 // 让我们交换音符和词语 / 像交换体内的夕光和陈酿。"接下来的诗句让你窒息，却又让你在这氛围里体验了向死而生的旭光，不妨说，那是在死亡的绝望里寻觅生存的希望——这是一个哲学意义上的翻转，也是诗的意外获取，一如那个"引路的"形而上的精神力量：

互相雕刻棺木
如同木匠精心制作婚床

像迎接一个将要出生的婴儿
我们耐心等待并好好安置那死

从上面的诗句里，我们看到诗人有一种善待死亡的美好期许——不知道这份心思缘于旧体诗词意蕴的熏染，还是一种老庄哲学的参悟。在《换歌》里："我告诉你呵，不要死在铺席上 / 死就死在草叶里 / 露珠上 / 最轻微的抽搐也不要给他们看到 / 死就要死得洁净"；即便"不久前死去的少女，白裙飘动 / 愈加美丽"，或者"被杀死的婴儿在等着，等着长大 / 草根下的枯骨在等着—— / 等着发芽，再开一次花"；乃至"这个冬天，我痴迷于 / 送别亡灵，把古老的仪式重演一次又一次"；"多年来我在记忆里小心地照料她 / 防止她对死亡产生厌倦，突然腐烂或淡去"——在很多诗里，我们都体验到诗人的对于死亡的安抚，而且那意念是根深蒂固的，这一点不啻让读者有了一份面对死亡的安宁。据说，落梅在新世纪初的几年，写了不少关乎"鬼魂"的诗篇，那是献给死亡的又一份祭礼，可能源于聊斋遗风，诗人总是把鬼魂女性化，而且表现得凄楚、多情而善良。在一首诗里，她描述道：

顺便和一株麦子　姐妹相称

我的绿裙子　和她没什么不同

作为母亲　她有着清淡的土香

和我谦卑的呼吸　味道一样

——《村居夜》

不经意间，在《祭》这首诗里，我们窥见了诗人善待死亡乃至鬼魂的心理源头："走上五十年，我将遇到我的祖母／她红袄绿裙，发髻高挽"——这是一位漂亮的女人，在那个荒诞而疯狂的年代，因"一把偷采来的麦穗"而即将被批斗，但不幸的是："明天的批斗会上／将看不到二十八岁的祖母"——那一定是寻了短见了，正是："她说死就死／从高不可测的峰顶坠落／衣服上沾着露水。比一朵花下落的姿态／更美、更疲惫。"我们似乎可以看得出，落梅的死亡之诗在潜意识里都一定蕴育着一种对亲人不幸的祭奠与安抚。

在现实世界里，死亡孕育了诸多的形式，这也会反映在落梅的诗里，比如，她看到扫落叶的人的命运，那便是死亡的归宿，"堆成了一座坟茔／他扫着扫着，就把自己埋到了里面"；诗人也看到人与一条鱼的死亡的雷同，既是荒诞的又是无奈的，"浮世一直举着他的刀刃，而我和鱼／躺在同一张砧板上，却只能假装毫不知情"；还有对童稚时代早逝玩伴的怀念，"坟上的小黄花／试图重新把我变成一个童女／试图用尖锐的芒刺激我的咽喉"。我最早读到的一首诗是落梅的《走在沟底的人》，这是一个生存自况，还是一个隐喻？她诱导我的阅读欲望，期待诗带来意外的惊喜。果然，诗人开句就给我们一个神秘而惊悚的预设：

你要记着：月圆时，别去惊扰

那些走在沟底的人。别回头

看自己的影子。

而接下来的"他或许正走在一群／送葬抑或是／迎亲的队列中。棺椁和花轿／毫无二致"点明了题旨。是的，在豫东乡下送葬与迎亲是再平常不过的事情，而由事件带来的或悲伤或欣喜也几乎可以归之于惯常的乡村情绪，乃至于对于乡民而言都有几分麻木了。但这诗句还是让我们拥有了不一样的感觉，尤其对于那些长期蛰居于都市的人来说，总免不了新奇与意外。而下面的

> 端坐于内的妇人
>
> 绿袄红裙，缎子上绣着牡丹花

则让你不寒而栗，缘于在这个"妇人"身上，不但拥有生命的喜悦，还有死亡的悲哀，不妨说，诗里透露出一种死亡本来就与生命相伴而生，不知何时，它就降临她的身边——哪怕在花轿里的气息。诗人在这首诗里看似谈论着生与死的两端，我们却体验出死亡的凸显与笼罩。故而，一切在死亡面前都是无足轻重的，以至于吹唢呐的男子鼓起了腮的面目都是"模糊的"。如此一首短诗，写得又如此的平静、内敛，竟然能够达到如此异常的艺术效果，足以看出翩然落梅这位女性诗人的精神修炼与艺术造化了。

三

　　缘于诗人的心性，落梅在诗里总能体现出一份安静与轻快，而这是她的本真，你看不到一丝的勉强与虚假。在《奔跑》里，有这样的句子："风推着我们上山。那些草／也跟着上来""我看到自己的影子，轻快地一跃／加入了进去／越来越小，最后沉入了，山底下幽亮的暮色"。从文体的角度去看，落梅的诗拥有一种轻盈——犹如鸟的飞翔那般的轻盈，这几乎成为她的一个语言特质。然而，在这平静、轻盈的述说里，如若没有恰当的把控，诗往往也会坠入平滑的陷阱。在落梅的诗里，她很会避免。比如《暗语》这首诗，通篇几乎都是平静的叙述：

我和母亲坐在阳台上
晒太阳。母亲头发已经全白了
我的鬓角也出现了银丝
……
静默良久，母亲突然说起昨夜的梦
她脸上泛起光彩，又说到了少女时期的梦
外祖母去世时的梦……

而正在让人担忧之际，诗人突然笔锋一转："后来我们一起高声大笑 / 这一会，我们多像一对病友，用旧药方的暗语接头"——这里既是语感的转换，也是一次诗意的提升，从而确保了一首诗的成功。《薄暮》也是如此：

那个薄暮颜色还要暖一些
水波点亮了它。两只白鹭在蒹葭上飞

星光藏在幕布后面。一堆淡黄衣
藏在蒲苇后面

如果此时涉水
一定会跳进一幅画里

开始，诗人只是轻盈、平静地叙述——这些诗句是精美的，也有几分平淡，而如果仅有这些，显然就有些单薄。而最后，有了"多年后我希望自己是那个 / 正在河里洗浴的女人 / 而你是刚刚洗净画笔，默默看着窗外的男子"则让诗有了曲隐的转换，又在突兀的想象里，令一首诗不再平俗，不妨说，这首诗因了最后一节而成为佳作。落梅的诗里有一种温润之美，其实这也是她的诗美学，也吻合其天性。诗人原本就是一个温润的小家碧玉般的女人。故而，她以女性的敏感在诗里多有细腻、精微而本真的表达。比如《亲爱的馒头》：

> 从我诗中屡屡逃离的
> 一个哑女：白，有近乎抽象的软
>
> 当一群母性的种子在体内抽芽
> 她渐渐发育，生出鼓膨膨、温润的花序
>
> "我揉搓你仿佛你是我自己的血和肉
> 在清凉的早上，欲望多么洁净！"
>
> 在我手中渐渐还原为，最温柔的象形
> ——这些亲爱的、沉甸甸的乳房
>
> 我捧着它们，小心翼翼。在清凉的早上
> 低头闻到酸甜、诱人的体香

　　读着这样的诗，我们真的不能勉强落梅去高亢、去粗粝或者硬朗了——她原本不是那样的人。其实在这首诗里，诗人已经远离了个人的趣味——尽管有自己独到的体验，她从一个哑女的乳房想象里，已走进洁净的欲望，走进更纯然、深远的肉体和生命之美。这首诗还给我们一个诗学启示，她诗里不缺乏现实，只是她总能在现实物象里作更细微的体察与更深层的想象，直到生命欲望的本体。她能够在本能的层面让形而下的肉体被形而上的精神与美穿透和映照。

　　散淡、舒缓的语调是落梅诗歌的一个标识，这语调里的自然与真切为其诗歌作了内在的支撑。在《白杨》这首诗里，就体现出这种语调来。诗从幼儿的一句天真、惊讶的问话开始，然后是极其自然的记述：

> 儿子一脸惊讶地，仰望着

白杨，仿佛找到了，它们之间的某种密码

并不经意地，让它，和身边这群低头吃草的亲戚
相认。你们失散了多久？

　　而后是母亲与儿子的相互辨认与发问，让童真与成年人的深远的思忖融为一体，诗也就在这相融中浑然天成："有什么，在我们的随意变幻之间／流动不已？树随着我呼吸，我们相互混淆难以分辨的／气息。"落梅是勤于探索诗的多种表达可能的一位诗人，她在不断给我们展示一个又一个新的诗路，从而让那些指认诗人技艺单薄的人面面相觑。而一个拥有复杂襟怀的人，才会拥有复杂的诗学，从《虚无客栈》中我们可以看出来，诗人借助古道英雄谱展露自己的胸襟：

宜于骑马的旅人，在山径上望见
我和她，一穿白衣，一著红衫
执鸳鸯剑，也执滴墨的毛笔
必要时也可以十步杀一人
在岩壁上，蘸着血写下名字
姿态一定要，美得凛冽。

　　在诗里，既有"赏花听琴，下棋赋诗"的闲适，也有几分凶狠与张狂："敲碎酒杯热舞一场。偶尔分享各自的情郎／倾倒那些穿白衣的游侠，黑道上的老大／让贪财者抛下财宝，惜命者倒提头颅。"假如诸端皆切合心志，那么，诗人一定会开拓更多让我们意外的诗径。比如，她甚至可以把《布谷》这样的歌谣体也拿来一试。在诗的最后一节，我们还看到诗歌的诱因引发的表达冲动，最终的艺术效果给人以物性的纯然与村野的古朴，令人耳目一新。在《迟疑》这首小诗里，有两个场面，慢的"迟疑"与快的"抛出"，画面感很强：

夕光中，河水变慢。它在命定的归宿面前

亦略有迟疑。迟疑的还有青蝙蝠，久久在众鸟去尽的虚空中

盘旋

而我们是河滩上，掷石子的孩子，兴高采烈地

把自己抛出。并在暗中竞赛着，速度以及，谁滑翔的姿势

更美

　　第一节尤其精彩。对于河流的"慢"，而致命运之中的认定是让人惊异的，迟疑和盘旋该是诗眼，用在这里尤为传神，这对那些没有对人生有深沉体悟的诗人而言是写不出如此的诗句的。而第二节依然让人心动。这里，动的画面正好反衬了前面的静与慢，且写得活泛生动，整首诗写得异常地洗练、干净，收敛而不失老道，说到底，这首小制作考验着诗人剪裁与布局谋篇的功夫。我们还看到，落梅在凡俗的诗篇里拥有着让诗意超越与提升的技艺，比如在《海市》里，一切的描述都因了"呵，那波浪碧绿，穿白衬衫微笑的你跪在一轮／珍珠般幽亮的月光面前"而精彩与传神。

　　落梅虚妄般的思维与想象，有时候真的让我们惊奇，她会给我们一幅迷幻的图景。而更让我们惊异的是，她会煞有其事地描述着，给虚幻以真切和实落的认定，让你不得不信，乃至于坚信不疑。《虚妄书》就达到了如此的效果：

秋风说，一封寄往我地址的信

尚在路上。送信的邮差，已活过三世

而一条短信也来印证：信已寄出，请查收

　　这样确定的语调你会怀疑吗？明知道秋风不会说话，邮差也活不了三世，短信也不会来印证，可是在诗里就都有了可能。接下来的愈加奇幻与迷离。更有意味的是语言在描绘这梦境般的情状时，虽然短语呈现

着古雅之物，语词组装却有几分粗粝与快捷，减去了诸多的抒发，而归
之于朴拙与明快，显露了表达的清白之象，更让虚幻实体化。最后，诗
人回归到现实情境：

> 它的无意义消耗着我的期待——
> 我打开电脑敲字"君跑到明清邮一封墨写的书信
> 不如上网发一张伊妹儿，方才契合这情感消费的 E 时代"

这类诗或许并没有呈现更多的意义，只是为一缕思绪或一个观念作
注，而诗终究成为语言形式的自足，也让诗在最高的虚构性中得到诗学
合法性的认可。从这首诗的实践里，我们看到了落梅又一个诗学向度的
心计。有时候，梦中事情往往昭示了重大使命——哪怕她仅仅是一个弱
小的女子，这恐怕得益于其过往的情愫与心智，以至于"居庙堂之高则
忧其民"，发而为梦。落梅的《使命》概源于此：

> 电文简略。"速置五百件冬装
> 送校贫困女学生御寒"

> 这一事象之后，是慌忙与慌乱。以至于——

> "衣服终于置齐"，我低眉，不敢看他
> 唔，他严厉地看着我"可已经是夏天了"

这是荒诞的情景与物是人非的场面，让诗人"带着过时的使命，过
时的美"。在这首诗里，我们既看得出诗人的家国情怀，也能领略其化
用梦幻构成诗篇的能力，或者说，她让一个梦境构成一首诗，披显了诗
人处理超现实的技艺已臻于完熟。

我们说，诗不可唯美，但不能没有美。或许缘于早期古体诗的训
练，落梅的诗句多有古雅之美，比如："久久在众鸟去尽的虚空中盘旋"，

一个"去尽"既贴切又雅致。同时，她还善于化古意而形成新的诗篇，比如《竹枝词》就是如此：

清晨，听风轻唱：竹枝
身下的席子做梦，飞回它的青翠少年时。竹枝

你驾着虚无，你在它们舌头上写字：竹枝
让返回的速度，变得诗一般低沉。双翼鼓起小旋风

让我在旋风里，几不能自持。竹枝
要克制在瞬间死去，我紧按着自己外逸的小灵魂。

谁动情摇曳，谁就先寂灭：竹枝
时间退回起点，你我之间那苍茫之海，涌上缥缈的几朵

浪花，猛犸反刍它的味蕾。一阵紧似一阵
雨声般的鸟鸣，敲打白垩纪沙滩。竹枝

你沉默你扔给我，化石的行李，我们
在这里离散，没来得及告别。竹枝

"竹枝词"原本是一种古典诗体，最早由巴蜀间的民歌演变而来。在唐代，刘禹锡把"竹枝词"变成了文人的诗体，对后学者颇有影响。落梅在这里作了演化，仅留有竹枝作后缀，从而形成了一个一咏三叹的艺术效果。这首诗在超强的想象里展开，而在虚幻里抵达虚无，其中不乏箴言般的力量。而这一切都依赖于词语在滑动中形成的势能，最终酝酿了饱满的形而上的精神蕴含。从这首诗里，我们再一次看到了诗人内在的潜能迸发。

　　有人说，翩然落梅参加了青春诗会应该是喜忧参半，一半为她的成绩高兴，一半为她今后的心态担忧。这源于多年来，不少的年轻诗人原本写得颇有气候，也给诗坛贡献了不少佳作，而诗会归来，居然浮躁乃至于轻浮起来，从此偏离了固有的写作方向，因而再也没有迈上更高的台阶。我们观察落梅，似乎还算沉稳，诗心依然，还在探索更宽泛的诗写可能，或许不久之后，她就有更多新异的作品展示出来，给我们带来更多的惊喜。而每个诗人都有符合自己心性的路子，一切技艺都为之契合，那么，若要强行他／她进入另外的诗路，几乎是勉为其难了。因而我们期待翩然落梅在认定的路径上继续前行，偶有峰回路转也会带来意外的喜悦，那将是诗人新的丰收。同时，一个诗人一生有若干个诗学阶段，而每个阶段都有各个不同的样态，落梅想必也是如此。我们知道，诗人曾在旧体诗与新诗的路上同时行走过，最终选择了新诗作为唯一的写作，而她对于过往的留恋与对未竟路途的辨认也未必十分清醒，加之近期的写作稍显量少，诗的蕴涵纵有往厚重、古朴的向度的努力，而整体看来语言尚未全然地放开——书面语，尤其古雅之词偏多，早期精炼的口语偏少。故而，落梅还应属于一位不宜过早确定的诗人——尽管她的很多诗已经达到一个高度，也还是有很长的路要走，或许这也就成为我们予以更多期待的一个理由。

自我的修行，或现代派的重返
——关于班琳丽诗歌的辩析

现代派诗学发轫二百余年来，其样态在不断地演变之中，流派与主义纷呈而炫目，但综其要，以象征主义、超现实主义和意象派成为西方诗学的法典。汉语新诗以百年历阅承继了西方的诗学成果，尤以二十世纪九十年代发生了前所未有的突进。但恰恰从那时起，依赖于西方诗学土壤而兴起的本土诗歌门派如雨后春笋般杂芜丛生，尤其一种日常性诗学蔓延开来，以反文化、反崇高为其宗旨，加之口语诗的极度泛滥，让诗逐渐远离了高贵的样态，跌入低俗乃至于恶俗的谷底。这不能不成为新诗在当下被诟病的缘由。正是在如此的背景下，班琳丽的诗歌给予我们一个阅读的理由。

我们看到，很多论者谈及班琳丽的诗都会赞不绝口，那么，她诗的本意在何处？或者说，她的诗的发生及其形态学意义在哪里？相信会颇费思量，乃至于未必能够说得清楚。而正是如此，她的写作才会引发我们的思考——尤其在当下这种诗歌日趋世俗化的语境里。作为一位女性诗人，她的诗歌给我们一个显在的印象，就是显得颇为脱俗，即她总是将一个深邃的寓意预设于一首诗里。故而，我们说，班琳丽是一个平庸世界里的歌咏者，也不妨说她宁愿不合时宜地背离诗坛流俗而皈依于诗的高贵的蕴涵中，在诗的形态上则回归于象征主义的表达方式。这几乎就是一个诗学归类上的挽回性形象——很多批评家已经不愿涉及——但竟然称谓了一位诗人存在的全部意义。

一

通常而论，但凡女性诗人大多会从情感角度进入诗，比如从爱情、父母之爱与母爱及其想象中进入，这是正常的诗歌发生机理，正如门罗在一个访谈中所说过的："女人需要一种情感的生活，也许她们比男人更加需要。"（李灏：《爱丽丝·门罗：写作是绝望的竞赛，我没有一天停止写作》）所不同的是，有些女性诗人将诗仅仅滞留在情感层面上，既不去深入挖掘，也没有超越，以至于成为单纯乃至单调的歌者或堕落为情绪发泄者。而有一类女性诗人，却可以从情感层面超越出去，步入知性的思辨与沉思，从而为情感注入智慧的光辉。班琳丽大约就属于这一类诗人——即便她还没有达至最精湛的程度。

在班琳丽的诗里，不时会看到诸如"情人""恋人"这样的意象，但居然是与生活中的物象联系在一起，从而发生本体与本义的逆转。比如在《情人》这首诗里，她深情地写道："我把大地视为永久而深爱的／情人。我将在最后一刻／爱上他／以烈火的模样，以身相许。"在另外的诗里，她还把一块丑石看作"一个不开口的恋人"，如此则拓宽与丰富了情爱的内涵。在诗人的爱的范畴里，首要而深厚的自然是她的母亲，而当读者给母亲最温暖的眷恋与守护的预设之际，她却已将死亡之痛置于其间："词语的镜子，一面映现着母亲的天国""风见证——／我躺在母亲生前睡过的／床上""将母亲哭成头顶三尺的神"，这是诗人的不幸所推演的诚挚的哀痛之歌。在她的诗里，你还每每能够看到这样的句子："我们都有欠于冬天的道歉""我开始喜欢这样的日子""与石头相比，我的痛苦是多么柔软"，这里几乎都源自一个日常具象，而诗人却在挖掘中将其引向深入，从而抵达一种意蕴的深刻，也让她的诗规避了某种浅薄而呈现出理智的深厚与凝重。

在西方宗教教义里，上帝给人类预设的罪恶，被称之为原罪，那么，人一生都具有负罪感，或者说人是一个宿命般的"忏悔者"，故而，读到班琳丽的《忏悔者》既不意外，亦有惊喜——我知道，她在以一颗虔诚的心灵去"忏悔"，而经由诗转化为一种人性的力量："我交出有罪的心，和不满的／声音"，诗人一开始就向我们坦露了一份诚实，这是一个忏悔者所拥有的姿态，也是一个诗人写作的自然，就是说，她将心绪与诗天然地结合在一起。接下来，"我对土地和弱者鄙视。我寄生／在她们的身体里，白白地接受供养。／／我知道霾的真相，火山喷发的／唯一诱因"构成诗人忏悔的对象或事由。之后的诗句紧扣忏悔的题旨，乃至于在事实的披显与忏悔中纠结地推演，直至

　　我交出，直至无可交出。直至
　　天空澄澈，干净的风拂过百草。直至
　　风薄如纸的灵魂，潜回母亲的子宫。

灵魂的至诚构成诗意的饱满，而又让诗趋于最终的完成，可以说这是一首心灵之诗的完美转化，或者是一个诗人心智的成熟所赐予我们的智慧之果。正如姚风在评论埃乌热尼奥·德·安德拉德时所说的："诗人赋予事物的与其说是神性，不如说是人性，诗人用人性来包容万物，以清澈的爱去拥抱万物。"（姚风：《我用诗歌去爱》）我在班琳丽这首诗里同样看到了人性和爱，不妨说，她用人性和爱去拥抱万物。

　　班琳丽曾经在一个座谈会上如此说，我觉得小说家就应该是医生，他之外有无数健康的人、幸福的人、幸运的人，而他只面对病人和生死，他的手里只有手术刀和救命的药。难免他的面孔和语言让人不待见，但那是天堂口或地狱之门前的职业。战争年代我们有敌人，甚至吼一声都能成为战斗的号角。和平年代，没有了敌人，却依然有要对立的、对抗的：人性中的恶，自己的、他人的，这仍需要"下刀子"和"用猛药"。缘于这份情怀，我们在她不少的诗篇里，总能够觉得有一个较为大的东西进入，或是社会事件，或是一个问题的思考，这概约也来自小说写作的自觉训练——这种大进入诗的建构，就让诗拥有一个大气的蕴涵，不妨说，她排除了小情绪、小眼界的围困，进入了一种根除性别的中性写作与诗意的普遍性提升。或许，你会觉得班琳丽貌似给我们显示了硬或者尖锐的东西，但她总是将这种硬或尖锐竭力融化于某种人性的观照与女

性的柔情里，从这里你同样可以体验出温暖。而这样的锐感同样是难得的——尤其在一位女诗人那里——这样的诗歌有一种巾帼不让须眉的穿透力量，刺穿了一些患了社会麻痹症的人的心胸，从而让他们的心灵拥有了一份良知的敏感。

二

初学写诗的人，下笔往往太刻意于词句，这样就形成语言表面的突兀与生涩，蕴涵也被割裂乃至于破碎。究其原因，大多归咎于不好的诗的范例的误导，说白了，他们以为这样的"诗"才是诗，以至于总不好好说话。那么，我们该怎样走出这个误区？这就有必要认清现代诗的语言形态。大家都知道，现代汉语诗是以现代口语为基础，从现代汉语语法规范的提炼中得来的，尤其当代诗，尾韵已经让位于诗句内在的节奏，融入鲜活的词语和有效的修辞，这样的诗既看着舒服又有韵味。对于年轻诗人，就特别需要其深厚而微妙的情感体悟与放松的语言感觉。看班琳丽写作初期的一首诗《午后》：

> 院里新翻的泥土，蚯蚓没有午休
> 午后，七条金鱼没有午休

这样的句子既是日常的，又是生动有趣的，还有下面的"两只恋爱的翠鸟没有午休"亦如此。但诗人随后的"没有午休"的铺排就有些刻意，有的具象又有些随意，如此，诗的美学效果就有些减弱。而直到最后一节，或许是诗人陷入诗意里面久了，不经意间一种幸福的神秘感觉涌来，为这首诗添加了神韵：

> 我突然被一股捎带雨讯的风惊醒
> 我的指尖，开始微微颤动
> 为什么颤动？我说不出

　　或许这就是同道谓之的神来之笔，诗句精粹中的细微，恍惚中的确切，而且呈现出异常性感的语言，完全抛弃了开始的刻意与拘谨，被某种妙感所引领。可以说，拥有如此的诗句，标明班琳丽是拥有诗的潜质与禀赋的，如若在这个状态下继续前行，她将会成为一位优秀的诗人。

　　一般而言，当一个诗人完全沉浸在某个刻骨铭心的事件里，那个时刻是不会想起去写诗的，这几乎是一个基本的诗学事实，也就是说，诗是一种激情的冷却后事物的远离与闪开后的重新到来，是从生活到语言继而进入美学的多重转换后的产物。班琳丽《春天在每一片叶子上打开的秘密都不是你》大约就是如此：

　　挡马河没有春天，母亲不再归来
　　眼睛无端地色盲起来。就连鹅黄柳绿
　　也是毫无立场的黑与白

　　在这一节里，一种莫名而凄楚的情景都根源于"母亲不再归来"这个事由所产生的心理倒影——没有春天，色盲，鹅黄柳绿的黑与白。其实，在这里诗才刚刚切入，或者只是一种情感的真实而径直地逸出，是诗人的本然呈现。首句的前半句相对于后半句算是一个前置，它统领了全诗的意蕴基调。而在这看似简单、直接的诗句里却反映出诗人的真诚，这是可贵的。接下来，

　　时间比死神更冷漠
　　黎明从来留不住窗台上的星子
　　新燕的鸣叫是有力量，有颜色的
　　是我唯一能确定的春天的颜色

诗意趋于敞开，不妨说，诗人让死亡置入时间，并让燕子成为时间的象征物而穿行于其中，显现出一种诗的力量。接着的一节则构成有效的诗意补充——萌芽，吐绿，"所有吐绿的叶面上，都打开着／冬天深藏其上

的秘密"，这也是诗的秘密的铺展，有了这样的展开，诗方显得丰腴。

可我找啊，寻啊。春天在每一片
叶子上打开的秘密里，都无关母亲的消息

简单而内敛的诗的结句是让人意外而震撼的，既归于母亲不再归来的主旨，又达至诗的完成。在这里，如若不是诗人的诗学认知使然，那一定是事物自身秘密的抵达。这首诗的题旨也颇让人称赏，它给予一首诗最高明的提炼而不露痕迹。同时，整首诗词语柔和，语调舒缓，诗体基本整饬，衬托出一种凄婉、忧伤的氛围，而诗句间的长短错落又透露出心绪的波澜起伏，从而实现了诗人诗意的内在期许，也披显出诗人技艺的修炼已经达至一个高度。故而我们能够说，诗人在这不幸的世事里有幸打开了诗的秘密，或者说，这是来自生命的另一个向度——死亡——的原点上诗的秘密敞开，班琳丽最终也在语言里成为了一个幸福的被恩赏者。这首诗是诗人涉猎诗歌并不很长的时间里写出来的，居然就写出来属于自己的第一首诗，着实让人惊喜。

班琳丽的《高铁上》，与她以往的诗不同，那就是诗里面的犹疑的辨认与似曾相识的陌生带来了情感的渗透与深入，这让她的诗拥有一种格外的妥帖与深沉。"我不能确定"，以肯定的语气铺展着一种不确定，接下来，诗人就在土地、村庄、天光、水边、老人、冬天、羊群、麦地、稻茬田这些相同与不同的乡村意象中融入了辨认与思索。我相信，诗人在这些熟悉而又陌生的具象里，一定会触动着什么。但她还没有说出，或者她还处于一种酝酿之中。而接下来的两个"我叫不出"多少让人意外，诗人想表达什么心境？是沉浸于之前的故乡景象的心理排斥与刻意疏远，或者是一个诗人沉思中的心不在焉？我想是的，此刻，诗人的心根本不在这里。体现在诗艺上，这一节则是一个铺垫或过渡。接下来的诗句证实了一切：

多么相似。像我与我的故乡和亲人，

在异地巧遇，又即刻分别。你看

那麦地里的坟，新坟挨着旧坟，也多么相似。

在这前后两个"多么相似"里，披显的是故乡、亲人，是新坟与旧坟，这才是诗人的心结。因为凡是了解诗人近年生活变故的人都知道，她的母亲在几年前不幸病故后，就没有人看到过她的笑容，同时，她曾经说过自己是伴随歌声长大的人，在这些年却再也没有唱过歌。故而，在这首诗里，尽管并没有提这些心酸事由，但其心思无时无刻不在于此。而从这里还能看出来班琳丽作为一个诗人表达的技艺的日臻成熟，那其中就有把诗思深埋于一种不动声色里，而靠内敛的述说与具象自身去显现。我想起班琳丽在一篇文字里这样说过，我喜欢人性的自我修行，她甚至让这种修行成为一个人的朝拜，在一首诗里，她如此写道："我朝圣所有不被朝圣的。／夭折在冬天尽头的幼兽、铁树。／流水送上岸的鞋子、鱼骨。／黑夜抱紧的哭声。死刑少年，／刑前张大眼睛拼命咽回去的眼泪。"显示出来诗人拥有浓郁的悲悯情怀与意涵，从而显现出诗性的高贵，文字也让它们保有合十的虔诚和对经卷的敬畏。《高铁上》这首诗尤其展现了这样人性与文字的综合修炼，体现出一种诗学的高贵性。

三

在班琳丽诗学实现的诸多可能性中，我们看到这样一种文体情境，那便是诗人试图在一种悖异的述说中，走向反讽的寓言，诗里藏着无尽的心思，而最终都被相反或相对的事物所吸纳，以至于封存于词语之中。这里既呈现了诗的发生又成为诗的归宿，不妨说，意义与事物最终都走向词语的共同体。我们在《归来》这首诗里，看到了这一完美的情景。显然，诗人的初衷在题旨里就显现出来，接下来，雨水与果实和蝉鸣的关系本来是一种相互独立又相互平衡的，但用"抱紧"去规约，似乎给我们暗示了果实与蝉鸣是雨水的一个收获，或者说是一种到来，作为诗的起兴就带有归来的原义。然后，一连用了五个"回到"皆强化了一种深埋的心迹与深邃的题意，"足球和告白都在发烫、一个词语，挑起战事"烘托了氛围，"火，在水里漫延／大雪回到故乡，灵魂回到肉体"则是这种状态的延宕与推演。在最后，点穿本意，并以"在伦理与自由中，让自由走向自身"的明亮姿态完美收官。如此，我们可以说，诗人在这首诗里融蕴涵、物象和词语于一体，水到渠成，浑然一体，的确很难得。

同样，在《遇见》这首诗里，托举三个句子便拥有着悖论的意味，或者说在一种悖异的事物里展示诗意，却又小心地把握一种内在的变化。"只有悖论可以解释悖论，楼盘解释消失"，这悖异里不仅仅涵括反讽，而且已经进入讽喻的尖锐——在诟病一个时代病态的诗句比较中，你会觉得这样的讽喻多么曲隐而不失风度。而"墓园不证明死亡，像暂住证不证明活着"则有着诙谐的成分，作为一位女性诗人，我想班琳丽的语言气质里是不屑于滑稽的，故而才肯以如此平和的语调示人。等到"第三个句子和母亲，迟迟没有出现"，语调重新回到庄重，这是因为母亲的永远离开。至此，我们看一首诗的展开，先从自然物象——雪——开始，然后陆续铺述闲聚、高速、高架桥、梦、鸟巢、花棉袄、童年与跳皮筋等这些俗常生活之象，却因为三个句子的延展与提升以及题旨的省思，诗人最终呈现了土地与亲人双重失去的凝重意涵，也让整首诗趋于完成。

在《局外之外》这首诗里，我们发现这种悖异性的不经意间的呈现。题旨本身就拥有一种莫名的悖异，她可以让我们想到更多。有时候，我们也会在她的想象力的边界，惊喜地领略某种悖异的风景，比如诗里："树蹲下身捡起我的喘息。／玫瑰红斜射而来，我与一棵树／被盛在一杯红酒里。"这样一种梦幻般的想象，不由你不拍案叫绝。而有时候，诗人在俗常生活里采撷悖异的花朵："在路口／看车流飞过十字街，如未知天体。／另一个路口，铲雪车铲起雪泥／在推倒一堵墙。"这里也因了想象力赋予了生存场景的诡异变形。或许，想象力自身还会给诗人更多的意外，接下来的诗句果然就有了佐证："他写／水面上的手稿。水面丢了。手稿／在墨水里。诗人的舌头，长出／韭菜。"这里，诗人大约已经跌入自我写作的神秘之中，或者抵达一种词语自身的写作，从写作心理学的角度去审视，尽管这种情景并不常见，而一旦出现，必然导出新异的语言之境。作为一个读者与批评者，在这一刻，唯有恭喜，真的无需再作徒劳的阐释。

同时，我们可以看出来，诗人在如此悖异性的展示中，拥有一个皈依修辞的努力，就是说，她的诗意的铺展总期待着修辞的技艺支撑。比如在《宴请》这首诗里就有着显在的展现：

谜，没有谜底
昨日的宴请，已摆在那里
你我都被分配了角色
沿途没有豁免。遣返已无可能

这节诗里，谜与谜底、宴请、角色的否定句式彰显着一种肯定的悖异性，似乎在吐露生存的无奈与无望，或许还有心绪的不安？我们在意的是诗句的修辞效果，这会让意蕴愈加浓郁和强烈。接下来的把庄稼与夏虫看作短途的客人，死神竟露出菩萨的面孔同样如此。整首诗依次贯穿着如此矛盾的、相异乃至对立的悖异性修辞，让一个复杂的消极感受呈现为一种极致状态，我们似乎在"地下的安息"这个短语里寻觅到谜底，又在"互为亲人"的肯定性断语中得以安慰。但这些似乎都可以归功于修辞的效果。

在班琳丽的诗里，我们不能确定她的悖异性来自技艺的预设，还是心性使然，但能够确定的是，她的诗在不经意间就会出现一种如是的意味，而这样的意味在想象力的拓展下落脚于悖异性词语与修辞之中，就会让她的诗形成一个标识性的显在，从而迥异于其他诗人，这也彰显着一个诗人的日渐成熟的形象。

四

在诗的发生与技艺层面去综合考察班琳丽的诗，你不得不承认在她的写作中，有一个久已不见的现代主义诗学的回归，就是说，她的诗里有着更多的象征、隐喻和暗示的手法，这让她的诗歌样态一反当下庸俗、琐碎的日常化呈示，而进入某种高贵的境界。这里面的不俗，是否跟她骨子里那种不愿落入俗窠与同质的内在苛求，以及那独有的人性的自我修行相关联，我想，她的这种诗学意念会让她进入宽远而深入的探索。

爱丽丝·门罗说过：女人有种天然倾向，想通过语言解释生活（见《门罗谈写作》，张小意译）。是的，作为女人，班琳丽也是偏爱于在语言中发现与解释生活，这里能够折射出其诗歌的发生学。而一首诗的发生有时候是非常奇妙与复杂的——对生活深思熟虑后的灵光一现，经由日常物象的触发或一个词语的联想都有可能催动诗的显身——乃至于诗人自己也难以预料，尤其当诗人沉浸于事物玄妙的一面，继而进入语言的美学呈现时，更添加了一份意外的喜悦与惊异。而正缘于此，写诗才拥有那么多的魅惑，招徕一代又一代优秀的人为之倾倒。在班琳丽《初夏》这首诗里，我同样有如此的感触。细读之下，你会发现诗里尽管有一些物象，但整首诗几乎是不及物的，就是说，诗人耽于某种神秘的感受与召唤之中——那就是初夏诱人的气息所引发的想象与联想。这里的物象皆化为语象：

抽身而退的春光浅浅的
叶片下乳豆大的果实，颜色浅浅的
溪水倒映着清翠的鸟鸣
鸟鸣潜伏，午后的寂寞浅浅的

从修辞的角度看以上的句子，春光带有些微的鲁莽经由浅浅的修饰而转为一种清婉的气势，果实这个词往往给人一种硬壳的潜意识暗示，而诗人在句子的前缀与后补的词语搓捻中，则亦如浆果般可人了；溪水与鸟鸣的奇异对接又为通感的手法带出一个绝佳的例句，鸟鸣潜伏与午后浅浅的寂寞恐怕只能独属于女性的心绪了。一般而言，女性诗人大多偏于言其情致。从这首诗的语感里，可以猜想出班琳丽定是一位温婉贤淑的小女子，她轻浅的语气里，有一种化绵之力，让那种人世间的凶险也不显得可怖了，随之而来的是隐喻的力量："拒绝成为钥匙，拒绝锁死唯一的地址"，而最后的结句又从沉思与想象回到现实场景中——尽管可能还是一个想象的人物出场，却也让诗显示了某种整体性的实落。总之，诗从轻浅的韵致入手，吻合了女性诗人内在情愫的期诺，也让我们在阅读中领略了婉约的愉悦，同时又能渐行渐远，直抵内心深处，这在女性诗歌唯美、矫情、小资或颓荡、腥煸的滥情氛围里，拥有这种纯净下的渐入深沉，不啻说是一种曾经有过的清新的诗歌类型的回归，故而颇有匡扶的必需。这些诗歌质素在一位刚出道不久的女性诗人那里，几乎是难以实现的，而班琳丽达到了，这只能归之于其诗化小说的长期习练与诗之独一的禀赋了。

对于诗，时下有一个说法，诗是语言的最高结晶。而这结晶体却又有多重状态：有序的、混杂的或混沌的，不一而足。当我们审视优秀诗人的文本，你就会发现一个语言现象，那就是精准而有序——哪怕诗里表达了最为晦涩的意涵。在班琳丽的不少诗篇里，我们也体会到这种准确与有序，这对于一位诗龄并不算太长的作者是难能可贵的，比如《失眠记》这首诗，她的每一个句子都有明确的指向，乃至于拥有一个语言的具象，通篇脉络清晰，即便像"冈仁波齐"和"结实的情人"这样富有隐喻意味的断句也置于具体的语境中，如此，诗意显现的同时也抵达了诗的完成。同时，就语言形式而言，还有一个方面不得不涉及，那就是诗的篇幅，按时下的说辞，诗不可太短，短则不尽其意。其实，诗不在于短，而在于短得要有章法，长短存乎一心，该止则戛然而止，如此，不啻于一种诗艺的把控或称之为诗的智慧。比如班琳丽的《始于此刻》：

这一刻，我让你喊我麦子

　　镰刀搭上我的腰身
　　我要你低头，俯身，深情
　　一尺之间，表达对赴死足够的敬意

　　短短四句，言简意赅，发自肺腑的吁请与言说，来自生活的转喻和阐发，给予广义上的我与对方相互的深情而决绝的冀期与诺许。据诗人自己说有三层内涵：五月的麦子完整地交出自己，每一个享用者理当表现出应有的敬意；相亲相爱的人，彼此交出自己时无不带有赴死的决绝，好好珍惜；死亡每天都在收割灵魂，无论生前，只论生命，每一个生命的逝去都该被怀有敬意地送别。其抒写显示出诗意的高贵与生命的尊严，这是一个诗人最珍贵的感情沉淀与知性披露。这里还显示出诗人阔远的语言想象与意涵挖掘，其诗句内部的张力足以匹配形制的完美。

　　"90 年代诗歌"的艺术成就之一就是叙述性的确立与常态化，国内优秀诗人有大量的文本证明了这一点，尤其孙文波和张曙光以叙述见长。但随之而来的一个问题也凸现出来，那就是阿西所说的在大量诗里显现出来的"叙述之累"，不妨说，一些诗人将叙述视为诗意展示的唯一手段，以至于让诗歌这一复合的高贵文体堕落为粗陋的叙事，从而伤害了诗歌。班琳丽是一位优秀的小说家，可以说，在小说的写作中，叙述是她的长项。那么，怎样在诗歌文本里运用这一技艺，对于她既是一个便利，也是一个考验。而在她的诗歌里，我们欣喜地发现，叙述被她有效运用的同时，也受到严格的限制，或者说，她在诗的展示中不让其叙述普泛化，而是熔铸于抒发与沉思之中。在《剃头匠》这首极易滑向叙事窠臼的短诗里，她就把握得十分精彩——

　　整整一个下午
　　他在剃布上磨剃刀——
　　日薄时剃杀了剃布上的太阳。
　　掌灯时剃杀了一只误投的飞蛾。

接下来，剃头匠沉浸于回忆中——显然，那是对于心爱女人的：红绣鞋，红肚兜，红盖头；手掌心里的红发髻；嘴巴里的，红乳头。几个短语就将一场轰轰烈烈的爱恋透露出来，而描述其谢世的情景也仅仅是一组镜头："剃去头上硬倔倔的发茬。/ 剃去下巴上稀花花的胡茬……// 手上的劲儿悠着，悠着 / 夜深了，漂亮的一刀，躬身谢幕。"我们几乎可以说，诗人在这里以神话般的笔触巧妙地展示了一个沉重的事件，在艺术的判断上则可以视为漂亮的一笔，她以诗的形式成功地述说了一个死亡的事由。

在持续的阅读中，我们可以看到班琳丽喜欢那种有力量的诗歌写作向度，她会警惕滑入文字或词语的游戏里。诗人也在语言形式层面呈现出一种硬朗。当然，如若诗人能够将诗的触角——尤其指向——不令其成为一根钢针，而打造成一柄铁锤，这样，诗的撞击力量或许能够让你在接受巨大的冲击感时，会有钝痛而来的内心深处的震撼，且不是一种尖疼。但话说回来，如若那样，就并非是"这一个"了，这原本就是她的心性与艺术锻造所形成的唯一，这是班琳丽的唯一，如此我们才可以释然——作为批评者，你无法在诗人的本真性中去假设或者凭着一己的好恶去固执己见，只有在辨析中认同才是艺术的真理。通常我们说，诗是一个高级的语言形态，所谓语言的最高表达，那么，诗人就不必拘泥于一般性述说，而要进入一种"我说"与"语言言说"的佳境，即是说，诗人要在"我说"与"语言言说"的扭打与对抗中进入一种语言的纯然性。在语言质地上则可以吸纳一种愈加温融、醇厚的东西，让语言表达出来的外在尖刺化为一种内在的张力，犹如一种混合的酒浆，入口甘醇但不缺乏猛烈的力道。我们以为，班琳丽的诗歌写作在这样短的时间，竟然能够抵达如此的高度，的确难能可贵。

概而言之，班琳丽从初期的诗歌之旅——或许那还是一个语言表达能力的试探，或者说是接近诗的地带，但在近几年，居然集束性轰炸诗歌这个堡垒，并且拥有了大量的诗歌文本，这不能不说是一个诗人的诗意井喷，也证明着作为小说家的花园小径交叉的华丽转身。这在河南女性文学家中还是为数不多的，故此可以确信，中原之地又会诞生一位优秀诗人的判断应该不会有误,因而我们有理由对她拥有更多的期待——
期待她成为伽达默尔意义上的"诗人":"诗人使这个合适的词语变得不
朽,不是由于它的特殊的艺术成就,而是由于它更具有普遍性,成为人
类经验可能性的一个标志,允许读者成为'我'的那个人就是诗人。"(见
《"隙缝之玫瑰":伽达默尔论策兰》,王家新等译)

为何澄清不了这小小的心脏

——读蔡亚平的诗

1

在这当下的时代，有一群年轻的女性诗人——她们是忧郁的又是敏感的——她们大多还在大学里面读书，在求取知识的同时又被知识所迷惑，在追求幸福的途中又会遇到诸多的不快。故而，她们的心绪大多呈现为迷惘、痛苦而又空洞。蔡亚平或许就是其中之一。在《热血过后》这首诗里，有这样的句子："凝视空洞的目光""问我笑靥下的冰霜""泛滥了热度／遍施的柔肠""背负着不动容的伪装"——从这里你已经不难揣测一位青春少女的惆怅心思了。而这种心思常常会在不同的文本里被披露出来，这也就构成了一个阶段的情感道白式的抒情诗。果然，我们在另一首诗里看到了亚平惆怅乃至悲伤的场面：

　　跃进涌现的泪水
　　可以洗刷眼睛的浑浊么
　　那心中的呢
　　天地间化作白茫茫的一片

原本是一场《赴约》，理应是一件幸福的事情，竟然以泪洗面，可见其伤害的程度何其深。诗人隐约透出的意象比如骄阳，不妨看作是诗人给我们的一种暗示："疯狂的灼烧／舔舐着影子""火舌，别太肆虐"给人一种不安。是否在赴约中，被对方爱的过激的表达所伤害？或许是，或许不是，而仅仅只是一个假想。但一般而言，在两性相处中，爱并非轻易发生，而有时候，又会忽然降临，就是说爱并不以人的意志为转移。但往往是，女性总是因羞涩而居于被动中。假若一位男性源于对方的心绪敞开或某种暗示的诱导或生活经历的相同而心有灵犀与惺惺相惜，终于喜欢上了这位女孩，他就会有所表示，但若适度，就会让对方慢慢接受，如若过于鲁莽，就会让她措手不及而觉得吃惊，以至于痛苦。但无论如何，只要有爱在心中，他就不会不顾对方的感受而一意孤行，尤其不会形成心灵与肉体的伤害，否则，这个男性只要还愿拥有一颗高尚的灵魂，他就会悔恨而自责，他的理智告诉自己爱是保护而绝非侵犯，终究他会尽一切心力去为自己的鲁莽而设法补救。假若这是《赴约》这首诗激发的阐释欲，也不妨视作一种诗意额外的美意与补偿。

而在年轻女性的心绪中，可能还会涌现更为让人不安的情形，比如在《无题》里，诗人就写下了"丢掉冗长繁杂的情感／留一具空壳"。血管中涌动的体液／何时变得冰冷可怖／只是连制造出恐惧的精力也没剩下"这样梦魇般挣扎的恐怖与绝望，构成一位正值青春年华的女孩的意外情感经历，着实让人意外。她们在这个青春时节里，本该享受快乐与爱的阳光雨露，而过早地历经了如此多的伤害与不幸，的确显现了这个社会的不洁，幸亏这往日的伤害经由"悄悄地，访问心灵最深处"方才转化为静谧的黑绸一般的"可喜的感受"，不啻为一次诗的净化与救赎所抵达的灵魂的震颤，正如埃德加·爱伦·坡在《诗歌原理》中谈到的："而诗歌真正的高尚就在这种颤抖之中。我们最后得到的印象是一种令人喜悦的悲伤。……尽管我们不知其原因和方式，但这种悲伤的情调与美的真正展现有着不可分割的联系。"（曹明伦译）

2

面对生活中的阻隔与荆棘，一个人总要克服一切困难而前行，亚平拥有了这种勇气，或者说她在诗里体现出这样的勇气。在《进阶》这首诗里，面对灌木丛——这里，我宁愿把它视为诗人预设的一个喻象，勇敢的人"必要先触及刺尖，踩入一只脚"，尽管尘灰蒙了双眼，恐惧与喜悦掺合着，有着惶惶之感，但"终要到达另一侧，另一只脚终要迈出"。而在《赴约》里，那位女孩虽然"抱着满怀的惆怅"，但最终还是选择了"一次次地离开"，这不啻为一个面对生活的勇敢的挑战者与抉择者形象。

尼尔斯·托马森在《不幸与幸福》的引言开篇写道："曾几何时，所有人都追求幸福，今天我们则狩猎着自由，然而每一个人在其幸福之中才是自由的。如果一种自由是被免除了幸福的自由，那么这种自由就是傲慢自大，就是那不幸的俘虏。"诡异的是，现在的自由似乎正受到质疑，就是说，我们在这个世界上并非真的自由。蔡亚平的《自由之夜》触及了这个话题，或者说，她借一个妙龄女孩的思念和成为一个自由之身的心思触及到自由与幸福的关系。在街头，看见一位自由歌手的咏唱，想起楼下男孩的召唤，想见却又因楼层（被封闭）而不得见，这种痛苦可想而知。但诗人还是给出了一种肯定性期待："我想／成为他们当中，任意一个"，那么，我们可以设想，这位女孩就有可能实现对于爱的追求的自由——而这种精神是值得鼓励的。《自由之夜》的语境里还有着古典诗词中的怀春与思归的传统情绪的照应，竟然写得如此自如与自信，这里就有了十分难得的当代诗的特质。

拥有怜悯之心，是一个人成熟的标识——尤以诗人的怜悯为贵，如此可以让她葆有高尚的情怀而获得意外的诗意。我在亚平《溺水的烟头》里看到了这些：

纤纤香烟的肉身，善于献媚

婉柔，卑微。让人

忍不住，猛地吻她一口

黑色磨砂指甲

划开她衣裳，嵌入肌肤
看见蛊惑的裸体
怎般坦荡，和无羞

那是一堆被凌迟的朽木
飘散着阵阵腐臭
水与火交锋
丢下湿漉漉的烟头

烟渣灌满了茶水
浑浊滚烫
此番滋味，应了你所有念想

　　一根被丢弃在水中的烟头，居然引起诗人诸多的联想与心动，看到了其卑微与婉约，划开衣裳看见了坦荡与无羞，心可谓体贴入微。显然，诗人把它想象成一个女儿之身，这样就可以予以更多的同情与怜爱。这是一位女性诗人的天性所给予的自怜与认同，如此，可以进入更深的诗意挖掘。概言之，随着历练的不断累加，蔡亚平以其沉静与聪慧，一定会从生活中学到更多，一面小心地回避人性中欲念之丑陋不被伤身，一面勇敢地追求高尚的情爱，还有语言所恩赐的最终诗意的栖居，那么，相信她一定会获得生存的从容与练达，以及与时间共存的心灵的透彻与幸福，终究会像她在《六月》这首诗里描述的那样："喜入深夜，声响遁形 / 月牙酣睡，在做银河的梦。"也会认定《热血过后》的人生姿态："这蜕变有名字呢—— / 叫作青春，成长 / 所以啊，看着眼睛 / 别再惊慌——"。

3

　　一般而言，童年的记忆始于父母而凝聚于父母，正如巴塔耶所言，"在不可改变的黑夜的出口，生命把一个孩子抛入存在的游戏；他成了两个成人的卫星：从他们那里，他得到充足的幻象（孩子视他们的父母为神）。……孩子在他父母身上找到的看似坚定的存在，他成年后会在生命联结和凝聚的所有地方寻找它"[1]。那么，相应的，一段童年的生活有时候就可以成为一个诗人原初的萌发，或者说，一种诗的感觉会油然而生。蔡亚平在一个问卷里如此写道："自记事起到五岁左右，大多时间是跟随爸妈生活在北京郊区，偏远荒芜，靠近铁路，那是一片废墟场和一池很大的鱼塘。"而正是这段童年的记忆催生了一首诗，那便是《酸枣》：

> 铁路两旁，有很多山枣丛
> 它们勉强称得上"树"
> 瘦弱佝偻，攀连依附
> 青果缀满垂老的枝条上
> 掩入晨光，与夕阳
>
> 伸向果实的小手
> 被枝上的刺叮住，不松口
> 坚决地
> 如同那对食物的渴望
>
> 翅膀粘满尘土的老蝉
> 聒噪个不停。撕裂的风
> 旋即淹没于热浪之中

1　乔治·巴塔耶：《内在经验》，程小牧译，生活·读书·新知三联书店 2017 年版，第 164 页。

当火车撼动这土地
这树丛，空气才得以
稍稍安宁。汗珠微凉

哎呀！这酸枣儿
惹得一唇齿的生鲜苦涩
咧嘴的孩子
抹一抹衣裳，悻悻离去
只留下垂老的枝条……

　　无疑，这是一个初学者的习作，而让我们意外的是，由于作者的刻骨铭心的内在经验，真的不需要她再作多余的想象与修饰，只要真切地展示出来：铁路两旁；青果缀满垂老的枝条上；晨光，与夕阳；伸向果实的小手；枝上的刺；翅膀粘满尘土的老蝉；撕裂的风；一唇齿的生鲜苦涩；咧嘴的孩子，抹一抹衣裳。而如此简洁的物象则让她幸运地抵达了诗的核心——质朴与本初，写来轻松自如，内敛而安静。而另一首诗《出来了》则给我们带来忧郁而凝重的沉思：

"出来了啊？"
良久，烟酒熏泡过的嗓子
挤出一声：嗯
轮子绕开一个凹坑，掉进下一个
父亲，望见了什么

四十岁的坐骑
吱吱嘎嘎，吻过大地
惊起的一层尘土
又安静在露趾的趿拉声中

路牙上歇脚的少男少女
扎过来软绵绵的目光
暗叹我的舞蹈或是我的坐骑？
提醒着我的一生——

躺过温柔臂膀，伏过
坚实后背
安稳坐在愈发年迈的婴儿车上
父亲教我，四十年，只用躯干
也行得威武体面

颠簸。颠簸
我尝试第一次远远地望去
碎影。热浪掠过
十年。二十年
一片五月的枯叶，落在轮椅上

　　显然，这是源于一个生活中的观察所激起的心绪波澜。这里几乎没有技术的参与，只有真实的情感流露与细节描述，便让一首诗趋于完美。亚平说这首诗源于一天傍晚，在路边看到一位满头白发的老人推着一个四五十岁、患有脊髓灰质炎的中年男子，有感而发写成的。当时在考场外面晒了一整天，感觉特别累，不免有所抱怨，当看到这一幕，想到了老家的人和事，以及之前不轻松的生活。反思近来生活过于安逸，为自己喊累而羞愧。当然，这也正好回应了亚平的一段家境披露，她说："我的家庭生活并不幸福，直到现在说起家，仍是一块不愿示人的伤疤。于我而言，悲伤使情感更饱满，急于寻找宣泄口，这时候就想到了诗。"据此，我们可以判断是生活铸就了一位诗人。故而，在初入诗的路上，亚平其实是一个缘于贫穷乃至苦难生活而翻转为诗意的被惠赏者，面对这样的诗，诗人可以获得更多的期待，不妨说，沿着如此偏于写实的路径，她或许可以走得愈加坚实。而在《怀月夜》这样的诗篇里，我们又看到诗人无限的想象力所赋予的语言形象，在《除夕》里则体验了诗人沉思的力量，而且这种力量能够通过一种日常的道理阐释出来。不夸张地说，她在写得并不是很多的诗里已经显示了大的气象、语言的张力与渐趋显在的诗艺。这样看来，亚平其实已经走得很远，相信她还会走得更远，同时也期待蔡亚平的诗能够"提供了对于生活最终的压缩的证明，同时，也代表了一种新生的复发的决心，或者更恰当地说，不是它的决心，而是达到可靠的语言形式的提升"（见《"隙缝之玫瑰"：迦达默尔论策兰》，王家新等译）。

「世纪末一代，及其个性」

写作：蜕变中的童年与生命的快乐
——世纪末一代诗人群体的循识

引　言

出生于 20 世纪 90 年代的一批年轻诗人（我称之为世纪末一代。其实我并不赞成代际划分，这几乎是一种荒谬的做法，但现代汉语诗坛又没有真正形成流派与地域性特征，故而这是批评者的权宜之计）以他们的天赋与热情陆续写下一些作品，形成了一个诗歌群落，引起诗坛的热切期待与关注。最早将这批诗人纳入批评视野的有两篇文字，一篇是钱文亮的《90 后诗歌：没有风暴的早晨》，一篇是杨克的《漫步在诗歌精灵的国度》。

钱文亮概括出这一代诗人的诸多特征：羞怯、多愁善感、乖顺；阳光、自由、健康和透明几乎成为 90 后诗人的整体性格特征和人格魅力。他还写道：中国在 1990 年以后日趋宽松、多元的社会氛围和优裕的物质生活水平，使作为独生子女的这一代人成为中国空前幸福的一代人，较少压抑的成长环境无疑也使他们拥有更为健全的人格。90 后身处一个日新月异的改革开放时代和全球化背景之下，互联网和手机的普及更使得他们在信息时代轻易地穿越物理时空的拘囿，超越自身经验的狭隘，接触和了解更丰富、更复杂的人生与社会，并在多元文化的比较中吸收最人性的文明智慧和生命价值。他们并非自闭自恋或自私的一代，而恰恰是有着切实的生命关怀和人道情怀的文明的一代。这些 90 后诗人将对长辈的生命关怀扩展至亲人之外的人群时，同样多了些理解和包容，而少了些成见与偏见。最后，他还指出：透过"阳光"这一意象的背后，同时可以看出的，是 90 后对于生活的"享受"主义态度，这也可以解释他们为什么缺乏 80 后坚硬的反叛和冷铁的尖锐。[1]

在杨克那里，我既惊喜于他所谓的这代诗人"是人类审美天性的自然显现。他们怀有一颗天然而自然的心，能够从美而真的角度去发现世界的真相，去感受存在的本然"和"一个纯粹唯美的自然和有着细小生命的天地铺展开来，静谧又温馨"；"开启了 90 后写作的一股潮流，那就是贯穿在 50 后、60 后、70 后、80 后世代中的愤懑、质疑、痛苦、黑暗仿佛都烟消云散，起而代之的是本真、纯净的品质，他们的语言普遍明亮而温暖。诗教会了他们善良、责任与爱"的说法，但更惊异于他描述余幼幼的诗时所说的：犹如给一面平静而温暖的湖面投入了一块寒冷的坚冰。她用自己独特的尖叫方式"去引诱"我们的"耳膜"，让我们从温暖和快乐的诗歌梦幻中清醒过来。那一块块毒疮，我们早就不再介意也根本不屑一顾。但是孩子闪亮的眼睛准确地捕捉到了世界最真实的一面，她用属于自己的诗歌的语言尖叫着向我们诉说，[2]就是说，这里孕育了世纪末一代诗人更多的诗学可能。

事实上，世纪末一代诗人的精神状态要复杂得多，尤其近年来，他们从一位中学生变身为大学生或研究生，有的提前迈入了社会，其心理、精神诉求都发生了变化。钱文亮对他们作了一个善良的估计自然也是有道理的，当然，那还是这代人在 2010 年代以前的情状，随着年龄的增长和生活阅历的增加，他们的心思与诗学观念都会发生不同程度的位移。而我特别在意杨克关于这一代诗人"变声期"的说法，就是说，处于这个时期的诗人，一部分会变得或宽厚或清丽而成熟，而一部分则依然没有变过来，成为永远的"童声"。这样，在对于世纪末一代不长的写作实迹的考察中，有一个探寻其轨迹的企图，或凝视中的比较就有了意

1　钱文亮《90 后诗歌：没有风暴的早晨》,《上海诗人》2011 年第 1 期。
2　杨克《漫步在诗歌精灵的国度》,《中国诗歌》（人民文学出版社）2011 年一月号"90 后诗歌专号"。

义，因此也就有了更多的阐释的必然。

一 娱乐背后的诗歌狂欢，或生命意涵的塑形

尼尔·波兹曼在描述美国的"娱乐之城"时，这样说："在这里，一切公众话语都日渐以娱乐的方式出现，并成为一种文化精神。我们的政治、宗教、新闻、体育、教育和商业都心甘情愿地成为娱乐的附庸，毫无怨言，甚至无声无息，其结果是我们成了一个娱乐至死的物种。"[1] 而在我们的国度里，这一切依然被貌似的繁荣与喧闹所遮蔽，或者说我们正沉浸于时代娱乐的滑稽之中。人们由于享乐而失去自由的思想，而这自由思想的失去却又常常不被人发觉，反而洋洋得意，这便是时代的悲哀。在世纪末出生的这一代人中的多数，求学与打工之余，他们的业余时间大多给了电脑游戏、立体影院、KTV、电视武打片以及各种各样的微信红包的争抢，而正是这种无限的快乐，冲淡、麻痹着他们的生存压力，致使他们不再思考命运、人生以及社会的存在合理性等基本的预设，更没有时间去反观内心，以求得生命的意义与价值。不妨说，他们中的一些人已经沦为浑浑噩噩、不求进取，没有信仰和理想的一群。在这个群体里，除了一部分通过攀爬学历以求得略好职位的在校学生以外，我们很少能够看到读书的人和沉思者——坐在火车、公交以及其他的代步工具里，你看到的他们几乎手中都握着手机，或游戏，或听音乐，或发微信，大多成为"低头族"。他们似乎正享受着极乐主义与科技的剩余快感。我们的现实似乎正在兑现赫胥黎 1932 年在《美丽新世界》中的预言："失去任何禁书的理由，因为再也没有人愿意读书"，"人们在汪洋如海的信息中日益变得被动和自私"；"真理被淹没在无聊烦琐的世事中"；"我们的文化成为充满感官刺激、欲望和无规则游戏的庸俗文化"。他还认为，人们失去自由并非其他原因，而是因为"人们会渐渐爱上压

1　尼尔·波兹曼：《娱乐至死：童年的消逝》，章艳、吴燕莛译，广西师范大学出版社 2009 年版，第 5—6 页。

迫，崇拜那些使他们丧失思考能力的工业技术"（尼尔·波兹曼语）[1]。而让赫氏不能预料的是，当进入电脑时代之后，人们的头脑几乎荒废了，字不用手写了，手稿不存在了。游戏软件越来越多地占有了年轻人的时间。他们饱尝快乐，却也不学无术，或者一切理想都蜕化为无所事事。面对就业压力也习以为常，或随波逐流，或随遇而安，却不去反思社会。

在这样的时代背景下去考察"世纪末一代诗人"，我们会有意外的惊喜与发现，就是说与他们的同辈人相比，这一群人是最早的觉醒者——读书与思考成为一种必需，他们拥有着一种高雅的娱乐，同时，热诚地寻找着诗的表达的有效形式。当然，世纪末一代诗人的心理沉淀、精神特质与诗学观念、诗学风貌一定迥异于他们的前辈。这便也成为我们不同于以往的阅读期待与关注。

我们在考察世纪末一代诗人的生活与写作中，发现他们在这娱乐至死的年代里，寻找快乐也成为一种本质性征候。我们看到，这个群体在美学旨趣的引领下，在耽于游历的快乐、饮酒的快乐之后，还拥有着一份写作的快乐，从而实现着费尔南多·佩索阿意义上的"创造艺术便是渴望为世界创造美，因为艺术作品一旦完成，便建构一种客观之美，添加于世界的原初之美之上"的"完美的直觉和完美的智识"（费尔南多·佩索阿:《安东尼奥·波托和葡萄牙的美学典范》，黄茜译）。而依据阿德勒的观点，"快乐是一种彻底弥合人与人之间距离的情感。快乐不能忍受人与人之间的隔离。快乐的表现是寻找一个同伴，互相拥抱，快乐的人要共戏、共行、共赏""他们企图克服不满足感或孤独感"。这是产生交友、游历以及相聚饮酒的心理学基础。诗人们其实都是孤独的，更期盼欢聚与交流，一如阿德勒所谓的"欢笑，带着它解放人和给人以自由的力量，与快乐紧密相随"[2]，乔治·巴塔耶在《不可能性》里也说过："人类有着双重观点：一方面，有关强烈的快乐、恐惧和死亡，准确说来有关诗歌"（菲利普·索莱尔斯《陀思妥耶夫斯基、弗洛伊德、轮盘赌》，刘成富、徐姗姗译），这即是说，快乐是诗的重要涵括之一。

1　《娱乐至死：童年的消逝》，第2-3页。前揭。
2　阿德勒:《理解人性》，陈太胜、陈文颖译，国际文化出版公司2000年版，第215-216页。

在古代中国，诗人们总是骑着毛驴，撑着船乃至于步行去交友，从而享受着游历的快乐。现代社会，由于交通便捷，交友更加方便，这在世纪末一代里也不例外。炎石是耽于游历的诗人，并留下大量的赠诗。而秦三澍虽身居闹市，但他把每一次出行都作为一场游历——哪怕在咫尺之内，故而也是一位赠诗的偏爱者。何骘的《夜航船》，在悠远的航道里，给诗人一个幻觉的天地，也赐予他一个醒悟般的感伤："彼岸何其辽远呀，不如俯身 // 为影子捡几首舷歌。怎会落寞？/ 我和我虚度欢畅的时辰。"阿海《在芮河下游》体会出"这多么像一个人最后的宗教 / 永不知疲倦地跨过此刻"，而《在泾河与芮河交界——致兴文、谷雨、新荣》里看到了"不可告知的前世"，又在《大江之阔（一）》里，领略了"芦苇沉醉于不存在的花香中，这种远古悠长而漫延至今的 / 语言，为我们洞悉"——诗人在这里，几乎让游历成为一场悟道与洞察。

诗人对快乐的追寻方式最普遍的则是饮酒，古往今来的诗人大约都是如此。在世纪末一代里，恐怕也有这样的偏好继而反映在诗里。炎石在《无题十九首》的开篇就是"夜饮酒。/ 吐。"直截了当，有时候，他把自己想象成"一个喝醉的狱卒，放跑了所有的犯人"，可见饮酒已经是日常之事由。他还有"有酒没酒，春之将尽"，"在秋天落下的都是空空的酒杯"的感叹，以至于"我要去喝酒啦"成为他的《咏怀》之一。在狂童那里："酒至半巡时，我到窗外看月亮；/……想起童年，/ 也想起你，你白雪般的声音。/ 然后你就落在我的酒杯了"，这里，酒引发了情窦初开的一段往事与思念。酒是一类奇特之物，它可以改变一个人的感受和眼光，使之变形。这其实跟诗人有某种相通之处。有文字这样介绍予望："女，1993 年生于湖北赤壁。喝酒，写诗。现闲居乡野，独善其身，蔽日躲火。"在予望的诗里，我也的确读出游仙诗的意味，或许是饮酒的缘故，她的诗里总弥漫着几分醉意。自然，酒醉中看世界就会有迷幻，这样便愈加接近于童话了——

　　一日见溪水湍急
　　暗自提气，飞身，擦鹅卵石跃至对岸

欣喜轻功熟稔，咧嘴不已

始站定，忽而晕眩，首重身轻

遂就地而眠，如佛

入睡即定

　　读着这样的诗句，你一定分不清是梦幻还是酒精所导致的迷离了，但那份神秘莫测的情致总给你格外的惊喜，而这酒神的额外眷顾却发生于一个少女身上，让人疑惑之余又多了几分庆幸。我们再看：

讨了支羊毫小楷

练了半日，自觉可以出师

捡毛虫几只收为弟子

装模作样雕了句诗

　　写字终究是一份神志清醒的行为，而几只毛虫的到来却是一个幻觉，给诗平添了神话的色彩。我也不由萌生了一种揣测：予望或许如欧美超现实派诗人在大麻里寻觅迷幻，她也在酒后的醉眼里寻找非同寻常的诗意与意象，从而给这世界奉献了别具一格的诗篇。她在《蒲山夜饮记》里，耽妄于其狂野的心思，借着酒力，开始"向风碰杯"，可以"吹翻盛满橘子的小岛""伸手去摸青苔、沙子，和月亮"，气度之大可见一斑，甚至看世间的一切"像无数个醉鬼／无数个。我只与醉鬼论春秋"，诗里显现出一种恣意妄为的梦幻般豪放的风格。在《密云路酒后》这首诗里，秦三澍有这样的句子："日子太短，昏聩的太阳跳进盘里""这杂烩的友爱，煮沸了""月亮把嘴唇探进锅里，啄起我们的影子""树的尖顶一跃将飞至夕阳前面"——我们几乎不晓得是诗人使然，还是酒在作怪了，但同样呈现出一种惟妙惟肖。风卜在《雨间》这首诗里，却传达出一种异样的饮酒与游历的意味，他写道："我看到一整个秋天的失败，／杏叶金黄，没有什么再次使你热爱。／而如何向历史发问并确认自身的生活？／在一种更为深远的关联中。／他不得不去饮酒，闲游山水"，这是一种更贴近自身的颓唐感：爱的逝去，还有美的伤害以及漂泊感的产生，让他的诗拥有一份快乐背后的深邃，不妨说，这是一份更加普遍而忧郁的人生真相，如此他才能"是他自己的再次诞生者，/ 接纳每一个欢欣的时刻"。同样，郑纪鹏或许也是一位善饮者，他在《在海甸溪边呕吐》里写道："遥想纪鹏当年 / 半夜喝醉了，左手 / 攥着一枚啤酒瓶盖 / 右手抓不住晚来风 / 和丝绸缠绕的夜色"，在酒醉里居然还有如此高妙的情怀，实在难得。而他也为饮酒作了另外意义上的辩析——那是针对生存的无奈而发出的慨叹，这里诗人把饮酒抬到了高处："昨晚的宿醉，相对于工作来说，就是最高意义的美。"而在马晓康那里，酒则幻化为一种黑色意识，从而披显出某种异化的意象："幸存者，只能在酒精中奢侈——/ 寻找喜怒哀乐"，他甚至以为"酒是一味良药"——这里显然预示着另一种意义上的关乎快乐的寻找。

　　总而言之，我们从这里可以看出饮酒就像诗人间的游走与交流一样成为一种古老汉语诗歌文化的遗风，成为一种诗人间本真而高雅的生活方式。同时，在世人看似平淡无奇的事情，却在诗人那里获得了诗的意味与普遍的意义。在年轻诗人饮酒微醺的那一刻，我们分明看到酒神狄俄尼索斯与诗神埃拉托一起，携手在诗行的小径里散步，而诗篇则成为他们散步的草坪。

　　而在这游历与饮酒的快乐之外，还有一种更有意义的快乐，那就是写作的快乐。写作的快乐是那样一种状态，即人们在并不尽如人意的生活中，依靠想象与词语，写作出来一些诗篇，显现出一吐为快的文字活动，实践了费尔南多·佩索阿"真实人生是不完满的，艺术是对人生的主体的完善"（黄茜译）的信条。在世纪末一代诗人群体里，这种快乐则意味着对当下泛滥的平庸娱乐的纠正与超越，凸显出一种少数优秀人的事情[1]。在炎石那里，到处是无聊、琐碎的俗常生活，而写进诗里就体现了一份意外的喜悦："在三迎桥那里，/ 我们吸烟，看树枝像理发店里剪碎的一堆黑发""我感到孤独，我一句话不说，秋风也不相认、仿佛我只

---

[1]　吴投文、张曙光访谈：《诗是少数优秀人的事情》，《读药》第 147 期。

是蓝月亮消逝的一半"。他尽管也会埋怨"这江南风物，终于伤害我成为一个诗人"，但还是从读过的诗里面体验了在日常生活里所没有的欢乐，看他的《在流徽榭——给舒思》：

> 凭栏，才看了一会儿的湖中碎影，
>
> 便忆起，在汉代，有人涉江去采芙蓉；
> 又或是更为遥远的——
>
> 有人乘着一束芦苇，就可以抵达宋国。

在《江南暮春》这首诗里，炎石干脆描摹其诗人的形象与写作的情景来："我为暮春作诗。春去也／我伤心，要前往南山／露水打湿残隈的袖子／我寒冷，并益加确认诗人的身份。"

> 此后，对着镜子吟诵
> 将成常态，且所有的句子
>
> 都将抄袭落花与流水
> 寂寞时，我会同古人比赛忧愁

布莱希特在《戏剧小工具篇》中写道："使人获得娱乐这种使命总是使它（戏剧）享有独特的尊严，它所需要的不外乎娱乐，自然是无条件的娱乐。"（转引自马雁《瓦莱里的秘密》）我们看得出，年轻诗人诗歌写作的快乐也同样从这里体现出来。而按照瓦莱里的文艺观念："创造的领域也是骄傲的领域，在其中，脱颖而出的必要同生命本身是密不可分的。"[1]那么，我们就可以从世纪末一代诗人的生活与写作里体验出更多

---

[1] 《诗是少数优秀人的事情》，前揭。

快乐、犹疑与痛苦的生命风景。或者说，我们可以从他们的写作里去考察其生命力的展示与塑成。

曹僧是一位在生命的际遇里审视生命的诗人，就是说，他在诗里营造了一个属于个体生命存在的环境，然后去领悟生命的日常性与珍贵性。在《爸爸》里，他忆起童年的一个晚上，蹲靠在方形石墩边看到"铁锅里还在嗞嗞作响"，"爸爸站在大水缸边上"，穿着长雨靴，但突然"开水就猛地／全部泼进他的一只雨靴"，小曹僧只觉得"沉沉的黑不断地攥紧"，显然，那是爸爸的一次痛苦遭遇，却留在他幼小的心灵里；在《妈妈》这首诗里，诗人描写了一个雨天，他给妈妈送伞的经历：

> 雨衣紧贴我的小腿
>
> 红泥像水蛭爬满趾间
>
> 四野的漆黑关闭我
>
> 雷电劈掉我一只耳朵

他到了，期待着妈妈等在那里，但没有。雨更大了，"倾注而下"，小曹僧原路返回，"失措地蜷在雨衣里"生着妈妈的闷气。而在《哥哥》那里，看见担水的哥哥不停地用筷子夹雪吃的可笑镜头。从诗人这童稚的描述里，我们似乎可以看到一个懵懂的小男孩的心思与对家人的在意和体贴——而幼小的生命体就是在这俗常的家务事里成长，进入诗，则意味着对于生命的体悟。同时，从诗里还能够看出来，来自人类对生灵的观察可以为我们自身提供一种生命的参照，当然，来自生灵的察觉也可以为人类提供一个新的角度，在《捕蛇者的小儿子和外乡的养蜂人》那里，就展现了一只蜜蜂的侦察手记——当然那还是诗人的灵性，或者说，诗人是以蜜蜂的复眼重新审视人类的行为。在蜜蜂看来，天空是蜡质的，所有窗户都是六边形的，而"午睡随时可能把人睡没""邪恶的表情如一只正要溜走的野兔"。当然，也可以"动动耳廓，／调整太阳"——我们说，这种新的视角，能够拓宽人的视野。而这些都是曹僧换位的生命视觉的新异之处——其实，这比童稚的眼光还显得睿智。

在持续的阅读中，我们发现曹僧出于对生命的好奇与热爱，还有怜悯，会对一切生命体表现出异乎寻常的耐心，比如他可以对《笼中兔》进行观察，并且写出 32 行的诗，对一只兔子的快乐与无奈进行了宽泛的想象与刻画。而为了一场乡村阉鸡的童年记忆，可以写近 50 行的《鸡年纪事》，"那在骨子里疼的东西，/ 死死咬着我的手心"。他还为两条狗写了童谣，把它们的田野之欢描述得栩栩如生。在《蛇》这首长诗里，诗人写得愈加复合，把蛇与人的命运一同裹挟进去，犹如一篇小说，尤其在结尾处亮出电线杆告示，置人类的生育与蛇的丧命于一体，从而完成了对生命的一次极致讽喻。从曹僧的诗里能够看出来，他的童年是在乡村度过的，就是说他拥有了一个完整的童年。在这个时期，既有来自家人的呵护与对于他们的依赖与牵挂；也有小小的不满；还有对村中人们的死亡的惊悚，比如《小民人生》中哑巴女人被烧死的情节；而更多的是对于动物——兔子、蛇，以及蜜蜂等昆虫的观察与想象，诗人就是在这童年记忆的反刍中实现着对生命的塑造。

一个写诗的年轻人往往是早熟的，而能够审视生命的写作几乎让人惊异了。狂童就属于这样的诗人。他在 17 岁的时候就写了一首《生命》。诗尽管还很稚嫩，但有些句子已经很老道了，比如："我会进入你的体内 / 在春天 / 和你一起"；"上帝让你变了我的样子 / 你重生 / 我也就重生"，诗里还有"血液"这个词的反复修饰。这一切都披示着诗人进入了形而上层面的思索。那么，能够从这个高度去俯视人生——哪怕是俗常的生活就拥有了一种深度，狂童在《病床之外》如此写道：

救治祖父、祖母到死又医治我的医生
——额间的白发温暖、和善
她沉默的安慰多像我的妈妈……

在这显现着家族病史的缩影里，似乎又有一个生命女神在乡村医生身上的显灵，因而让贫贱的生命也分得上苍的佑护，这几乎是中国乡村贫困命运所获得的意外的一缕阳光，而这暖意居然来自一个少年的发

现："一个声音"来自梦幻，来自遥远的黑夜，来自空旷而远古的荒原，
"它的使命是呈现一幅图画"——千百年来，居于穷乡僻壤的农民似乎
就是在"图画"里享用了这一丝虚幻的抚慰，才得以倔强地繁衍生息。

而在另一个向度，诗人虽然拥有一颗"破碎的心"，而脑袋"在瞬间
空白，变得澄澈透明。/ 像获得一个远房亲戚的帮助 / 你竟然走向了忘
却"，这里呈现了一个俗人的佛意境界，体现了一种人性宽容与自我修复。
这一刻，诗人其实就担当了神的使者，"我恍恍惚惚了 / 一个早上 // 却满
含了世人的影子"。不妨说，狂童已经徜徉于神性的诗学里，这样就让
他的诗变得纯粹而不失深沉，即便诗人沉浸于一种回忆的咀嚼里也会如
此，比如《秋日呓语》里：

> 一些声音在远方
> 轻叹着我的乳名，他们
> 像是我的父亲，我死去的亲人
> 和我那些已绽放的华年

更多的时候，年轻人面对大千世界，心存疑窦与迷茫，生活、梦幻
与文学杂糅一起："而更多事物的秘密 // 已不能够开启。"诗的精神强
度与词语的密度趋于密集，有一个时期，狂童就如此地步入艰涩的境
界："我再看灯时，它呼出的意义或雾 / 已是一堵深深的墙。"待诗人回
过神来，恐怕已经是另一番人生的世界了，比如他看到"一个弯曲的
嘴唇伸向我的手指"，在杭州站，看见"一树白玉兰盛开在火车站的枝
头"，而一桩从未见过的《新事物》让诗人颤抖着辨认："它的皮肤写满真
实，/ 一个魂牵梦绕的乌托邦。"而多年后的《生活》，却是一支"黑色烟
蒂从你的嘴滑进滑出，/ 如一个完整的鼾"般的荒诞。直到最近的一首
诗《二〇一四年一月十七日》，我们终于得以窥见诗人坚冷而又复杂的
心思：

> 冷水，或者更冷的水，能否熄灭内心的火焰。

巢湖太小，索性我们使用青海湖。

腊肉挂在水泥柱上，未来它会被风干，并晒出盐粒。

能够预言的事情从来都不是伟大的，

在确定的未来生活是人的天性。

为什么是人的？

这种特性的烙印在于他冲破禁忌偷了树上的果子。

渴望说话者往往语无伦次，穷困与不安也总是纠缠孱弱的人。

所以，等待或渴望救赎就成为天性。

可是，那又怎样？你不忘掉过去就没有办法得到未来，

虽然宽恕在刚开始就存在可是没有人知晓。

　　从这首诗里，能够确认诗人内心有难以熄灭的火焰，那一定是来自生命与命运的欲望之火，不可预料却"伟大"，与冒险有关："冲破禁忌偷了树上的果子"，故而"等待或渴望救赎"但又不可能……狂童就是这样从生命的审视开始，去体察五彩缤纷而又荒谬的人生。无可置疑的是，诗篇成为了他"在成年礼来临前"，收获了克尔凯郭尔意义上"再不能够是真理"的悖论，但愿狂童最终收获的是米沃什所说的"尘世中没有什么我想占有。／我知道没有人值得我去妒忌。／无论遭受了怎样的不幸，我都已忘记"（张曙光译）的生命的"礼物"。

　　在世纪末一代诗人那里，寻求一种智性的成熟与诗意的复杂和沉潜是难得的，这体现了一种生命的沉淀，我们在木鱼的诗歌里看到了这一点，比如在《隐秘的河流》里，"我曾看见一条隐秘的河流／穿越身体"，这里显然有一种喻指，而后，对这条隐秘的河流展开了想象，像阳光下的大树，"像榕树网状的根，在大地上行走""从一个人的身体，藏进另一个人的身体"，继而"从一个人到一群人，从一群人到一个人"，直至最后，有了诗意的意外提升并达至一种诗的完成——

我看到那条隐秘的河流在你眼睛里动荡

我曾看到的那条河流是红色的火，一头扎进黑夜。

这个年龄的诗人应该不太关注死亡，即便言及也可能只是一种想象力的延伸，故而有些隔靴搔痒之感也属于常事——因为他们距离死亡太远了，远到他们心思的触角无法抵达。而我在钟芝红的诗里却看到了，还颇为动人，这就是得知陈超死亡的消息，"下午在图书馆，用十分钟写下没有规矩的纪念"的《10 月 30 日，又一位诗人自杀》——

> 如果海水还未被统一
> 怎么走都是终结的方向
> 我望了望你，没有说话
> 清醒的愁苦还在蔓延

诗句虽然内敛，但很有意味，剔除了那种粗浅的抒发而又融入了一份深情与沉思。在另一首诗里，"哭着来到世上，偶尔有哭声 / 在凋谢的时候落在心上"——试图在出生与死亡之间搭一座桥梁。在《我靠近我的朋友，不能动弹》这首诗里，我们看到诗人与其说是在与朋友交流，不如说是一次死亡的体验与思索，因为诗人面对的是一个"躺在渐渐衰微的保温箱里""他只能依靠输液获得生命"的朋友，故而，诗里写道：

> 他长久习惯了用眼神说话，
> 也是他出生以来唯一的遗产。

而诗人在意于"他眼里的东西十分体面，/ 胜过了一朝一夕，不朽的躯干"。她想象他开口时会有这样的反应："我的替身，他今天动不了了。"而"呼吸比眼神更加柔和"，在诗人决定告别他时，他竟然"用无声的注视拒绝了我"——

> 仿佛与他平起平坐的，
> 并非我们各自经历的悲伤，

而是遥远的丛林里一次光合作用，

不是他在向我示意，也不是

另一个我代替了我

我们在平行的感知走近。

　　这里有着向死而生的期许，也有超越死亡的宗教般灵魂的提升——这种从死亡的身边派生出来的拥有某种普遍性的东西让人温暖而高贵，这也是一首诗的可贵之处，而竟然由一位青春少女去发现与捕捉到，真的令人惊叹。埃德加·爱伦·坡在《诗歌原理》（曹明伦译）里评论布莱恩特的《六月》这首诗时，如此说："诗总能以一种奇特的方式使我感动。诗人表面上在乐滋滋地谈他的坟墓，可从这表象下面却硬是涌出一股浓浓的悲郁，于是我们感到心灵在颤抖，而诗歌真正的高尚就在这种颤抖之中。我们最后得到的印象是一种令人喜悦的悲伤。"把这段话用在钟芝红这首诗的评价上同样有效。

　　庄凌的童年是在北方的乡村度过的，而且一直保持着这种联系。所以她几乎可以用白描的手法，写出经历过的事情，可以这样说，她是一位拥有现实感的诗人，她不依赖书本知识或幻觉的曲隐想象，而仅仅依靠亲身体验就足以结构一首诗，而且在舒缓的述说里显现内心的真实波动。在《与母亲一起洗澡》里，诗人先从母亲的老态写起：

干瘪的乳房如空空的袋子

那些乳汁，那些粮食，那些温柔

都被时光挥霍一空

　　而后又回到母亲年轻时，"是村里的美人"，在正月的戏台跳舞，"一直跳到摇曳的红高粱地里"，这里的描述很生动。再收回眼前时，则体会到一种年老的心酸与悲哀，并从母亲衰老的身体联想到自己的明天，隐藏着死亡的气息。在《黄昏里有辆拉灵柩的车经过》里，年轻诗人的沉静让我吃惊，这或许源于她对生死的达明，或者看透了生命的归宿：

我静静地坐在门前的石头上
看着山坡上的牛羊慢慢回家
陌生又熟悉的人群日复一日地老去
如那些落花，把回忆还给了大地

所以看到拉灵柩的车过去，"我只是看了一眼，一生就过去了"，她想象自己是那个灵柩里的人，"那么安静，翻过了莺飞草长的山岗"，这样对生死的看淡在这一代人里的确鲜见。而《在墓地表演》则揭示了死亡后的热闹——诗人看成一场表演，而且十分滑稽："在墓地为一位死者表演节目"，诗人"在墓地，我看到了自己的一生"，我们似乎也从这里窥见了诗人对死亡保持着冷静的原委：

我跳火辣劲舞，对抗平静时光
死者的亲戚朋友拍手叫好
......
一群人围绕墓地转了三圈
三鞠躬，一生也不过是转圈子

在洪光越的诗里，其生命意识很强，在他看来，似乎一切都是有灵性的："光用白净的手抚摸那堵墙／光的眼神如花朵"；"大片的月光躺在了地上"；星球是羞涩的，而且之前是我暗恋过的。诗人还为一座雕像面红耳赤。在野外的草垛和一只小鸟的奇遇是这样的："我们生火，燃烧我们的毛发和汗味／用各自的双手刨坑／并埋下骨头／我们都忠于土地"，这里阐述着一种来自于生命观照的另类形态——那种死亡的想象。尤其是《一只蝴蝶的宿命》，让我们看到了死亡的安静、美丽与尊严：

一只花白色的蝴蝶停在石砖上

已经有一天了，它不再煽动稚嫩的翅膀

谁都不知道它飞了多久
从哪飞来，途中是否患上了疾病
死亡和时光带走了所有

它一定认为
这只是带着美丽和尊严，孤独地睡去

　　而在另外的诗里他想象"死亡是一丛浓密的青草"；"如果死去了一个人／就降落一片雪花／或一片雪花是一个死去的人寄来的信"，他的诗里还有着更多的跟死亡相关的意象，可以看得出诗人在对死亡作着既是美好的又是惊悚的的挖掘与揣测。我们尚且不晓得诗人为何钟情于死亡——这其实跟他们稚嫩而蓬勃的生命状态相距甚远，或许这只是诗人对于主题的美学偏爱。

　　在玉珍的诗里，我们也看到了太多的有关死亡的诗句："得到太多美的关照，是会短命的""信念淹没在雾霾中，夭折般短暂""盛大歌声的狂欢／埋葬了角落的哭声""但他们的英雄已经灭绝"……说到底，死亡的确是生命的另一副面孔，它是伴随生命而来的，是生命终点的接替者。一个诗人的语言张力来自其内心的精神强度，玉珍就是这样一个人。她的诗意因有社会、人生乃至于生命与死亡的融入而强大——不妨说，她是"交出灵魂与你谈话"的那一类诗人。而我在符高殿的《一个背着骨头行走的人》这首诗里，则感受到生命的力量，或者是一种死亡的别样形态：

一个没有父亲的人
无时无刻，都背着一根骨头行走

诗人把父亲的生命与死亡化为一根骨头，精准、有力而富有形象感，这无异于一次新的语言赋形——尽管，我们可以从海子或其他优秀诗人那里看到类似的语言影像与感受。但高殿有了新的延展。这根骨头"能够抵挡，来自外部每一次／突然袭击。包括一个尖锐的词／或者毫无征兆的风暴"，诗句直指生存和语言本体，这几乎是一种能动的上升。接着，诗人又从危险——存在于骨头内部的缝隙以及肉体无法承受的重量和幸运——比墨汁更黑的夜晚，骨头可以取出来，敲击黑夜的心脏两个向度丰富着中心语象，从这里看出年轻诗人的诗意展开与诗艺的趋于成熟。而更让人惊异的是结句的成功逆转，让一首诗完成了自身精神的超越：

> 一个没有父亲的人，在尘世间
> 被一根行走的骨头背着

概而言之，世纪末一代诗人始于游历、饮酒与写作的快乐，从而抵达了生命范畴的感悟，这就意味着在很多这个年龄的人还在无所事事或傻乐的日子里，他们已经不再耽于浅显的抒情，进入了知性的深处，或正往那里走去，从而享受着苏珊·桑塔格所说的那种艺术最终目的的"快感"："现代感受力抵消了当代严肃艺术的表面的反享乐主义，比以前任何时候都更深地涉及通常意义上的那种快感。"（苏珊·桑塔格：《一种文化与新感受力》，程巍译）

二 童年的消逝与记忆，或诗的救赎与依恋

罗兰·巴特在《西南方向的光亮》这篇文章里，对于童年有一个机巧的表述，他说："在刚记事的那个年纪，我就只记下了那些'主要的现实'所带给我的感受：气味、疲劳、嗓音、路途、光亮，总之，一切现实中无须对自己的行为承担责任和后来只构成对往事回忆的东西。我之所以这样说西南方——就像记忆把它折射在我身上那样，是因为我相信作家茹贝尔说过的一句话：'不应按照感觉，而应按照记忆来表白自

己。'……因此，童年便是我们认识一个地区的最佳途径。实际上，只有童年才谈得上家乡。"[1]我认同他的观点，就是说，唯有在童年的记忆里才有故乡，而在诗人那里，关乎故乡的童年记忆才是最真实、最可贵的——哪怕是一个可怕的童年经历，也会成为诗人经久不衰的主题表达，不妨说诗人在这里显现了精神层面上的诗的救赎或依恋的有效转化。而阿德勒"精神生活结构中最重要的决定因素产生于童年早期。这并不是什么惊人的发现，所有时代的伟大学者都有过相同的发现。这一发现的新奇之处在于，它使我们能够把童年经验、童年印象和童年态度与往后精神生活的种种现象联结在一个不容置疑的、前后关联的模式中"[2]的说法也为我们探寻诗人的童年包括回忆在内的发现提供了依据或一种内在合理性。郑纪鹏有一句诗说得好："一系列即将发生的事情，留给童年的火焰全面处理"，这意味着未来世界的一切，进入诗，都要在童年的火炉里淬火、锻造。

在 20 世纪 90 年代初期的中国，通过恢复高考进入工作岗位的青年人，陆续步入婚姻与生育的年纪，而他们在单位多居住公寓楼，房间极其狭小，有了孩子后，需要保姆，但无法解决住宿的难题；工资低，难以支付保姆工钱也构成一个主要因素；再加之工作太忙，无暇抚养孩子，便把这幼小之身托付给家中老人，这就导致一些儿童失去了很多的父母之爱，而同时又在更为传统的那代老人的管教下成长，故此他们的童年多是不完整甚至是畸形的。蒋在或许就是在此时代背景下，感受着童年的孤独。在钟硕的访谈《做好自己，等待"神谕"》里，她说：

　　我的幼年和童年是在姥姥姥爷家度过的。姥姥是传统的山东人，家教很严，吃饭说话走路，都有要求。……依着我那样的年龄，我一直生活在惶恐之中，我用尽我所有的眼睛放在我妈妈身上，希望她常回来看看我，抱抱我，不要急着走。每次她回来，我总用我的方式注视着她，但不知道为什么眼神还是抓不住她。她依然是把我独自丢在姥姥家里。

1　《西南方向的光亮》，载怀宇译，《罗兰·巴特随笔选》，百花文艺出版社 1995 年版。
2　阿德勒：《理解人性》，陈太胜、陈文颖译，国际文化出版公司 2000 年版，第 9 页。

　　我每天中午等姥姥姥爷睡觉以后，我就坐在电话机旁边等着妈妈的电话，但是妈妈却一次都没有打来过，我没有任何事情可以做，我盯着电话机上方的钟，那是一只猫头鹰的挂钟，我总看着时针就这么转来转去的。姥姥不允许随便看电视，我只可以坐下来等妈妈的电话，走来走去，望着窗外等人走过，他们说话的声音会给我带来无限的安慰，有时候我站在一张凳子上，就能透过姥爷的花盆看见，在静静的午后阳光中偶尔出现的人，我会随手拣起花盆里的一块石头或土块扔下去，那个人很快就发出了声音，我兴奋又快乐。有的时候我会发呆，一个人站在窗台前，或坐在沙发上。没有零食，没有玩具，不能外出。

　　儿童心理学与生育实践告诉我们，婴幼儿在母胎内的血肉相联成为其母爱的天然依存。离开母体后的哺乳期，婴儿就拥有先天的寻找性，而整个儿童期对母亲都有一种依赖本能。故而，但凡强迫割舍母爱都会对儿童造成伤害，而这伤害几乎会造成畸形性心理的终身存在。

　　蒋在还说："书自成了一个世界，我不用和任何人交流，一幅广阔的或者晦暗的人生就展现在我的眼前，我有一种渴望，那种感同身受的渴望，去体验一种比现实还绝望的人生。"在这里，蒋在透露出一种无奈的选择和对于现实的逃避，不妨说，她愿意用更"绝望"的书中的人生遮蔽与分离身边孤独的悲哀，而这无异于借酒浇愁般的不可忍受的痛苦。她事实上又一次验证了"阅读……在某种意义上，它创造了成年"的论断——这是童年消逝的又一个看似正常实则极其残酷无情的行动。在这貌似正常的行为中，我们不得不谴责时代对儿童享受快乐权利的剥夺与摧残。我们不得不再一次怀念卢梭伟大的思想：童年是人类最接近"自然状态"的人生阶段，因而在儿童教育上，他只允许儿童读一本书《鲁滨孙漂流记》，仅此一本，因为该书展示了人如何能生活在一个自然环境里，并对它进行控制。因而，随之而来的浪漫主义学派确认，"儿童拥有与生俱来的坦率、理解、好奇、自发的能力，但这些能力被识字、教育、理性、自我控制和羞耻感淹没了"[1]。

　　童年的生活对一个诗人的至关重要的影响在很多诗人和批评家那里都得到了确证，而且还将被继续确证。那么，在我们的时代，尤其90年代以后出生的诗人的童年或许就遭遇到了与他们的父辈不一样的生活，最为凸显的莫过于尼尔·波兹曼所谓的"饱受早来的、强加于他们的成年的影响"了，以至于导致其"童年的消失"。而这一悲哀主题的上演仅仅是他们的不幸之一。正如尼尔在另一处所说的"儿童是我们发送给一个我们所看不见的时代的活生生的信息。从生物学的角度来看，任何一种文化忘却自己需要再生繁衍都是不可想象的"。弗洛伊德与杜威也认为："儿童天真可爱、好奇、充满活力，这些都不应被扼杀；如果真被扼杀，则有可能失去成熟的成年的危险。"这里似乎也道出了诗人的来历，就是说，诗人是那种葆有艺术童心的一类人。借此足可以考察童年消逝的人，或者说其天性受到扼杀则会失去"成熟的成年"，从而也就解释了童年的不幸往往意外地诞生一位诗人的可能，从艺术的角度去判断，这真是天意使然。故此，我们在为诗人的遭遇悲叹之际，也会为他们成为诗人而庆幸——这真是悖谬之果。蒋在的诗之路径几乎就如此。难怪，在蒋在的母亲翻阅其诗稿之际，会情不自禁地落下眼泪，那一刻，或许缘于内心的愧疚被女儿早熟的心灵所补偿，继而庆幸她的祸福所倚——不妨说这泪滴是复杂的。

　　无独有偶，苏笑嫣也是一位早慧女孩，四岁就口述出儿童诗，九岁就发表作品。而她的童年也是远离在北京的母亲，在极度孤独中度过。年轻的诗人却因了这份孤独而拥有了诗的"唯一的深度"，也让苏笑嫣比同龄人更加显得早熟。诗人还以孤独为题写了一首诗：《孤独的王者》，在诗里，我们体验了虚无而导致的孤独：

　　　那种充实着我　又将我流落得更远的
　　　虚无　无边无际

1　本节未标注者皆出自尼尔·波兹曼：《娱乐至死：童年的消逝》，章艳、吴燕莛译，广西师范大学出版社2009年版，第175—220页。

如同一场不止息的大雪……

在这个冬天　我是孤独的王者
这个世界上　唯一的人
……
在这个冬天　我是一个
正在忘掉的人

正是在这一向度，我几乎不能认同苏笑嫣被被冠以"阳光女孩"的称谓，不妨说，阳光只是其灵魂展现的一角，她还有更多的侧面掩映于阳光的背后。

王尧这位著名大学的在读大二学生，不幸成为赫胥黎担心的"在汪洋如海的信息中日益变得被动和自私"的极端例证。他说"每天不停地接受观念的暴力和语言的暴力，社会从来不是温和的"。这恰恰暴露出童心剥夺的罪恶，以至于小小年纪就"不再相信那些所谓人类的救赎"，从而走上不归之路。在王尧的作品里更易于窥见其厌世的心境和对社会、环境的无力抗争，比如《白色挂满钟表》这首诗里，

默默的滴答中
指针在纷纷飘落

便是一个死亡暗示。在《瓶子》里竟然看到"黄昏的秋天结满瓶子"，而"瓶子内是一片空寂"，故而在金色里"哭泣"。在我们读到的王尧不多的诗篇里，毁灭、沉默、黑夜、破碎、黑色、葬礼、钟声、锁链等不祥字眼布满诗里行间，"黑暗就这样匋然落至头顶""噩梦吐着噩梦"，预示着死亡的"猩红的舌头"从天空飘落。正像有论者说，死亡是生命个体自身的权利，对其作道德伦理的评论是不人性的。然而，一个生命的终结总会有原委，从常规意义上去看，我们概约能推测到失眠、抑郁的病理性因素，失恋、友谊与误会的感情因素，但从王尧现有的文本里，

恐怕只能归咎于"被污染的人世"这个社会性因素，归罪于失败的教育导致的童年的消逝，"不得不眼睁睁地看着儿童的天真无邪、可塑性和好奇心逐渐退化，然后扭曲成为伪成人的劣等面目，这是令人痛心和尴尬的，而且尤其可悲"。

与蒋在、苏笑嫣等不同的是那些出生在农村而父母又是农民的一群诗人，或许他们清贫，但没有远离双亲，因而享用了完整的童年。那么，他们成年后所产生的回忆，就其时间来讲多是童年，而内容取向则来自于故乡及其人事。这看似温暖的情感，其实质是对于童年的怀念与印证。这其实是缘于"我们的童年诱惑着我们，这样的事会发生，因为童年是诱人的岁月，童年自身也被诱惑，这黄金时代似沐浴在灿烂的光辉中，因为这光辉不曾显露过，它同显露无关，也无可显露，这是纯净的反射，只是某形象光彩的光芒"[1]。从布朗肖这过于弯曲而晦涩的阐释里，我们似乎也能体会到童年回忆的缘由和魅力，因而作为这一代诗人，他们常常会陷入童年的回忆里并因此获得其最得意的诗篇就不再让人惊奇与意外了。

兰童的童年生活是在豫东的一个乡村度过的，在他的潜意识里还依然有着童年的记忆，所以我们看到他的最吸引人的诗篇还是那些关于回忆性主题的。他写了一组诗《流民图》，记述了家乡几位颇具传奇色彩的乡民。《万齐舅》是一个"百步而乏的跛腿"老人，有着"鹦鹉的舌头"，但却是个老光棍，只有在梦中"像剥鱼一样撕开她的双腿"，读来让人悲哀。而《韩五魁》是"百无一用的书生"，却偏偏长寿，而"寿者相每涨一分／穷，便向肉里嵌入一分"，穷到一颗烟居然也买不起，终生贫困潦倒，唯有耽妄于诸如《三侠五义》的书卷中。"老弯腰"总是脸上抹上石灰，像块墓碑"常年坐在街前的柴禾堆里／听收音机几可乱真的嗓音"，夜晚回到他的屋子，狭小、潮湿"宛若古墓"，而"活着只是为了人鬼不分"。诗人笔下的人物刻画得栩栩如生，如在眼前，可见其童年之记忆尤为深刻与纷杂。

1　莫里斯·布朗肖:《文学空间》，顾嘉琛译，商务印书馆 2003 年版，第 16 页。

在乡村度过童年生活的诗人，对过往事物的记忆往往历久弥新，在偶然里，那些物事就会发酵为诗的情愫。高爽的《邮差》就是如此。只是诗人写得过于曲隐，乡村物象淹没在语言的虚幻之中。但你仔细阅读后，还会在"邮差""鸽子"以及"退回雏形时的吊诡之美／而从一束月光上卸下邮包""村镇卷起身子／被薄雾裹起"和庙宇、土豆这些专有词语和诗句里体会出乡村韵味来。在《恩赐》里，我看到田野边"颤抖的野花"，看到"愉快的小母鸡／啄榆树的影子"，尽管诗人身处都市，这些乡村记忆依然犹如童话在其心里不断生根、发芽，以至于在回忆中，像"剖不开的香楠，浸着绿"。而从玉珍冷峻的诗句里，我分明看到了诗人对童年的寄宿地——故乡的炽爱，《在我出生之地的大树下》，她写道：

> 秋日盛大，荒凉盛大
> 我坐在一棵开了花的树下
> 像颗沉默的星星
> 我的故乡，一个踏实的隐喻
> 被我靠着
> ——如此真切
> 将沉沉安睡到老死

从玉珍的话语里，我们又一次验证了童年记忆的诗意转化，她说："我诗歌的启蒙就来自于出生之地，那个地方的大自然。是大自然培养了我生命中诗意的部分，熏陶我用诗歌的方式接近和发现世界的美。"她乃至于说，在家乡那十几年是我人生最快乐最美好的十几年。那种真善美和对生命的思考足够我抒写和体悟一辈子。甚至为了诗与那份童真的记忆，她愿意一辈子在那个偏僻的小山村。陈汐的童年几乎也与玉珍有相仿的记忆，他是这样描写的：

> ……大人们去山里取竹子造纸。
> 下过雨的山峰也不甚清楚，白雾从山谷里

流淌下来，好像清晨洄游的白鲫。

他就在如此白描般的述说里，让那段美好的生活真实地展现在诗里，进而显现出童趣："我们还假装钓鱼，假装有鱼饵，/ 假装有牢靠的塑料线，假装水塘里有鲫鱼"；当然，他的记忆也有沉重的部分——那是跟死亡相关的记忆。诗人在《光荣物种的爱情》里，"我第一次知道死亡，是看见灶台上的鸡胗皮"，

> 那时只有三四岁，连胃痛都不知道，正在乡下过年。
> 过了除夕，灶龛里多了一块鸡胗皮。
> 我这才想起井台上的鸡毛。后来上了学
> 我又发现，那是我第一次目睹鸟类的死亡。
> 一年下来，灶台上攒了好几张鸡胗皮。

在这看似平静的记述里，分明透出一种童稚心灵里对于生命的悲悯。

在诗里，往回看是回忆的一个近乎于变相的举动，而这举动对于一个年轻的心灵，确定无疑的是童年的记忆或对童年记忆的艺术幻觉，而恰恰在这记忆的幻象里多了几分知性的凝重。我们看高爽的《家人》：

> 十月匍匐如灰暗的瓮
> 鸽子被我放飞在云霓的蹄下
> 我的家人如此走出了傍晚
> 犁耙和碌碡在暮色里淡如鱼卵
> 此刻如果借着秋风把谜底拼读出来
> 我们会看到黑夜的衣袍
> 仿佛这片河滩上翻卷起了石头的河
> 今天映衬在草籽冰凉的哀鸣里的死者——
> 使天空变得单纯
> 宛如我活着的家人拂去脸上

比目光柔软的水星。我知道
我们之所以缅怀乌有盖因时间开放的特质
我们沿着明烛不眠的边缘
走向苦楝树那圆睁着阴沉的浓荫
墙亘上间或浮着一叶深井
仿佛天空在同一片叶上开凿的梦境
要向我们敞开。

　　这首诗让我们感到意外的是接近于当下梦幻的语言真相，或者说它体现了几近于成年智慧的童话快感，这可以从瓮、云霓的蹄下、黑夜的衣袍、翻卷的石头、草籽里的死者等意象里感觉得到，甚或从所有阴郁的诗句里解读出比死亡还命定的沉静之境。不啻说，这首诗体现出超乎于童话的知性之境——诗人已经从语言的向度迈向了成人心智，这是高爽源自艺术层面上的一个让人惊喜的标识。就是说，他提前跨越了艾略特为年轻诗人所设置的一个门槛，艾略特在《传统与个人才能》（卞之琳译）里，倡导一种历史意识的知性写作，他说："这种意识对于任何人想在二十五岁以上还要继续做诗人的差不多是不可缺少的，历史的意识又含有一种领悟，不但要理解过去的过去性，而且还要理解过去的现存性。" [1]

　　简杺已经出版了自己的诗集《糖果》，她却很坦然地说"偏要赖在小孩堆里"——这意味着诗人乐于以一颗童心看待世界，或者说虽然人已成年，但她依然对童年生活有着眷恋与信赖。相应地，她的诗也是弥漫着童话色调，展现着童年意识里事物的善与美好。在《小纸人》这首诗里，诗人对小纸人被雨淋的情景描述得很生动，同样的童话语调，流露出同情与悲悯的情怀，"我想让时间凝固，救救小纸人"，这里的人性之善已超出了童稚而得到了升华，而接下来，"突然迎来一阵车灯，打过来／小纸人的影子不是纸的"已是一层虚幻的精神提升，这已经不能用童话

1　《传统与个人才能》，载卞之琳译《艾略特文集》，上海译文出版社 2012 年版，论文卷第 2 页。

来考量了，不啻说，诗里有一个原初而成熟的心思，让诗拥有了普遍而恒定的灵魂观照。再看她写的《含羞草》：

> 晚风藏在衣兜里，安静的，不说话。
> 我路过你跟前，一些调皮的风露了出来
> 你羞答答的，用双手遮住了脸。

　　诗似乎假托了一个少女的形象，把晚风藏在衣兜里，这个可爱的秘密行动看似信手拈来，实则透出诗人微妙、敏锐的独有感受与优异的语言表达能力，因而才有双手遮住了脸的顺理成章。这样的诗，看似平常，其实颇为不易，这里已有了颇让人欣赏的技艺——不妨说，她的"童话风格的写作"里藏着一颗深心，相信诗人能够写出远非童话所能涵括的诗篇来。

　　冯谖的"我将进入童话"似乎也是他们这代人的心声，亦或说，童话是他们曾经的偏爱，也必定成为诗的内在性追寻与靠拢。这在本质上也成为向童年的致意与回馈。冯谖的诗亦如此，就是说，你会在他的想象乃至幻觉以及词语新异的组合里，读出一种童话意味，或者说在他的诗里弥漫着一层童幻的诗意。在一首诗里，我看到这样的诗句：

> 后脑勺撩起雾气，树皮靴剥离
> 硬而凉的矿工，祸及
> 掉队的泥丸……
> …………
> 暴雨收留酥痒，铃铛得以隐瞒
> 鸦雀的听力。

　　这些诗句无论表达着何种不甚明了乃至晦涩的蕴涵，但在后脑勺与雾气、树皮靴与矿工、掉队的泥丸以及暴雨和铃铛的后缀之间披显着有悖于常态的童幻色彩。而谢榕在诗里承认自己 9 岁时"伸手偷吃邻居家的石榴"，把这童年可笑的经历看作童话，就像"一两枝朴素的嫩芽／足以养活我们自己"，从中也看出来童年记忆之于诗人的显在意义。罗世鑫则在《踩》这首诗里，如此写道："公交车上升起二手烟，甚至小孩子开始全部对着我／堵截式仰望，这没有芝麻开门，而是躲避球游戏"，诗人在一种否定式的语气里，让些微的现实遁入童话的飘渺里，在进而转入"被最隐形的红绿灯控制着，隐痛的／鸟喙，半岛一样的东京花园。／时而就嵌在生活里，抽陀螺和水烟，不转也不生肺病"这样虚幻的情景喜剧里。

在对于这一代诗人的持续阅读中，我坚定了引入"童年写作"这个概念。在这些年轻诗人的诗里，你会常常看到他们依赖着并不丰厚的生活场景编织词语的童话，这几乎成为一种风尚，或者说，他们的兴趣似乎不在"俗不可耐"的生活里，反倒在词语的童稚氛围里。这些诗里还残留着他们相去未远的童年的心迹在语言层面上的映照。高爽的诗就是如此：

> 如今，失眠的人像一把滚烫的马鞭
>
> 抖搂那同一倒影中
>
> 深陷于潺潺的星辰蹚过马场；而寂静褪色于
>
> 飞蛾绕着梦魇翻滚的歌声
>
> ……黑暗
>
> 嘻笑着涂抹淋湿的镜子或青蛾

我揣度这个年龄的诗人，失眠绝非常态，那么，他便是在这种体验里掺和了想象与幻觉，也因循了童年心理的驱使，从而进入语象的拼贴之中。这样的诗歌行动很显然是欣喜于词语的预约，而满足于童心的激赏。我们再看《逍遥游》的句子：

> 当我学会用记忆将积雪的棺木
>
> 从晚霞的唇印下扶起，第一滴雨

就自大山的倒影上移开。请匀出表象上的一段坦途

树桩上歇脚的少女

一旦把可能的梦境撕成飞云

就会让一卷愈加圆满的胶片褪尽了阴翳之美

　　诗里出现的记忆与梦境预示着现实的不可能性，那么，我们不妨把这诗里显现的具象也当作幻象，而这幻象里却有着童话般的迷醉。当然，这些诗篇在认识论的意义上依然靠近于诗人的早期或童年写作的范畴。然而，趋向于这一向度的早期写作，若有定力，或许会迈向语言诗的路径，那么，他们将是马拉美、兰波与瓦莱里的近邻也未可知。总而言之，逝去的童年寓于写作中，年轻诗人们在诗里挖掘着孤独、绝望而衍生的黑色意识及耽于幻想的超现实具象，从而抵达诗意的救赎；而享有了童年快乐的诗人，则在记忆里塑造着故乡风情与依恋，而他们无一例外地都将这童年的写作践行着杜拉斯曾经阐发的"童年之外的任何经历对我再没有任何用处"（殷欣《杜拉斯文本的"空间叙述"研究》）的艺术观。

三　摆脱与疏离之后，或写作的轻快与凝重

　　一般而言，在诗人、主题、题材与诗歌之间，有一种选择与被选择的可能，就是说，诗人可以选择他钟爱的主题与题材，也可以是某些主题和题材选择了诗人——这是诗人的历经所规约的，有时候并不以某个诗人的意志而转移——这几乎也是诗人的宿命。在世纪末一代诗人那里也是如此，他们经历着学校生活、家庭与偶尔的游历，这就天然地形成其诗篇的内蕴，而这却也标明他们诗学的独特风貌，至少目前是如此，而我们从这里也能够窥见其不同于父辈的东西。

　　这一代人的父辈大约是 20 世纪 60 年代出生，记事起，就处于动荡与不读书的年代。他们在半生的拼搏里，或拥有了基本的物质财富，或拥有精神财富，还有的二者都不具备。而他们的共通之处都是传统

的——对子女的全身心的爱，这样，他们就会出现过分的呵护乃至于溺爱。期望子女安定，多读书，成为有文化、有理想的人。还有一种不同的情状，就是像蒋在那样远离父母。缘于这样独特的社会背景，世纪末一代诗人或拥有童年的溺爱或领受了童年的消逝。但在阅读中，我们发现这代诗人几乎都有一种摆脱父辈的原始冲动——这看似悖谬里披露出一个普遍的心理，那就是对于时代的疏离。看蒋在《你把我含在嘴里》——这题目本身就暗含着对溺爱的复杂心思："我点上蜡烛／逼迫这张手掌容纳其他的父亲""你把我放在手心里，我真的就飞了""我忘了怎么叫你的名字"，如此才有了远处的迎接或接纳——而这却成为挣脱后的回报："有多少个海港能够迎接你／在哪一个温存的节日里／我能够从远方送给你一头山羊"。

摆脱与逃避或许是某种驿站心理状态，那么，他们就有了多种方式的存在，躲进异地的文化与风物之中也不失为上策。看李琬就是如此。她在《苏杭小记》里看"古老的瓦当露出精细的花纹"，看南方的客人"在一个树洞中轻轻打鼾"，品尝着龙井"把秘密放在我们的舌头下面"也该是幸福的，因为那里有"湿润的王国"，"我们从此处攀向清绿的芽尖"。可以看出来，他们的诗，往往远离社会、历史而接近于自然，不妨说，这一代诗人更乐于回归古典诗人那样的场景与感受，这几乎是他们的父辈诗人所无法也不愿意去做的事情。

利用文本、绘画甚或于童话与传说的诱发来疏远时代，虽非他们的专有，但也是他们的长处。他们正值读书的年代，所以，书本与他们更近，他们从中汲取诗的灵感似乎愈加方便，从而远离了身边的生活。蒋在的《罗马花园的街道》似乎就是如此——

我花了五年的时间　睡在街上
让我替你点上让你前往罗马的蜡烛吧
假如这是我最后一次为你盖上被褥

把他们发放给穷人的汤汁

一滴不剩的全部喝下去

我抱住大腿

也抱住了颜色无法相衬的手臂

下咽　起立

让我们的肠道起舞

跳一种节日参拜的时候

才能出现的舞蹈

停止再去读书

让我替你点上

让你前往罗马的蜡烛吧

　　《带上大麻去耶路撒冷》则是源于《福音书》，而《夜莺与玫瑰》更是耳熟能详，但在诗人笔下却演绎着自己独有的想象，成为一首语象丰满的诗。

　　同时，我们看到，追念也成为世纪末一代诗人疏离时代的一种方式，甚至是一个更加富有温暖与温情的方式。可以说，在这个溢满世态炎凉的人世间，追念反而捡回了他们远去的亲情。庄凌这样描述她的母亲："还是土地把母亲种在了它的怀里／等到玉米成熟后被摘下／那瘦冷冷的玉米秆子就是母亲的身影"，这里有对母亲青春的追忆。而在另一首诗里，她想起多年前的奶奶临终的时刻："人世间那些喧哗与色彩也暗了下来／……我的年轻追上了苍老的时光"，这追忆又成为一种生死呼应。在任斌《车过甘谷》这首诗里，我们看得出诗人面对或回忆故乡时的那份复杂。这是一位远离故乡的学子发自内心的对于故乡的怀恋：山是沉默之眼，审视着；诗人不敢脱下走出村落的袜子，家乡的月亮也会让人念想，而闪过一座山跟放过母亲的病痛联系起来，一片枯叶都要亲自赋予精致妆容，母亲的周身涂满了油彩——故乡是神秘的，也是淡远的，而真相却并非像我们的诗句那么美好——或者说，在诗里被有意或无意地美化了，如此诗人才会在梦中"为谎言流泪"。

一般意义上讲，生活是诗的酵母，这正好应和了里尔克的诗是一种经验的说法。从王静怡的诗里，我们则体会出来那种貌似跳出生活的努力，或者说，在她的诗里好像只留下生活的影子，而竭力让词语浮出生活的表面。事实上，诗人有着对于来自生活历阅的深刻依赖与信任。故而她在《夏夜》里才会这样写道："戏谑的词汇经过 / 颠倒、重组、反复演说 / 却不及醉后的那声长叹 / 更丰腴，更真实"。同时，诗人还有一种在语言中营造生活的能力，能够在"躲闪的词语中扭曲成 / 混乱的云"，或"在字与字的间缝里，我读到 / 一场雨"——而这里有着诗人即将遗忘与即将面临的"愤怒、痛苦与幸福"。

在这一代诗人群体里，作为对时代与平庸生活现场的摆脱与疏离，他们必然寻觅另一种生活，爱与性爱的主题就会是自然的发生，这既是他们的天性，也是他们归于成熟的一个标识。我们看到了他们对于性及其性爱的大胆的揭示与描述，尤其在女性诗人那里，袒露得更为直白，她们对于性几乎是不忌讳的，乃至于把它看作日常生活的一个组成。这里并没有苏珊·桑塔格意义上的"把写作比作勾引"（苏珊·桑塔格《写作本身：论罗兰·巴尔特》，李幼蒸译）的担心，因为这或许来自于情窦初开时的欲望的冲动，来自于诗人们的确披露了一份性爱的坦诚与纯然以及生命的快乐与敞开，是生命本身的天然属性。而这些都来自年轻女性的本能感觉与感性的自然流露几乎不是刻意的，但这种本性却又有某种历史、文化的传统性，正如苏珊·桑塔格在《一种文化与新感受力》（程巍译）这篇文章里所阐述的"人类的感性意识不仅具有一种生物学本质，还具有一种独特的历史，每一种文化都会看重某些感觉，而抑制其他的感觉（对人类一些重要的情感来说，情形也是如此）。……现代艺术则起着某种既弄混我们的感觉，又打开我们的感觉的电击疗法的作用"。

我们看到，在男性诗人炎石那里，则显露出一种类似于嬉皮士般的情爱："我和小袁在夕影亭小睡。像秋风吹落两枚叶子 / 我们紧紧搂住身体，兴奋地看一只灰鸟在逆风中 / 飞 // 苏小小墓前，我们睡过一会儿"，还有《无题 8》：

> 那是一段上坡路。你从自行车的后座上跳下来，
> 兵器博物馆也被你的笑声惊醒了。
>
> 你喊我坏人，我就是坏人；你喊我大混蛋，我就是大混蛋。
> 你追上来抱住我，仿佛跳起来抓住一颗红苹果。

而郑纪鹏是不避讳性的字眼的，这从他的诗题就能够窥见一斑：《读杜甫〈陪诸贵公子丈八沟携妓纳凉，晚际遇雨二首〉后作》《性暗示》《试论平胸之美》《激情戏》，而当你读了这些诗，就会发现，那里有着更深刻的意涵，或者说，诗远远超出了性的范畴。事实上，从读者的角度，我们总是欣喜而忘情于关乎爱、性爱的诗，那里袒露的性情既是真切的又是神秘的，它往往给诗以意外的标签，一如罗勃特·勃莱所说的"一旦他流溢出感觉的光芒，奇异而神秘的内容就从诗中升起"（《华莱士·史蒂文斯和杰基尔博士》画皮译）。

与时代的疏离或者说解除与时代的紧张关系是炎石的诗的一个表征，除了嬉皮士般的情爱，在对于故乡的书写里，也呈现为一种淡远的情怀："回到北方，旧情人向我挥舞她十八岁的小手／回到北方，滚出的眼泪重新滚回"；即便在病床前，还会出现"父亲将存了四十年的勇气传给我"——没有冲突与代沟的迹象。诗人就是这样在与酒、花草虫鱼、江河湖泊以及季节的纠葛里，"事事全不记得"或"往事正是淤泥里的藕""秋天来得跟结局一样缓慢，／灯光隐瞒十种憔悴"；也有与人——女人——的纠缠，"你追上来抱住我，仿佛跳起来抓住一颗红苹果"，这里不是哭泣与痛苦，相反是暧昧与快活。在平常的日子里，诗人看到的是：

> 一条白狗跃上一片绿油油的麦地
> 追逐另一只白狗

觅食的老母鸡受到惊吓
扑打起肥美的翅膀
——《无题 11》

　　而在这所有的诗文本里，展示的却是心智的淡然与无所谓，更重要的是对生命的问津与醒悟，对生命知觉的启迪，对生命感受的自我修炼与完善，从而抵达生命意义的完美。若要给炎石的诗做一个归类，那近乎是偏于记游或山水了，诗行间流淌的也类似于古典文人的情结，或者说，诗里披露出炎石的诗意向往，这在当下是要拥有一点文学的勇气的。正如臧棣所描述的"在现代汉诗的谱系中，作为一种文学类型，记游诗的地位相当尴尬；不仅如此，记游诗的文学形象也很暧昧。弄不好，它便会被归档于因循旧例的山水诗，很少会被认真看待。事实上，对记游诗的轻慢态度，体现了一种渊源久远的基于诗歌政治的审美偏见。无论它写得多么出色，都难脱风花雪月的干系，因而不免沾有逃避现实之嫌。"而我更赞成臧棣新异的洞见，他说："记游诗不再是一种轻体诗，它的分量开始接近于时事诗。它的文学能力也更具包容性，它在文体的机理上容纳了记叙，杂感，格言，小品文，心灵笔记。某种意义上……重新让我们领略到诗歌和自然风物的关联，足以构成一种现代汉诗的人文视野。……看似细小的物象，经过诗人的想象和洞察，也足以揭示人的存在的本意。（臧棣：《从诗的见证走向诗的信任——茱萸〈东游诗草〉简论》）也就是说，人生的意义固然重要，但生命的意味也同样不可忽略。在我看来，人活着，最根本的生命技艺，就是学会如何在我们所置身的这个世界"交付出无限的信任"。对照而言，诗的批判性，不过是一种文学的调料。他的文字是针对茱萸《东游诗草》而发的感慨与认可，但同样对世纪末一代诗人的同类的写作有效，或者说更具有启发与引领的意义。

　　在一个时期，诗人们张扬的是诸如社会、意识形态、历史与人生的宏大叙事与现实主义旗帜下的生活，而生命本身，还有诗、自然被遮蔽起来，或者说"自新诗发生，在相当长的文学时间里，诗歌和现实的关系，不论怎么跌宕起伏，它都会在文学的主题上获得一种先天的政治正确"（臧棣），而"90 年代诗歌"背景下，诗人对于前者的对峙、矛盾与不妥协又与后者的相融形成了对照。但我们不能武断地说诗人对于前者诗学意念的不妥，就像茱萸在一首诗里写的"该反省的是我们自身／对习惯和好奇心的依赖"。但与 50、60 年代诗人的批判现实诗学不同的是，中性的表达、轻松、阳光成为世纪末一代的风尚，他们宁愿"从废墟望过去"以消解时代的沉重与污浊，这几乎跟年轻诗人的诗歌心性相关联了，或者可以说，他们在有意回避着社会的那些沉重情景——政党、主义、战争均已远去，而代之以明亮、轻快之物象、景象，就像蒋在在诗里表述的"朝日／同革命一起／变得罕见而又稀有"；或者像苏笑嫣说的"我们已经没那么多的时间去颓废和叛逆了"[1]。他们与时代的关系不像前辈诗人那样紧张，故而，流行于汉语诗坛数十年的批判的惯性让位于诗意的肯定。这让他们的诗显得明快。在莱明的《干净的鞋子》这首诗的最后一节，诗人写道：

> 比如《西游》中的某些妖精，或
> 《水浒》的某些好汉，我不止一次想起他们
> 穿着干净的鞋子，走完干净的人生。

　　诗的前几节，面对世事也有指责与不满，可以看得出诗人并不一味地迁就那些粗浅的歌颂，但他也不想让怨恨在心胸发酵，而宁愿转向那些温暖而明亮的事物，或最终走向肯定的提升——由此才能给"妖精"与"匪患"以"穿着干净的鞋子，走完干净的人生"的结局。同样，在《致父亲》里，诗人述说了一家人生存的艰难与拮据，而诗的重心却在最后：

> 那么父亲，为什么不回去
> 不沿着跑马的古道一路歌唱

1　苏笑嫣《透过泡沫发现生活内核》，载 2014 年 06 月 21 日《深圳晚报》。

让囚禁在乡音中的故人

都回到故乡，让荒芜的园子

都种满蔬菜，在每个节日

把香肠猪头肉放在死去人的坟前

再用几分钟与植物交换祝福

如果月亮出来，我们就坐在

彼此的影子里，喝酒

喝酒，一直喝到天亮。

而在盲人理发师那里，没有感觉出来自卑，反倒拥有一种由衷的夸耀与赞叹了："'我的妻子坐公交车去了小镇。她在衣领上旅行。'/其实，我想说，你在头发里看见过海洋吗？/你听，剪刀和鱼。"这种肯定性演化为一种诗学，看似偶然，实际上在诗人们的内心生长着一种身份认定——这才是最值得珍视的——那就是莱明说的："要转过身来，祝福自己——/我满腹柔情，又心怀歉意"，及其"我原谅所有人"的谦卑胸怀。

在梦里寻觅一份快乐与神秘，是诗人们惯用的手段，我们看到很多关乎梦境的诗都拥有柔美而亦真亦幻的妙趣。而梦境在世纪末一代诗人那里同样具有诗的转换的魅力。这为逃离时代的压抑作了有效的尝试。我们在陈汐的《光荣物种的爱情》里，看到：

我的梦也沦为九月最忠诚的邮差。

上个礼拜，我梦见你长出一副鹿角，

站立在荒原高处的巨石上，眼神坚定。

然后你猛地变成一只金丝雀，

飞入我的眼睛。我醒来的时候，

吊灯里的猎物正扑扑作响。

在这诡异的梦里，我们领略到一幅超现实图景。或许这是一个真实的梦境，但也极有可能是一个语言策略，这从"我醒来的时候，/吊灯里的猎物正扑扑作响"的依然沉醉于梦的仿拟里似乎可以推论出来。那么我们就能够说，这种诗学谋略正好可以有效地疏离现实，或者借此可以完整地实施诗人的美学意图，一如诗人所说的"我把不确定的事物记录在案，好像藏起/一块块珍贵的奶酪"。刘理海在《梦境》里的铺展同样给人以新奇，在他看来，林木像性格古怪的老人，小小的胃足够吞食一个大大的月亮，又吐出星星；车站在黎明到来时如枝头半熟的李子；而在绝望的时候，寻找一个制高点，所有这些奇思妙想看似来自梦，其实正好贴近了诗人的心思，或者说正是诗的萌芽，诗人能够为这萌芽找到准确而恰切的词语，它就化为一首诗。

在陈十三《孤独感》系列的诗里，多冠以梦境的称谓，究其实很可能是借用梦的手段对于孤独的多侧面进行变相的雕刻。我发现他的梦一般的语言竟是如此地清醒，那种经过变形的语象在迷蒙的氛围里却有直面现实的血淋淋隐喻，不妨说，诗里有诸多对人生、社会与人性的貌似荒诞的暗示与象征。一个这样年轻的诗人能够把诗写的如此深刻而老道，的确少见。"一个死人废弃在一朵力量充足的雏菊中心"该是怎样让人惊悚的意象？死人与雏菊间的张力成就了这个经典的诗句，而"冬日的光冰冷/被雾气包裹，一只鸟穿过，/影子被暴力地折断，旗帜般飘在墓场的石碑上"，将光、雾气、一只鸟、影子"在墓场的石碑上"扭结与合力中产生巨大的语义冲击力。下面这一节就不仅仅是冲击与惊悚了：

> 正午，光透过玻璃，让烟成为一条黑金鱼，
> 在空气里游，褐色的藤蔓在风中摇晃，
> 它正在和一只飞鸟建立某种联系，

这里是语言塑成的魔幻现实，透出一种形而上层面的意味，或者说，这些词语幻象正抵达了某种事物的真相。而"一只鸽子在院子里散布一场死亡的谣言，/它灰色的翅膀煽动金属质的空气"给人以来自黑暗的语言之美，"一只血红的斑鸠正密谋悄悄地/吞下日落"则披显了黑

色幽默；"镜子里的女人身体开着花，以一种强大的隐秘／与生活对峙"已经不啻于对性的显露了，这里其实还拥有着对人生的讽喻。说白了，诗人以独有的美学感受力与精到的技艺给我们呈示了迥异于时代的语言真相，并"获得更大的自由空间，从而领略到文学中更为纯粹的真实"（伍尔夫：《怎样读诗歌》，刘文荣译）。

当我看到苏笑嫣这样说："我更多的是感受自己，包括对待这个世界的态度和方式。对我来说生活中有太多的泡沫，而我对那些泡沫没兴趣，我更愿意去关注更深入、更内核的东西，而泡沫就让它们碎掉。简洁地说，我觉得这个世界其实什么都没有，只是空虚。所以要不断地把自己埋在艺术里，那是另一个世界，又赋予人以不同的眼光去看待身边'真实的世界'。艺术，说到底是人类的自恋，或说是对世界的单恋。"[1]我不得不承认，这一代诗人已经拥有一份看待世界的独到的目光，他们不是表面的而是内在的，不是浅显的而是本质的，这份睿智一定会让他们更快地摆脱童年的写作而迈入一个更高的层面——这几乎就是智慧的冰山一角了。我在她的《鸽子的幽冥》这首诗里，体味出那种浅淡的虚无感，尽管这对于正值豆蔻年华的她们是多么的不合时宜：

街空了　当秋天暗中隐入苍穹
的另一边　饱含三个季节的悲欢——
色彩　已经疲惫
它们睡眠　并微弱地呼吸
南去的鸟鸣阵阵　为一场降雪
探听人世的消息

这都源于世界末日般的寄予：霾／从四面八方打开它的包袱，城郊空荒的大街；诗里还有日和夜，梦和醒的混沌，没有记忆、铅色图纸的楼群中，灰白色灵魂，游荡、失眠、失语，而过去的日子是贫血的，诗人

1　苏笑嫣《透过泡沫发现生活内核》，前揭。

看见"时辰的光影微暗如沙"，看见虚无与无奈"就像尘埃不会消逝"。其实，疏离于时代有着很多的路径，而沉湎于"无意义"之中也不失为一个方向。我们在朱来磊那里就看到了这一点。他在《我想做些无意义的事》这首诗里坦陈："独自一人在花间散步／在晨起、薄暮时分读书、写诗／或者在月光下，抽烟、喝酒、发呆"，他把这些作为无意义去打发，实际上已经透出一种境界，有着"在银杏树遮蔽的阴影里，我想在／掌心点一盏摇曳的灯"和另一首诗里描述的"树影下，该有一个人／横吹音调舒缓的长笛，该在思念之上停顿／但月光在我冷清的梦上隐去"的闲适之乐，也是让青春年华偏离于颓废与虚无之后的更为积极的入世的人生。

李晓波写诗的时间不长，作品也很少，但就我读到的《黄土交响曲》，就能够看出来这是一位敢于做大诗的女孩。这或许缘于其开句袒露的"你在喧嚣体内翻腾"——显然，这里有面对黄土地的感叹，同时也暗指一种诗情的奔涌，故而才有"蚂蚁噬过心尖的潮热"。从诗艺层面上看，这首诗自然还很生涩，但诗行间显现的哪怕是哀叹，也是一种赤诚，她看见土粒的残骸，看见将熟的玉米像老人的胡须，从老黄牛哞哞的叫声里听出无奈，还有角落的伤痕累累的耕犁，面对丰收也只有残缺的伤感。诗人看到了故乡的衰老，唯有寄托于梦里才能呼唤着那柔软的形象。说到底，这是来自于童年记忆的一个拥有良知的年轻人的至真的心绪和随之而来的对黄土地的眷恋，读来的确让人心动，尤其在当下诗坛一片颓废乃至于纠缠于个人小情怀的背景下，看到这样依然钟情于故土与乡亲，并在对于时代精神状况的审视里披示出普遍性的情感，真的让人意外与欣喜。

诗歌与时代的关系既考验着诗人的诗学认知，也规约着其诗歌的格调与方向。这一课题摆在世纪末一代诗人的面前似乎有些过早，或者说，他们这个年龄尚属于一种本能的写作，但我在洪家男的一个回答里深感意外，他说："诗歌和年代之间并不存在一种评价关系，我们无法通过诗歌的优劣与否去评价一个年代，反之亦然。不仅如此，优秀的诗歌往往脱离于这种评价机制，并自觉站在时代的背面。在审美主义再也兜不住的当代现实焦虑中，如同拉康所说，每一个个体都被巨大的他性所包裹着。而在鲍德里亚那里，这一现实更为清晰：他性已经由它性取代，现代生活不再是人与他者之间的共存，而成为符号对个体的操纵，换言之，时代对人的操控（'何为诗''何为生活'的'清醒意识'的膨胀）。巨大的法则支配着生活的外部形式（历史向我们伸出黑色的手），一个诗人的独立意识要求他去对抗这种法则。我们在一个'并非诗歌的时代'创作，诗歌作为一种'不可能'而非'可能'出现在生活的此岸并要求我们承担起彼岸价值的失败。"我惊异于诗人源自深厚的哲学根基上的睿智与清醒，有了这份认知，诗的发生就会有一种自觉，或者诗人就会在诗歌这条路上走得更加坚实。

四　诗的青蛙新娘，或诗学蜕变的多种可能

罗伯特·勃莱在《寻找美国的诗神》（郑敏译）里这样说："当你刚开始写诗时，文字不听使唤，诗行站不稳，诗泄露得比你原来打算的多，或者效果与你预期的不同。你觉得凄凉、窝囊，更有甚者，你的朋友们看你一眼就知道你娶了一只青蛙。"勃莱谈起的正是一个诗人写作的童年。接着，他借青蛙的童话阐述了烧掉蛙皮与保持写作的湿润的联系。他的意思是说，童年的东西尽管幼稚，但不可烧掉，那是生命蕴含的初始，大诗人也是从童年成长起来的。我们正是基于这个因由，来考察世纪末一代诗人诗学层面诸多可能的挖掘与呈现。

一般来说，一个人刚进入诗歌，他首先关注的是人世间的美与善，并且耽于歌唱与赞赏，这时候，他乐意于做一个歌手。与之相应的是唯美的语言。而这原本是无可厚非的，这几乎是诗人的必修，乃至成为一个必备的阶段。但我们也知道，这是诗的初始形态，是一个诗人的初级阶段。而世界是复杂的，不但有美和善，还有忧郁、悲哀，还有虚伪与邪恶及其导致的欺骗、欺诈和灾难，甚至还有仇恨与杀戮，而这一切被一种意识形态左右了，人们的思考就形成偏差。那么，一个诗人心里感受到的未必就是真实的，不妨说，往往假象成了真实的替身。这时候，

诗人若依然沉浸于歌颂与赞美，就显得未免有些简单、偏狭与幼稚。与之相反的则是沉思、辨认、反抗与批判，从而接近与抵达事物的真相，也让诗人成为世界与历史的见证者。与之对应的语言形式元素也趋于质朴、练达与准确。即便在一个极端的语言形式向度上，诗人也从语言自身挖掘历史、文化的生命蕴含，提升语言内在的力量，形成一种语言诗学。

当然，批判与否认并不代表诗歌的全部，还有爱的意义上的肯定，还有遗忘与救赎，这将成为精神强度上的提升与诗学意义上的超越，让诗进入人类的最高智慧存在，从而成为引领文化传统的向导。这样的诗人也必然会拥有人类智者的美誉。考察世纪末一代诗人的写作，他们中的一些人已经进入或渐次进入了这个向度，这实在让人惊异与高兴。自然，这一代诗人还无法像史蒂文斯那样作"纯粹诗学的寻找，创造着自己探索和发现的意象，拒绝从机构、运动或历史神话中借用词汇来支撑自己所创造的事物"[1]，或者说，他们能够从"历史神话"中寻觅诗意已经是给我们以惊喜的能力显现了，至少他们在这里学会运用非现实的材料做诗的发生学训练。钟芝红看了波兰斯基《穿裘皮的维纳斯》，想起尤奈斯库《秃头歌女》，在其他诗里，还有托马斯、阿基里斯、帕特罗克洛斯、那喀索斯、阿多尼斯等等，可以判断的是，这一个群体有一种从书本尤其西方书籍里订取诗意的企图，这也说明书籍依然是他们的生活的重要组成。在苏画天的诗里，我们尚不清楚诗的发生是缘于一个人物故事，还是剧中人物或者诗人自己，但能够看出来他在诗里描述了中风患者、堂吉诃德与娜杰日达·曼德尔施塔姆等人物及其相关的言语与诗句，他的述说是一个语言整体，诗意均衡地铺展在诗行间。他似乎就像艾略特谈及贝恩在一次演讲中所说的那样，首先面对"一个不活泼的胚芽或者'创造的萌芽'"，而后在语言中为这个胚芽找到词句；"但在他找到他需要的词句之前，他无法知道他需要的是什么样的词句：在他把这个胚芽转换成按正确顺序排列的正确词句以前，他无法确定这个胚芽是什么。当你找到这些词句后，那个你不得不为之寻找词句的'东西'

1　海伦·文德勒《虚假的崇高，真实的崇高—论华莱士·史蒂文斯》，包慧怡译，《上海文化》2011年第二期。

却消失了，代替它的是一首诗。"（艾略特：《诗歌的三种声音》王恩衷译）从这个角度去审视苏画天，我们就可以认定，他是一位淳厚而偏于知识体系的写作者，是在自己认定的言语里去辨认和呈现诗的整体性诗人。

说到底，一个诗人的成立还在于语言最后的托举，在罗世鑫的诗里也不例外。罗世鑫是一个善于语言预谋的诗人，就是说这个诗人是靠语言营造诗意的。我看到，他有一种成熟的语言表达——这如若不是一种天才，也是一种后天的历练。看他的诗，有一种诗意的刻意和超乎寻常的感受力，却没有语言的勉强，没有词不达意，也没有生硬的词性嵌入，不妨说，他总是在一个自如的述说氛围里，让诗不期然而然地现身。他可以在穷尽的想象里为诗赋形，但他不愿让词语委屈于某种枷锁般的磨难，我的意思是说，他情愿给语言一个宽松的环境，这样，他的诗意表达反而更趋于一种正常——也可以说，在正常的表达中显现一种诗的不正常。在莱明那里，我们则看到一种放松的自由与想象力的纯粹而形成的语言结晶体，在诗里，因了想象，让现实中的一切不可能成为可能——而这些竟能让我们信以为真。在《慢花园》这首诗里，花园居然被"几个人，盗走了"，妈妈能够"刺绣一场雨"，而"隔着栅栏，夏天厚一尺"，还有：

> 我看见，一条鱼顶着它，另一条鱼
> 顶着房子，一只贝壳顶着喜鹊。
> ············
> 天空是我身体的一部分，铺盖的低云
> 又跑过积雪。

在《移动的墓群》里，"月亮发了新芽"，"有一些日子，船升上月亮，月亮升上树巅 ／ 我们无处可去，在水中练习吵架。群鱼败退"——诗人乐于接受这种语言享受，并予以美学性认定："这并非不是好事。我说'就一直说话，这才是 ／ 我们该做的。'一天结束，我们仍爱着这一切。"这种自由度极大的联想表达了一种中性思维，就是说，语言成为一种纯然的自身展示，而那些词则是"一座座移动的坟墓"，在诗里意义似乎已经退却——它并不附加当下流行的精神或思想的倾向，甚至歌颂与批判在这里都不再是一个必须。若要追究其最终的意图，那就是诗人满足于生命意义上的发现与表达。这让我想到臧棣说过的话，而莱明的诗也正好吻合了他的观点："当代诗都不是针对现象意义上的危机而发言的。诗歌不是用来解决危机的。同样，作为一种语言的孤独的行动，真正的诗歌也不会因这个时代表象上的危机而受到磨损。诗歌不是危机下的产物"。"诗歌的想象是一种创造性的想象，它在本质上是一种语言的行动"；"诗歌是关乎我们人生的一次传奇"[1]。

在智啊威的诗里，我们发现了另一种诗学可能，那就是一种日常性的诗意提升与获取。尽管智啊威对于诗是什么有某种不确定性的思辨，但他还是有明晰的认知，他说："诗本身，大抵就是那未能明确言说的部分。而诗歌独特的内在规定性，在我们判其规定之前，已成诗，这是不容置疑的。它对读者神经的触动，是必然的，直接而模糊。"而他的诗在我们看来，还是拥有某种诗学意图，或者说诗的形态还是让我们有所辨认，那便是基于对宏大叙事与时代偏离的日常性写作。比如在近期写的《一整天我陷入在细节中》，是因了"去书店的路上下起了雨"而展开的自我思忖，这些几乎都是俗常的细节，披露出"没有选择一种庸常的方式来打发时间"的意图，也让一首诗趋于完成。在他另外的诗里，虽然手法各异，但有着同样的旨趣，《反思录》里，从"去上海，火车快的／窗景来不及细嚼"起笔，到"我的嘴来不及发射的／正是南窗外，那片／隔夜的雪"，尽管动用了夸张、变形、通感等修辞手法，而让诗有了不同的样貌，但依然是在日常场景里获取诗意。这样的诗给人以亲近与朴实之感，诗人在不露痕迹中显现诗意。据此我们似乎能够这样说，若诗人在把握了语言感觉的基础上，让平凡的生活趋近于诗，或者让生活的庸俗性有效地转化为诗意美学，那么，他就会成功地做一位诗人。而同样源自平常的生活场景：故乡、家人或梦，杨国杰却偏于词语的揉搓与修辞

1　臧棣《执着于诗是我们的一次传奇》，《黄河文学》2009 年 05 期。

的份额，在貌似疏远于时代的写作里，又揉进一些时事信息，诗也在朦胧中趋近于虚无缥缈。这似乎是一种常见的诗歌形态。或许他们这个年龄，正是想象力掌控着语言，词语只有飞翔起来才与之相匹配。所以，在好的状态里，词语一旦被纳入一个准确的秩序，诗就会给我们带来一种语词层面上的魅惑与惊喜，而语义上也让人有某种意外的领略。比如，我们从"为不算乱的家中 / 整理出每日可以忍受的格局 / 然后，她就来到条柜旁 / 像节日祭神的仪式，服下三粒药丸"里，看到勤谨而多病的母亲的身影；而从"我们就这样赤身抱着 / 而你分泌着像潮汐 / 微张的牡蛎壳提示我 / 可以与你互相占有交换体液"里，则可以欣赏一对青涩男女微妙的性爱梦境。而当诗人进入一个想象的绝对境界，那么，他也可能渐远于日常生活，体验到"只有痛苦是此刻唯一的真实"，而供出"死亡仍是急需解决的问题"，那么，杨国杰也许会走进另一个诗学的向度，因为他认定"任何结构都是可以栖居的"（罗兰·巴特）。

砂丁大多是在对于日常生活场景的整体叙述中赢得一首诗的，而且这其中的诗意尽管有些散淡，却以精确的面目展现。语言则朴素而舒缓，有时候，他的描写也会出现精彩的句子，比如："浑圆的地豆，刚刚出世的小小婴儿。去了皮，它们袒露着 / 柔软的心，好像一碰就会痒痒似的"，这种活泛就像一位中年农夫偶尔的一笑，显得十分可贵。我们也就在这样的感觉中对诗人作着身份的辨认——惊异于这中年诗人常用的一种散体结构，居然在砂丁这里运用得如此自如与稳妥，的确不易，不妨说这种诗的方式既考验着诗人的心智，又考量着诗人把捉语言的能力。

秦三澍的诗的发生学给了我们一把打开人与人性的钥匙——这也是根源于生活的诗的转换。在《渡爱十四行——给臧棣，记十八日诗歌船首航》里，我们就看到了这精彩的一幕。或者说，三澍给我们展示了诗的功夫。在诗里：

人群，在雨水的浸泡下收缩。诗的磁场
如此精密地遥控着游人，他们在横桥上

探头探脑，像在观看一场虚构的起义。

从这里看出来诗歌的力量。这在一个冒险的乐园的现代情景里尤为难得，而正是如此，才显得诗的高贵——这是诗的"一场虚构的起义"的奇异力量。诗还铺垫了更多的人群的涌动——在这个魔都的内部，让我们为诗欣喜。而"船头的北方汉子满不在乎／岸边石头里藏着什么谣言"却是对于一个真实的诗人的描述，这是诗人的清醒，也是诗的真实："此时，诗人如一尊尊圆耳的猛兽，伏在船底／与秋老虎对视。让你不得动弹，也不敢聆听。"继而才有"看他们挥着老虎钳，拔下汉语的锯齿／在昨晚刚圈起的小租界里，裸着身泅水"。而在胡立伟的诗里，我看到一种自我审视："在我的身上，有雨滴般密集的借口／每一样都足以谋杀现在的我"，这是一个知性显现的初级状态，沿着这样一条路径走下去，就会成为内置经验的写作者，或者说成为一位冷静的想象力的操控者。

我们在何婧婷的诗里看到了一种诗的行动性，即她善于把日常的行动转化为诗的行动，从而让诗成为一种灵动、活跃的东西，比如"你能感觉到高低错落的／背后闪烁的小眼睛""我愿意一个人沿着风跑很久／一直跑到风的前面""现在还有什么呀／浆果被刺猬们都扎走了""在一棵松树底下／要替它多笑一下""有些波浪活在花心里，有些活在纸上"，在诸如此类的诗句里一种动感扑面而来，诗犹如一个湖面，在风中显现了波纹，这会让那些死气沉沉的观念化的诗黯然失色。而徐小舟把行走看作"是个好借口"，当然这也体现在诗的行动中——尽管这行动还只是一种自发的行为。但我相信，诗人拥有了诗的行动，就会渐变为语言的自足性与精神层面上的自觉，就像看到"一只兽／栖在心底休养／半阖着眼眸"，"夜深雾浓的时候／灵魂挣出缚锁"那样孕育着诗的意象与意涵。而当我们在熊生庆的诗《出走》里，即便看到了迷惘与孤独，也会感到兴奋，这皆源自于诗人对人生的确认意识，有了这份确认，是风沙，还是青石小巷，流浪，还是抵达，都有了某种宿命感，即使"站在十字路口"也可以让我们认定"这样的出走，是否／就能贴近，你说的纯粹的生活"的考量。说到底,诗的功效之一就是靠语言自身的力量唤醒我们沉睡的心灵,让我们敏感与认知于存在的意义,而这样的诗会最先到达,以至于"从此以后,我们有了存在的理由,那便是这个突如其来的行动。至少应当预先重新找到一种责任和一种精神。我们所有自身的行动,那些迷失,那些衰弱,都应当变为呼唤"(伊夫·博纳富瓦《论诗的行动与场所》,刘楠祺译)。

缘于对世俗世界的摆脱与疏离,这一代诗人的想象力总是恣意狂放的。在李琬的诗里,我们看到了:

现在,不能隔着青苔与天空接吻
索性只握住那些柔软的手
它们从看不见的窗棂外伸过来

这首诗似是在苏杭某个公园里,古树参天,青苔从树丫垂下来,诗人才有了不能与天空接吻的想象以及更多的联想,读来让你惊喜。而在另一首诗里,她为藤蔓植物苜蓿想象了碧绿的裙裾,继而联想了"完成通向城堡内部的降调",还由光想到舌头,"一层薄薄的冰糖 / 因你来访而溶化",这种持续的想象能力让诗充满异数,让语言走得更远。予望在这代诗人中,是我看到的独自沉浸于想象乃至梦幻的一位,她的诗大多缘于想象力,换一个说法,她即便在现实场景里,也依赖梦幻般的痴想。比如在《车厢内的女人》这首诗里,她感觉到了男人不懂的"接近羊水破裂前 / 那种疼",猜想她"成过一次仙""她是雨季里待久的一枚奇异果",而这些句子似乎更适于入诗。而《离婚》更蹊跷,本来这是人生一桩大事,但在诗人笔下,"燕子飞练就一身送请帖的好本事"之后,竟然演练了一场军中布阵——自然,少不了男将军与喊冤的女人——仔细揣摩,这意境居然还有几分贴题。我们在杨泽西的诗里则看到了想象力"近似荒谬的偏执",因而才体会了一朵玫瑰的变形:"可我必须绕开一朵玫瑰燃起的火焰 / 必须冷到合适的程度—— / 以防凝结成花瓣上的一颗露珠 / 一不小心跌进了玫瑰的内心。"

长于想象力挖掘的年轻诗人，总是在事物与词语间转换，从而求得一个意境，他们多数拥有一种梦幻与神话的色彩，最终，一些事物消失，而散淡的诗意显现。何骏的诗始于想象而又能从具象中荡开，进入词语的虚无与虚幻，在《庞》这首诗里就是如此：

一些词从月亮后面跳了出来

在寂静的群山之间舞蹈。你是庞大的
歧义，为了容纳它们
不得不退席。

当盲镜写到"丘陵的每件小事物都拥有动词"之际，我不知道他真实的感受是什么，但我看到了很多优秀的年轻诗人在诗里显示出对词语的敏感，尤其对于动词的使用使他们的诗拥有了几分灵动与鲜活，如此他们以天赋般的敏感让读者"回到风景中"，在那里享受着词语的快乐。而在颖川那里，我体会到了感受力的细腻与新异："声音扭转入声音，阳光摁扁积水的薄膜""每一次反转中跳跃，玻璃傀儡闪亮的肉身死于日常""那从高空降下的光线不断延伸着／在某处，在一个最低的角落／暗中洗亮所有过去的失败和沉沦"——徜徉于这样的视阈里，就意味着现实的城市情景在柔韧的语词变形中，给予我们的是一种既非失望也非希望的颓废之美，诗人最终给我们呈现了文本之妙。

自朦胧诗以来，"大词"曾经一度充斥汉语诗坛，继之而来的第三代诗歌以日常性予以极大的冲击，尤其口语诗歌的反文化、反崇高情结更让其遭受毁灭性打击。而时至20年之后的今天，我们却看到了另外的情景：诗的极端个人情绪乃至于低俗、粗鄙的情怀溢满诗歌，而充满俚语、粗话的口水诗又漫无边际地泛滥。那么，有些大词在诗行间的融入，同时崇高情绪的回归就几乎成为当下诗人的一种内心呼唤。我在这一代诗人中发现了一些端倪。比如葛今在《悲剧》这首诗里就使用了幸福、悲剧、枷锁等被公认的大词："我看到一些幸福的悲剧发生""我看到

阴影被明媚所收藏 / 看到带着枷锁的长叹 / 从娇柔的唇齿中吐出""我的
忧伤像闪电 / 带着肌体焚烧的焦味 / 在人群上空隐晦地闪烁",而让我
们欣喜的是诗人在大词之后,给以日常性词语和生活性细节的补救,这
就使得大词不至于落入空洞、陈腐的窠臼,而让一首诗饱满并拥有了某
种崇高性:

> 我看到幸福的悲剧
> 像流感一样蔓延
> 在你我的懈怠与懒惰里
> 举起森冷的镰刀

这里的悲剧被接下来的"流感""镰刀"等修饰语软化,诗也显得温和
而具有人情味。而在另一首诗里,他写道:"习惯了无聊 / 就是习惯了堕
落 / 习惯了没有目的的等待",这几乎拥有了朦胧诗经典的诗意呈示了。

兰童有一种不同于同代人的将生活经验转化为诗的能力。他初中
毕业后外出求学、就业,多年来远离故土,对于家乡的风物人情自然体
验不会太多,但他在诗里写得却颇为传神。我想,这或许缘于他童年时
期对地方传统曲艺的痴迷,以及在津门对相声技能的掌握有效地提升了
他的语言表达力。而究其根本,一定还是他对语言与诗学技艺的独到领
悟。在《万齐舅》这首诗里,诗人就刻画了一个孤身男人的巧舌、哭泣
以及艳梦,极具现场感。而这感受竟不是用平铺直叙营造出来的,兰童
采取极度夸张与借喻的手法来机巧地铺写,令乡村凡常的人物显得真实
而神奇:

> 他常借来鹦鹉的舌头
> 使乡村现场的妇童铜片般笑成一片
> 把杀气阻挡在天堂之外

这诗句里有让人惊异的修辞技巧,一个"借"字,并非每个诗人都

能想得到，还有"他又借来青蛙庙宇尽颓的声囊"句也如此。这是隐喻的微妙，这用法改变了叙述的直白与平淡，而杀气与天堂的关联不仅改变了意义的走向，且赋予语言以鲜活的诗的形态，就连写诗多年的人也未必能做到如此的圆润与机智。

> 他哭死去的父亲
> 哭乡村仅剩的幼年之幼，老年之老……
> 哭自己那条百步而乏的跛腿

这些都是实写的句子，却袒露了言语的在场性，不作修饰仍能生动逼真。而"在梦中，他像剥鱼一样撕开她的双腿"则显现出修辞的真切。这首诗就是这样在虚幻中整合了真实场景。最终，一个令人惊悚的诗句为全诗作了合乎情理的超越：

> 哦，他一口饮尽了乳房里悲鸣的黄河

从阅读中可以看出来，莱明是一位十分在意诗的技艺的诗人，在《造景师》里，他这样写道："脱开词语的外衣／许多耳朵在变形"，这里诗人似乎在说，离开了词语，一切事物——包括声音——将不会存在，它们也难以进入人们的耳廓。当下的时代，是一个工具理性时代，技术几乎代替了一切，而这居然成为他们的优势，不妨说，技术在他们的诗里，成为必须。

在这个诗人群体里，已经有不少人可以熟练地掌握诗句的组织与选择了，就是说，当一些诗人还在做词语练习时，他们已经写出了成熟的诗句，这说明诗人拥有先天的语言禀赋及感受力，当然也跟后天的阅读与语言修炼有关系。伽蓝在《雾化门槛：一分钟的凝视》里，写下这样的诗句"坠落的弧形把月亮砌入石砖""苦涩是另一种回忆""失去比灰色更冷的父亲""把暗面刻在弯曲的墙上""假使被缝合的正义""带着比光芒更深的伤口"，从这里可以判断，诗人已经具备一种基本的语言潜力，若通篇都是这样的句子，又能够在语义的贯通中雕刻主题，那么伽蓝将成为一个优秀的诗人。说到底，在诗的语言层面，适度的修辞是有益的，就是说，年轻诗人不必过早地进入一种口语写作，他们在经历了语言的修炼以后，才好适当地放开。在这个意义上，我看重林国鹏的语言修炼。在他的诗里，常有这样的诗句："有人看见一树的鸟鸣在凋零""呛人的忧伤""苦涩的词语"，如此可以挖掘语言内在的能量，而让诗拥有几分语言本体的魅惑。从苏笑嫣写于16岁前后的《沉默是一种细微的声音》里，可以看到这样的句子："像是受了遥远的呼唤我迷离地到达／只比想象早了一些""真相不动声色地浮现""陌生的清晨已经失语""沉默是一种细微的声音""黄昏像沙土一般流动"，这些诗句是令人意外的。在《孤独的王者》里，诗人写道：

> 我无声地对你说话　黎明
> 我们的理解、默契、安宁
> 如同一个温暖而平静的词　缓缓上升
> 在夜的青铜容器里熬制之后
> 到达融合的高度

这是一个孤独者的话语，如果揣测，可能会是诗人失眠后的获得。诗是在黎明与夜之间发生的，是在理解、默契、安宁如同一个温暖而平静的词与青铜容器里熬制之后，到达了融合的高度，但语义曲隐而延绵，写得内敛而沉稳，几乎让人猜测不到是出自一个少女之手，这是一种性情的修养与练达，也体现了语言的处理功力。而在荣岳霞的诗里，我看到了颇为集中的黑色意象，倘若不是诗人独异的情怀，那就是一种诗艺的偏好，比如她的诗里常有如此的句子："一只鸟立在坟头""与暗夜的静谧一起保持失明""命运已悬挂在停止的钟摆上"，在诸如此类的诗句里，看得出诗人的心绪的恍惚与对人生的质疑，以及对死亡的畅想，或许有一天，诗人在趋于成熟里会锻造出自己独有的诗学风貌。

"当小径识得他的寂寞／就打扮得曲折、悠长，与静谧了""你我坐在湖边，像两只熟透的桃子""游人们／也为你我沉默，湖上的波浪瘦得只剩下骨头了"——读到这样的诗句，我们不知道炎石是否在潜意识里步柳永浅唱低吟的诗路，但我们明白他在把握语言上其实已经很老道了，就是说，他能够把瞬间的微妙感受——那种历史与现实中的颓唐之美化为妥帖的诗句，而很多同代诗人还不晓得或不能如此娴熟地运用。龙小羊不愧是汉语言专业科班出身，她的诗句既显得灵动又十分确切，"桌下的二郎腿是一座静止的小峰"用喻奇特，"而我们选择对时针视而不见"则有曲隐之感，还有"我们的额头上溢满年轻的油汗，烟卷躺在手指间，不做挣扎／和朋友通过非必要的问与答，试探着夜晚的语调"都披显一种语言的优雅与妥帖，而这些诗句铺排在《流星》这首诗里，可以见证诗人的语言功力。

　　洪家男的语言很安静，但他能够在安静的述说中，提升语言的势能，让其成为诗。在《离别三种》里有这样的句子："四月就要到了，练气功的老人／不会这么多。积雨云将回到你家门前的小池塘，／使你和鱼一起拥抱并渐渐潮湿"——第一句平淡而简单。而接下来的句子在修辞里让一种独有的感受在想象力的驱动下变得复杂并发酵成诗的韵味。在下一节里，则让你看到其述说的恰切与不事雕琢，不妨说，在这样的拥有了语言天赋的年轻人那里，已经显露出一定的成熟迹象了——

　　　　她在你的怀里，柔软，安静
　　　　像一片湖泊。你想起儿时在外公的屋后
　　　　和表哥们一起摸鱼。你总是最早看见
　　　　却又错手让它滑走的那一个。

　　我们还看出了洪家男拥有一种沉静乃至不动声色的力量在诗行间漫流——这既是对于语言的把控，也是一种诗情与诗意的敛约，看《星期六喝茶时间》：

　　　　你抬头，端着茶碗的手

在空中停住。唱佛声。从没听懂过，她说。

诗里有戏剧性镜头：一个年轻人，一个小尼姑，在尼姑庵里的佛唱里，喝茶。诗里对小尼姑有了交代，而这一切都在近乎安静的述说里完成——双方的情绪也是如此地平静。"我／美吗。她问。茶叶落了下去。你放下茶碗，想起／这是你们的第三次见面。"这最后的一节分明有暗流涌动，而诗恰好戛然而止，让一切都断了。这种禅境下的情景诗，若非诗人耽于修炼而刻意为之，那么，就体现了一种美学动向，而这在世纪末一代年轻诗人里呈现出来实属让人意外。

据说，蒋在 11 岁就开始写诗了，难怪她的诗会写得如此老道，读《你把我含在嘴里》这首诗，你会觉得语气硬朗而境界宽远："爸爸拖着花岗岩，在荆棘里升起了炊烟""在哪一个温存的节日里／我能够从远方送给你一头山羊""你把土地的根须／用来推开教堂门外栅栏的沉默"。

你把这一头我送你的羔羊
拴在了我不能找到的山上
于是人类的眼泪和大海都被我父亲含在嘴里

读着这样的诗句，你不会想到是出自一个女孩子之手，而一个女诗人的语言的硬朗总是我们所期待的。因为如此，就可以让一个女性写作者尽快摆脱唯美与小情绪，而进入优秀诗人的境界。同时，我从这里也读出了颇多的复杂，而这复杂却不是一个 20 岁少女所该有的，这里只有一个解释：不是蒋在身世的复杂，那就是其内心的曲折而致语言的裹挟所塑成的效果。同时，蒋在对诗句还有一种精准的把握，这或许来自于感受的清晰，比如在《伊斯坦布尔》（Ⅰ）里：

零点十七分
即将　变得准确而又拥挤
我拥有的把戏

用来　向暴风雨起誓
只用一次
用来　看望你

或者　代替
看望了我

你的鸟群　站满
可以想象的屋顶
一点距离
留给　疯狂的气味

妓女　在修道院的后门
等候
墙上的石砖
举起酒杯　召唤她们

　　这里，拥挤、起誓、看望、站满、等候、召唤等词汇让一个女孩对初来乍到之地的感受生动、精确而明晰。而这看似简单，却是很多初学者做不到或做不好的，很多人面对此情此景会写得拉杂而不得要领。在钟硕对蒋在的一个访谈中，她承认，在书里体验一种比现实更绝望的人生，在写作中则有一种近乎偏执的想象——她几乎道出了写作的秘密，就是说，在她尚未曾了解更多人生世事的年纪，已经通过读书掌握了许多（而且是那绝望的）东西。这就成为她心智早熟的必备，而想象的偏执则是她成为诗人的天赋。

　　对于初学写作的年轻人，多做语言修炼的功课其实不是坏事情，或者说，让他们在语言里经历风浪，会使其体验造句运动的艰辛，若干年之后，返璞归真，即便进入口语化写作也会拥有某种语言的自觉把控，这就如同书法先从楷书做起一样。看得出，簌弦是一位在意语言修辞的人，而由于这修辞才让俗常之物平添了一份神秘、曲隐与淡远。在《如洗》这首诗里，诗人就把一个家庭主妇洗衣的情形描述得颇为微妙，尤其是"阖闭她百叶窗的眼睑""女邻的滚筒抬升了危险的水位""更多时候，她也从波谲的音色里／剔出一日的杂声""你听见胸衣在晾杆上燃烧"等句子，把凡俗的场景转化为一种语言层面上的让人欣喜的妙意。而在《气象台》这首诗里，

> 三月的第一个晚上，你抱怨
> 气温骤降。呼出的迷雾中途停滞，
> 而说出的话更加干净。

我们在这里看到了簌弦的另一种语言风貌——不事雕琢的清新，让事物坦白它自己原本的真相。面对诸如此类的语言风景，我们要从诗学的角度上去判断几乎是没有必要的，这只能从一个诗人的历史学视野去观察——就是说，他最后的语言成熟度才是标本，这其实才是这一代诗人让我们期待的理由之一。

好的诗往往是这样一种景况，它们在语言内部拥有很大的张力，而这张力中有很多的蕴含让读者去咀嚼，也给批评者留下阐释的空间，在袁行安的诗里就遇到这样的情景。《创世画》里有这样的句子："在低洼处落满天使"，这首诗是关乎宗教绘画的，或许就是一个真实的描写，而单独考察这个诗句，还是给人以震撼，这则应归功于语言镜像的效应，或者说是实相隐身后的语言转化所给予的魅影。在《手艺》这首诗里，有"日子像渐渐发福的身体／气氛正好／趋向一种饱和"，在日子、身体与发福、饱和的相互作用中，语义发酵成一个饱满的自足体。接下来的"有人／从别处的经验中伸出耳朵"也有异曲同工之妙，在经验与耳朵的转喻里，彰显蕴含的词语之美。同样，在最后一节，"越过一些鬼影与等待黑暗的人群／将他们／变成镜子"，也在人群与镜子之间形成张力，并给读者留下思忖的空间。

应该说，一个诗人对自己写作的审视是十分必要的，不妨说，他在

自我审视中会不断地成长，同时也让写作成为一种清醒的行为，或者就像魏成说的："在不断的写作中，明确自己的身份。"我们看到在牛冲的写作里就显露了这一情景。他在《表现主义》这首诗里开篇就写道："很久以前我就知道我是谁 / 我要写什么"，这份肯定让人惊喜。接着，

> 我写土地，土地里就住进了河流，
> 我写山川，山川里就住进了鸟鸣，
> 我写女人，女人里就住进了浪花。

这里显现出一种写作的主动性与设计，而拥有这样的清醒会将今后的路子拓宽许多，或者说这样的诗人是可以期待的——这还缘于"每一次写作我都如醉如痴，/ 就像从身体里开花"，那么"那些成熟的秋天像果实一样坠落"就成为一个必然。在另一首诗里，牛冲写道"我们惊讶于飞翔，/ 我们已经学会修辞，开始识别病句，/ 并用正确的方式修饰彼此"，看得出，诗人在清醒中，让写作走向深入。同时，假若诗人把诗视为一个生命体，那"每一个生命都被我们精心地打理"就一定会成为一种让人敬佩的诗学行动。安然对于作为诗人的觉察似乎更清醒，她乐于"坐上一匹幻想的黑马 / 为寻找梦里的唐吉诃德开路"，从而去"创他自己的神"。

从理论上讲，原初意味着天性，而考察世纪末一代诗人，你会在他们的写作里发现一种原初性的纯然与裸在，这比那种裹满灰尘或脂粉与面具的老态截然不同，就是说，他们虽然构不成诗学的传统，但他们可以为这传统输送不被污染的汁液。同时，这一代诗人缘于语言的隐遁术尚未成形，或者说他们还不洞悉语言中的面具，因而他们在诗里呈现的潜意识具象比比皆是，借用齐泽克所说的："潜意识就在外面，并不是隐藏在什么深不可测的深渊中"，或者像他一再引用的《X 档案》中的一句名言"真相就在那里"。而在我们的考察中，这些具象既有正面的阳光表达，也有"迈克尔·杰克逊的阴暗面"，一个批评者则可以从这些具象的表面透视其内心的形体，亦可预见其人生轨迹，"如果像这样把注意

力集中到物质性的外表上往往能取得丰硕的成果"[1]，当然，我们在这里是指向语言的"物质外表"。由此反观他们的写作，自然也可以得出同样的结论。总体来看，这一代诗人已经从原初性出发，渐次进入想象力写作、日常性写作、知识性写作与语言性写作等诸多类型中，从而展示了他们诗学层面上的多种可能性。

结　语

世纪末一代诗人这个年龄的写作，或许仅仅是他们的青春驿站，或立此存照，能否坚持下去，或越写越好，并且成为诗学的自觉尚未可知，故而这篇文字只是对目力所及的现有诗文本的解读与浏览，从中得到意外的启示与描述。而正因为这一代诗人正处于写作的童年，在给人新异与惊喜之余，亦会有不足与缺陷。比如从我们已经阅读到的文本，能够看出来，在电脑、尤其是微信时代，你在上午发出的东西，下午就没人去看，他们也没有时间和精力绕过大量的文本去阅读，故而，逼迫年轻的诗人们把诗的写作快餐化，把即时的小情绪、小感受即刻发出来，以博得朋友圈的快速廉价的点赞，而严肃的沉淀的东西则渐渐远去，精神淡化，诗歌堕落为一次性消费。这不能不成为我们的一种艺术的忧虑。

世纪末一代的写作，就整体看依然处于随性而发的阶段，就是说，他们之中的很多人还没有形成独有而稳定的语感，没有进入写作的刻意追求，一种制作，在完成度上还有一些距离。在有些诗人那里，我们能够看到一些诗的句子，但作为一首诗却不能成立，或者说，那只能算是一个诗的片段。有时候看到一些诗人的词语形式游离于语义之外，或偏于词语自身。语言的撕裂过于明显，这大约是应和了年轻人心绪的过度跳跃。同时，他们还缺少语言的稳定性，其实这已经不是探索所能掩盖的了，说到底是对语言自足性缺乏把握，以及对诗学感受力、想象力和洞察力的整体性缺失或薄弱，而导致的形式元素的失衡。记得艾略特在

1　斯拉沃热·齐泽克《幻想的瘟疫》第 1 页，胡雨谭／叶肖译；江苏人民出版社 2006 年版。

写作中有一个著名的主张，他说："诗人的第一项任务应该是使自己头脑清晰，确信自己写出来的诗正是所发生的过程的正确结果。"因而他认定："模糊不清的形式最为糟糕，它是那种不能进行自我表达的诗人的形式；最虚假的形式产生于诗人在没有什么可说，但又极力说服自己相信有话可说的时候。"（艾略特《诗人的首项任务是使自己头脑清晰》王恩衷译）由此反观世纪末一代诗人的写作，我们发现一些诗似乎是为赋新词强作愁，把那些可有可无的，甚至无聊的情绪与感受放进诗里。还有一种情况，诗句不着边际，看不出诗人的意图，或者在反复审视后，那只是一堆语言垃圾。在一些诗人那里总发现诗句表达的升溢，就是说，本来用很少的语句可以完成了，却还是写得多了，浪费了词语反而显得多余——这时候，把一些词语去掉了反而显得精粹。

　　有些诗人乐于挥霍成语，这其实是一种在感受与语言纠缠中的懒惰与无助，或者说是一种表达误区，这让原本并不复杂细腻的感受力因为成语而愈加凝固化与陈旧而显得粗陋。这样说并非在诗里成语不能用，而考察成语的生成特质就会清楚，它是一种久远的语言历史而形成的意义凝结物，就像一只茧子，在诗里使用这个成语之际，你需要有多强的语言能力才会把它软化或从中抽出语言之丝？还有些诗人不好好说话，有些词无端地减去，让人看了别扭，那其实不是创造，是对于汉语的不尊重。而在诗里，我们还常常看到这样的情状，他们为了求新，宁愿把各种词汇强行杂糅在一起，而这杂糅却无来由，亦无规约性。其结果便成为谁也看不出眉目的词语垃圾，而他们可能会以为如此便可以新，便可以让诗意深藏不露，以至于走进晦涩的诗径。90后诗人冯谖有一句诗道出了诗人的心迹："没有人再为那些陈词滥调摇摆"，是的，在陈词滥调里，我们看不到新意和生机，就像一只陈年老茧，徒有其空壳，诗人欲把意涵塞进去，却进入窠臼之中，其结果，新意也染上陈醋味。故而，有创造力的诗人决不乐意于此道。

　　当感受力与想象力达到极限，必然体现在词语的边界上，但词语间的状态犹如高原稀薄的氧气，足以让人呼吸到才为妥，亦如夏季田野的游丝，再细，也得让人看到，让读者内心通过再感受感觉得到。不然，我们就可以质疑这状态的必要性了。一个诗人的想象或幻觉不同于平常人，是因为有语言给予的秩序，而这秩序是建立在美学依托上的，也规约于词语的有效整合之中。就是说，这种想象与幻觉的语言秩序，给受众以美的享受，也坦露了事物的本真图景与秘密，否则，一切都归于无效。而在初学者那里，他们的想象与幻觉并不能恰好体现于语言里，我们常常看到，在两个或多个词语之间，没有有效地焊接，在词语的两岸，我们穷尽一切伎俩也难以架起一座桥梁，或者，我们无论如何也荡漾不了一叶扁舟。诗篇就像一封天书，大概只有上帝晓得，若还有一个，那恐怕只有作者了。而这一刻，若有好事者诘问，作者自己也无法回答。或许这些诗人会说，这是语言诗人的特征。其实他们错了，但凡语言诗人，他们的意蕴往往裹挟在明白无误的诗句里，只是在诗句的相互质疑、否认与纠缠里，让诗意变幻莫测。但尽管如此，他们在诗里终究会留下一个秘密的通道，或者是一把钥匙——读者找到了，意涵则豁然开朗于你的面前。说到底，这里面拥有很高的诗学修炼，决非一蹴而就的。故而，窃以为年轻的诗歌习作者还是要老实地写作，好好地说话，待诗艺的真谛谙熟于心了，想走向语言诗的向度也不为迟。

耽于神性写作的年轻诗人，一旦走偏了，有时候往往会陷于意象与词语的密林里，或"一个自闭者的自述"中（狂童语），极端者则进入仿神话与宗教文本的呓语里，却寻找不到一个出口，这时候，晦涩与难以破译的诗句尤其多，让人领略一种貌似宗教诗的意图，但作为一般意义上的诗篇几乎是不成立的。在这个群体里，我领教了一种疯狂的想象力，它总是恣意狂野而生猛，倘若语言的堤坝能够把控，就会有湖泊、河流般的词语风景，反之则有洪水或泥石流般的语言溃烂与灾难的降临——尤其同时又陷入修辞的泥淖，情景愈加可怕。我们还注意到一种情形，应验了博尔赫斯的一个说法：连一个比喻都写不好，还怎么配称诗人。他还说：隐喻重要的是产生的效果，也就是要让读者或是听众把隐喻当隐喻看的效果（博尔赫斯《论诗歌的比喻》节选），陈重仁译）。而在世纪末一代诗人那里，有些人虽然写下很多的比喻，但给人的印象却是陈旧、浅薄与粗俗，没有审美效果。那么，这样的比喻是失败的，与其如此还不如老老实实地写下一句话。

　　概而言之，这代诗人多受过高校教育，他们有机会读到更多的诗。微信时代又为他们旺盛的精力找到了诗的填充，这样，各种样貌的诗就会充斥脑壳，从而为他们带来迷惑，也为其选择诗学方向带来了方便。我们可以看到他们的不足，但他们的世界更让我们钦慕，因为他们的路子太长了！他们对于词语的钟爱也让我们自愧不如——这里有更多的可能催生崭新的诗学，而这才是我们的期待。世纪末一代诗人才刚刚进入弱冠之年与情窦初开的时期，给他们下结论几乎是荒谬的，这篇文字也仅仅是就他们的现有文本进行的初步梳理，故而不是定论也不可能成为定论，他们的发展与流变还刚刚开始，很难预料其势头与方向。但他们已经形成了一股语言气势与精神强度，相信他们还会带来新的发现与诗学嬗变，一些人会迫于世事或兴趣转变而停下从此悄然无迹，一些人又会加入这个行列。随着年龄、学识的增长与精神的日渐强盛，这一代诗人将会以愈加显在的实力给诗坛带来更多的意外与惊喜。按照布罗茨基的说法："诗歌作为语言的最高形式……它就是我们整个物种的目标"[1]，那么，世纪末一代诗人走向成熟之际，便是趋近于我们这个物种目标的时刻——不妨说，这也会责无旁贷地成为他们伟大的责任。

1　布罗茨基：《表情独特的脸庞》，载《悲伤与理智》，刘文飞译，上海译文出版社 2015 年版。

莅临与剥夺：论青春经验的诗学转化

——以 1990 年后出生的诗人为例

汉娜·阿伦特在《过去与未来之间》的开篇，引用了勒内·夏尔的一句诗，"留给我们的珍宝没有任何遗言"[1]，诗句意涵深奥而奇妙，的确是"突如其来的警句中最奇特的一句"，我并不想顺从阿伦特的一厢情愿，而只对"留给我们的珍宝"感兴趣，就是说，当我意外地把这半句诗跟青春经验写作联系在一起时，有莫名其妙的意味与兴奋，从而激发更多的阐释。所谓青春经验写作概指 25 岁之前的诗歌写作，在这篇文章里面，仅限于 1990 年以后出生的诗人的创作活动。一般而言，从诗歌史的畛域去考察一个诗人的写作，大多都会从其早期开始，而这个早期又是在青春期之间，这几乎就是一种源自于青春经验的写作。无可疑问的是，在诗学理论界尚未厘清的阶段性写作（青春经验写作、中年写作与晚期写作）中，青春经验写作肯定居于最前端。而相对于其后的写作，青春经验写作既是发始，也是一种奠定，不妨说这个时期的情感抒发与恣意的语言和主题意涵的拓展都拥有天意般的意味，相对于其整体写作，这些未定型的文本或将成为诗人珍宝般天才性的文本也未可知——毕竟这里显现出其早年文字的"德性"与"荣耀"。哪怕只是春光乍泄——我是说，这个时期的文本也许在某些民间杂志或公众号现身后，很快又会被诗人作为青涩的"少作"羞涩而又忍痛割爱般地掩藏于

1　汉娜·阿伦特：《过去与未来之间》，王寅丽、张立立译，译林出版社 2011 年版，第 1 页。

箱底，这样，这些诗歌没有消失却已经遗落了。那么，这时候，对于有幸读到者也不排除就会有一个关乎珍宝的揣测，尽管这几乎有如海市蜃楼般的缥缈，以至于有理由怀疑这些珍宝是现实还是幻影。而止于此，便已构成写作这篇文章的动力与理由。

（一）经验：莅临与在场

出于论述的便利，我们不得不引入阿甘本关于经验的概念。阿甘本的经验概约是指人类对于世界原初的第一次体验，是一种个体（肉体）意义上深刻的瞬间省思，被蒙田称为"未成形的没有付诸生产的形式"，而后经由语言自身"在其纯粹的自我指涉之中"所生发的本然存在。[1]显然，经验在阿甘本的阐释里有着复杂的意旨，他是在对于前辈先贤与同辈人的批判与辨认中确定下来的，又有着哲人的固执，我们也只有在他的絮语里理出跟眼前的主题相关的旨意。自然，这概念里面就涵括着诗的元素，或者说这种体验自身更偏近于诗的意味，果然，阿甘本在后面的章节涉及到诗歌，并也巧合般地与里尔克的诗是经验的说辞交织在一起——虽然他反而谈及里尔克游离于经验的触目惊心的剥夺与史无前例的"经验的缺乏"和以怀旧的方式唤起个体"积累成人类"的那些事物因而成为可经历的与可说的经验的矛盾。

同时，阿甘本还把想象与经验视为同源，他说："作为感觉与智力的调节者，并在幻想中促使感觉形式和潜在智力的结合，想象在古代和中世纪文化中扮演的恰恰是我们的文化分配给经验的角色。"强调了日常想象绝不是"不真实"的东西。[2]那么，我们就自然而然地可以借此有效地谈论关于童年记忆的诗学意义，就是说，一个诗人在经过懵懂的婴孩与幼童期之后，随着智力的开发，打开了一双清澈的眼睛，体验着世界的新奇，并由此展开丰富的想象，最终缘于语言而成为诗的结晶体，这时候所表达出来的东西必定是刻骨铭心的体验及其想象所带来的一切，因而具

---

[1]　吉·阿甘本：《幼年与历史：经验的毁灭》，尹星译，河南大学出版社 2011 年版，第 1-7 页。
[2]　参阅《幼年与历史：经验的毁灭》，第 13-14 页。前揭。

有"词语与叙述"的权威。我们不妨把这种诗歌中的童年记忆看作青春经验的莅临，这是很多年轻诗人都曾经为之陶醉与倾诉的。少女时代就开始写作的苏笑嫣就是其中的践行者。童年的苏笑嫣曾经远离北京的母亲，她在一个访谈里说："从小学五年级开始写诗，正是从家乡辽宁来到北京母亲身边的时候"，那么，推算起来这一年她大约10岁。从《风把我吹涨》这首诗里，我们可以读出她童年的孤独、思念与恐惧："孤灯咀嚼着我的影子"，那是何等的长夜，何等的无助与孤寂！从"你挑起那盏灯，奔跑在童年的废墟里／很多次，很多次，把往返的车票当作／一种抵达"看出小笑嫣对远在京城的母亲的思念。"夜风把我吹涨，看见一袭逆风的白衣／将乌鸦和蝴蝶一同塞进去，醒目的红使15岁尖叫"，这些诗句则确切无疑地显露了恐惧，而沿着小路咯咯笑着，跑得欢喜，玫瑰"把她的刺冲我这个小毛孩子比划几下，于是笑了"的恶作剧般的笑声犹如童话中的魔鬼加重了恐惧的氛围。诗里面披显出来的破碎感尤为强烈：草本植物挣裂的辛辣气味，那张忽明忽暗的脸突然粉碎，长椅上的自己，被一阵风吹得粉碎，我揣测这破碎感来自童年孤独心境的幻觉。

蒋在则经历了童年的爱与童趣的双重消失——远离父母，祖母又管教严厉，限制了很多本该属于她幼小心灵的喜好，自然这都是时势阴影下生活的无奈，对于家人而言也是无可厚非的。然而对蒋在这样一个敏感的内心却是不幸的，因而才有那么多跟童年有关的诗。比如《离家很近》，终日在关闭的房间里，任凭苦苦哀求，窗帘从未敞开，而小蒋在偷偷掀起后，看到了一片沼泽地，她是欣喜的又是绝望的，因此才有如此凄惶的想象——

我愿将你想象成

一件没有缝补的毛衣

裁缝都无法修补的衣服

只能将它放入沼泽

再看着沼泽将它全部咽下

年轻的诗人却因了这份童年经验的莅临——孤独或恐惧，而拥有了诗的"唯一的深度"，也让苏笑嫣、蒋在等比同龄人显得更加早熟。由此可以得出结论，假若审视青春经验及其诗的转换，不能绕过童年的门槛，就是说，在诗的转化过程里，来自童年的记忆不可或缺，它们是打开世界秘密的钥匙，甚至于构成青春经验根本性的底层。按照阿甘本的说法，人归结于"拥有语言的生物""语言必须表示的单一性不是难以言表的东西，而是最能言表的东西：语言这种物"，并确认了"幼年就是这种语言实验"的论题。[1] 如此，在青春经验的莅临中，童年与诗的转化这个题旨可以拓展得更为深远与宽泛。

当然，在青春经验的莅临中，童年记忆只是一个基点，而更多的是之后成长期的经验的直接呈现，在诗学中表现为"在场"的写作。青年诗人总会面对日常生活中的情境而发幽思，从而作出诗性的表达。比如很多诗人可以把游历或饮酒写进诗里，在我目力所及的年轻诗人里，炎石是耽于游历的诗人，并留下大量的赠诗。予望的游历则始于一次《转山》，尽管那可能是一次梦游，却有颇多的意外呈现在我们面前，"发酸的膝盖站久了 / 终于晓得要跪"里，暗示了某种宗教意味，果然就有"真的绕山，拜了又拜""人群到这里收敛心性"。我还把她的《和合茶园》作为一首游历诗——哪怕她原发于一个茶社，因为，诗人在这里拥有了一次奇遇般的游园——这不失为一个游历诗的变种：

> 闪电从上头砸下来……
> ……他一身湿漉漉闯进茶园
> 客人的双颊在后来冒出黑点
> 细看，是芝麻粒。他们的五官比昨天更立体……

在龙小羊的《醉酒，或几个年轻人》那里看到了另一个热闹而别有意味的场面：从副题里知道，酒桌上有砂丁、三树、语丝、金城等诗人，

1　参阅《幼年与历史：经验的毁灭》，绪论第 1–4 页。前揭。

"我们对水煮鱼的兴趣渐渐淡了,升起的烟圈里隐匿着无数拟人句",这一刻,酒已至酣,对饭菜已经不在意,并抽起烟来"我们更适合独处,或独自举杯"可能是诗人的一种天性的流露。无意间,那种口头禅般的粗话也会"为我们窥探的捷径留白",还有更精彩处:

> 我们无法描述举与不举的必然性
> 也无力接受酒杯的邀请再来一支性感的圆舞曲
> 更多时候,我们有着逃窜一样的姿势,从酒桌到洗手间
> 尽情地起伏着胸膛和嘴唇,被扩大,被缩小……

最后,"在被拖鞋与背心攻陷的七月重新点一支浪荡的廉价香烟 / 我们挥着醉意的双手,从嘴里呼出最后一点口吻互相作别"——诗里对年轻诗人间的酒事描述得生动而逼真。同时,他们还会把恋爱的细节感受予以呈示。我看到了他们对于性及其性爱的大胆的揭示与描述,尤其在女性诗人那里,祖露得更为直白,她们对于性几乎是不忌讳的,乃至于把它看作日常生活的一个组成。钟芝红首先是这个向度的诗进入了我的视野。从阅读中,发现诗人写得很到位也很用心,"穿过承诺的速朽。/ 我的好奇是你,用这持久的力量 / 在丛林寻找你闪闪发光的眼睛",在这几乎是悖论般的诗句里,一个男生呼之欲出。还有"多少个墙壁我曾经来去自由""荡来漾去的时间里,而你说你爱我""风声偶尔请求回避 / 躺进他的身体,吻他眼睛""你眼里的潮水退去"——描述得都很贴切。而《在树林里》的泄露就更为大胆了:

> 在预备的倒数时间里
> 我们相遇
> 夜的眼睛一半睡了一半醒着
> 星光藏进草堆
> 你游过来,野百合崩解它的前行
> 体温刺痛冬天的脸,暂停的瞬间,是

　　碧波荡漾，发热的情人

　　从而复制，粘贴

　　后面还有"请再停靠一会儿／一次又，一次／地让木筏，漾过溪流／每一块岩石底部的苔藓""他是一棵树，扎根于大地／雨季的小溪，水流潺潺，清脆／顺流而走了"。年轻的女诗人把恋爱中的一些动作称为"传统而持久的习惯"的确精准，而"牙齿／遮蔽每一片叶子缺口／溪流回到它的起点"就可以称之为传神了。在另一首诗里，她写下"饱满的手，所到之处下一场秘密的雨／如今花儿闭合，丛林流水卷走／我要亲手杀死这20岁的身体……／身体退潮，继续成就平庸的那部分"——则披露了情爱中的复杂与波澜。庄凌的诗里对性爱的披露有时候会让读者怀有几分羞涩，而她叙述起来居然是那样的坦然，在《曹妃甸》这首诗里，她看到有个诗人写了一首关于曹妃甸的诗，便想起了小曹——高中时的同桌也是恋人，在"上地理课我们学到了一个叫曹妃甸经济区的地方……我们不约而同地想到若以后生个女儿就叫她曹妃甸"。在《启蒙》里，有二嫂与相好的描写："他和二嫂进卧室关上了房门／我隐约听到风暴的声音／夜里我莫名其妙梦到这个男人"，还有与弟弟一起睡的心理展现与"第一次"的惊喜与不知所措。在徐方方的诗里，我们看到"避孕套从八十降到了二十／我们花了三块钱买水，五块钱／买了爆米花，五十二块钱看了一场电影／——回来的路上我们没有说话／就是十月六号的晚上，一夜雨声"，这或许是一种性快乐的日常化的变形，就像她在另一首诗里说的她们把"用完了最后一只安全套"作为一个"婚前性"体验，哪怕是一种"危险关系"，也"一直若即若离"地保持着。这让我们在砰然心跳之余，也拓宽了一份对她们审视的界域。这里近乎于附和了德里达的构思：他设想着语言完美的透明性，而反对对于世界描述的模糊与扭曲，如此，"将会成为观察主体的完美的在场"，并以此检验思想的诚实。[1]自然，德里达在这里表述的是一种通常意义上的语言与世

1　参阅罗伊·博伊恩：《福柯与德里达》，贾晨阳译，北京大学出版社2010年版，第88—89页。

界的关系，而在诗学范畴里则有着可揣测的意味，不妨说，在诗里只要是审美的，那么，无论是曲隐的还是直接的其或是模糊的，只要最终彰显了世界与语言的双重真实，皆可称之为"完美的在场"，以至于在诸多复杂的渴望之中抵达澄明的诗性期待。

（二）经验的逃逸与疏离

在阿甘本关于经验的阐释里，与其说谈到莅临与在场，不如说更多的是疏离与逃逸，以此考察青春经验在诗学层面上的呈现状态也恰如其分。就是说，他们在童年记忆与日常生活直接转化为诗的同时，还有多种方式的并存，其中在日常生活经验的逃逸，或躲进文化与风物之中不失为上策。缘于这代人的知识与感受大多来自于书本，或者说他们的生活几乎就是与书本同体的。那么，属于这代诗人的诗学可能则意味着从知识的逃逸，以及从有限的生活空间的逃逸，从而趋近于诗。我们看李琬的《拉奥孔》：

他们已经在这房间坐了很多年，
用街灯和天桥的幻象，
纺织黑暗的水面。

有人递来白瓷和晚餐，
由千万次破碎造成；
每种反光都来自遥远地名的记忆。

诗人描述的场景看似跟俗常生活相关，其实又不是，那只是一种疏离后的抒写，甚至跟题旨也没有关联。而仅在"逝去的战争世纪，渐次熄灭"与"阻止他们向前存在（或返回）的根本理由"里依稀可以感受那个故事的影踪，但最终：

……事实是，取消语言的缠绕，

在燃烧的水中连成一片：

他们沉默，带回美丽的末日，

从自身的黑洞逃逸。

当这一切都消失，才成为诗的显身。从这里，其实我们看出来了一条诗学的途径，那就是知识与现场经验的双重逃逸后的诗的归宿——而这又极大地考验着年轻诗人们的感受力与诗的赋形能力。更多的时候，李琬是在释义学的路径上实现诗的意图，我们看《探戈》这组短诗，全诗共四节，通读下来，让人愈加疑惑，这里的语义与场景跟探戈毫无瓜葛！倒是它的释义与之相近，即"一种步法多变、动作缓慢的舞蹈"，此刻我们恍然大悟，诗里表现出来的东西是那样多变而缓慢的镜像：诗里披显了一个男人一天的生活或观察与感受，各不相干又联系在一起，"四月，他早起，晚报被蔬菜打湿／天桥下弥漫肉体的臭味""他吃米粉，辣椒使他大汗淋漓……／他突然对着人群跳起霹雳舞""灿烂的春天：一座半透明的监狱""人群在弹道里接吻，假寐，各自看守梦境"——诗人在如此的镜像里给我们以精神和视觉的双重冲击，让我们体验了既是时代的又是语言的荒诞与悖谬。在李琬的诗行间，我看到了一种个体经验逃逸后的力量——那是既来自精神层面又来自语义层面的力量，或者说，语义的犀利为精神的强劲提供了形式支持："和跟在屁股后面的影子时代／敷衍地调情""尽管黏合一张烟纸／并不比掌握愤怒的技艺更轻易""欣赏丑陋，就是擅长美"，这里分明显现着一种与时代不妥协的美学冲动，这样的情状体现在年轻女性诗人中既是鲜见的又是非常难得的。

不可否认，在当代社会现实生活中，作为个体的人往往呈现出一种"漂移"的特质，就是说，很多人都在谋生的路上奔波与移动——即便在某个都市，也居无定所。而这种特质在诗里则体现出经验的漂移。读王长征的诗就有如此的感受。比如《城市鸟巢》，这首诗的题旨似乎给我们开启了一个文学想象——那是貌似幸福的意象，不妨说，居于都市鸟巢里的鸟儿们的飞翔总会让人觉得自由自在。而接下来竟是：

> 一个个孤独的鸟屋
> 架在冬日荒凉的枝桠上

这一孤涩而冷冻的具象已经透出了并非温暖的意蕴。果然，在"故乡的风追着鸟羽来到城市／随之而来的还有鸟背上的云朵"的衬托中，尘满面鬓满霜讨生活的乡亲出现了，这一刻，时令节气与土地已经跟他们毫不相干，不妨说，他们已成为故土经验的背离者，而在这背离的背后是无奈与心酸，更重要的是这都市又不属于他们，他们是游离、外在的"空心人"与不可获得者，也是不受保护的漂泊者，"家再也不是固定的寓所"，一如卡夫卡在 1911 年的日记中叙述的作为异乡人的感受："人们承认陌生的城市是事实，居民们生活在那里，并不渗入我们的生活方式，如同我们并不能渗入他们的生活方式。"（黄雪媛《卡夫卡究竟是怎样的人》）诗的最后，诗人以鸟儿们"不得不舍弃那个温暖的小窝／去马路对面的树上重新筑巢"叠加着人的无着与漂移感。让人欣慰的是"待春风吹来草木欣荣／它们又开始编织新的向往"给人带来些许的希望，或者说这是作为诗人因怜悯而给予的伦理预设，而唯有此方能彰显诗的无用之用，就像"我停下匆忙的脚步／想爬上树／去拥抱这些陌生的乡亲"般的温馨。

在阅读中，我们能够体察出王长征在诗里着意于对人和事物的在场的刻意描述，但悖异的是，他的诗里总会在不经意间透出经验的漂移——那种背井离乡的苍凉感与身在异乡的陌生。这样的情感经久地回荡在《空空荡荡的歌》里，

> 孤独的人最怕下班
> 最怕一个人回到空荡荡的房子

诗人的笔端流露的是同为异乡人的不同的方言间那种"隔着一条难

以逾越的鸿沟"般的心灵生疏与不契合，犹如胆怯的刺猬，唯有在疏离中来保全自己。这其实就是一个故乡经验亲和力失去后的必然逆反，或许，这也意味着诗人自身在都市经验的漂移中的心理回应，就是说，诗人窥视了众生相中的自我——而在这无可奈何的悲悯中走向诗的完成，仿若那片抽屉里珍藏的来自家乡的碎瓦而成为泥土的化石，故而王长征让我们看到了其作为青春经验转化的另一个有意义的文本。

而在马文秀的诗歌文本里，能够看得出她试图在一条疏离日常生活而切近于文化风物体察的路径上潜行，从而将来自"异域"的丰沛体验凝聚于诗的语言本体中。比如在写给梵高的一组诗里，诗人沉醉于笔墨、画稿、色彩、书信与内心的交汇之中：

> ……致敬梵高，应始于字迹
> 或许连他的呼吸也流于笔墨间。
> 静默后，翻开夹杂着画稿的书信
> ……
> 那定是你琐碎时间里的倾吐
> 交代你眼里的色彩、足下的风光
> 以及隐秘的内心。
>
> （《致敬梵高》）

即便谈及"北方茅草屋"，也持有一种否定的语气，且置入记忆与陈述的情态中。而涉及画家的个人生活也仅仅处理为传记的描述，哪怕是我们熟悉的"麦田农舍"也似乎拥有着"更为广阔的未知"。这里就意味着作为他人——梵高——相对于诗人来讲显现出来的"经验的丧失"。

面对复杂而无聊的世界，文秀宁愿选择日常生活的退却，她似乎深谙吉奥乔·阿甘本"现代人的日常生活再也没有可以转化为经验的东西了"[1]的预言，甘于成为那个"远处的人"，而滞留于一幅画，不妨说，这

1　《幼年与历史：经验的毁灭》，第 2 页。前揭。

一刻，画廊就是诗人的"生活"，因而让这种"间接"触及诗的发生——那么，这诗中的人犹如梵高"信中的女人"或"缩影里的一只狐狸"般淡远，可以说，这又是一个语言中的经验的高贵回归与重塑。同时，我们还体会到诗人试图在个体生活的退场中，借助他者的经验于客观的审察中实现主观的意图，继而完成语义的旅行。这是《梵高自画像》等诗篇带给我们的启发。让我们蹊跷而悖异的是所有这些都让马文秀的写作有着跟唐·吉诃德"把熟悉的日常生活当做非凡生活而经历"[1]的截然相反的做法，就是说，她有一种疏离日常生活的强烈冲动，而固执于在诗歌经验中趋于完成，从而实现着新的语言"仪式"，这样的诗学胆略无疑会让人欣喜。

（三）经验的剥离与词语

在对于当代诗人写作的观察中，我企图这样描述，诗人在经验事物的那一刻——那是一种有所触动而又不可言表的一刻，会让人新奇甚或惊惶的，而诗人正是在那一刻捕捉到诗的萌动之后才开始了写作。但蹊跷的是，按照阿甘本的观点，现代诗的写作"并不是建立在新经验的基础之上的，而是基于前所未有的经验的贫乏"，这是缘于"经验某事物意味着剥夺其新奇感"，因而现代诗的发始者波德莱尔深知新事物是不可经验的，那是因为它是在"未知事物的深渊之中"，进而才会大胆地在艺术创作的核心置入"震惊"，在剥离与毁灭经验中沉入"无法经验的事物"，并将这种剥夺转化为侥幸存在的理由，使不可经验的事物成为正常状态。最终，"疏离剥夺了最普通事物的经验力，因而成为诗歌经验的典范，这种诗歌经验的目的在于把无法经验的东西变成新的'公共环境'，变成人类的新经验"[2]。我们从这里可以窥见波德莱尔的伟大，也确认了年轻诗人们经验剥夺之后的词语得来的诗歌写作的意义。比如在莱明那里，我们看到了一种现实经验剥离后自由的想象力与纯粹的语言结

1　《幼年与历史：经验的毁灭》，第 20 页。
2　同上，第 35 页。

晶，不妨说在诗里，因了想象，让一切不可能都成为可能——成为一种
诗歌经验而竟能让我们信以为真。在《慢花园》这首诗里，花园居然被
"几个人，盗走了"，妈妈能够"刺绣一场雨"，而"隔着栅栏，夏天厚一
尺"，还有

> 我看见，一条鱼顶着它，另一条鱼
> 顶着房子，一只贝壳顶着喜鹊。
> ……
> 天空是我身体的一部分，铺盖的低云
> 又跑过积雪。

　　在《移动的墓群》里，"月亮发了新芽""有一些日子，船升上月亮，
月亮升上树巅；／我们无处可去，在水中练习吵架。群鱼败退"——诗
人乐于接受这种语言享受，并予以美学认定："这并非不是好事。我说：
'就一直说话，这才是／我们该做的。'一天结束，我们仍爱着这一切。"
这种自由度极大的联想表达了一种中性思维，就是说，语言成为一种纯
然的脱离日常经验的自身展示，而那些词则是"一座座移动的坟墓"，甚
至在诗里意义似乎已经退却——它并不附加当下流行的精神或思想的倾
向，歌颂与批判在这里都不再是一个必须。若要追究其最终的意图，那
就是诗人满足于生命意义上的发现与表达。我还时常惊诧于他对于语
言的敏感与超拔的想象力以及对于诗意的经营能力。比如在《草稿：夜
读》这首诗里：

> 我遗落在自己的鞋子里，捕获疲倦的声音，
> 每三声尖叫，就遇见一个危险的人。
> 这时候，树停止了生长，暮色从天而降，
> 那危险的人，从我的嘴唇起身，与我告别。
> 我退回暗处，用心领会屋檐的低矮，
> 仿佛一件发生很久的事，突然结束了。

但院子里，灯亮着，噪音正沿着墙壁滑落——
有人，在风中校对记忆，立誓做一个好人。
我拆开她，读，用鞋带系住每一个感动的句子，
像整个夏天，我旅行在，两只耳朵之间。

在这里，有一种对于意象的发现、雕刻与敏锐捕捉，我遗落在鞋子里，捕获声音；尖叫，就遇见一个危险的人，都形象地抓住到了夜读的特质。诗还显露出想象的语言轨迹，比如："那危险的人，从我的嘴唇起身，与我告别""噪音正沿着墙壁滑落""我旅行在，两只耳朵之间"等。整首诗句子虽然不多，但完成了有效表达，让诗趋于某种完整性。至此，我想说，在这一代诗人里面，能够做到对经验的完全剥离，而进入词语经验的写作，那几乎是颇为高级的状态，在张元的诗里，我发现《念想》就属于这种类型：

把月亮葬下
我在黑夜里，细数光明
总会比白昼变得更加漫长，失去
比拥有更加丰富
会让时间等得太久，像大海一样
在夜幕下
也会分辨不出
一根像月亮的香蕉
和一根像香蕉的月亮

在这首意象十分简单的短诗里，几乎都是对于日常经验的隔绝般的剥离，月亮、黑夜、光明、白昼、大海与香蕉等在这里都是泛指而非一种具体的指认，不妨说，诗人偏于词的演绎而轻于物的呈现，也可以这样认定，张元是在时间的沉思以及拥有和失去之间制作新的情感，从而达至诗的完成。

　　一般而言，一个诗人对于经验的记忆，可以蛰伏很多年，直到某一个时刻被词语唤醒，这时候经验便进入诗性的审美层面，或者说，一种日常的经历在悠远的剥离中又参与到诗的建构。在秦三澍的《低空》这首诗里，则看到一种更为复杂的诗学情境，那便是经验与词语的相互穿越，从而构成青春经验转化的一个独特的情节。细读这首诗，你会发现诗人是在词语的延展中，让想象力获得最大限度的实现，也可以说，诗人颇为满足于语言层面上的延宕，我们也不妨把这首诗作为趋近于语言诗的确认。但尽管如此，我们还是：

　　从按门铃的指尖
　　压住深陷于食物的发烫的勺。

　　是让人担忧的餐具散出冷光，
　　把双份的病症，搅拌进数月后
　　咳喘着向我们举步的雪地里。

　　是勺子用金属的舌头卷起
　　碗底凉透的白粒，是一次外出
　　摇醒它

　　从这些诗句里看出一些久远的日常记忆，我揣测这个本事或许是关乎一位病痛中的亲人——哮喘病患者？而且病情严重，需以汤勺喂食，终于还是在数月后的一场雪降后，病情严重，以至于必然在"求助于夜空替你掀开眼睑"的死亡幻象里，催生泪水的"潮湿"，显然，"香气"是追悼亡灵时燃香的有效描述，这是一个人在遭受病痛的折磨中易于联想到的乡村事象，而"透过门缝"这个细节则是对于一个童年的最精彩的描写，这也成为我对其经验或许来自于童年的基本判断。而我跟诗人沟通后，方知这是一次透彻的误读，他回信说，是跟哮喘病有关，但那是我个人的病痛，倒不涉及亲人。这样，重新审视这首诗，便能够读出更多关乎个人的感受，那是一个人或在家里或在病房的"失去海拔的夜空"的独有情感的诗意生发，雪地则是冬天引发了疾病而激发的想象。只是正如三澍自己说的"很多私密经验可能是作者独有的，本来也很难发现的"那样，作为一个读者，按照已知的事由去阅读依然无法破译一切来自诗自身的蕴涵裹挟，"很难通过阅读发现的"。总之，秦三澍在调动一切词语手段与童年经验的相互穿越中，正如王清平所概括的：由不间断的顿挫、层叠、转折、递进、松弛、紧张所构成，它的语言能量一路加大，语义的延伸不断地变换方向。多个虚拟场景，在如"勺子""定音锤"这些具体器物的活动当中，构成松散的联想，并且渐渐靠近一个很难用一句话来概括的神秘的诗意核心。这个诗意核心是多维的、多向的，它或许是某类精神状态的或糟糕、或幸运的多维后果，它也或许是某个孤立事件突然对一个人触发了一个感慨，这个感慨又被反向生长出新的启悟，从而成为"一个现代诗的技术范本"（《洞察整体诗意的培植——清平谈现代诗之"懂"》）。

　　概而言之，我们姑且不纠缠于阿甘本关于经验的哲学层面上的辨认，只从诗学上去作认定，便可以这样说，凡不能被言说的"经验"都将在语言中被剥夺。而诗人是语言中的个体，那么，一切经验都必定被言说才有效。在这个范畴里，我们在对于青春经验的观察中，方才得出莅临、疏离与剥夺三种诗学转化形态。对于经验的莅临概指童年的记忆与当下日常体验在诗文本中的呈现，当属于经验的直接转化；而对于经验的疏离则有着复杂的情形，分别体现为远离日常生活经验的逃逸、以知识与文化为素材的和背离本土经验的漂移性为标识的诗性转化；而作为经验剥夺这样一个最彻底的转化形式，则体现为对日常生活经验的颠覆、捣碎，代之以词语为主体的诗性显现。由此实现了诗的多种形态转换与并存，也标示着年轻诗人的心智渐趋成熟与技艺的臻于完备。

面对年轻诗人，我们依然可以谈论诗艺

——西南交通大学诗群巡礼

　　诗坛有一种说法，在年轻诗人——尤其大学生诗人那里，技艺尚不够成熟，即便掌握一些也是支离破碎的，因而在他们的诗里谈论诗艺为时尚早。对此说法，本人不能苟同——要知道，兰波写出优秀的诗篇就是在这个年龄——虽然不排除他是天才诗人的原因，而在当代中国，天才诗人的质素也未必不具备。我们在西南交通大学诗人群体里就找到了依据，就是说，我们可以在陈玉伦、金江锋、姚巍巍和罗世鑫等诗人的诗里看出几近了成熟的技艺。他们学校有一个洛灵诗歌协会，著名诗人柏桦教授担任顾问，诗歌批评家周东升担任指导老师。受惠于良好的诗歌氛围，多年来，一帮写诗的年轻人聚在一起，形成一个颇为活跃的诗群，柏桦、哑石成为他们最推崇的诗人。他们还把视野拓展到国内优秀诗人那里，进行交流，他们还悉心研读国外经典诗歌与诗学理论，已成为一股不容忽视的校园诗歌写作力量。

1

　　西南交大诗人的诗歌是去年读到的。在 2015 年几乎整个年份，我一直沉浸于 90 后诗人文本的研读中，收获了一篇近五万字的长文，人也已经十分疲惫，所以进入 2016 年，大学生诗人的诗歌很难让我再有欣喜。而在他们的诗里，我又重新读出感觉来，准确地说，是陈玉伦的诗给我带来了感觉——既是诗意的，也是技艺的。他的诗有些晦涩，但语言恰好做出了对应，而且很到位，这在写诗时间不长的他们这群诗人里尤为难得。看他的《晚歌》：

> 酒气吹寒气。你用鼻尖
> 搅动湖面的月影
> 九点钟缩小
> 秒针枝叶般坠落
> 长椅上，来试探腿骨的比热

这一节开头就交代了背景，是酒后，而且有些冷，或许是深秋。而在这个状态里，正好表露一种男女之爱，不妨说，这是酒给予的一份勇气。初恋中的第一次身体接触来自"腿骨的比热"，这显得异常的美妙，故而鼻尖与月影，时间在消隐，秒针如枝叶坠落，都描述得十分微妙。接下来的诗句也如此。这里似乎有更多的联想，比如插画，路灯、橘子，黑铁块，配合着确切的描写，让诗愈加有味道。而"一颗陨石／到唇膏里淬炼致幻的铁轨"已经把语言搓捻到让人惊喜的程度。接下来的"贝齿刚游回来／那月亮，就缠住了我／仿佛蛇，咬到自己的尾巴"也如此。整体看来，这首诗对那种独特感觉拥有了一种绝妙的捕捉与语言表达，在我看来几乎是完美的了。

在持续的阅读中，看得出玉伦有颇为成熟的语言把握功力，在《挽歌》里，诗人这样写道："可人群中，脸和嘴渐次亮起／你反锁了自己，从身上／抽出一根枕木。"在一种特写镜头里转化蕴涵，其实很难，这让诗显得复杂而曲隐。而在《客人》这首诗里，我读出一种反讽的味道：

> 一个人还浮着，两个人
> 沉到海绵里
> 房间比你还有条理
> 另一个你，在衣帽架上

再叫出镜子里的人

就有些拥挤

这份语言智商比起情商显然更有优势，就是说，当这代人还沉浸于小情绪与小精致之际，诗人已经走向知性的路径上。"几本书背对着我们，叠成／一分钟前进步的阶梯""你没有多余的杯子／接住多余的话"都体现出这样的风格。在另外的诗里，他还写下了精准的句子，给我们一个微妙的传达，比如《小劫》里，"我想起一件裙子曾飘在风雨里""我用一本书向你认输／并从你的喘气里听到了外地口音／相信吗，我也可以把这屋顶变成漏斗"。《下午》这首诗里也有如此精美的句子："我们开始接吻／把一盏灯涂成黑色／有几双翅膀掉在地上"，让男女之欢的暧昧更多了几分神秘——而这归功于一种隐秘而机巧的表达。

当然，能够做到一份甄别，在诗里也是别有风味的。比如在《夜深湖边独坐》里，"我们曾把月亮和湖面都比作镜子／但如果要做出选择，又似乎／要滴血验亲。疼痛成了最好的反光"——这显然是一种反思的目光和心绪投射到诗的层面上所发生的美学翻转，这种技艺在西方诗歌里，尤为多见。而感受的复杂化与多层次也会带出更多的词语风景与诗意的缠绕，本来，这是属于中年诗人的专利，却也被玉伦提早领略到了。且看《夜会》：

像交作业，我们把自己交给这片小树林

夜色依次敲响，我们分辨着不同的音质

当敲在你的虎牙上时，牵动检阅者的神经

一对隐约的野鸭安坐湖顶，观赏我们的

沉默无声。说再过几天，地上的黄金将燃成灰烬

再烧只好烧羽毛，以及书信的标点符号

你感到窒息，又不愿等黎明撬开此刻的抽屉

松一松衣领，仿佛蚯蚓想松开握着它的土地
黑影子拖着两个人，像带着一双儿女，继续前行

十一点半，我们已路过此生的大部分地址
我不想告别。月光与泪水使你的脸变得陌生
我又一次爱上你，像是爱上另一个人，像是在犯罪

　　在这首只有 12 行的诗里，诗人把纠结的心绪与爱的本能以及半宿
的行踪铺述得像浓雾弥漫于整个诗篇，聚成了爱与性，还有因爱而衍生
出来的复杂情绪的小气候——这有点像一部无声电影，也像一个复杂的
梦境。而这一切都源于诗人不动声色却又有些刻意的语言与意境的营
造。总而言之，在这些诗篇里，我发现了很多关乎诗艺的元素——而这
些元素甚至达到了可以谈论的程度。如果我们不苛刻，就可以判断，陈
玉伦应该属于那种性格内向而心思缜密的男孩，但恰恰是这种个性成全
了他——假若路子走得踏实，他将成为一位偏于语言向度的实力派诗
人。

2

　　在西南交大几个年轻诗人中，对于金江锋熟悉较早，却一直没有系
统地读他的诗。阅读后，能够感觉出来他是一位善于为生活寻求变形的
诗人，就是说，他不期待俗常的表面，而宁愿在变化的语言形态里享受
诗意。在《药瘾指南》里有这样的句子：

某种饥饿感吞噬你，那些从街边
生长出的秘密，长出黑色雨伞
转动你细碎的长裙子，转动。

很快，那只猫便把你抓住，从头

开始数落，说："旧衣服有旧的味道。"
你抬头，陷入无法致歉的绝境。

　　看得出，诗人在为一个独有的情景作诗的形体雕刻，这是关乎男女情爱的事由，因而可以暧昧，可以隐晦，只给你一种游离态，像一个人"在雨天躲进下午。一张清凉的遮羞布里"。诗人耽于"倾听者变奏曲"，说白了，他会在明白无误的话语里，变奏出生活的无奈与朦胧，比如"冬天很冷，但是冷不过他握住我的手"已经十分清楚，而最终还是进入一种迷幻情状："那个有些熟悉的背影走了，轻轻地／你把一个下午倒进杯里，又倒出另一个"，当然，这是诗的形态，是可以供读者享受的语言之果。而在《夏天的抒情练习》这首诗里，诗人有一种将具象隐匿于虚像的企图，他如是说：

　　一辆车接着另一辆，开始贯穿你的记忆
　　向我走来的沉默的雨，踢踏和嘀嗒交换着
　　身体。想要借助一篇以前的日记。

　　将车辆沉迷于记忆，让雨沉默于日记，这种手法很新奇，或者说这是一种感受力的奇妙。接下来的诗句也是如此："那时候，树叶是轻的，已经失去了凹凸／像陷入失眠的你，收到夜晚的神秘来信。告诉／我，说：'亲吻是一种交换'。"这样的感受其实也很细腻与缜密，特别适宜于年轻人的情恋描述——给环境一种心绪的通感，也赋予情感一个形体。这一刻，我们还真的想不出更好的表达形式。而如此，才有可能实施某种愈加暧昧的小行动——

　　……从指尖擦出几朵火苗，开始烧掉
　　一些湿漉漉的梦境，和一些有些潮湿的鞋子。

　　夏天让回音变得温顺。你偷偷在我耳边

说你开始尝试拥抱——某种遁入水中的替代品
伞撑着我，在街边慢慢长出钉子，软软的像在睡觉。

这样微妙感觉的捕捉一直延续到《信》里："这个 / 雨天，你第一次
捕捉到到指针"转动带来的快感：

夜晚有些尖细，你用指尖
张开莲花的轻声细语。观赏
耳环，关上。你听到了
空气细微的叫声。

这种大胆的性感描写体现出一种诗学的成熟，至少是一种偏爱而致
语言的精美。或许这会是金江锋这个时期的一个令人信服的纪念。在另
外的诗篇，我看到诗人对于异性的刻画总是那么精微而生动，比如"路
灯灼烧你的指甲""脚步声，单纯得像一把快刀"，这样的句子恰恰有利
于这类题材的表达。而在当下的时代，拥有如此幽美的诗篇也不失为一
件幸福的事情了。当然，在沉湎于爱的氤氲时，未必都是快乐，也可能
会有痛苦。我从"要相遇，就干脆撞进对方骨子里去""她终于，摘下了
他的格子围巾 / 延续宽恕，又优美的低于生活"和"小心翼翼，经营了一
段伤心"等诗句里分明体会出爱的另一副面孔。

一个年轻的诗人总会寻求不同的表达向度，他们的身上不仅仅拥有
激情、爱，还会有理性的冷峻以及对于世事的思考。在"恐惧，分泌未
知的 / 黑，自冬天深处 / 剥离，夜正在陌生"里能够看出对于世界的迷
茫与无着落的心绪；在"陷入沉默，旧木屋的蜘蛛 / 网中，正躺着一个回
声"；在"寂静，将时钟捣碎 / 塞进鸟的喉咙"里，有一种对已有的痛苦经
历的反刍；而这一切之后，则有了"赝品，就该死去"的果敢与决绝。说
实在的，我对于这样的生活姿态与形象异常感兴趣，哪怕在诗里不再力主
变形，而仅仅来自于直接——至少作为一个人，就让我们有所期待——返
身为诗，岂不就是一条坦途！在这个意义上，我期待金江锋如此。

3

我读姚巍的诗，往往因为生活的影子而兴奋。或者说在体会一种正常状态下的诗意。比如在"雨水击打着午后的病床"这个句子里，我分明体验到臧克家的语言意味，就是说，在合乎语法规范的诗句里体现出诗意，其实更难得。而现在的年轻人往往以为怪异的组合就是诗，其实错了，诗，说白了，就是一种日常生活的转换与凸显，脱离了生活，比如高蹈，未必是诗的唯一。我觉得，这样的语言更能贴近生活，也更贴近诗："每年的夏季或者更晚，／我们都从一个更小的车站出发"，这里有空间和时间，也有一个地点，一个"更小的"透出了想象，这是属于诗的。再比如《水底》这首诗，即便剩下这些句子也是诗：

你想把窗帘拉上，
还没有到起风的时间。

风扇在转，蛙声
快要晒成蝉鸣了。
还是没有风的声音。
影子依旧短小。

闹钟响着，已经下午一点一刻了，
她正起床，要去上学。

秋天的校服旧了许多，
正从青白变为紫色
黑色的墨点有些生硬。

"要迟到了"
说这话时，突然有些宁静。

你还待在家里。

电视依然在闪着，
有光的地方常常会让你忘了
卓别林发不出声音。

　　我的意思是说，诗歌是生活的自身，有时候是它的一种意外蕴涵与
逸出。但诗一定跟生活有关系。正是在这个意义上，我说姚巍的《落水
之后》写得成功：

白色，是越来越少了
吸管下的牛奶盒
发出扭曲的声音

整个下午，
你的笔尖都在冷却。
把盒子揉成一团，看着
墙壁上的光线变旧
躺在一张床上，
便不想出去。

电视在低语。
更多破碎的空洞
是午睡时不自主的呼气。
温度和灰尘都在下降，
你开始下坠，沿着楼道
绽开的裂痕。墙纸剥落的寨宰，
正要进入你的身体。

像是终于完成

一场童年的魂斗罗，

你拔下连接电视的手柄

起身遥望窗外：

一条发灰的河堤，褪色中的桥梁，

蝉在衰弱里越来越小的噪音。

作业，已写不下去。

　　整首诗都在生活之中酝酿，但凝聚成语言版块，它就不再仅仅是生活，不妨说，它已经进入诗自身的发酵之中，它所体现出的意味就已经属于诗了。哪怕有时候，诗人并不自信这一点也不要紧，因为在当下，很多人以为离生活越远越像诗。这一刻，我可以直接道明，那是错的，他远离了诗的本质与真谛。故而，我欣喜于姚巍在这个向度上走得很扎实。越往后看，他的诗越发趋近于生活，又从生活中升腾，或者说他在从生活的纤维里榨取甘甜的诗的汁液。这其实不易，坚持下去，一定会有一个好的语言情境。更可喜的是，在写作中，他的词语越来越妥帖、准确，这就确保了一首诗的安全抵达。当然，我们也有理由要求年轻人有更多的挖掘，比如更多的想象与沉思，这样，姚巍才会给我们带来更多的期待。果然，他没有让我们失望，《在夏天，想起往事》里便拥有了一种更宽远的想象：

风，更多的风声

挤过下午的树林，和

并不算大的草地，留下

它转瞬即逝的阴影

　　他还联想到中学生的午睡与老师的温和，就是说，这种反刍让他的想象空间开阔起来。同时，他将想象的触角伸展到汉语以外的世界，比如《棋盘的写生练习》里，借助西方的陌生镜头给我们铺展了另类的生活。显然，诗人在靠想象营造着新奇的诗意——即便他的眼前晃动着影像或舶来的文字，至少，他让这种异域风情更接近于我们的体验，这无异于一种新的体验。在这个基础上，他拥有了一种想象的沉思，并且让诗行降落在及物的草坪上。我们看《阵雨》的一节："争吵，大喊，继续百无聊赖／悬浮于半空。不断地路过／自身的正午，打开褪色的抽屉，碰撞／发潮的壁纸，躲避趋近的真相"——这种虚实相间的描写给人一种空透的想象，也改变了诗的形体，这样看来，姚巍拥有更多的诗学可能性。同时，他在意象的犬牙交错中，给予语言一种扭打与撕咬的野蛮权力，无疑催生了另外的诗歌生产力——哪怕是微弱的。《机器》这首诗里有这样的句子：

左边大西洋，右边敦刻尔克
再向北一点，冒险故事中的海盗
从曼彻斯特上岸

黄金海岸的牧师路德，由丛林到
达伯明翰的奴隶秤
还未习惯肖邦的革命练习

《在一个地铁车站》里，把夜、玻璃的另一面、眼睛、树枝、星光、罂粟和爱情与"你喉间的律法蔓延在大理石上"扭合在一起，并归结于"人不是回忆和时间的错"，让黑色的潮湿花瓣与栏杆从远处合围过来，还有石头、少女正在讲述美味的午饭、列车与龙泉驿、乌托邦的米饭和哮喘病糅合在一起，这样，诗就在驳杂中搅和，生成的诗意一定别有风味。而这是一种危险的试验，弄不好就会失去一首诗，故而，我还是为之捏一把汗，幸好，他几乎是成功了。

显然，在《秋千》里，诗人融通了回忆与思辨，他既耽乐于物趣，又有一种逃离的迹象，所以，他说，那里没有秋千，是跟童年联系起来；在煤渣的跑道，和尖锐的铁皮滑梯，掉漆的单杠之后，进入一条鱼的身体的想象。整首诗写得干净、空灵而不呆滞，结尾尤其如此："你从没成为过鸽子，／你再没变成过甲虫。"在《洛丽塔》里，他把这种空灵的思辨与想象发挥到让人惊喜的地步，甚至我能够说，这是一首几近于完美的诗。如此看来，姚巍还会有更好的诗歌企图要实现，从而让我们拥有更多的期待。

4

　　一般而言，若决意对一个诗人写一篇文字，首先要对他的诗有兴趣，否则就不可能。现在，对罗世鑫就是如此，说白了，若不是缘于他的诗，一切都是不可能的。比如《海盗之歌》，明眼人一看就是没有海洋经历的人所写的一首诗，但可贵的是，诗里的很多句子却是靠谱的——或者说，他的诗在海与游离于海之间发生：

　　久病的海燃起热望，云也多出些谋杀的成分，
　　海盗在枪管中航行

　　诗里的三个意象似乎就没有关联，但又有语言的联系。因为接下来，黑夜的灯塔，一切都在细瘦的双桅下发生，当巨鲨从深海袭来，他在鲸鱼水柱间安然游泳，还有渔民，被他打捞的鲑鱼这些具象都跟海域有着某种意义上的关系。但我又不能不说，这是一个语言的预谋——纯属于一个远离海水的年轻诗人的语言想象，"蚌壳中虚度的一场雨，在死前梳理大海的鲸须"。在这里，我几乎可以判定，这个诗人是靠语言营造诗意的。《踩》证明了我的判断：

　　一路上都下了雪，用点破坏欲进去
　　狠踩，产生声音，比失聪还晕眩
　　几只鸟没来得及躲避，就有几只

被存进拆迁的巷子。

在这里，现实几乎没有理由，唯一可能的就是语言和想象。这在很多诗人群体里，几乎是少见的。接着的"公交车上升起二手烟，甚至小孩子开始全部对着我／堵截式仰望，这没有芝麻开门，而是躲避球游戏"也在一种否定式的语气里，让些微的现实遁入童话的飘渺，进而转入"被最隐形的红绿灯控制着，隐痛的／鸟喙，半岛一样的东京花园。我／时而就嵌在生活里，抽陀螺和水烟，不转也不生肺病"这样虚幻的情景喜剧里。

有时候我这样推想，在一位没有持续写作经历的诗人那里，反而可以发现作为写作者的天赋，就是说，一些新颖的表现——第一次——在老道的诗人那里反而没有的质素。这一切都不是后天所能培养出来的，抑或说，这只是一种天性。比如下面的一首诗：

漩　涡

摆脱的漩涡构成下一个

磁针般的积雨云，敏感如跳伞

强盗掏出塑料袋中的毒素，闷下头

疯狂迷恋琐事和电影，并且通过谈论

汽馏水水柱的阵痛来获得脚跟撞击出的冰山

钝刀的残刃，不就是普通人在午夜遇到风吗？

城镇像一张紧闭的嘴，只在本质上能言善变，使人清醒的

也只能是风，绝妙的设计，不会出现相邻的垃圾桶

只有同时系鞋带的人，低头像陨石，嘴里全是沙子

这里似乎有着真实的情景，但更多的是一种想象意象，它们毫无来由，却自成一体。这个题旨交给一个成熟的诗人几乎是无法处理的——而这个年轻的诗人却能处置得游刃有余，我们即便不能苟同也毫无理由

反驳——那么，这些质素不是他们的独有，也是一种属于他们独有的天分所拥有的东西，至少是让我们可望而不可及——而于我也是一份耽乐于解读而不断欣喜的由来。像《上网归来的路上》这样的诗篇，你几乎就没有解读的权利，但你却不能不承认它是一首好诗，就是说，这种沉静与成熟让你有望尘莫及的感觉，不信，你来写这首诗试试：

医生肯定他的磨牙症火化了梦，
他从中分辨出内焰。黄昏，羊平躺在地上
旁边摆着一把木椅，没有回教徒前来认领
一阵经文后，楔形的气味进入每株烟囱
每盏窗户后的吊灯，像磷火做的狐狸，电视机在谋杀中闪烁
光，人们纷纷赶去夜市行盗
却在外出时畏惧风，扣下上膛的帽子
等车人终究没能把烟头丢掉，垃圾桶越少的地方，他的影子就越像监狱
差点虚脱，上了二十四小时网的青年，
地上的雪刺进他的心，那些眼神平和的清洁工没有理会他
公交车上，有人对司机最后提议：为了忠于生活，车轮碾过的地方，不能再有一点车的痕迹。

　　说到底，一个诗人的成立还在于语言最后的托举，在罗世鑫的诗里也不例外。我看到，他有一种成熟的语言表达——这如若不是一种天赋，也是一种后天的历练。看他的诗，有一种诗意的刻意和超乎寻常的感受力，却没有语言的勉强，没有词不达意，也没有生硬的词性嵌入，不妨说，他总是在一个自如的述说氛围里，让诗不期然而然地现身。他可以在穷尽的想象里为诗赋形，但他不愿让词语委屈于某种枷锁般的磨难，我的意思是说，他情愿给语言一个宽松的环境，这样，他的诗意表达反而更趋于一种正常——也可以说，在正常的表达中显现一种诗的不正常。对于一个尚未谋面的年轻诗人，我真的不能再多说，或者，过多

的阐释几乎是多余的。那么不如就用他的《驱散》作证：

> 如果睡眠的警示失效，就汇入点儿
> 酸民戏的酸，做梦不过是驱散
> 视线之外的鸟，不吝于谷物和肥胖，还有
> 轮胎前振翅的风险。
> 邻人的鸟笼，被我们时时责备，却又捕捉到自己
> 乌鸦在游泳，在暗涌的胃部。所有未竟的事，浮上水面
> 以怎样的宽容，我们破开苹果，让种子缓缓下沉，梦境是一种刑罚。

据介绍，西南交大诗群有几十个年轻诗人，在柏桦的教诲、熏陶和周东升老师的指导下，又有几位博士如李商雨、刘诗晨等的带领，他们都有自己的追求。诗社每月都会有同题诗或同意象诗的练习作业，也会办一些文学比赛，组织与校外青年诗人聚会。近几年诗社内都有勤奋而又审美趣味不错的写作者出现，比如王江平、马跃、小栗子、左持、九生、程浩、王谦、冯望、黄舜、张亦欣、乔治超、程传捷、黄晶等，在写作上都有自己的判断和坚持，从而每个诗人的写作风格也各不相同。如此看来，这个群体里还会涌现更多优秀的诗人，不啻说，西南交大诗群还会给我们带来更多意外的惊喜。故而，我们期待着他们的诗艺被更多的批评家解读与谈论。

生命狂喜，或诗与上帝的重临
——从许天伦和他的诗谈起

　　在现实世界，人们所经历的一切似乎总是不完美的，故而奥登在一首诗里如此肯定地写道："请相信你的痛苦。"即便布罗茨基面对一群即将毕业的美国大学生，也会坦言："你们此刻面临的一切，其中很大一部分都被苦闷所窃据……苦闷有很多别称，如痛苦、厌烦、乏味、情绪低落、没意思、废话、冷漠、无精打采、无动于衷、倦怠、忧伤、无聊等等。"[1]所以我们总是在苦闷中抱怨与诅咒这个世界。而按照路易斯的论述，人的痛苦可以分为两个层面，一是肉体的神经传导系统的感觉，二是精神上的心理体验。[2]往往第二个层面会更为刻骨铭心，就是说，那才是真正的痛苦。如此则可以推论，人的全部不幸与幸福既是肉体的，亦是精神的，而后者将会成为归宿。显然，我们在许天伦那里，首先看到的是肉体的不幸：他是江苏金坛人，1992 年出生。自幼患高度脑瘫，不能说话，四肢麻痹，不能行走，终日绑在轮椅上，假若不慎滑下来，自己就再也无法坐上去，而且仅有一根手指可以敲打键盘。没有上过一天学，是表弟在电脑上帮他认字，阅读诗歌。而让人意外的是，他并不把这肉体的痛苦作为炫耀的资本，以博得同情，反而能够以超常的想象力从不幸的俗常生活中进入审美的观照，从而写出大量的诗篇；几年来，分别发表于《诗刊》《十月》《作家》《北京文学》《长江文艺》《星星》《扬子

1　引自布罗茨基：《悲伤与理智》，刘文飞译，上海译文出版社 2015 年版，第 110 页。
2　参阅路易斯：《痛苦的奥秘》，林菡译，华东师范大学出版社 2007 版，第 90 页。

江※草原※江南诗※青年作家》等，并有作品入选《中国新诗年选※中国诗歌精选※中国当代诗人档案》等选本。曾获《解放军文艺※诗刊》《青年文学》等杂志组办的诗歌奖项。著有诗集《指尖的光芒》。现为江苏省作协会员，常州市文联签约作家。综观之，他的诗大多都显现出安静、从容与恬淡，甚或是无焦虑的，我们据此能够说，诗人在以强大的内心洞察生存的真相而获得人生最大的幸福。我们唯有为他而骄傲，而不是给予低俗的生物学意义上的怜悯——如此不但没有必要，对一位如此坚忍不拔的诗人也是不公正的。故而，在如此的情感背景下谈论其诗歌的发生与实现的多种可能才显得有意义。

（一）

一般而言，一个人的日常生活——饮食、作息，会客交际，外出游历等是自然而然的甚或是不经意间发生的，如影随形，如空气，常常被人忽略。而我们也看到，一些人对自己的日常生活满怀哀怨，心生厌恶，意欲逃离。这时候，许天伦却正在去想象这种生活并企图拥有它，而这种想象与企图之于他竟然是奢侈的。或者说，正因为奢侈，诗人才把这种简单的日常视为幸福和"在星月之下，塑造着另一个世界"的动力——那便是诗的写作。在《春风吹》这首诗里，诗人给我们展示了春风、山坡上的野花之美，和"那些逝去的事物，把美丽根植于大地"的沉思，以及"翩飞的蝴蝶不要笑我 / 我一颗石化的心，将要被暖暖的风慢慢吹开"的情怀。诗行间尽显诗人的曼妙与恬淡的情思，这是一种来自大自然的熏染与炼化。在《到外面走走》这首诗里，诗人则袒露了对一种日常生活的基本期许，他如此写道："在屋里待久了，就想到外面走走 / 没有目的地，更没有方向 / 东南西北，只是想这样 / 随便走走"；"深吸一口新鲜空气，望一望被白云装点的蓝天 / 使锈迹斑斑的躯体在阳光下晒一晒"，理由就是如此简单。难得的是，他在这日常境遇里收获了"霜化作露珠从草尖上滑落 / 我能看到它与大地的撞击"瑰丽而奇绝的想象。而又能够从一只夹着食物的蚂蚁那里，"听见它触角发出的细碎声"，这不啻是两个生命体间的惺惺相惜与心灵感应。我看到，天伦总是耽乐于对俗常生活的翻转，从而让一种生活不再平凡。比如在对于银匠的观察里，他能够想象到"像是要让过路的人明白／他在捶打凝固的月光"（《银匠》）。而诗人在粉末状的药粉面前想到了"种子／在我的牙床上开出花朵"，同样让我惊异。从这里，我分明看到了一个卑微者——不，是一个残缺躯体强烈的生存欲望与强大的心灵感受，唯此方显现出生命的伟大。

　　显然，孤独是天伦的生活常态，而他却能在这孤独里体验出一种禅意，如此的转换的确很难得："一个人坐在房间里／像坐在无人烧香拜佛的寺庙里／虚空的墙壁便是佛的目光／摊在面前的诗文便是经文／等候我来念诵。"（《自守》）在这里，诗人无疑把诗置于宗教的层面上，正契合了德日进把"质朴的诗和纯正宗教的主音"等同起来从而引发"任何知音者都可以听到的基本震颤"与"对全体的共鸣"的观点[1]，而在《内在经验》里，巴塔耶的"世界、上帝的阴影、诗人之存在，在他眼中可以突然为了毁灭而被标明"[2]更为天伦的顿悟予以有效的支持，从这段话里，我还能领悟天伦因诗而让其孤独的生活不至于转化为绝望而趋于毁灭的意外惊喜。我不能不说诗人像这两位哲人一样在标明诗的荣耀，因为他们不约而同地都将诗与宗教并列在一起，视为"伟大的临在"（德日进语），又把诗人与上帝并列在一起，称作先知。故而，身为一个诗人，无论在当下多么贫困、痛苦与孤独，都是值得自豪的。可以说，这一刻，许天伦是一个在诗的天光云影笼罩下的幸运儿，也不妨说他在诗的到来之际领略到上帝的祝福，或者，他正无限欣喜于诗与宗教的双重临在——在这个意义上我能够判断，许天伦获得了他在这个世界上最终的生存价值。

　　记得美国诗人卡明斯基有这样一则故事，他是因一位医生的误诊而终生失聪。如此，卡明斯基理应嫉恨那位医生，或设法报复，但他没有。他居然险些爱上了医生的女儿。而许天伦也是因了接生医生的怠慢与不力，导致严重的脑瘫，他在《我的名字不叫脑瘫》里写到道："二十

1　德日进：《人的现象》，李弘祺译，新星出版社 2006 年版，第 189 页。
2　乔治·巴塔耶：《内在经验》，程小牧译，生活·读书·新知三联书店 2017 年版，第 277 页。

多年前／只因医生延迟了一刻／我便失去了一生的活力／脑瘫，这个命运的定语／已然成了我的代名词"，这里并没有刻意的抱怨，只有平静的述说，像讲述一个故事。这是一个跟世界和解的姿态。或许我们还可以从叔本华并不认同的观点中得到一丝悖谬的温暖，不妨说，我们宁愿如此："生命终究是为了一份恩赐而耗其一生了，同时看到，人要是还能被允许提前查看审视一番这份恩赐，那么他一定会倍加感恩地生活。"[1]因为我也在许天伦的很多诗里看见了对生活的感恩："体内包藏的热量，是过去一年／对阳光的信仰与期盼"（《我像一株麦子一样站着》）；"那刀与石的摩擦声／是你我在月夜下的真情对话"（《磨刀石》）；诗人能够把爱晚亭想象成一位温文尔雅的女子，"我愿做亭下那块碑石／朝来夕去，只为与你相伴永远"——但这感恩里有着一种涅槃重生般的剧痛与对生命内涵的重新确认以及"当雪融化成泥水以后／美，不过是一场冰凉的梦"（《雪》）的凝重。

（二）

在获知许天伦的生存状况和阅读他的诗之后，一直疑惑于一个被冠以重度"脑瘫"的诗人，何以能够写出语言如此清晰而意涵又如此确切的诗篇。我终于在被誉为神秘的先知的法国考古学家德日进的《人的现象》里找到答案："进入思想的门槛必须用单一的大步跨过去；这阶段是超越实验的，是科学解释不了的。一旦跨过去，我们便进入一个全新的生物面。"我想这一源自于进化论基点上的人之演化的奇妙之境用以描述诗人的发始状态亦未尝不可。就是说，一个儿童、少年，不管是在哪种环境中——孤独的、宠爱的，或开放的环境中，随着生活感受的积累，"在深度上，有一个很大的变革发生了：意识现在是跃升而沸腾在一个超感觉的关系与表象的世界里了"[2]。我们可以归之于一个想象力层面上的顿悟，同时在语言中表现出来，从而抵达审美层面的真，这就预

---

1 《叔本华论生存与痛苦》，齐格飞译，上海人民出版社 2015 年版。
2 德日进：《人的现象》，第 109—112 页。前揭。

示着诗的发生。这样的"一瞬间"，似乎也是一个人的诗的"意识之跃升"，无疑，这对于诗人是至关重要的。这里也正好借此窥探许天伦诗歌发生的秘密。我们知道，天伦尽管肢体瘫痪，不能言语，但头脑依然清醒，他在其表哥的帮助下学会了汉语拼音，从而掌握了在电脑上拼写字词，并依靠电视掌握了语言。随着他对诗歌（尤其海子的诗歌）的大量阅读，在内心深处产生了共鸣，开启了其想象力与审美欲念。终于在2012年深秋的某个傍晚，在极度的孤独中，一首诗到来了。当然，他也不无谦虚地说："我的第一首诗可以说根本不算是诗"，但总算是一次诗的发生。所以我认同他的一句话："我的写作来源基本上都是从生活和想象中得来"，这里道出其写作的真谛，或者说他的写作一开始就在一条正确的路径上。天伦的写作让我认同何塞·奥尔特加-加塞特的判断，他说："有着严重个人缺陷的人仍然可能具有才华。"记得布罗茨基也说过："艺术采取一种自卫的、嘲讽的方式对付苦闷。要想让艺术成为你们抗拒苦闷的慰藉，借以逃脱陈词滥调在人类存在中的对应物，唯一的办法就是你们自己成为艺术家。"[1] 或许，许天伦就是如此的一个人。或者说，就像布罗茨基期待他的学生拥有抵御苦闷的手段即是保持激情那样，许天伦借助于诗保持了抵御苦闷乃至绝望的激情。而我们从他的几乎是座右铭——以心焚字，以血煮文里更可以看出来天伦让人动容乃至惊讶的心迹。

在天伦的诗发生的诸多可能中，有一种可能是让人意外的，那就是诗里有一种安静的东西，这可以从他的语调和选择的物象中显现出来。这在平常人看来几乎是不可能的。或许这得益于他拥有绝对的时间和一份绝对的孤独，但更重要的是他有着一个豁达的心胸。从记事起就没有改变过的生活早已经磨炼了其狂躁或绝望的心绪，而剩下的则是大浪淘洗后的沙滩般的坦荡。《你在一首诗里睡着了》就呈现出这样的意境：

　　你在一首诗里睡着了

1　引自布罗茨基：《悲伤与理智》，刘文飞译，上海译文出版社2015年版，第111页。

我看着你一点一点远离
看着一艘小船一点一点
靠近甜蜜的时空对岸

我就在你身边，像个时钟
手指指向凌晨一点
即使疲惫逼迫你将我抛弃了
不再关心我的存在
没关系，我依然会守着你

我就这样守着你，守着
你的安静，像月色守着屋子
天明，当你从睡梦中醒来
会看见一张纸上面
有你昨夜未读完的诗句

一日的噪杂也醒了
匆忙中，你把那首诗
扔在孤零零的床头
而你可能完全不记得
是谁守了你一夜

一个人在一首诗里睡着了，你可以推想这个人在写一首诗，或者是在阅读，但居然睡了——或许是劳累，也可能是一种安静的心态催人入睡。天伦就此展开想象，想到一艘小船、时钟、手指、月色、睡梦、床头，简单的场景构成了一幅梦幻般的意境。在这首诗里，诗人使用了两个人称代词"你"和"我"，还暗含着一个"它"。显然，"你"是那个睡着的人——也不妨是诗人自己，而"我"则不是作者，而是诗的拟代——这正好跟梦的氛围相符，而且只有在梦中，诗才能以"我"的面目对睡者说话。当"天明，当你从睡梦中醒来"，那人只会看见一张纸和那首诗，已经返回物象的"它"。诗就是在如此的舒缓、疏淡与安静中，构成多种视角的叙述张力，显现出洗练而老成中的复杂。或许这种复杂只是一种运思所致而并非诗人的刻意为之，但它依然构成了天伦诗歌中一个可能的惊喜呈现。

看到《百年孤独》这个题目，我几乎不以为然，或者说，我在替诗人担心，深恐其有勇气套用，而无能力完成。说到底，在诗的写作中，有时候诗人的一厢情愿并不能够完全实现，这是常有的事情，而在初学者那里尤为如此。但读完之后，方觉得释然，可以说，天伦很好地完成了诗意的阐述与语言形式的完美抵达。

　　百年之后，我依然是孤独的

这个点题很重要，既是对题旨——这里有着明确的死亡意指——的强调，也是一首诗的发始，如果诗人的诗思够丰沛，他就会在这种沉思的氛围中走出很远，比他的轮椅走得更远。说实在的，死亡对于一个1992 年出生的人来说，似乎有点遥远，但对于一个生活不能自理，又不能言语的人，或许在那些健康的人看来，会生出生不如死的慨叹。许天伦对于死亡的思忖一定过或萦怀已久，所不同的是，他于死亡彼岸的挣扎与辨析中，返回了生的此在，并葆有了一个难得的淡定。故而，看到"雕着木花的小匣子 / 被风剥去了光泽的墓碑"的句子并不让人吃惊，反而看出诗人的练达。一个"坚立"，为"我留在世间的最后姿势"涌出一股激赏。其后的"百年之后，不会再有人记得我 / 许天伦，我的名字只是空中飘过的流云 / 干净的云彩下走动的都是陌生面孔 / 聚聚散散，一切都随缘已定 / 春风吹拂大地 / 像我照片里的笑容轻松和温馨 / 百年之后，我依然是孤独的尘埃 / 时光是一份土壤，让命运安息的同时 / 又一再敦促我横跨百年的孤独"则在这份淡定中又拥有更多的想象，他让自己的百年气象愈加丰满，从而在一种看似无足轻重的有限性中走向活力、激情的无限，"在碑前开出一朵菊花"的欢乐中走向生命的宽慰与人性的完美。我能够说，他让自己在那种并非虚假与欺骗的畅想中抵达哲学意义上的虚无和对于死亡的致敬，一如德日进所言："现代人一旦对进步的理念有所醒悟，就会把个已难免死亡的事实，与他无法不有的对无限未来的希望配合在一起。"[1]

<h2 style="text-align:center;">（三）</h2>

按照芭芭拉·艾伦瑞克的说法，人类天生拥有狂欢的欲望与"狂喜的能力"[2]，这种观点是否受到巴赫金的影响姑且不去探究[3]，但可以从尼采在《悲剧的诞生》里所作的精粹的描述作为佐证："从人的内心深处，甚至从性灵里，升起狂喜的陶醉，那么我们便可以洞见酒神狄奥尼索斯的本性，把它比拟成醉境也许最为贴切。或是在醇酒的影响下原始人和原始民族高唱颂歌时，或是在春光渐近万物欣欣向荣的季候，酒神的激情便苏醒了；当激情高涨时，主观的一切都化入了混然忘我之境。"[4]那么，作为诗的发生，似乎也可以归于一种酒神般狂欢的原始欲望或曰"狂喜的技艺"，所不同的是，诗的狂欢来自诗人内在的倾向于语言的狂喜冲动与词语的诱惑。在表现形式上，则源自个体的想象欣喜，由此也在日渐趋向于交流的向往中，走向最终的群体性碰撞与不无兴奋的展示。依据芭芭拉·艾伦瑞克的期待，这种集体性狂欢只是一种深埋内心的欲求，甚至于不在乎或不具有意义，竟然能够体会到生存的奇迹，[5]而真正的诗却能够意外地赋予意义——哪怕形式主义者倡导的纯诗也有词语自在的意味，这让诗显现出比那种集体性狂欢更难得的高贵。在这个背景下观察许天伦的诗，就会给我们带来更多新的可能。比如在《我是

1　德日进：《人的现象》，第170页。前揭。
2　芭芭拉·艾伦瑞克：《街头的狂欢》，胡訢諄译，北京联合出版公司2017版，第20页。
3　狂欢理论是在《陀思妥耶夫斯基诗学问题》一书中首先提出来的，然后在《拉伯雷研究》中得到了极其详尽富赡的论证说明。参阅黄世权《两种美学乌托邦：酒神精神与狂欢精神——论尼采美学与巴赫金美学的对话关系》，载《辽宁师范大学学报（社会科学版）》2007年第004期。
4　转自黄世权：《两种美学乌托邦：酒神精神与狂欢精神——论尼采美学与巴赫金美学的对话关系》。前揭。
5　《街头的狂欢》，第254页。前揭。

一个虚无的人》这首诗里，他就为我们展示出一个想象力狂喜的佐证。
作为一个诗人，天伦在生活中一定会把更多的痛苦与无奈沉入心底，或
者说，当"那最不幸的人所力不能及的东西是，要让他的生活成为现在
的、成为现实的此时和此地"[1]的时候，他宁愿退居于非现实中，或者说
在现实的丧失中甘愿做一位"缺席者"，从而居于想象与幻想的中心，在
诗的超拔转换中进入一种语言的激赏之中，即便"想象是虚无的／我在
这想象中也成了一个虚无的人"，也或许能让心灵在这一诗歌狂喜的行
动中得以润泽与攀升——

> 轮椅消失了。我开始站立起来
>
> 并走到热闹非凡的街上
>
> 白色 T 恤搭配牛仔裤。白色的运动鞋
>
> 奔跑在空阔的跑道上
>
> 二十六岁，正如一条河流
>
> 在狂奔，在涌进
>
> 我想让我的爸爸妈妈看一看
>
> 他们的儿子，再不是个废人
>
> 一米八的身高，足以能够吸引
>
> 满山坡的花一夜盛开
>
> 我拉开嗓门，喊出的声音
>
> 随风传得很远很远
>
> 放眼望去，祖国九百六十万平方公里的疆域
>
> 都有我奔走过的足迹

那么，因了这狂喜的位移所赐予的灵光与氤氲，诗人就拥有了酒神
的附身，即他可以在这虚幻境界中尽情享受而不为现实所挫败，哪怕那
个"轮椅仍在原位／那群互相说笑的青年，勾肩搭背从我跟前经过"，诗

1　尼尔斯·托马森：《不幸与幸福》，京不特译，华夏出版社 2004 年版。

人依然"有那么一瞬，我仿佛窥见自己的影子 / 也跻身其中"的幻影。这一切都归之于想象力的狂喜与酒神般的恩赐。

我常常会为天伦的坚强而感动，我知道他的坚强几乎都是在刻骨铭心的磨难中铸就的，或者"早已学会自我安慰"的结果。在《梦见上帝》里，他写道："眼泪远比鲜血更珍贵 / 就是拿一万座金山来跟我交换，也换不去我的一滴泪"，这是何等的刚毅！或许有如此的刚毅，才会派生出他的淡定以至于幽默感。还是这首诗，他可以如此"昨夜，我又梦见上帝了 / 白胡子老头，慈眉善目 / 像一位祥和的老爷爷那样 / 轻抚我的额头 / 上帝夸我是个乖孩子"。尽管他接着说，"荆棘丛生的人世间，我抱着疼痛的岁月兀自前行"，但却以上述的男儿有泪不轻弹作了回应。故而，又回到开始的幽默风趣的语调才不至于显得突兀与虚假："当然，有那么几次 / 上帝看到我在对一只蚂蚁，满怀忧伤地发着呆 / 他深知我此时的孤苦 / 他想从天堂下来给我一点安慰 / 无奈他居住的天堂路程太远了"。当我看到"昨夜，上帝说他坐了三天三夜的车来我这里 / 发现我睡了 / 听那轻缓的鼾声，看上去睡得格外香甜"之际，我几乎忍俊不禁了，这种幽默到戏谑的程度该是何等的洞察世事后的达观与幸福的溢满！而唯有诗能给予这份奇妙的恩赐——而这一切最终都可以归于生命中的狂喜所激发的奇异想象与意涵的意外嵌入，是这份可贵的元素，才能够让许天伦获得诗歌层面的魅惑，从而逆转了人生价值的取向。

作为一个生命体的潜意识祈求，古往今来，人们在内心深处都有一个情结，那就是在大自然界寻找自己的客观对应物，帝王将相或皇宫贵族大多从星宿与巨大物象中寻找自己的前世，以显示出其高不可攀与尊贵。普通人自然也有一份美好的期盼，即便那是梦一般的猜想："爷爷曾说这世间的每一个人 / 都是一颗星星 / 最终会挂在天上 / 被人数着"（《数星星》）。作为诗人，寻找自己的客观对应是理所当然的，但那大多是源自于生命深处的契合。许天伦把冰梅石视为自己的信念寄托，而且这种寄托显得如此的恰切，没有一丝的牵强附会。在《冰梅石》这首诗里，诗人对冰梅石拥有高度的认同，他写道："瞧，我们是如此相似 / 都在恪守，这坚实的信念 / 只是，你是站着的 / 而我却在坐着 / 天穹下，我们在彼此对视。"显然，这认同的核心在于信念和一种宿命般冰雪的洗礼，故而，即便站立与坐着都不再重要，"我可以伸出手，抚摸你／身上那被岁月凿下的沟壑／你也可以抚摸，我如沟壑一般深刻的血管"，倘若一场风雪到来，"我们依然能托举各自的天空"，因为"这世间没有什么比风雪里顽强的火焰，烧得更为猛烈"，有了如此的信念就拥有了一种风骨，"我的双腿／也像被灌满展翅冲天的力量"，而"会与冰梅石一起／站出一道常州风景"就成为诗人"站起来的瞬间"的一个最合理而高贵的生命想象。概言之，许天伦尽管在生活的感受与表达之间还有一些距离，在某些诗里还显得缺乏形式的自觉，一如哑石说的"少了些耐品的后味，诗歌内部的空间往往不够大"，但他已经拥有了自己的第一首诗，或者说他已经在《到外面走走》《我像一株麦子一样站着》《雪》等诗里显示了一个诗人的天赋与后天的训练，那么就有理由相信，许天伦不仅会成为常州的一道风景，而且还会成为 90 年代出生的诗人中一道闪电般的生命奇观。

新世纪：问题与主义

一个观察

——或新诗与中国现代文化的双重过滤之必要

在当代语境里，将汉语新诗置于中国现代文化的观照中——尽管有那么多诗歌文本的面世、编选，诗歌现象的经典化努力和诸多肯定性的评价与理论概括，以及风起云涌的诗歌节与诗歌奖，但依然会给人某种无以言说的尴尬或莫名的悲观，这或许缘于新诗与现代文化在相当一个时期，皆处于异常的混乱状态，且有为对方推波助澜之态势，不妨说，冲撞与损毁总是多于充实与建构。同时，我们还可以描述为双方尚处在某些动荡与变动不居之中，仍在走向各自尚未抵达"传统"自身与最终融合的路上。故而，汉语新诗与中国现代文化的双重过滤就显得十分必要，或许这就构成了一个对于新诗与文化的观察畛域。

1

弗罗斯特认定诗人是情感大师，那么"他的伟大之处在于其敏锐性——敏锐性，尽情品味上帝所赐的一切；所有这一切，灵魂的，精神的，还是肉体上的"（弗罗斯特《诗歌就是人性的优雅》，董洪川、王庆译）。源于此，诗歌在其本性中就有来自对外在于"灵魂的，精神的，还是肉体上的"文化的一种"古老的敌意"和希尼所言的"寻求纠正主流环境中出现的任何错误或恶化"的明智动机，而华莱士·史蒂文斯所谓的诗歌的高贵在于它"是一种内在的暴力，为我们防御外在的暴力"，为希尼的论点作了声援（希尼《诗歌的纠正》，黄灿然译）。这里，无论是把文化视为相对的对方，还是诗歌原本就是其文化的自身构成——这里取决于诗人不羁的个性追求，同时也应合了弗洛伊德的观点，他说，每个个体实质上都是文化（文明）的敌人（弗洛伊德《论文明》，徐洋译）。在这个视域下，观察当代汉语诗坛其具体表现就有如下的情形：

首先，新诗对于文化的本能的敌视。新诗在本质上拥有一种史蒂文斯所谓的"意识中不明就里的发生"的非理性因素（华莱士·史蒂文斯《诗歌中的非理性因素》，李海英译），乃至于在超现实主义诗人那里则表现为潜意识，这种内在的自由相对于理性的文化形态势必带来程度不同的僭越、破坏或不予认同。难怪王敖在谈论艾略特之际，会如此写道：真正的属于悠久文明的现代诗人，不论对此是否有明确的自我意识，正是那些致力于卸掉所有文明的重负，回到神经与脑电波的原点，从物质的层面进行触底反弹的诗人，而不是布罗茨基有意区分过的"文明化的诗人"。在曼德尔施塔姆那里，所谓文明之子的工作来源于其头脑中"发声的模块"（王敖《诗的神经与文明的孩子》）。

其次，新诗在其自身的发育中又显示出某种先天不足，并由此引起自我慌乱与不淡定。一个时期以来，新诗一直存在着的痼疾便是全盘承袭西方诗学与精神源泉，诗的语言形式趋于欧化与翻译体，在蕴涵的披示上，也以借用为主，舶来的痕迹异常严重。而在近年返回汉语古典传统的呼声中，却又出现食古不化或挖掘不出鲜活元素之嫌，忘记了艾略特的忠告：假若传统或传递的唯一形式只是跟随我们前一代人的步伐，盲目地或胆怯地遵循他们的成功诀窍，这样的"传统"肯定是应该加以制止的。我们曾多次观察到涓涓细流消失在沙砾之中，而新颖总是胜过老调重弹。传统是一个具有广阔意义的东西。传统并不能继承。假若你需要它，你必须通过艰苦劳动来获得它（艾略特《传统与个人才能》，李赋宁译）。这就让写作仅仅流于表面——要么刻意于汉语自身的狭隘修辞，要么陷入古意，不啻说，其写作试验给人一种类似于裹脚老太的感觉。而在另一个向度，因了美国盛行的口语诗的影响，汉语诗的口语化日趋严重，乃至于口水现象泛滥成灾，让诗歌堕落为一种低俗甚或恶俗的情绪分泌。他们哪里晓得，诗就是"牺牲掉日常言谈的那些期望"，博纳富瓦称之为散文的话语，并强调："当诗歌成功地甩掉散文话语，它就能进入同样的深度"(《诗歌有它自身的伟大》，树才译)，故而，当下的不少口语诗人的单薄或浅薄的文本就成为一个司空见惯的症候。

2

在当下，这个庞大的汉语诗坛也异常的杂乱，众声喧闹。自朦胧诗之后，国内各种流派风起云涌，仿佛一夜之间太多的诗歌名头冒了出来，特别是进入微博、微信时代，诗坛更是热闹异常。而在这背后，我们固然能看到人们在优裕的物质生活之余依然拥有对诗意的追求，但也会出现泥沙俱下，从而产生诗歌的虚假繁荣。有更多的人，不去研究诗歌，仅凭兴致与冲动去写作，而且写得太多、太快、太过随意，很多文本根本不是诗，或者说就是打着诗的幌子在羞辱诗的清誉与高贵。而那些安静写作的诗人与作品虽没有被淹没，但总显得孤单与边缘化，或优秀诗人的总量与这个群体构不成比例。在曾经拥有唐诗、宋词的伟大国度和诗神远游的美丽神话中，我们当下的诗坛该有不肖子孙的羞愧：不少地方山头林立，兀自圈地为牢，做成了诗人小圈子，对于之外的诗人及其写作不是充耳不闻，就是心生排斥之意。而不少诗人心仪于一些活动的势利性，把诗会看作实现自己虚荣心的平台，耽乐于那种马戏团般的出演，眼界之低下与狭隘也愧对于布罗茨基所说的诗歌是语言的最高形式和我们整个物种的目标(《表情独特的脸庞》，摘自《悲伤与理智》)以及诗是我们的人类学和遗传学目的，是我们的语言学和进化论灯塔(《一个不温和的建议》)的说辞。凡此种种，既不能自觉地走向文化自身，也难以融入文化体系，不被接受甚或遭到抵制就成为自然而然的结局。

而在文化领域，由于历史惰性的存在和西方文化的鱼贯而入，也表现出不少问题。我们的文化传统中固有的专制性一直是和现代性相抵触的，不妨说，传统文化曾经的辉煌导致我们民族心理的夜郎自大，在看似包容的表象里其实有着天性的排斥。另外，我们传统文化的庞杂势必处于精华裹挟于腐朽与尘垢之中，就是说，我们在面对传统的时候，仅仅看到我们能够看到的那一部分，一如盲人摸象，真正有着生命力的东西未必被我们所发现或接受，以至于在更多的情形下因了传统文化的沉滓泛起而误入歧途——诗的写作和诗人不与传统文化合作的态度大约也缘于此，故而王敖所谓的"极端的方式也意味着一种对创造力的激发与呈现。因为它既能利用文化，又在很大程度上削减了已经沉重僵化，以至朽坏的文化中介"(王敖《诗的神经与文明的孩子》)是一个很恰切的说辞。而正是这种自以为是的普世的文化固执，抵触新的文化萌动——其中就含括了诗歌的被接受。同时，在开放的环境里，西方文化资源一股脑地进入，导致当下文化形态的杂芜与错落，以至于扰乱了我们的文化自信与依存，也出现了或盲从或犹疑或逆反的文化心态，对于文化的发展与健全带来诸多弊端。

3

在今日诗坛喜忧参半的形势下，我惟有认同张曙光的说法，那就是"诗是少数优秀人的事情"。不妨说，只有这个虚胖的群体中的少数诗人在写作有价值的诗，他们的文本方可进入诗歌史，由于这些诗文本的独有的诗学价值与现代优秀文化相向而行，故而才可以嵌入文化或构成文化自身的优质元素。当然，这里排除那些因写诗而成为文化名流的人物，不啻说，他们的诗远不如那些安分而低调的写作者的诗更有与文化对接与融入的可能，可以说这些诗人的文本在某种意义上才更具有文化的价值。而更多的写作者，倘若有了由随意涂写而向严肃写作的向度进取，即由自娱自乐、浅层次的形而下的情绪宣泄进入形而上的普遍性提升，张扬一种诗性正义，正如加缪说过的那样，作家不应为制造历史的人服务，而要为承受历史的人服务(加缪《写作之所以光荣，是因为它有所承担》)，那么我们今天的诗人也应该有所承担——即便这种承担已经化为内心的审美感受与对于社会的洞察。说到底，诗坛惟有自我保护与清洁过滤功能的强化，各类网站与纸媒的自我提升与规范，才能为诗人写作创造一个好的环境，催生更多的优秀诗人与作品。同时，诗歌理论与批评亟待跟进，诗学经典化的力度亦需加快，尤其需要克服一种批评的低能与平庸，比如屡屡被指诟的一些虽为高学位者，但常常耽于末流文本的无效解读或过度空洞的概念化写作。而诗人批评家的涌现为诗歌批评与写作的普及添加了新的力量，理应得到肯定与扶植。

　　文化体系的自我纯净与包容性自不待言。如前所述，当下的文化现状杂芜而混乱，那么，假若要葆有其生命力与创造力，就必须拥有自我更新与沉淀的新体系，不妨说，"只有使过去复活，一个民族才能复活"（［德］扬·阿斯曼《文化记忆》，金寿福、黄晓晨译），同时，在吸纳新的质素的同时过滤旧有的文化渣滓与涌进来的不好的病毒，如此方能滋润民众的心智，构成一个民族强大的精神支柱。如此，文化则不以唯我独尊的强势与霸道自居，而对于诗歌这个独特的"异类"才能在包容中具有引导的资格，消弭不洽与敌意，吸收有效的诗学营养，从而在诗人、诗歌主流的自我融合与文化的融合及其相互认同中建构一个庞大而复合的优良、合理的文明系统。

<h2 style="text-align:center">4</h2>

　　尽管在弗洛伊德那里，对于文化与文明并不屑于作出区别，但在对于诗歌的文化意义的考察中，其概念总是偏于文明这个向度。那么可否如此界定其差别，即文化含有了文明的全部，而文明则是文化中最富生命力的优良基因。不妨说，文化的根基在于文明的积淀，而诗是文明的要素，如此，诗的强盛则对文化的改变、推动与粹化有着根本的作用。诗歌向来都是第一位的、主动的，当诗人以其深厚的文化积累穿透诗歌，给予诗内在的灵性与神性创造，这就意味着布罗茨基在评价曼德尔施塔姆时所标示的当属于"个人的文明"，甚或就主题而言"再现了我们文明的发展过程"，并说明诗人并不是一个"文明化了的"诗人；他实际上是一个"为了文明和属于文明的诗人"（布罗茨基《论曼德尔施塔姆：

文明的孩子》, 刘文飞译), 这就意味着所有优秀的诗人及其文本就为发明、激活与更新现有的文化机理作了一份贡献——哪怕仅仅是微弱与微不足道的。我想起艾略特一个著名的论断：但当新鲜事物介入之后, 体系若还要存在下去, 那么整个的现有体系必须有所修改, 尽管修改是微乎其微的。于是每件艺术品和整个体系之间的关系、比例、价值便得到了重新的调整；这就意味着旧事物和新事物之间取得了一致。谁要是赞成关于体系, 关于欧洲文学, 关于英国文学的形式的概念, 谁就不会认为这种提法是荒谬的, 即在同样程度上过去决定现在, 现在也会修改过去。认识了这一点的诗人将会意识到任重道远 (艾略特《传统与个人才能》, 李赋宁译)。可以看出来, 诗人 (诗歌) 的作用与传统 (文化) 的辩证关系是能动的与相互的, 在此背景下, 众多诗人及其诗篇就会成为合力, 参与并决定着文化的构造与方向, 而已经存在的文化也会对于诗歌的写作有所掌控, 比如诗人对于传统的继承与吸收意义上——传统文化在某种程度上也具有引领与决定性。中国现代文化与汉语诗歌的关系也理应如此。或者说, 中国现代文化只有在开放中, 吸纳更多的文明元素——其中包括优秀的诗歌资源——那来自灵魂深处的力量和一份独异的精神文化财富, 从而参与到当代文化有效的建构与发展, 以期影响到大众的思想与社会实践中, 那么, 作为人类存在的基本条件——文化强大了, 真正的民族复兴才更有可能健康而尽快地到来。

新世纪诗歌的"中年写作"问题

——对 1960 年前后出生汉语诗人的一个观察

引言：或对于"问题"的一个梳理

联合国世界卫生组织对全球人体素质和平均寿命进行测定，于 2018 年对年龄划分标准作出了新的规定。其中中年人界定在 66 岁至 79 岁，并表述其心理特征为清醒与稳重。这对于中国人来说的确有些新奇或意外，因为从普通心理上，人们以为五十而知天命，就意味着进入中年序列了，而迈入六十就是花甲之年，进入耳顺的老年心态了。当然，作为诗人的写作似乎不应该以自然年龄为标识，这里只是为叙述的方便，苟同了这一概念——而本文的"中年"仅限于对 1960 年前后出生的汉语诗人的一个描述，其写作意味着一种对诗学的清晰认知与文本的经典性期许，有着一种更年期后的蜕变与稳定——或者说我们毋宁在写作理性意义上对这一群体进行观察与梳理。

在中国大陆的诗歌版图上，这个年龄段的诗人群体有着与其他年代出生的人截然不同的经历。他们的童年是在"文革"后期度过的，就是说他们的基础教育是在僵化的教育体制下完成的——进一步说，他们的少年时期没有接受真正的包括诗歌在内的文学与美学教育。大约是在恢复高考之后进入大学里面，才真正接触了文学与诗歌以及相关门类的补救。还有一部分人是在部队或其他行业接触了文学，转而痴迷于诗歌的写作。20 世纪 90 年代，他们的写作成果是卓越的，成为那个年代汉语诗歌写作的中坚力量与诗学标识——不妨说,"90年代诗歌"的概念与特征就几乎是对这一诗人群体写作实践的整体概括。

　　假如"中年写作"在20世纪90年代只是一个诗学或心理学概念,意在摆脱与区别于青春期写作的生涩与空泛抒情性,[1]那么,在新世纪的中国诗坛,这一批诗人的确已经进入了汉语诗歌中的"中年写作",而这个事实上的写作现象,又存在着诸多征候的不同。譬如,缘自盲目崇拜与道德绑架意义上的虚假,既非内心深处的认同与体验,也难归于理念的认知。相反的一种情形是,在这个群体里,或许受诗人是先知的误导,加之人格的缺陷,诗人总把自己标定为圣人的角色,竭力掩饰与修润,最终却构成了虚伪的文本。另外一种情况,则是人到中年后写作的中断,事实上,一个诗人的成就不在多寡,而早年的完成亦是常事。但假若其早期并没有抵达高峰,中年无疑是一个弥补的机会,而不幸的是,在一些中年诗人群体中,多年没见文本,或者即便写了也大跌水准,丧失了诗意拓展与写作的中年兑现,惟有退而求其次,转入其他文体的写作。

　　在依然坚持写作的中年诗人中,除去那些断续的短小篇什之外,或以组诗的架构,或以长诗实现着更富有个性化的诗学抱负与野心。这标示着一个诗歌史意义上的延续与扩展,值得肯定。然而,细读其文本却又不能不心存戚戚,给人一种不尽人意的遗憾。故此,本文试图通过对其写作现象的描述,作出对于中年写作的诗学判断,以此试图接近新世纪汉语诗歌写作的部分真相。

　　近年以来,在批评界固有的追捧惯习中,渐次有了"杂音"——不妨说,一批睿智的学人树立起显在的批评与问题意识。姜涛在2012年就指出:以混杂为崇高的风格,这种以呈现现实悖谬、复杂为重点的写作,在反复的展开中,也可能会逐渐套路化,削弱了曾有的说明力和紧

1　按照欧阳江河在《1989年后国内诗歌写作:本土气质、中年特征与知识分子身份》的描述,中年写作与罗兰·巴尔特所说的写作的秋天状态极其相似;这里有着对时间法则的逆潮和对量度的强调,在怀旧与伤感中,使写作变得深邃、悠久;有着在摆脱能指与所指的约束、摆脱了意义衍生的前景之后,理所当然地变成了中性的、非风格化的、不可能被稀释掉的新的语言策略。

张感。如何在"呈现"的基础上更进一步，如何在"伪哲学"的立场中，培育出更明确的认识骨干，其实是包括西川在内的一批有抱负的诗人共同面对的挑战。并就长诗有关"文明的两面"之总结，判定为"似乎有些轻逸了，一下子将丰富的历史直观结论化了。从某个角度看，这种松弛之中的拘谨感，还不只是修辞的问题，它也意味着一些常识化的历史痂壳，尚未被完全粉碎"[1]。他于2013年又发长文作出具体的论述——尽管全文立足于肯定，但也提出其疑虑与担忧：在新的时代情境中，一旦触及更大的历史对象，朝向更严肃的写作前景，"历史想象力"难免会疲软为一种"稗史想象力"，或在崇高的"升华"结构中模糊了"在地感"。稍作把脉的话，或"阴虚"或"阳亢"，显然并非源于诗人个体的气魄、能力，而更多受制于"历史想象力"的深层逻辑，受制于90年代以来支撑先锋诗歌场域的基本话语。[2]

张桃洲在2014年发文谈道：观察到新世纪诗坛，被冷落的诗歌在热闹的诗歌活动下掩盖了"真正的诗学探索"，而朝向世俗生活的口语化写作"在网络的推动下，一度泛滥为无门槛、无难度的诗歌风尚"；继而也瞩目于几部长诗，并作出"未达到编者和读者所期待的效果"的整体性评判。[3]接着，青年学者颜炼军从当代汉语长诗两个方面——精确性和整体性，即技艺层面和观念层面，观察所述作品写作中的困境及其诸多不足；并从写作的立场，讨论了写作中，诗人的非诗学立场没有成功地转换为词语立场，进而却对写作造成了干扰。[4]李海英则对几部长诗文体创新的问题——所实验的元诗歌写作、史诗写作、地方志写作和百科全书式写作，均显露出勉力而为的窘蹙；创作者艺术感知力与创造力的明显消竭，长诗文本的艺术水准不仅远未达至他们之前的优秀之作，且多呈粗糙生硬之相；诗学理念与创作实绩之间的严重脱节等作出评

1　姜涛：《诗歌想象力与历史想象力——西川〈万寿〉读后》，《读书》2012年第11期。
2　姜涛：《"历史想象力"如何可能：几部长诗的阅读札记》，《文艺研究》2013年第4期。
3　张桃洲：《近年来诗歌的观感及反思——一份提纲》，《红岩》2014年第3期。
4　颜炼军：《"大国写作"或向往大是大非——以四个文本为例谈当代汉语长诗的写作困境》，载《江汉学术》2015年第2期。

述。[1]其批评重心在于当下长诗写作中的弊病与短板。

王东东从整体上以新世纪的诗歌主题、时代精神与风格变化作出正面性论述,他在以与 20 世纪 90 年代诗歌的对比拓展、超越乃至返回中暗含了否定的问题意识,无疑以理想主义对犬儒主义的怀疑论作出否认性判断,同时对叙事性与生活流所导致的精神性与难度的降低予以指诉,其提出的浪漫反讽的智性抒情自然是对叙述性的策略性背离。[2]另外,他也涉及中年写作的某些指认,比如就对柏桦对于胡兰成而非王国维的推崇[3]作出质疑。敬文东于 2018 年先后发表了两篇批评长文,指出欧阳江河词语的单一性,破坏了词语的一次性原则,背离了新诗现代性的要求;而过于自信地仰赖"词—物"的强大力量,在面对愈加疯狂的外部世界时,被迫以词生词的方式写作,让词语组合变成一种语义空转游戏,令诗歌成为空无一物的词语装置物,最终再无气力命名复杂的现代经验。[4]谈及西川的说话体转向"强调浓郁的现实感和滔滔不绝的语势的说话体,并没有恰当的运转,而是有意放纵自己的潜意识,最终沦为毋须再议的、与诗无关的废话"[5]。其论述既有严谨的学理性,又有深思熟虑的问题意识(张桃洲),直指当下两位颇具影响力的诗人的写作现状。据此,西渡近期的关于汉语新诗没有大诗人的说法,似乎兼及了上述论证的一个有力的回应,他最终以现代汉语诗人精神结构的缺失成为一个有力的判断。而以上论述,大多源自对中年写作状况独到的观察。

一、被日常湮没的写作,或超验的救赎

无需否认,根源于 20 世纪 90 年代诗歌经验维度上的在场性写作,

1 李海英:《白昼燃明灯,大河尽枯流——论当下作为"症候"的知名诗人长诗写作》,《江汉学术》2015 年第 2 期。
2 王东东:《21 世纪中国新诗的主题、精神与风格》,《文艺研究》2016 年第 11 期。
3 王东东:《"而鲁迅也可能正是林语堂":柏桦、江南诗歌与逸乐》,《诗歌批评与细读学术研讨会论文集》,2012 年 10 月。
4 敬文东:《从唯一之词到任意一词——欧阳江河与新诗的词语问题》,《东吴学术》2018 年第 3、第 4 期。
5 敬文东:《从超验语气到与诗无关——西川与新诗的语气问题研究》,《中国现代文学研究丛刊》2018 年第 10 期。

曾经做出其卓越的历史贡献，在新世纪依然发挥着威力。但我们也观察到，这种以叙事性为特征的写作旁逸出某些新的写作迹象，甚或成为一种弊端而被指诉——即便这并非出于其宿命的本意而不必归罪于 90 年代诗歌的范畴——说到底，这是新世纪中年写作者自己的分内事。

显然，90 年代写作中的本土生活场景的大量涌入，形成了一种风俗画写作以及驳杂、硬朗与质朴的诗风，其背后有着小说艺术的过大引力。在今天看来，似乎这种混合效果于诗是有效的——哪怕作为一种策略，其在场的日常叙述的参与，给诗带来丰富性的同时也改变了诗的形态——哪怕有些诗人仅仅是作为一种面具而辅助于抒情。但新世纪以来，在依然坚持的这个向度的书写中，为数不少的中年诗人，面对写作的惯性并未予以警惕或不可自拔，笔触滑入对于俗常生活场景的刻意描摹，乃至于沦为低俗、粗劣的表达。相伴而生的是一种叙述的泛滥，拉杂而事无巨细，失去了诗的审美、灵透与高贵的精神强度，不妨说，其写作与诗的不及物的抒情性本质诉求渐行渐远，乃至于背道而驰。

可以说，当下的中年写作是经历了诸多写作者的悉心考量与倡导、推行下形成的一股诗学潮流，其表征之一就是进入日常生活的非诗意领域寻找诗的可能。进入新世纪以来，这股潮流依然影响乃至主导着相当一部分人的写作。在被经典化的 90 年代诗歌写作谱系里，这是一种经验主义写作，但当这种日常性描述一旦没有了对于社会与生命感受的关涉，而仅仅流于生活的表面，那么，诗的深刻发生就蜕化为一种技艺的浅薄，在某种程度上也限制了诗歌想象力独有的作用，甚至于造成对超验性写作的漠视与慢待，所以，很多文本的在场性没有得到形而上的提升，而是"被日常生活的吵闹所湮没"[1]致使新世纪诗歌的这个写作向度不具备精神上的超拔与空阔的力量。

当然，一个诗人的生活的单一与复杂未必就决定着其写作的方向，但生活的多样化与宽阔总会或潜在或显明地发挥作用。所以，为了体现出中年生活与生存的丰厚以及社会的复杂感受，我们倡导某种意义上的

1　威廉·狄尔泰:《体验与诗》，胡其鼎译，生活·读书·新知三联书店 2003 年版，第 362 页。本文所引用若没有注明，皆为出自该书，只标出页码。

驳杂，譬如杜甫与艾略特的写作向度可以被设为楷模。但不幸的是，这种驳杂居然只有一个极端走向，而缺乏最终的复合性。就是说，放开蜕变为放肆，甚或一些过往时代政治抒情诗的虚假情感泛滥的排比，置换为无度抄袭版的资料排列，无疑会给当下的写作赋予某种书写的无效而被诟病。从技艺的角度，90 年代诗歌中的中年写作煞费苦心于驳杂与复合的运用似乎成为一个类型学意义上的效应，这是没有问题的。但问题在于这种类型的全覆盖导致了某种低能者的模仿，成为写作的缘起与结果，最终退化为一种生活的模仿与无难度写作的理由。

我们看到，90 年代那种“在话语与现实之间确立起来的”写作关系本身对于一种新的写作类属有其历史绩效，诗中的“现实是文本意义上的现实”（欧阳江河），但我们也看到了不少诗人受制于“现实”的强磁力吸引而导致了诗性的渐弱与失去，而某种超验性的艺术冲动也受到扼制，独有的个性感受淹没在沉冗的生活表象中，同时，语言自身的能动性同样在现实面前萎缩了，词语不情愿地充当了工具，而修辞则被排斥，一时之下，叙述、在场独霸天下，诗的艺术性几乎荡然无存。

在这里，对于经验之于写作的反思似乎也有必要，或者说对经验渗透诗的行为的理论性甄别有着不同寻常的意义。经验这个概念源自黑格尔的经验的概念化体系与欧美的实用经验体系。依据爱默生的推论，经验出自唯物主义者，依赖于感官印象以及动物性欲望，相信事实、历史与环境的力量，一切从外部世界出发，坚信一切出自实实在在的生活。[1]而在 C·谢·弗兰克那里，作为对于存在（社会）物质经验的感知经由理念而成为精神，乃至于跟宗教等同的观点，[2]给我们带来通往诗的可能——这是将诗与宗教并列在一起[3]的意义上而引申的可能。

在诗的畛域，或许关于经验的写作并非来自里尔克，比如曾经看到这样的描述：恩培多克勒作为经验主义者的诗的传授，而经由亚里士多

1　《爱默生演讲录》，孙宜学译，中国人民大学出版社 2004 年版，第 156–157 页。

2　C·谢·弗兰克：《社会的精神基础》，王永译，生活·读书·新知三联书店 2003 年版，第 2–5 页。

3　德日进说过：“任何知音者都可以听到的基本震颤？对全体的共鸣——这就是质朴的诗和纯正宗教的主音。”参见德日进《人的现象》，李弘祺译，新星出版社 2006 年版，第 189 页。

德获得哲学提升。但自从里尔克"诗是经验"的论断出现：诗并非像人们认为的那样是感情（说到感情，以前够多了），而是经验。……当回忆化为我们身上的鲜血、视线和神态，没有名称，和我们自身融为一体，难以区分，只有这时，即在一个不可多得的时刻，诗的第一个词才在回忆中站立起来，从回忆中迸发出来。[1]似乎由此，在诗学界才有了名正言顺的说法。在这个背景下，20世纪90年代汉语诗歌的在场性写作无疑是对于经验的一个呼应，自然也是对于朦胧诗以来的滥情书写的一次反动与矫枉过正，比如张曙光、孙文波的写作，其对于介入生活与硬朗诗风的拓展有着不容忽略的意义。

　　从本质上看，诗是关乎人的存在的领会及其感悟的。那么，我们的生活及其现实存在永远都是写作的基点。诗人在现实经验的基础上，加上对于生活覆盖层的把捉与思考，从而进入世俗的内在深处，通过审美的想象体验，力求说出生活的丰富真实的意义，挖掘出经验世界的意义关联与力量。当然，作为一个诗人所面对或依赖的现实——或曾经亲身经历过，或从间接的途径得到——那也许就是萨特意义上的"影像"存在于头脑中。而诗人的想象就始于此——或真切或梦幻般地呈现于诗中，犹如召唤之于灵魂。所以我们可以信任"我们的梦来自世界，而不是来自诸神"的说法[2]。而这种来自经验的写作，并非仅仅依附于经验，从根本上说，还是一个诗人以强有力的精神与之竞争与辨认，以期影响与超过我们曾经的生活。米沃什就曾经在《流亡札记》（黄灿然译）里不无忧虑地写道：他的作品就会失去实际经验的直接性。因此，他必须要么使自己枯竭，要么进行一次彻底的转变。显然，他是在经验的视野里对写作给予最大的可能与理由。

　　实际上，在新世纪，经验之于写作已经发生了根本变化，这是缘于知识与信息的密集性到来，经验几无藏身之处，或者说，人们陷于知识与信息爆炸的恐怖之中，而无暇顾及经验——哪怕经验就在身边，随时

1　里尔克：《论经验》，魏育青译。参见《准则与尺度：外国著名诗人文论》，北京出版社 2003 年版。

2　让－保罗·萨特：《想象》，杜小真译，上海译文出版社 2008 年版，第 99 页。

随地地发生着。故而,把熟悉的日常生活当作非凡生活而经历从而构成"完美的对照"[1]才显得弥足珍贵。由此我们不得不说,在当下这个"经验危机"的时代,保持一种敏锐的感受力对一位诗人来说是多么重要的事情,就是说,只有保持心灵的敏捷才能经验到日常生活的非凡与奇异,让心灵走入诗的深处。

同时,我们也看到,不少的中年写作者耽于旁观者的好奇,并未参与社会实践,故而在写作中不免有尚于清谈的弊病。并未像当年歌德那样,在生活中的众多的幸福与意义里、在限制与痛苦中生活,继而对生活报以历史思考——把每一次经历都经过思考而提升到普遍性的高度,置身于时代精神之中,并让其写作在生活中隆起。说到底,历史的观察根本上是他对生活思考朝往昔的延伸,是对人类及其环境的恒久形式的了解,也是对生活本身的全面解说。[2]那么,我们就会在文本所拥有的深刻见解里,领会一种心灵的力量。面对现实生活的经验,总会产生一种反思,以至于深入骨髓的体验,这就促成了诗始于形象而最终抵达深刻的哲思,或许也是一种内在的荷尔德林意义上的与存在的持久的争执,继而成为"心灵的历史"。[3]

在爱默生的视野里,超验主义是唯心主义的一个属类,注重于意识,并不以为感官是终极的,强调思想与意志的力量。乃至于把世界看成一种表象,思想才是惟一的真实,精神的深度等同于思想的深度,"思想就是宇宙"。同时,强化人的灵魂的自主与创造——那种心灵本身的直觉和以直觉压倒经验的倾向性,突出个人的灵感与奇迹催生的狂喜,排斥那些肯定的、教条的东西。[4]

在这样的观念支配下,对于诗人就有了不同的期待:诗人是"拥有美的人",身处不完整的人中间,却代表着完整的人,有着"全人类的财富",超越整个经验范围,而拥有"最大的力量来接受与传达",诗人是

1　参见吉奥乔·阿甘本:《幼年与历史:经验的毁灭》,尹星译,河南大学出版社2011年版,第19页。
2　参见威廉·狄尔泰:《体验与诗》,第191-194页。前揭。
3　威廉·狄尔泰:《体验与诗》,第341页。前揭。
4　《爱默生演讲录》,第157-160页。前揭。

言者，命名者，代表着美，是一种自然之美的言者，最原始的表达和会吟唱的天才。诗的发生是早于时代和超越时代的。显然，诗人需要的是一种本真，一种新思想，有一种全新的经历要说出来，而不是陈旧观念和他人观念的集结，是一个性情的精灵和一个真实的声音，将人们直接领向真理，一种全新的更高的美，诗人是从谎言中撤离后而葆有一颗童心，对于自然的狂喜和对于象征的迷醉，从而产生一种更高的事实。不再需要批判的思考，而是身处一种神圣的所在，谨慎而敬畏地行走，站在世界的秘密面前，存在转变为外表，统一转变为多样。说到底，在诗人那里体现一种个性张扬与对于内在精神的挖掘，体现出对个性的追求，借助想象力拓展诗性与新的形象以达至新奇创造的"高一层的自然"。

超验主义接受了浪漫主义的影响，强调人与上帝间的直接交流和人性中的神性，解放了人性，提高了人的地位，使人的自由成为可能。超验主义者的社会目标是建立一个道德完满、真正民主自由的社会，带有乌托邦的理想色彩。主张人能超越感觉和理性而直接认识真理，认为人类世界的一切都是宇宙的一个缩影——"世界将其自身缩小成为一滴露水"。它强调万物本质上的统一，万物皆受"超灵"制约，而人类灵魂与"超灵"一致。这种对人之神圣的肯定使超验主义者蔑视外部的权威与传统，依赖自己的直接经验。崇尚生命和自然、追求人的自由和独立，超越于经验和科学之外，通过直觉得以把握。这里无疑为想象力打开了宽阔的通道，从而产生了惠特曼、狄金森诗歌中澎湃的激情与张扬的艺术个性。

约翰斯顿这样描述齐奥朗：他在《眼泪与圣徒》中沉思的神秘主义经验极为强调眼睛，强调对不可见事物的观看，以及寻求近切地认识一种超常的非经验实在。[1] 显然，这里有个悖论性话题，不可见事物与观看以及非经验与实在的悖异，这是一种依赖于想象力的沉思，在这沉思中抵达虚无的实在，近乎于一个灵观。在当下的中年写作中，这个向度

---

[1]　引自齐奥朗：《眼泪与圣徒》，沙湄译，商务印书馆2014年版，英译序。

需要强调，不妨说，它是规避太过拘泥于现实与现场风险的一个调剂与中和，让诗歌趋近于形而上的不及物的诗性形态。概言之，观察新世纪中年写作群体，大多有累于沉重的经验——批判的偏执与现场的描摹，或沉浸于无个性的"客观对应物"的寻找，诗篇里超验性的东西越来越少，造成了写作形态上的未老先衰。由此，我们有必要强化在中年诗人的写作中，自觉内化于超验性精神，"毫不动摇地坚持直观力的权力"，"在意识的领域内继续进行自然的无意识的创作"[1]，或效仿歌德对于经验的感受中的某种超验主义"直观思维"的做法。如此，于新世纪的写作中，才会获得一个有效的拯救。

二、语言的内卷化，与注释的陷阱

平心而论，诗人的写作从表面看似乎是个人的事情，是瞬间内心的想象与词语的契合，好像再没有如此私有乃至私密的了。但事实上是如此吗？我们可以在弗兰克那里寻找到人是真理统御下的共同体的理由，他说：人是自由的生物，他依照自己的眼光自由选择自己的生活道路，但他一生始终受真理与谬误的支配。他有可能误入歧途，那他必死无疑；他有可能听从真理的要求，遵循由最高真理本源而不是他的意志所确定的规律，那他便能确立并巩固自己的生活。[2]这样的说法显然不是为了一惯的正确，而是说，我们的观念总是摆脱不了某种共同性。而每一个诗人的文本从本质上来说都有一个抵达真理或真相的期许。由此，我们可以看出来，在那些中年写作群体中，有很多文本所表达的意涵并没有实现"真理的要求"。

悖异的是，当一个诗人自诩诗是寻找自我的回归的理由时，我们似乎只有在文本里寻求个性了。不幸的是，我们只发现一群人在诗里晃动，或者说，这里仅仅显现出某种他在，而泯灭了自我的出场。我们的

1　《爱默生演讲录》，第206-207页。前揭。
2　C·谢·弗兰克《社会的精神基础》，王永译，生活·读书·新知三联书店2003年版，第31页。

写作应该是这样一种境界，就是对于生活整体性观察与思考基础上的有备而来的洞察力推进，而不是靠所谓的随意与即兴，即便是想象力的参与也是在知性统御下的写作。

在新世纪中年写作中，我们注意到一种依赖于表面感觉的想象力的放纵，或沉浸于观念形态而失去现实的感情事件的基础——那种内心事件的遁隐或疏散而形成一种从生活撤空后的虚幻，同时缘于精神感觉的偏颇，导致某种精神家政的繁琐罗列，最终不免沉沦于词语的游戏。在新世纪中年写作者中间，这样的诗人大多是拥有哲思的强力，譬如被诸多批评家点评的欧阳江河的写作中就显露出如是的迹象，当然还有一些类同的诗人的文本更是有过之而无不及，给人一种观念的混乱罗列与刻意拼凑，从而失去了席勒意义上的虽然不依赖于个别的生活经历，耽于理念世界的情绪而构成的审美与丰富的境界。[1]

同时，词语的自我放逐与空转，是我们看到的又一个看似前卫实则无效的诗学现象，那是一个在抵制技艺欲念下的词语的放纵，其表现形式为，远离生活与事物的体验，过于依赖某个词语的激发与联想，没有形而上的空灵，最终堕落为一种凌乱词语的空壳与游历。诗作为一个常识，它是内化于语言的，但不幸的是，新世纪以来的写作中出现了一种偏颇，那就是一味的"内卷化"，只在词语接龙与内部的腾挪中推演意义，而几乎置时代的内在精神感受于不顾。我们不得不说，写作是一个诗人于语言的不可须臾分离的事情，但却不是纯粹语言自身。一般而言，诗的发生是一个诗人内心深处的对于自然、社会、历史与人生的反刍后的词语爆发，后者是根植于前者的。我们的写作最终不是词语自身而是"对于世界的见解的最深之点"，像荷尔德林那样，"努力获取能说出神、充满生机的自然和人的神性的高尚的内在关系的诗的象征"[2]。

新世纪以来，汉语诗歌出现了一个大家都颇为认同的思潮，那就是拘泥于语言自身的写作。正如张大为所指出的：诗歌的整全与自然本质，经过审美论、情感论、本体论等等的递相衰减，最后变成语言中心

1　参见威廉·狄尔泰：《体验与诗》，第354页。前揭。
2　《体验与诗》，第297页。前揭。

主义，它集中地彰显了人类精神与价值系统降维性地衰变之后，诗歌无法整全地、正确地理解世界与生活本身而造成的那种畸零与荒落状态。呼吁"重建诗歌与世界的现实关系"，提出"语言的精神性向度才是其本质所在，并且只有在精神性当中才能够抵达其具体性"的主张。[1]不可否认，这种思潮导致的后果，在为当下的碎片化与自我性写作张目的同时，也掩盖着某种个人主义的精神性虚无与脱离现实的私欲的膨胀。同时，我们在勤勉的诗人那里看到了其想象天赋的最大挥霍与词语的奇遇，但正如第一期拾壹月论坛期间，与会批评家的一个共识，这些诗的成色都在八成以上，遗憾的是都没有达至十成。这就意味着每一首诗都在抵达经典的途中尚有差距——这里或许就是一个境界的开阔欲求中，对于已拥有的经验的感受的深化与知性的挖掘上穷尽其力。事实上，在诗歌写作中，词语的一次性使用的单词化现象本身被过度强化了——说到底，诗应该是语言与经验意义上的内在审美感受相互激发的状态下才能确保写作的有效实现，而刻意地偏于一隅都会给写作带来误导。其实我们不需要相信"如果我们将自己限制在感觉的范围内，我们就容易犯错误"[2]的说法，诗就是靠感觉生发的，关键是这种感觉是否在审美的前提下真实与有效，而在有些看似老成的中年诗人那里，我们往往看到的是相反的一面。

　　同样地，缘于经验写作的巨大引力或诗学偏执，当时代处于某种急遽变化之中，或来自日常生活的魅力退场，一些中年诗人也会另辟蹊径寻求诗意——或徜徉于报刊资料的间接拼凑，或在历史史料中寻求，乃至于在统计报表中乐此不疲。说到底，在某种混乱的环境里，一个诗人惟有根植于生活深处，去观察与感受，而不是浮光掠影、蜻蜓点水般地摘取一段文字或资料，就大加想象——如此尚在不切实或谬谈的判断上，亦有虚假之嫌。这样的写作，其诗篇所能指认的现实能拥有几分真实可想而知，不啻说，这样的诗无非沦落为自我的虚弱与无效之为。基

1　张大为：《走出语言的迷宫："新世纪诗歌"的未来》，载《南开诗学》（第四辑）第174页，社会科学文献出版社2022年版。

2　特伦斯·欧文：《古典思想》，覃方明译，辽宁大学出版社1998年版，第121页。

于此，在新世纪就催生了颇多大体量的诗篇。而这些诗篇面世后，臧否不一，谈论维度也不一而足。在此并不想展开，而仅以一个节点——诗的注释予以分析。

在现代诗的技术手段上，其最耀眼的文本特征之一是对于诗日益增多的注释，这大约来自艾略特《荒原》的遗风。据王敖说，艾略特在《荒原》中为注释设置了颇多的陷阱：为了凑够篇幅出版单行本，他为这首诗补上了经常故意让读者误解的注释。并告诫真诚的读者"在下一次误解的时刻，希望我们都多一点微妙"[1]。而我们宁愿把注释当作诗的想象力的余波，也不妨"对所言之物进行揭伪示秘"。本来，诗歌的注释来自学者对于化用或互文的肯定与回应，这在唐诗、宋词中就颇为风行，无疑也给后来的训诂学者带来了某种便利和存在的理由。实际上，在现代汉语诗歌写作中，互文、化用或引用是一种文体意义上的体现与诗人写作成熟的标示，"是写作的一种现象，也是写作的基本机制和存在原因"（李海英）。而注释在某种程度上则可有可无，但在当下也来自一种无奈之举——生怕对前人或同道中人原本出于敬重引入与镶嵌的化用不小心或不意间沦为剽窃或抄袭的诟病。但在新世纪诗歌的中年写作中，一种对于诗的注释的过度却不能不引起我们的注意。

可以想象到，作为一个成熟的中年诗人，其社会经历与感受以及文本阅读的丰富庞杂都是不言而喻的，假若进入诗的写作，其架构已非青春期写作的小情绪或小场景，互文性写作便顺其自然地发生——或出于恢复某些"中国的古传统"，提高阅读诗歌的门槛的考虑（欧阳江河），或柏桦保持每一颗扣子（细节）位置的精确性："我需要经手处理的只是成千上万的材料（当然也可以说是扣子），如麻雀、苍蝇、猪儿、钢铁、水稻、酱油、粪肥……这些超现实中的现实有它们各自精确的历史地位。在此，我的任务就是让它们各就各位，并提请读者注意它们那恰到好处的位置。"[2]凡此种种其实并无不妥，或许这也是诗人的"元诗歌"意识使然。从文本看，这些细节无论是否已经实现了张枣意义上的"展露

---

1 王敖：《诗的神经与文明的孩子》。
2 柏桦：《史记，20 世纪 60 年代》，《大家》2010 年第 09 期。

写者姿态和诗学理想，并使其本身成为最具说服力的人文感召力的诗意暗喻"，但在语义或修辞层面至少拥有了其文本自足。然而，让人意外的是一经作者无限度地加注，就有画蛇添足的多余，最终沦为"一个几乎没有歧义的大解说"，而"成为毫无张力和艺术感染力的废料"——这绝非诗人原本的诗学选择。

显然，青年学者李海英在《白昼燃明灯，大河尽枯流——论当下作为"症候"的知名诗人长诗写作》[1]的一节（"元诗歌"还是"导游解说员"？）里所作的对于某些长诗文本"大量的、事无巨细的注解和过度阐释"（多达十几万字），对"创作的起因、经过以及每句诗可能包含的指向与意义""对那个历史阶段出现并风行的词语的梳理"，"对某些事物在中国现实生活中的特殊性进行放大"以及"个体生命经历的复述"的论述并不能仅仅看作是针对某个个案的分析——毋宁说，这是对于一种诗学现象的有效甄别。恰巧，此篇文章针对的正是新世纪中年写作的状况，那么无异于是一方诗学药典，催人警醒。

三、在知性与智识之间，寻找诗人的根基

威廉·狄尔泰有一个说法，任何一个时代的作家（诗人）的劳作，都受着以前各个时代的制约；先前的范例在起作用；各民族的各不相同的天才人物、各种方向的对立以及才能的多样性都在起作用；从某种意义上讲，在任何一个时代里，诗的全部成果都摆在眼前。[2]据此，我们似乎可以窥探现代诗发轫以来的主流之一端——批判现实主义经久不衰的缘由，不妨说，批判现实有着时代进程的必然性，这在波德莱尔及其后来诗人那里也可以获得丰富的佐证。在汉语新诗界，自朦胧诗以来，尤其 20 世纪 90 年代诗歌将现实批判推至高峰，被认定为知性写作的标识，也的确为汉语诗歌积累了丰厚的精神与诗学资源。

1　本节所引未注明者，皆出自李海英：《白昼燃明灯，大河尽枯流——论当下作为"症候"的知名诗人长诗写作》，《江汉学术》2015 年第 2 期。
2　参见《体验与诗》，第 3 页。前揭。

　　然而，进入新世纪以来，那种源自现实的省思所导致的批判意识的刻意，也让诗歌陷入单一的悲情与沉重之中，从而累于写作的惯性。甚至有些文本失之于机巧与标签，没有体现出来诗人精神的深度，只是刻意于政治主题与意识形态的反讽或浅层次挖苦，骨子里有着苦大仇深的宣泄，也透出某种急功近利与强硬介入的虚假。还有一种情景，缘于内在经验的缺失，或积累、沉淀不足以及仓促成篇而造成表达中的空泛与粗疏和流于表面的抒发与议论，看似激情澎湃或义愤填膺，有着某种语义上的犀利与戾气，实质上缺少了一些睿智——在显得直白的责难性诘问中，有着或油滑、或艰涩的语调以及言语的空壳，而丢弃了写作中的血肉淋漓。在写作深层心理上也有撩拨读者的眼球之嫌，以换取额外的阅读关注，在其写作态势上就显得有几分高调。在技艺上则欠缺了形象的丰满与想象力的内在审美强度。这样的作品固然可以传诵一时，却大概不会进入经典，这都缘自其文本还远远没有达到"或者包含了整个生活，或者表达了生活超验的一面"（费尔南多·佩索阿《安东尼奥·波托和葡萄牙的美学典范》，黄茜译）而最终构成了写作的宿命。

　　不可回避的是，当下的诸种历史景观的呈现或许是更可怕的——拜金与物欲已经成为一种累加的裂变，精神则在堕落中满足着低俗的需求，过度开发导致的环境破坏与污染以及腐败现象，我们的写作也力求对此做出反应，但实质上真正有效的文本并不多见。究其缘由，并非写作的可能性已经被耗尽，恐怕还是在于一种精神的贫困以及对于经验的精神穿透力的不足，其次才是"禀赋、气质、想象力以及语言方式、风格类型"（欧阳江河）等偏于技艺的策略的缺憾。

　　说到底，我们并不期求在意识形态和政治话语里寻找艺术的魅力与启迪，不妨说，我们并不想成为某个向度上的"理性的工具"。但我们可以个体生命感受到社会与生存的欢悲与喜忧，以激情和想象"从生活本身中获取对生活的理解，怀着新的热情的爱，精神把自己分赠到此岸的存在中去"。惟此，进入审美的体验，反而可以披显出时代的精神与本相，其文本方可规避空洞与苍白。或如歌德的创作以更大的自由追随他一生不同时期的生活感，说出了一种以严格研究现实为基础的新的生活理想。或者像黑格尔与荷尔德林那样，通过无偏见地对重大客观事件进行比较性的历史观察，找到生活的含义，找到在生活中起支配作用的各种力量的多种关系，这些关系也正是悲剧产生的原因。那么，也是一个诗人得以思考与写作的基础。[1] 米沃什曾经感叹道：什么是光？就是人身上反对天然成分的神圣成分——换言之，就是不同意"无意义"、寻求意义、嫁接在黑暗之上像一根高贵的嫩枝嫁接在野树之上、只有在人身上并通过人长得更大更壮的理解力。[2] 而我们看到的是，有不少的中年写作者并没有深刻地研究现实，从而进入世俗的内在观察，只是在做浅层的捕捉或隔靴搔痒般的猜测，对于现实仅仅停滞于简单而廉价的批判。

皮埃尔·乔瑞斯坚持"通过诗歌并在诗歌内部创造一个新世界的观念"，并从这里出发对策兰"创新"的渴望做出分析。他写到，策兰的作品没有限制在一幕复仇剧里。如果过去是一个深渊，同时也是支撑作品的根基，那么作品所采取的立场就是坚定地向前看并充满希望。他肯定不会拒绝一个新世界的可能性和一个更新的、更人性的时代的可能性。不妨说，策兰对于集中营之后开始的新时代提出了要求，不甘于只是简单地承担对过去的见证，而必须同时毅然地转向未来：它必须是敞开的，它必须富有想象力地专注于构建一个崭新的世界，必须有所期待并富有预见性。就是说，策兰的作品既是一种见证，也是一种预见。[3] 从这里，我们似乎也可以领略到一种将现实世界作为一个底色，或曰"潜藏在作品之下"，而并非一味地陷入绝望与批判之泥淖，以免堕入利益既得者虚伪的诅咒，而应着意于创造一个新的语言的世界——一个拥有希望的世界，是高于现实的崭新的世界。如此，进入一种肯定的写作就有必要坚持——譬如说，对于大自然、劳动、爱与人性之善美的歌颂就构成一个需要凸显的写作畛域。同时，也不妨在"无焦虑写作"的向度做出独到的探索。

1　以上所引分别参见威廉·狄尔泰：《体验与诗》，第 53 页、107 页和 360 页。前揭。
2　米沃什：《作家的自白》，绿原译，引自 3 月 29 日公号《燃读》。
3　参见皮埃尔·乔瑞斯：《无需掩饰的歧义性》，杨东伟译，王家新校，《上海文化》2019 年第 1 期。

　　通常而论，与中年写作相伴而生的是知性写作，那种根植于日常经验的反思与想象。我们常常把知性理解为一种洞察力，亦如歌德所奉行的"仅只在思维由知觉所承担的范围内"。事实上，正是这种中年写作的策略才不经意间导致了沉沦经验层面的在场与具象之中，以至于滑入现实批判的窠臼。但就知性写作而言，中年写作群体的文本并未尽人意地实现，或者说，在知性写作的向度上还有待进一步开拓，让文本进入一种源自开阔的精神架构的整体性体现，从而抵达诗性智慧。而在当下，则有必要对于智性予以强调，我们假若认同西田几多郎"智识直觉"的观点——那是一个人在艺术上日臻完善，就会从最初的有意识进入到后来的无意识，并且构成一个直觉系统的统一体。[1] 那么，智性的写作则意味着内心专注于事物的具体性时所具有的欢乐的力量，对于崇高事物（自然、人以及劳动、心灵与爱）的赞颂的能力及其语言的游戏。在这个背景里，臧棣可以被认定为一个拥有智性的诗人，而且他在那种世间万物之中发现诗意，从而进入肯定性述说。如此，就进入了巴塔耶的视野：人对于存在的事实可以成为一次抵达可能性尽头的旅行，迷失在人的认知的边界，一种没有出路的至高无上的极限体验中。乃至于不通过认知、智力，而是通过非知或迷狂的方式达到身临此刻的最高存在，并构成那种沉思的激情的本源经验的"纯粹"与"无羁"，即便陷入迷途与无意义之境也要保障经验的无限制自由通行。在这份神秘经验里恰恰契合着诗的发始与抵达，或者说，这是一个来自经验甚或是超验的极致体验后的"诗意的闪现"。[2]

　　无可质疑的是，人们期待着一种新的力进入文学创作的历史。"从此以后，这种力不可阻挡的、持续地在起作用。因为把各种真相完整地、相宜地从一个人或一代人转移给另一个人或另一代人，这促成真相本身的持续递增。"而不幸的是，在 90 年代几位重要诗人晚近的写作中，只留下浮光掠影般的闲言碎语，其语言滞留于事物的表面，缺乏对事物与真相完整的体现与概括。故而，作为接受者，我们没有受到新的文本

1　参阅西田几多郎：《善的研究》，代丽译，光明日报出版社 2009 年版，第 9–34 页。
2　巴塔耶：《内在经验》，程小牧译，生活·读书·新知三联书店 2017 年版，第 3–25 页。

的震撼、激励与滋养，再没有《傍晚走过广场》那样给我们心智的激荡，《巴枯宁的手》那样的魔力，也不见《在清朝》蕴涵的安宁而伶俐的力量。不啻说，这些诗人没有像西方那些大诗人那样把经历到的现实提高到具有诗的性质的持久的想象力，从而实现完善的美的强力。这种状态让我们深刻体会到"最伟大的作家的想象也是受限制的"，或许可以说，那些诗人并未深入到他们所书写的实际生活中去，而根据凭空或道听途说得来的材料去写作，注定要丧失诗的真实性与可信度。长久以来，对于文以载道的理解既有误会，又有偏差。其实，道在诗学范畴内拥有很宽泛的涵括，要在自身中以及自身周围的社会生活实践中实现更高的人性就是道之体现。在此基础上，诗意以不可抗拒的强制力源源不断地从内心涌现。可以如此说，伟大的精神力量在诗学领域的扎根，伴随着诗艺的成熟，定会产生伟大的诗篇。

西渡在《为什么新诗没有产生大诗人》这篇文章里，把现代汉语诗人的精神品格归纳为"世故——市侩型人格"，其最主要的特征就是功利和势利。市侩敏于利，世故精于算；市侩为其内，世故为其外——故而对于大诗人有着并不乐观的判断。观察当下中年诗人群体，在貌似犬儒主义和自由主义的旗帜下，其实有着欲望的刻意和极度自私的盘算以及心理上的自负与自恋。而狄尔泰在论述德国几位大诗人时，谈及经验及其想象力的关联颇费笔墨，但他最终把精神品格（人格）作为大诗人的根基。每一个诗人在写作中都会竭力地抵达审美的、词语与心灵的边界。这时候，他的精神境界就决定着他的想象、审美与词语所到的位置，这几乎也是每一个诗人的写作心理学。故而，我们对于新世纪的中年写作，愿意做出如此的期待，"作家在自身中体验着人的生存，让它从外部朝他迎面出现时，他试图去理解它，这时，人的世界对于作家来说便是具体存在着的。在理解中，真实的作家的先见者的目光上升至无穷尽境界。因为他理解着把他的全部内心经验移植到异己的存在中，同时，另一种伟大存在或者强大命运的不可探究的、陌生的深度使他超越了他自己的本质的界限；他理解并塑造着他本人永远不可能经历的事物"。当然，作为一个中年诗人，其伟大而完整的信仰就不可或缺，一如荷尔德林那样，一种重大的政治——宗教信仰贯穿其全部的文学创作之中，从而使他拥有了那种对于正在临近的万物的新秩序的生动的感觉。拥有这种信仰，就会把自然、人与社会更密切地连结起来。[1]如此，随着中年写作者的自我调整、跟进与发力，我们毋宁认定当下对于大诗人的谈论不再拥有意义，或者说，宁愿令西渡的判断很快就会失效，而乐于让奥登给出的标准得以实现——无疑，那将是中国当代汉语诗坛的一大幸事。

1　本节所引皆为《体验与诗》相关章节的论述，不另行标注。前揭。

意志力，或随意之说的悖谬

——兼及 21 世纪口语诗歌的思辨

　　但凡涉及现代汉语言的基本概念，我们最好依据《现代汉语词典》的权威阐释。譬如口语这个词，就被解释为：日常口头交谈时使用的语言，属于或适于日常会话的通俗语言。[1] 或有论者所言，是从口中发出以声音为介质的语言形式（阿登）。按照伦纳德·布龙菲尔德的观点，假若口语是"随意的说"——我们可以理解为在不经意间说出日常的话语，而说话的人一旦"放松自己的意志力"，就会出现错误的话语，伦纳德接着说：书面语不过是记录下来的口语而已，这种记录活动和口语表达活动是完全不同的。说白了，文字是建立在口语基础上的。[2] 那么可否说，口语一经记录便成为书面语的一种。故而，口语在现代社会交流中，与书面语是相互拥有，难以截然分开的。尤其是新文化运动以来，现代汉语融入了份额很大的外来词汇，经过长期的语言驯化，即便一个不识字的农人，其口语里也有着一定数量的书面词语。在此背景下，可以说真正的口语诗几乎是不能存在的。而我们要讨论这个话题，无疑会出现诸多的悖异与困惑——譬如，倘若"口话化"不等于口语诗[3]，那么，依据约翰·赫伊津哈的观点，概念与词语之间并非只有一个单一而确定

1　经查，《现代汉语词典》2016 年版（第 7 版）解释过于简单，不及网络版详尽，故采用之。

2　伦纳德·布龙菲尔德：《伦纳德·布龙菲尔德语言学文集》，熊兵译，湖北教育出版社 2006 年版，第 73-74 页。

3　见伊沙：《口语诗论语》，《小诗界》2020 年第一季。

的词[1]，那么口语诗这个概念或许就会有内涵的移植或外延的错位，或者说还拥有另外的深意？

一、口语诗的前世，与今生

鲁迅先生有一个说法，诗歌最早来自劳动的号子，并以《淮南子》中一段话为佐证："今夫举大木者，前呼邪许，后亦应之，此举重劝力之歌也。"[2] 在宇文所安对早期古典诗的考察里，尽管对于汉语未必能够参透，但这样的叙述也不失为一种有效判断："在早期文本里，我们的确有最基本意义上的口语形态的痕迹"，并认为乐府来自民间。[3] 有论者谈及《诗经》中的《国风》是先秦时期不同地区的民歌总集，说白了，也就是民众口语歌谣，而元曲的最初形式也是口语。[4] 那么，这些论述也就为口语诗寻找到最古老而有力的源头性参照。

在汉语新诗的发轫之际，刘半农们就多以口语入诗，且引为时尚。他在《初期白话诗稿》的序言里如是说：白话诗是"古已有之"，最明显的如唐朝的王梵志和寒山拾得所做的诗，都是道地的白话。他还对这种做法予以宽厚的理解："为有人去做，有人去领会与欣赏而已，当然也有人极力反对。"[5] 而兴盛于 20 世纪 80 年代的汉语口语诗潮，据说源自美国当代诗的引力——有资料表明，威廉斯是美国当代口语诗的源头，"在诗中大量运用口语，而且是日常用语，甚至俚语"。"后来带有浓郁后现代色彩的金斯伯格和奥哈拉等人的一些口语诗都在不同程度上受到威廉斯的影响。"在当下，口语诗在美国早已蔚然成风，远不是威廉斯当年

1　约翰·赫伊津哈有言：……确定"游戏"这个词所表达的观念时，我们必须明白，观念是由我们运用的词来定义并限定的。词和观念并非源于科学和逻辑的思考，而是语言的创造，这意味着许多语种语言——而概念的形成活动一再的发生。没人会料到，每种语言在形成游戏的观念和表达时会只有一个词、一个意思，就像每种语言对手和脚的只有一个确定的词那样，事情远不如此简单。见约翰·赫伊津哈：《游戏的人》，中国美术学院出版社 1996 年版，第 30 页。

2　鲁迅《门外文谈》中译写了《淮南子·道应训》这段话，提出来所谓的"杭育杭育"说。

3　宇文所安：《中国早期古典诗歌的生成》，冯金红译，生活·读书·新知三联书店 2014 年版，第 12–13 页。

4　阿登：《口语是时候融入诗歌而不是割裂诗歌了》，未刊。

5　刘半农：《初期白话诗稿》，北京出版社 2010 年版，第 69–71 页。

所悲叹的艾略特的《荒原》是美国文学界的一大灾难，艾略特的天才将诗拱手交给学院派，使创作美国本土诗歌的努力至少要倒退二十年。[1]

以于坚的《尚义街六号》等作品为标识开创了日常生活口语写作的先河，时隔三十年，冷霜依然予以高度评价，他如此写道：《尚义街六号》让我们看到日常生活本身所焕发出的清新的诗意，这种诗意源于真实。与此相呼应的，是诗人对口语的出色运用，显示出口语所蕴含的诗性活力，这种诗性活力也来自生活本身。[2]与之同时（或许更早？）[3]的口语诗篇则是韩东的《有关大雁塔》。对此，朱大可在"过度的口语化会损害诗歌的内部价值"与"为中国民间话语的成熟作出了重要贡献"里寻求着平衡。[4]继之而来的是伊沙、徐江等诗人的"一种无赖气质并使之充满庄严感"（伊沙）的口语诗，被于坚冠以"无耻的写作"[5]。事实上，伊沙等人只是借助口语这个方便而得意的工具，施行"机智而粗暴的语词游戏"，意在某种意识形态意义上的反叛与庞大的价值对抗。而随着大肆张扬的以性器为标志的"下半身"写作的出场，一个"流氓诗"的标签被指诉者贴在那些诗人的额头，并将由"非非""莽汉""他们"等诗派开创，由伊沙等人推进的"口语"诗歌道路引向歧途。[6]但不可否认的是，他们在一系列写作中，体现出一种"本土化"的努力——即便有着某种标签与姿态化或强词夺理的争胜因素在起潜在的作用。

当代口语诗人以口语作为一个基本的表达心理期待，看似某种情境下的潜意识，也是一个明确的语言选择，有别于书面语的语法与修辞的繁复与严谨。这正是在所谓的"有话要说"（伊沙）的欲念驱使下的本然表达。如此，在状态好的口语诗人那里，简短几句就抵达诗的核心，而不幸的是不少的人则失之简陋与粗鄙。笔者曾在不同文章里有所表述：一般来讲，偏于口语的诗人拥有着语言"低飞"的姿态，也就是说这类

1　张曙光：《从现代主义到后现代主义：二十世纪美国诗歌》，黑龙江大学出版社2007年版，第128-138页。
2　《诗刊》2017年第1期。
3　参照刘春《飞蛾已经出生，巨著总会完成》，《花城》2010年第4期。
4　朱大可：《流氓的盛宴》，新星出版社2006年版，第116、275页。
5　于坚：《无耻的写作》，《滇江》1997年第2期。
6　上述引语分别见诸朱大可：《流氓的盛宴》，第283页、281-282页、287页。前揭。

诗人多以语言的原本状态而不是靠修辞入诗。这样，就有了诗的鲜活与灵动，能让人的性情以及人与世界的关系更直接地呈现。我们看到很多优秀的口语诗人都做到了这一点。不可否认，我们也看到一些口语诗人，因耽于意义与语言的直接性，以至于出现了轻描淡写、过于随意的情状，从而让诗滑入无意义的语言分泌，在语言的向度则堕落为"口水诗"[1]。因而，"以韩东、于坚为代表的老一批口语诗人认识到了这一点，他们有意或无意识地逐渐模糊了口语诗的概念，转向了中性写作"[2]。

二、口水诗，以及它的一切

进入 21 世纪以来，因了口语诗领军人物的推波助澜，借助互联网尤其是微信平台的推力与便捷，口语诗写作的规模日益扩大，被伊沙标明为"繁荣期"[3]——无论其诗人还是诗篇的数量都是空前的。在当下，很多年轻的写作者频频跨入口语诗的队列，究其原委，难度写作的降低——尽管有论者并不赞同，但口语的便捷性与简单的写作套路，恐怕是一个基本诱因，自然也有精神向度与心灵困惑所引向的对传统文化的反感与日常性的魅惑。正如朱大可所描述的："在一个流氓化的时代，伊沙的诗歌像招魂的风幡，为无数落魂的诗歌青年指引了写作的方向"[4]，既道出其在当下汉语诗坛走红的秘密，也不失为一个热闹写作情境的概括。然而不幸的是，随着口语诗的无序扩展，口语写作催生了"口水诗"的泛滥，或许这种情形并非导师们的初衷，亦非他们的最终期待。

现在，你随便打开一个关乎诗的微信群，都可以看到无数的"口水诗"扑面而来，甚或可以看到一个人每天发若干如此分行的文字，显得诗那么容易发生。这里面似乎有一个心理机制在潜在地发生作用，那就是一种"诗意"的铺天盖地的到来，需要更多的文字去兜揽，还有某

1　夏汉：《语象的狂欢》，南方出版社 2017 年版，第 322 页。
2　阿垓：《口语是时候融入诗歌而不是割裂诗歌了》。
3　伊沙：《口语诗论语》。前揭。
4　朱大可：《流氓的盛宴》，第 279 页。前揭。

种激励[1]——写得多就成为一个合理的诗学诉求。而实质上，诗的发生是那种触及心智的神秘显现，它杜绝某种诗意普遍性存在的幻想，说白了，诗意并非在任意的存在中都拥有，即便拥有也没有那么容易就迸发出来，否则，它就不是被人们崇尚的高贵存在了。诗人是爱默生所谓的"身处不完整的人中间，却代表着完整的人"，我们可以理解为生活并非处处充满诗意，那么，诗作为对于生活的"榨取"乃至掠夺就并非是轻而易举的。在写作实践中，我们也可以领悟到，有时候，诗竟然是长期蛰伏中的瞬间披示，一位真正的诗人很多情况下，是无奈于一个诗意的缓慢等待。在这个背景下，反观"口水诗"的泛滥，似可以反证他们的匆忙与轻易地对于诗的召唤是何等地不合诗学法度，这一泛滥本质是对诗的践踏。

随之相伴而生的，在这个写作群体中却有着一种尚简主义的情结，或者说，他们毋宁把表达尽可能地简单化，形式上则以简短为主。当然，这种归于风格追求的倾向原本是无可非议的，事实上，"以新的感觉为基础的新诗却是简单的，符合人之常情的"。塞萨尔·巴列霍在《诗与诗人》（朱景冬译）中的观点可以作为其注脚，但问题是这些文字里可否拥有"新的感觉"？从诸多文本的观察中，能够看得出那些感觉是肤浅的随意的，是一种并未入心的对于眼前生活的"一些事件的片段"只作简单化剪裁或平面化描摹。对于所叙之事，并没有把控"对叙述效果的讲究与追求，即它所表现的事物一定要有来自现实的可以触摸的质感"[2]，而仅仅满足于一个事件或片段的表层意思，跟诗没有内在的超量凝聚或转换关系。或许，"事实诗意"的发起者并未料到，也未必认同——但在这个诗观的引领下，一批天分平平而又存有某种投机心理的习作者单向度的书写，从而沦为单调粗疏的抖机灵的"段子手"而被诟病，这也不能不成为发起者始料未及而落下的一块"心病"。

我们不必去论及"反崇高，反文化"的悖谬或洞见，因为诗歌作为

1　伊沙在《口语诗论语》说：在口语诗写作中，三天打鱼两天晒网的薄产者很难写好，因其实践太少而把话说不溜，反复推敲不断打磨有可能适得其反。载《小诗界》2020年第一季。
2　见《口语诗论语》。前揭。

一种特殊的文化形态早已经成为常识而被普泛认同。阿多尼斯在《诗歌的意义在于亵犯》(薛庆国译)这篇文章里如此写道:"无论诗歌在形式上、内容上如何与社会格格不入,它在本质上总是与社会的语言相关,即在政治、宗教和文化层面上与社会的历史相关。"这里就暗含诗与文化的同质性。所以意欲把口语诗与文化脱离的说辞,其实有着某种意义上的牵强或有失虚无。当然,我们对于口语诗人剥离文化尘垢而崇尚日常性或"事实诗意"无可厚非,因为歌德曾有论断:"诗的内容即是自我生活的内容。"(沃夫冈·埃梅里希《策兰传》导言,梁晶晶译)——说到底,这是从平凡事物中挖掘诗意的真实愿望,也是一种本真的生命体悟,对于"从舌头到身体到生命到人性到心灵……"的说法即便不认同其"唯一"性也不妨视为"正确的方向",这样的写作会给读者带来耳目一新的感受。但是,绝不能苟同与纵容口水化的写作——那种无聊而无力,甚至是不堪入目的恶俗展示。正是在这个意义上,我们不得不追责"反崇高,反文化"所带来的负面效能,不能不说这是沦落为一种否定文化的写作情形。

同时,也不能不反思始于身体在场而演化的"下半身"的写作。或许肇始者的本意是具有善的美德,是对20世纪"保守和僵化"写作体系的反抗,从而发出"年轻的声音",意在强调诗歌的身体性、身体感。"下指的是'形而下',写的是具体的诗歌,更有生活场景的,更具体的,而不是那种思想的。"[1]而让"下半身"倡导者没有料到的是"不好的作品的确通向了互联网的下水道"——那被激发的本能之恶的放纵,促成了颓荡的肆无忌惮而不知廉耻的肉体与性的色相表演与窥阴癖情结,如此露骨的展示又让口语诗歌滑入粗俗乃至下流的写作向度,并未落脚于人性的深刻之中,故而才有了"为自己造的孽领受耻辱"的不得已。当然,这种肉欲的袒露不仅没有让"伦理滑入了对美学的依赖"(布罗茨基),反而昭示了邪恶向美施加淫威的面孔:当审美力在满足于向人们展示美,必然向邪恶宣战,那是缘于"邪恶造成残缺,破坏均衡,并仇视一切

1　尹维颖:《沈浩波为"下半身写作"正名》,《深圳晶报》,2015年11月10日。

匀称、适度、和谐的事物；一言以蔽之，只因为邪恶仇视美"[1]。

口语诗人追求一种语言的平常性，或风格意义上的平淡。但那种寡然之中的陡然醒悟，有时候是很惊人的。有人愿意将形式刻意地奉献给诗，口语诗人并不是追求那样，或者说，他们将率意的形式视为惟一的形式。但问题也恰恰在这里，他们一味地依赖于这种简单的制作，这就形成了一种形式的单调与单薄。或许不少的年轻人就以为这样的诗好写而趋之若鹜。本来简洁是一个风格意识，而现在的口语诗人刻意于简单化，习惯于一个固定的单一套路，致使诗思不能进入复杂的意蕴。事实上，现代口语在简单的句式里已经拥有了不少的外来词汇，似乎也可以让诗复杂起来——虽然没有书面语繁复的修辞与句法，这里恐怕还是心智与审美偏颇导致的结果。我们从于坚的"拒绝隐喻"和韩东的"诗到语言为止"的信誓旦旦的宣言中，可以窥见其诗学的误导——不妨说，他们出于某种标新立异的心理而刻意为之的画地为牢，有着某种不易识破的心机，乃至于自身都未必践行的境况下而为他人布下写作的陷阱。

三、包容与融合，口语诗的未来

从诗歌生态学的角度去观察当下诗坛，当是各种诗歌形式共生的态势。口语和书面语的写作各具特色，自有佳趣。那么，作为口语诗人们，亦应采取包容的心态，尽管可以把口语诗视为一个世界性诗歌潮流，或一种世界观，但在宏大的诗学体系里毕竟是一个分支；张扬自己的诗歌观念固然是必要的，但也不必拔高到惟一的诗歌政治，乃至于成为一个诗学宗教，岂不知，当年威廉斯竭力虔心，扶持美国本土诗的口语写作，也依然与倡导书面语写作的史蒂文斯交往甚笃，甚至长久以来也与以艾略特倡导的艰涩诗学并行发展。故此，汉语口语诗人们不必动辄战斗与捍卫，口诛笔伐异己，要知道，扬长避短地规范自己，写出更优秀的诗才是对自己最重要的保持与保护，各方和平共处方能取得共

1　埃德加·爱伦·坡：《爱伦·坡诗集》，曹明伦译，湖南文艺出版社 2018 年版，第 284 页。

赢。或许，书面语诗人也会进入口语写作，而口语诗人自然也能迈进书面语的秘境，以拓展更多的写作可能。说到底，诗人都拥有一个自由不羁的灵魂，那些口语诗引领者不必处处设防与规避，反之岂不陷入"黑社会"般的管束而被人戏谑、讽刺与厌恶；倘若有人乐于改入书面语诗人行列，终因戒备而修筑一道高墙，不得自由出入，如此，原本的诗歌元勋，或许会堕落为诗歌史的罪人也未可知。

从新世纪的写作状况来判断，身体写作本身的提出似乎并无问题，只是被一些"口水诗"人引向恶俗与出卖色相，也最终亵渎了诗自身——这与"下半身"诗学观念也已经相去甚远。即便是从肉体或性的领域去拓展诗的可能，那也一定是从善切入，歌咏人的本真之美。事实上，"性从不遥远，不论用多么冠冕堂皇的语汇来掩饰"，即便在浪漫主义时期也由来已久[1]。当然，现代主义诗人也依然没有拒绝，且常常有惊异与精粹之作。如此看来，肉体与性的诗意表达也不失为一个诗歌传统——西方诗歌展示的很多而且趋于直截了当的描写，汉语古典诗歌比如唐诗宋词中也有不少篇什都有所涉及。说到底，让肉体与性在本然的披示中脱离卑劣与粗鄙似乎是一个中正的诗学导向。肉体与性尽管是人性的本然，拥有其神秘性，但不可任其不受控制地书写泛滥，它必将与情感相联系，赫伯特·马尔库塞在对于弗洛伊德思想的哲学探讨中说过的一句经典话语可以予以回答："性欲因爱而获得了尊严"，或者也可以"将性视作通向心灵沟通的道路，而非通向心理满足的法门"。依据马尔库塞的观点，当性显露出来时会与爱欲融合，否则，一味地强化性而压抑爱欲，激情这样一个爱的元素就会从被压抑的状态中跳出来扰乱人的整个存在。故而一旦让肉体与性直白于诗中，就有了并非拘泥于社会学与伦理学的猜忌，而是一种羞耻、丑恶的敞开——那种直接与赤裸似乎远离了"审美意识的产生"[2]，亦如罗洛·梅不无遗憾地写道："没有心理的投入只有身体的奉献会对情感造成伤害"，他还借助戏剧批评家霍华德·陶布曼的话说："发生关系就如同在一个无聊的下午我们出发去商

1　蒂莫西·C.W. 布莱宁：《浪漫主义革命》，袁子奇译，中信出版集团 2017 年版，第 75 页。
2　赫伯特·马尔库塞：《爱欲与文明》，黄勇、薛民译，上海译文出版社 1987 年版，第 147 页。

店，但对此并无兴致，甚至连好奇都没有。"因此有了"想象是爱情的命脉""没有什么比一丝不挂更缺乏性感了"的判断，从而拥有了这样的论述："我们需要加入想象将生理学和解剖学转化为人际关系的体验——变为艺术、激情、爱情，变为百万种有着使我们痴迷与震撼的力量的形式。"[1] 如此，则会实现巴塔耶意义上的让色情与宗教的关联——情色宛若宗教那样的伟大而神圣，"从而作为激情的对象，更深层来说，是作为诗学冥想的对象"。[2]

在既有的批评记忆里，似乎对于口语诗有一个误会，即是责难其技艺层面的单薄——姑且不予论及诗的发生及其表达的整体性技法，单就其想象力与"拒绝隐喻"就多有臧否，事实上并非如此。譬如，伊沙尽管说过口语诗不靠想象力，但似乎又自相矛盾地写道："它所表现的事物一定要有来自现实的可以触摸的质感，哪怕是在一首超现实的诗中。"[3]——在这"超现实"里不就跟想象力有关吗？我们还会在沈浩波的《跑步》里推翻这种不靠想象力的论断，或者有着更多的开拓——他在这首诗里大肆施展了对于事物的想象与超拔不羁的变形、夸张与喻体的借用。"把堤坝卷起来，把坦克装进口袋""麻雀从我的胸口飞出，它的叫声在跑／火车开进我的眼睛""跑过乞丐流着脓的中午"，这些诗句里就融铸了想象的意外与惊悚；而"天空像一条青色的履带"，"肮脏的河流像一条小狗"，白云"像一条英俊的眉毛"，尽管置于明喻之中，也一样给人新鲜的审美愉悦，当然，作为口语诗人，他所给予的喻体都是日常的物象，有着一种贴近生活的本真与清新——这其实也践行了口语诗人所倡导的美学。在"穷人燃烧的双腿""像母亲的梳子在她芳香的发梢""亲吻祖先从坟墓中睁开的眼睛"这样有如天赐的句子里，任何批评者都不得不佩服与惊叹其形象的优雅，也是那些粗劣的"口水诗"所不能比拟的了。"抱着潜水艇胖胖的肚子""用巧克力交换他们的枪炮"则流露出一股诗人的诙谐；"有时我看到天空之下全都是泪水""因为喉咙

1　参见罗洛·梅：《爱与意志》，宏梅、梁华译，中国人民大学出版社 2010 年版，第 32—68 页。
2　乔治·巴塔耶：《色情》，张璐译，南京大学出版社 2019 年版，第 2—4 页。
3　伊沙：《口语诗论语》。前揭。

里有愤怒的鲜花等待绽放"则展示一种情怀。总之，这首诗给我们展示了诸多的诗艺的可能，完全消弭和抵御着对于口语诗理解的偏狭与局促的指诉。

在事实诗意之外，口语诗人有必要拓宽诗的畛域。威廉斯最终还会进入本土社会、风物、沉思与历史的深处，汉语口语诗自然也会以此跨越很多写作的禁地。如此，来自诗歌界的责难或许就会少很多。从诗的体制的角度去审视，诗篇的长短无可非议，不妨说，假若短诗是一个诗人的选择，借以展示诗人零碎的观察和经验，长诗则是一个诗学的刻意追求，关乎内蕴的扩张、开放与包容以及诗艺的整体性把控，以期进入历史的纵深处，拓展诗性的宽度与深度。在 21 世纪诗坛，其实对口语诗的长篇应该是有所期待的，这样就证明了心智的历练与成熟以及写作的实力。我们知道，威廉斯在写下大量的短诗的同时，也写下《佩特森》，而金斯伯格以一首《嚎叫》就扬名世界诗坛。尤其在当下汉语诗界，书面语写作不断涌现长篇巨制的背景下——尽管这些文本毁誉参半——口语诗人写作长诗也是有关历史性选择。所以，除去当年看见于坚的一些口语长篇诗作以外，当我们在伊沙的《唐》蓝灯》和沈浩波的《跑步》之间徜徉，似也有某些宽慰——或可说，口语诗人也在走向鸿篇巨制的路上，展现出其复杂意蕴与诸多技艺的复合性。

概而言之，缘自于坚、韩东等先导们的倡导与写作实践，加之后来的伊沙、沈浩波等人的断裂性选择，口语诗已经蔚然成风而拥有半壁江山。但整体上看，诸多口语诗自身诗意的单一表达与技艺的单薄依然是一个有待考量与解决的问题。而因了口语所导致的"口水诗"的泛滥，更应引以自省与自咎；事实写作强调下的诗人或因生活积累不足，或因精神境界低下而在不经意间滑向粗鄙乃至恶俗事象的展示亦是有目共睹。尤为重要的，源于身体在场理念助推的"下半身"的倡导——或许是一个诗学层面的善与爱的预设，却带来颓荡与低级的性暴露描写，几乎构成诗坛之恶的快意，几欲验证了波德莱尔在《进发》里写到的情形："爱的惟一、至上的快感就在于作恶的确信中，而男人和女人生来便知，恶中有着一切快感。"[1]或许这个不幸的应验会给发始者带来尴尬，而成为诗界的不期然而然的话柄，也会被诗歌史载下并非光鲜的一页。所幸的是，口语诗的先导者们都在新的世纪作出自我调整，譬如韩东、于坚都在消弭口语的坚持而趋于语言的中性，沈浩波则在身体的低俗写作中予以纠正。故此，发端于 2019 年初的"曹伊论战"，虽然以喜剧开场，以闹剧结束，正剧的元素则被各自期许后或悬置或拓展开来。置之事外的诸君似可借以反思口语诗的写作，亦不无益处。本人或许就得益于此道而最终在思辨中完成篇章。

1　乔治·巴塔耶：《色情》，张璐译，南京大学出版社 2019 年版，第 203 页。

诗人，大地之上的漫游者
——论诗的现实及其辩证关系

　　近日，重读罗杰·加洛蒂《无边的现实主义》，尽管对于其政治的愿景不屑一顾，甚或于天然的反感，但对其诗的现实观却颇为赞赏。事实上，现实主义这个文学术语由来已久，在席勒的理论中就已经出现了，但其渊源可溯至古希腊与古罗马时期——其核心指向是自然或社会生活，并做出描绘与体现；这里摒弃想象力，主张细密观察事物的外在且据实摹写。譬如，荷马在《奥德赛》这首诗里，就已经如此写道："忠实地依次唱出阿卡亚人的遗愿，/ 他们的所做所历，他们所受的苦难，/ 似乎你亲身在场……"这就有了近乎于遵循现实主义的描摹。[1] 在西方晚近的批评术语中，这是一个尴尬的词语，被认为是"直接反映物质与社会世界"的虚假与创造的抹杀，因而被托马斯·哈代讥讽为"一个不幸的含混的词，在文学界被当成一声吆喝"[2]。考究汉语文学中的现实主义，要追究到五四新文化运动——那是始于小说而波及诗的表达。现实主义是从写实主义派生而来的。在与浪漫主义的论争后，而居于重要地位——直到今天仍拥有相当雄辩的和政治化的说服力。我们从"唯物主义，即艺术中的现实主义……"[3]这个说法里似乎可以领悟出其出处——这里不排除某种意识操纵下的指向，有着虚妄的意图，以至于被教条

1　参见《欧美古典作家论现实主义和浪漫主义》，陈洪文译，中国社会科学出版社1980年版，第3页。
2　参见安敏成：《现实主义的限制》，姜涛译，江苏人民出版社2011年版，第4页及其注释。
3　罗杰·加洛蒂：《论无边的现实主义》，吴岳添译，百花文艺出版社1998年版，第173页。

化。譬如当年苏联的文艺理论家，曾经把颓废的表达排除在现实主义之外，显然就是一个被意识形态化的说辞，[1] 正源于此类情形，故而也被韦勒克称为"拙劣的美学"。本文意不在此，而在意于由现实主义派生出来的诗的现实及其辩证的关系。

1

在客观存在的事物或事实——现实面前，我们几乎是没有疑义的，就是说，就现实而言，大地上的存在：自然界与人类是基本的现实，自然界或可细化为大地、动物与植物，以及天空所涵括的一切物象。在现代科技视野里，显微镜下的微小物体似也是一种自然物质。而人类及其发展产生了社会——这里既有现实社会及其物化的一切，也有作为文明的历史；同时，人的劳作产生了各种工具、机械、建筑物与书籍——那些包括宗教与艺术的文化。所有这一切，皆为我们面临的现实——甚至于由此而来的幻觉征象、记忆与梦境也可视为诗人所面对的"现实"，如此，则诗的写作行为及其文本自身也构成一个现实——这源于现代诗的写作可以反观写作自身，或可以经此在的行为作为现实显现于诗行间。而自从有人类以来，作为一种生命力的审美与想象的诗歌，就是面对这一切而歌唱——这个世界现存的诗的文本证明着还将继续证明。而曾几何时，在写作中，现实被狭隘化了，不妨说它只缩减为眼前的社会现实及其生活；与之相对应的，反映这种现实则成为一个诗人的本职与惟一，否则就是脱离现实生活而被指诟——而且一个时期以来，几乎是无可疑问的文学政治或颠扑不破的真理。

在诗学上谈论现实由来已久。然而，在诗里，现实是什么？或者说，诗里的现实是什么样的，则是众说纷纭。记起乙未清明期间的"第一届杜甫国际诗歌节"的研讨会上，就这个话题，各路诗人各抒己见，煞是热闹。沈苇谈到了杜甫的诗与现实，引出罗杰·加洛蒂在《论无边

1　参阅《论无边的现实主义》第 241 页（苏契科夫：关于现实主义的争论）。文中有化用，不再标示。

的现实主义》里使用的核心概念,而他的两个派生概念引起我的思忖:万丈高空与掘地三尺——即是说,现实可以在如此广阔的范畴内,以至于无边无际。这样说,天地之间岂不都是诗的"现实"。到了晚上的音乐会演出前,臧棣的一番话更让我思考良多,他是从对现实的解构开始的,他说:现实原本是西方文化的一个概念,传播过来,既没有给汉语诗学带来精致,反而是个误导;在杜甫的时代,实际上没有现实的概念,唯有天地间阔远宏大,再就是诗人的情怀,云云。说实在的,我颇为认同两人的说辞,他们对现实的审视、阐释乃至于颠覆,对于今天的诗的写作颇能带来活力与触动,对当下现实的诗学也无异是一次有效的松绑之举。

综观汉语诗发端以来,对现实这一视阈并非没有实际的问津,历代诗话并无确然也不可能类比。这个概念是从现代西方传承过来,国内尽管也有诗论涉及,但它几乎是红色隐喻的专利,以至于渐变为当代汉语诗学的藩篱。一部中国诗歌史,那些诗歌之中的精深博大,岂是现实或浪漫所能容纳?那丰厚的语言之象"使一切成为可能"(福柯),或者如马利坦所言,是诗人对于世间万物的"投射",如此我们才拥有了瑰丽的诗歌文化。

在维科的视野里,语言被看作人类起源意义上的存在,而赫尔德也认为,诗歌是人类真正的母语,原始诗歌是语言、神话、宗教、历史和谐的交织,是先民们创造的一个神秘的富有魅力的人文世界。[1]乃至于被沃尔夫称为"言语是人类上演的最好的一出戏"。如此看来,语言(含括诗)作为人类存在的基本方式,生活经验就在语言中,正契合了海德格尔所谓的"语言是存在的家",以至于伽达默尔认同的"能理解的存在就是语言"。由此看来,语言则是我们面对的颇为显在和全息的现实——尤其在纯诗的倡导与实践者那里,其所面对的现实就是语言和词语,他们在这里寻求诗的发生与述说的源泉。

说到底,诗人们在诗里或许没有把现实强加给读者的预设,而耽于

1　徐春英:《走出言说的禁地:维特根斯坦语言哲学思想研究》,中国社会出版社2011年版,第64页。

自我想象的词语实现，故而才被读者诟病为诗里"现实"太少。其实，诗的全部蕴涵及其形式皆构成现实，只是不被认同而已。那么，就不妨效仿一下温茨洛瓦，他是一位试图对其读者施加影响的诗人。他以为，诗歌并非是一种消抹自我的行为（尽管这也是一种可行的方法），它是一门强制性的艺术，欲将其现实强加于其读者。一位试图向读者陈述现实的诗人，应当将其陈述塑造为一种语言必然性，一种类似语言法律的东西——韵脚和格律，就是他达到这一目的武器。正是有赖于这些武器，读者才能忆起诗人的语言，并在某种程度上开始依赖这一语言；也可以说，他注定会服从诗人所创造的那一现实。[1]

2

既然现实的概念源自域外的引入，那么，就不妨寻求西方诗人的谈论及其实践，以佐证诗的现实的神秘关系，或者在这些说辞中，以窥测诗归结于社会现实的分量。或许，那种拥有说服力的例证会验证对于现实的形变与想象——那种歌德意义上的对于现实真理的想象的回应。

在西方诗坛，恐怕没有哪位诗人能够比得上米沃什的诗更接近现实了，但他在一篇回应性文章里居然说，我曾经反对诗歌中的任何新闻关注，而在这方面并非只有我持这样的态度。同时还以不屑的口气说，"客观化"如今是一个时髦词。由此可以感觉出来其对于现实的过分追逐的反感。在他经历的年代，战时的现实是一个重大题材，但他却认为，仅有"重大题材还不够，甚至反而使得手艺的不充足变得更可见。尚有另一个因素，使艺术显得难以捉摸。高贵的意图理应受到奖励，具有高贵意图的文学作品理应获得一种持久的存在，但大多数时候情况恰恰相反：需要某种超脱，某种冷静，才能精心制作一个形式"。这正说明眼前的现实并不是诗人的全部兴趣与需要，不妨说，有些现实素材往往并不能被诗立即处理，乃至于某些残酷的事实要在几十年以后方才能

1　布罗茨基：《诗人的起步之处，正是常人放弃诗歌的地方》，刘文飞译，《世界文学》2011 年第 4 期。

够转化成诗的文本——譬如波兰女诗人安娜斯维尔在战争期间，曾经目睹与参与了所在城市的战事及其惨烈的生活，多年后也力主把这些经历写成诗，但没有获得成功。直到三十年以后，才找到令她满意的表达形式——从而验证了"被记忆的现实，是至高无上的，并支配表达手段"这条写作的规训，[1]不啻说，侧重于主观的见证——却可能是真实而伟大的。

　　我们似乎可以如此说，诗人只在意那种让自己刻骨铭心的现实，譬如在纳粹德国的集中营里，保罗·策兰目睹了父母的惨死，本人也经历苦役与逃亡，所以死亡便构成写作中的现实。但即便如此，他也没有沉溺于这个主题，在写出《死亡赋格》之后，反而沉入自我的"愧疚"之中。随后便以一种"更冷峻的、更事实的、更灰色的语言""不美化，也不促成诗意"的写作，而融入更多、更宽阔的"黑暗""断裂"和"沉默"的普遍性沉思之中。曾被巴赫曼赞叹为"词句卸下了它的每一层伪饰和遮掩，不再有词要转向旁的词，不再有词使旁的词迷醉。在令人痛心的转变之后，在对词和世界的关系进行了最严苛的考证之后，新的定义产生了"（王家新译）。

　　在布罗茨基的自我认知里，尽管"历史善于将其现实强加于艺术"，但艺术依然是抗拒不完美现实的一种方式，亦为创造替代现实的一种尝试，这种替代现实拥有了各种即便不能被完全理解，亦能被充分想象的完美征兆。他坚持认为，诗与生活之间并无相互依存的关系，恰好是一首诗相对于生活的独立性才促成了此诗的诞生，否则便不会存在任何诗歌。一首诗作，说到底亦即一位诗人，是独立自主的，任何转述、分析、引用，乃至导师的肖像甚至作者本人的肖像，均无法取代其创造。因而，布罗茨基主张在诗中，要让读者感觉不到某种悲惨生活一丝一毫的歇斯底里，作者应该对其命运的独特性不做任何暗示，对读者会自然产生的同情亦无任何的奢求——如此，则可以使读者摆脱对他们所知现实的依赖，使他们意识到这一现实并非唯一的现实。而正是由于这一原

1　参见切斯瓦夫·米沃什：《站在人这边》，黄灿然译，广西师范大学出版社2019年版，第362–384页。

因，现实总是不太喜欢诗人。[1]

在史蒂文斯那里，则向往着最高的虚构——无疑，这是一种想象力的现实。他几乎在意于比喻的"不真实性"——这是从《斐德罗》里，柏拉图的一个关乎灵魂的比喻生发出来的一个结论，他如此写道：不真实的事物有它们自己的一种真实性，在诗歌中和别处一样。我们毫不迟疑地在诗歌之中就让自己向不真实者屈服，在可能让自己屈服的时候。他还列举了如此的喻体与客体的完全的不真实，而被柯勒律治誉为"华丽的荒谬"。能够看得出来，这种冥想中的取之不尽的事物并非来自户外的现实。于此，我们便认同了克罗齐的观点："诗歌是冥想的胜利。"同时，史蒂文斯把这种想象与现实关系的失败归之于"现实的压力"。[2]而不同的是，作为"在幻想创作上超过了博尔赫斯的所有作品"（哈罗德·布鲁姆语）的费尔南多·佩索阿看似反现实，他认为"存在是不必要的"，而实则拥有最大的现实——宇宙。他在《感觉主义宣言》（程一身译）这篇文章里如此写道：感觉就是创造。感觉就是无观念地思考，从而理解，因为这个宇宙是没有任何观念的。这意味着他把整个宇宙作为"现实"而去感觉——创造。"感觉是神圣的，因为它们使我们和宇宙保持着关系"，"感觉径直写在物体的曲线上"把感觉（看，听，闻，尝，摸）看作"上帝唯一的指令"——这种大宇宙观不期然而然地与我们古老的汉语诗歌写作不谋而合了。

3

我们似有必要遵从布朗肖的"文学并非现实，而是保存非现实观点的实现"的教诲，故此，我们大可不必再纠结于狭隘的现实感或担当的负累，只要语言抵达了美与真相，富有意味与精神的强度，那就是诗。或者我们不妨借用圣琼·佩斯在《诗歌：在接受诺贝尔文学奖金仪式上

1　布罗茨基：《诗人的起步之处，正是常人放弃诗歌的地方》，刘文飞译，《世界文学》2011年第4期。
2　参见史蒂文斯：《最高虚构笔记》，陈东飚译，华东师范大学出版社2009年版，第277-283页。

的讲话》（冯征译）的说法：不论科学把它的疆界推得多远，在这些弧形境界的整个范围内，我们将一如既往地听到诗人的一群猎狗的追逐声。因为如果诗歌即使不标志着通常所谓的"绝对现实"，那它无疑也是最接近现实的一种激情，是对现实最接近的一种理解，达到相似的极点，在那里现实仿佛可以从诗歌中认识它本身。

有时候，我们不必过于逼近现实——就是说，诗人并不满足于现实的实在性，诗人是"放牧未来"的人。罗杰·加洛蒂在《无边的现实主义》序言里列举了一个事例，曾经引起争论的马雅可夫斯基颇为夸张的讽刺诗，曾经不被认同或不承认是现实——尤其那些当事人，缘于诗的巨大的变形以及不再"真实"，而事实上，那恰恰构成了一种在未来的某一天就成为一个显明的"历史现实"或那个经得起时间考量的蜕变的"真实"。在不同的语境里，我们能够说颓废也是一种现实，乃至于丑恶的、无聊的等皆可构成现实的一隅。在极致情形里，黑暗与龌龊也构成现实的一个内容，譬如圣琼·佩斯所在的听凭"希特勒主义泛滥"的时代——但只要它们置于审美的转化而拥有诗性。

在某种程度上，我们可以认为被曼德尔施塔姆在《诗人与谁交谈》（刘文飞译）这篇文章里称之为"艺术家与社会之间那种声名狼藉的敌对"是有道理的——因而"诗歌越来越不屑于模仿或表现现存的一切，而要创造和赞美一个更为现实，更为真实的世界"（罗杰·加洛蒂）。我们不妨这样理解，现实并非诗的惟一，只是其中的一个参照或元素与材料而已——诗人还有更多更宽泛的领域要去开拓。乃至于对于人们眼中的现实，保持存疑的"不感兴趣"的权利，因为诗人拥有在艺术创造中"重现其现实"的诸多手段——诗人的新思燃亮现实的深渊，诗人的想象力与"天启"所拥有创世的伟大。

我们看到的另一种情形往往是，写作中的现实并非是其全部，在诗里或许只是某个细节与侧面——要求全部呈现那是哲学的功效，并不属于诗学的范畴。但能够肯定的是，诗人在诗里产生的或许比他经历的更多——那是诗人主观的独特性反应，不需要对应全部的现实或时代，这就是艾略特所谓的"白金丝的存在，产生化合作用"而促成诗意的蓬勃发生的寓意。说到底，诗人不在乎现实的多少，而在乎诗里实现了多少——产生多少新的现实。也可以说，他是自己存在的开拓者，将平庸的现实素材转化为诗的神话——诗人的现实愿望包含比实际生活更多的东西，那意味着是一种创造的新生命的威严。

　　在写作中还有一种情境，那就是长期浸淫在欲望与焦虑的极端状态，往往会在回忆与梦中实现了对于现实的变形与夸张的"歪曲"——既有根植于人类集体潜意识的梦想与族群内神话的发酵，也有一种自我心灵传记的梦幻刻痕，所有这些或许更加近于诗意的"真实"——那是一种"辩证的超越"，是缘于在伟大的诗篇里，植入了一个新的对于现实觉察的新尺度。

　　同时，我们倾慕的自然永远是诗人的现实与此在，而在自然面前，人惟有深信神的赐予，惟有歌颂。乃至于我们的写作都是对于自然美的一次靠近。马利坦有言：只要一涉及美，被人们观察到的首要事实就是自然与人之间的一种相互渗透。而且，它们被神秘地混合在一起。[1] 那一刻，面对自然的一切——凝视、想象它们的外在与内在生命的神秘，一种榨取心驱使着，那不啻是一个审美性获得的初心，其结果便是形成了属于诗的东西。大自然自身原本有趣，其内部形态与机能自有其奥妙，那份玄奥带来的审美情态或许有着大美不言的默然，一个诗人能够体悟出来，以至描述乃至诉说也会富有神秘的诱惑。故此，在这些诗里，未必要过多的技艺的渲染与刻意，惟期许一首诗在安静乃至不动声色中完成。

　　假若我们的写作一定需要有个现实，那么，我们的生活即是——或者说就从生活开始，我们乐于听任生活（包括一切）的摆布。这也是写作者的美德。这是始于自然、人类的一切——经由想象力的感受以及梦幻而构成诗人内心的传说。其中，爱是诗人心中永久的现实。那里有着熟悉的陌生，永远的新奇与魅惑的新大陆，乃至于构筑诗的宗教。诺瓦里斯如此表述："诗歌是真正的、绝对的真实。这就是我的哲学核

1　雅克·马利坦：《艺术与诗的创造性直觉》，刘楠祺、赵四译，三联书店1991年版，第16页。

心。越发有诗意，就越真实。"施莱格尔也回应说："没有诗歌就没有实在……一切事物都向心灵的魔杖敞开自身。"[1]而按照莫里斯·哈布瓦赫的说法，只有依靠社会记忆的框架，个体才能将回忆唤回到脑海中。[2]故此，诗人一刻也离不开现实，或者说，诗人总会在现实中实现其写作的可能。因而那些担心诗人脱离现实主义的心思就大可不必了——由此而来，则意味着我们在真实的圣域面前，与现实达成了一致。概言之，惟有坚信人的胜利——那种文明与成就的确信，或许这是对于现实最乐观的想象和从中获得的灵感，也让写作有一个拂晓般的动力——达至梦与远方。最终，诗人才拥有海的宽阔——显然那是一种"无限与圆满的渴望"境界的到达。

1　维塞尔：《马克思与浪漫派的反讽》第 31 页，陈开华译，华东师范大学出版社 2008 年版。
2　语出莫里斯·哈布瓦赫：《论集体记忆》，毕然、郭金华译，上海人民出版社 2002 年版，第 303 页。

后记

当把这些文字交由出版社之际，我倏然间感到是对自己的一个安抚，或者说是在完成一项宿命般的自我期许。在这里，我并不想去谈论严格意义上的文论这个概念，我更倾向于给这个词语一个俗常的阐述：它是文与论的汇合。而这些文字的写作跨度也很大，有些篇什在《语象的狂欢》时期已经完成，却缘于体例而没有收入。回过头来看这些文字，我居然发现自己的蜕变：那是由对诗的解读的惯性中撤离，而进入某种写作现实的思忖，由此而来的理论辨析渐近于文化层面。但这种改变并非刻意为之，似乎冥冥之中自有一种天意难违——当然，我并不觉得这是一个文本的进化，而纯粹是兴趣使然。作为一种文体——对于诗的解读是无可非议的，在西方诗学界就有诸多的比如布罗茨基、米沃什这样的大家，以至于形成细读的规范程式。在当下汉语诗坛，如此多的解读文章也不乏其例。而如此的诗学现象多源于诗人批评家——或许这其实已经成为值得获赞的优势。而唯其如此，我似乎也在自身的写作中窥出自我实现的限度来，那便是在实际的解读中不能获得突破而呈现出来的诗学概念的重复与近缘繁殖——自然这都缘于我早年的诗学训练不足、诗学体系不够旷远宏大而导致的缺憾。那么，于自我补习中趋近于理论的欲念愈强烈，倾向于理论的思考与写作便逐渐增加了份额——这其实是自我教育的结果。至此，近年的文体意识亦在随笔与文论之间作出自己的选择，以构成一种自我的风格，但端底如何，自然也颇为忐忑，故而集结出来，也有请教方家的初衷。这本书的出版，得益于明伟先生的慷慨相助，否则，在这个文化荒芜的年代，一种源自民间的书写行为还不知道何年得以面世。故而，深为感激。而钱文亮先生在原本研教的繁忙事务中，还能抽出时间为之作序，让这本小著增色不少；同时，对本书的写作状况作了内在的理论梳理，并予以肯定，这对我以后的批评之路无疑是莫大的激励！因此致谢之中亦有一份歉意涵括着。

　　是为后记。

　　　　　　　　　　　　　　　　于辛丑冬月，言鉴斋